DONGSUH MYSTERY BOOKS 146

THE CASE OF THE CONSTANT SUICIDES
연속살인사건
존 딕슨 카/문무연 옮김

동서문화사

옮긴이 문무연(文武淵)
경북 상주 출생. 서울대 문리대 영문과 졸업. 미국 케임브리지대학에서 수학. 해군사관학교 교수 역임. 현재 경상대학 교수로 있다.

DONGSUH MYSTERY BOOKS 146

연속살인사건

존 딕슨 카 지음/문무연 옮김
초판 발행/1977년 12월 1일
중판 발행/2003년 12월 1일
발행인 고정일/발행처 동서문화사
창업 1956. 12. 12. 등록 16-345(윤)
서울강남구신사동540-22 ☎546-0331~6 (FAX) 545-0331
www.epascal.co.kr

*

이 책의 출판권은 동서문화사(동판)가 소유합니다.
의장권 제호권 편집권은 저작권 법에 의해 보호를 받는 출판물이므로
무단전재와 무단복제를 금합니다.

편찬·필름·제작 일체 「동판」 자본으로 이루어짐에 따라
출판권 소유권자 「동판」에서 제조출판판매 세무일체를 전담합니다.
사업자등록번호 211-90-02201
ISBN 89-497-0242-8 04800
ISBN 89-497-0081-6 (세트)

연속살인사건
차례

연속살인사건 – 존 딕슨 카
제1장 …… 11
제2장 …… 23
제3장 …… 36
제4장 …… 47
제5장 …… 61
제6장 …… 74
제7장 …… 88
제8장 …… 100
제9장 …… 111
제10장 …… 124
제11장 …… 138
제12장 …… 152
제13장 …… 167
제14장 …… 178
제15장 …… 190
제16장 …… 202
제17장 …… 213
제18장 …… 225
제19장 …… 237
제20장 …… 252

죽음의 무도 – 코넬 울리치
죽음의 무도 …… 272

밀실 트릭의 독창성과 괴기 취미 …… 314

등장인물

앨런 캠벨 대학의 젊은 역사학교수
캐서린 캠벨 여자대학 역사학교수
콜린 캠벨 캠벨 집안의 상속자
엘스패트 캠벨 샤이러 성의 안주인
찰스 스완 저속한 대중신문 기자
앨리스테어 덩컨 캠벨 집안의 변호사
월터 채프먼 보험회사의 직원
앨릭 포브스 캠벨 집안의 친구
기데온 펠 박사 탐정

제1장

9시 15분에 떠나는 글래스고행 열차가 그날 밤은 30분이나 늦게 유스턴 역을 출발했다. 공습경보 사이렌이 울린 지 40분이 지난 뒤였다.

사이렌이 울리자 플랫폼의 어슴푸레한 불빛까지도 모두 꺼져버렸다.

사람들은 서로 밀고 당기고 고성이 난무하는 가운데 더듬더듬 깜깜한 플랫폼을 이리저리 헤매고 있었다. 그들은 거의 모두 카키색 옷을 입고 있었는데, 트렁크며 배낭 때문에 손과 정강이가 벗겨지고, 다급하게 들리는 엔진의 소음으로 귀가 멍멍해질 정도였다. 이런 혼잡 속에 한 젊은 역사학교수가 휘말려 들어가 있었다. 그는 글래스고로 가는 자기의 침대차 칸을 찾고 있었다.

사람들은 아무도 심각하게 걱정하지 않았다. 이제 겨우 9월 첫날로, 본격적인 런던 대공습이 아직 시작되기 전이었기 때문이다. 그 무렵 영국 사람들은 아무것도 모르는 철부지였다. 공습경보가 울려도 조금 어두워서 불편할 뿐 기껏해야 적의 비행기 한 대가 길을 잘못 들어온 정도로 여겼으며, 고사포(항공기를 사격하는 데)의 탄막도 오르지 않았다.

그러나 역사학교수 앨런 캠벨——옥슨 대학의 학사이며 하버드 대학의 박사——은 도무지 학자답지 못한 상스러운 말을 뱉으면서 사람들 속을 헤치고 돌진해갔다. 일등 침대차는 길다란 열차 맨 앞에 붙어 있었다.

짐을 산더미처럼 끌어안은 짐꾼이 그 차칸의 열려진 문 앞에서 성냥을 긋고 있는 게 눈에 들어왔다. 그곳에는 컴파트먼트(열차의 칸)의 번호와 나란히 예약자의 이름을 써넣은 표찰이 붙어 있었다.

앨런 캠벨도 짐꾼 뒤에서 성냥을 켜보고, 이 차칸이 만원이며 자신의 컴파트먼트는 4호라는 것을 확인했다.

그는 차칸으로 올라갔다. 통로에 늘어선 컴파트먼트 문에 희미한 불이 켜져 있어 조그마한 숫자가 보였다. 앨런 캠벨은 자신의 컴파트먼트 문을 열자 확실히 기운을 되찾은 듯한 기분이 되었다.

남에게 양보하여 자신을 억누를 필요가 없는 것이 무엇보다도 다행한 일이라고 그는 생각했다. 컴파트먼트는 초록빛 철판으로 된 작은 방으로, 1인용 침대 하나와 니켈 세면대와 옆 컴파트먼트로 통하는 문에 붙은 기다란 거울이 붙어 있었다. 등화관제용 가리개가 창문에 꼭 맞게 덮여 있었다. 그 안은 몹시 덥고 답답했다. 침대 위의 나사를 돌리면 공기를 갈아 넣을 수 있는 환기장치가 눈에 들어왔다.

여행가방을 침대 밑에 밀어 넣고 나서 앨런 캠벨은 침대 끝에 앉아 한숨 돌렸다. 읽을거리로 펭귄 총서의 소설과 〈선데이 워치맨〉지가 옆에 있었다. 그 신문을 흘끗 보자 그는 뱃속으로부터 울컥 화가 치밀어 올랐다.

"그런 녀석은 영원한 지옥 불에 타서 죽어버려야 해!"

앨런은 이 세상에서 그의 오직 하나뿐인 적을 생각하며 큰소리로 외쳤다. "그런 녀석은……."

이때 문득 이번 여행에서는 언짢은 생각을 하지 않기로 마음먹었던 일이 떠올라 퍼뜩 정신을 차렸다. 어찌되었든 1주일 동안의 휴가를 얻은 것이다. 겉으로 보기에는 틀림없이 좋지 않은 일로 말미암아 하게 된 여행이지만, 아무튼 휴가여행이라는 점에는 변함이 없다.

앨런 캠벨은 스코틀랜드에 한 번도 가본 일이 없는 스코틀랜드인이다. 그는 미국의 케임브리지 대학에서 지낸 몇 해와 두서너 번의 유럽 여행을 빼고는 영국 땅을 떠난 적이 없었다. 올해 나이 35살. 유머 감각이 없는 편도 아니고 겉으로 보기에도 그만하면 호남자이지만, 착실한 학자 기질 때문에 이미 학자다운 답답함이 몸에 배기 시작하고 있는 것 같았다.

스코틀랜드에 대한 지식은 월터 스코트 경의 소설에서 읽은 정도가 고작이며, 기분이 좋을 때면 장난삼아 존 부캔의 소설로 공상하는 정도였다. 그 밖에는 화강암과 히스와 스코틀랜드인 특유의 그 서투른 재담 정도뿐이었다. 앨런 캠벨은 스코틀랜드인의 이 '서투른 재담'이 싫었다. 따라서 그에게는 진정한 스코틀랜드인의 기질이 없는 셈이나 마찬가지였다. 그러한 그가 지금 마침내 자진해서 스코틀랜드에 가려고 생각하게 된 것이다. 더욱이 그로서는…….

침대차 보이가 문을 노크하고 고개를 들이밀었다.

"캠벨 씨지요?" 보이는 문에 단 모조 상아로 만든 조그마한 표찰로 눈길을 보내면서 물었다. 그 표찰은 연필로 이름을 써넣고 지울 수 있도록 되어 있었다.

"캠벨 박사일세." 앨런은 알맞게 위엄을 보이면서 대답했다.

아직 젊은 그로서는 바로 얼마 전에 딴 학위로 상대방을 놀라게 하는 것이 기분 좋았다.

"내일 아침 몇 시쯤 깨워드리면 되겠습니까?"

"글래스고에는 몇 시에 도착하나?"
"글쎄요, 6시 30분 도착 예정이긴 합니다만."
"그럼, 6시쯤 깨워주는 게 좋겠군."
보이는 헛기침을 해보였다.
앨런은 그 헛기침의 의미를 올바르게 풀이했다.
"그럼, 글래스고에 닿기 30분전에 깨워주게."
"알겠습니다. 아침에 드실 차와 비스킷을 가져다드려야겠지요?"
"이 기차에서는 아침식사를 서비스하지 않나?"
"네, 없습니다. 차와 비스킷뿐입니다."
앨런은 몹시 실망하여 마치 심장이 위속에 빠져버리는 듯한 기분이었다. 급하게 허둥지둥 짐을 꾸려 뛰쳐나온 터라 저녁식사도 미처 하지 못한 뱃속이 손풍금처럼 오므라드는 것 같았다. 보이는 그의 표정을 보고 눈치를 챈 모양이었다.
"제가 지금 얼른 뛰어가 기차가 떠나기 전에 역의 매점식당에서 무엇이든 좀 사다드릴까요?"
"그러나 출발시간까지 5분도 채 남지 않았는데?"
"그런 걱정은 하실 필요 없습니다. 제 생각으로는 기차가 그렇게 빨리 떠날 것 같지 않으니까요."
'그렇다면 그렇게 하는 것이 좋겠다.'
앨런 캠벨은 허둥지둥 열차에서 내렸다. 소란스럽고 혼잡한 플랫폼을 헤치고 그는 개찰구로 빠져나갔다.
싱겁고 멀건 홍차와 굉장히 얇게 저민 햄을 끼운 말라빠진 샌드위치를 들고 매점 카운터 앞에 선 앨런의 눈은 또다시 〈선데이 워치맨〉의 활자로 이끌렸다. 그는 또 화가 치밀어 올랐다.
앞에서도 말했지만, 앨런 캠벨에게는 이 세상에 꼭 한 사람의 적이 있었다. 물론 학생시절에 싸움을 해서 눈두덩을 시커멓게 만들기도 하고, 서로 코피를 흘리며 다투던 상대는 이제 더없이 좋은 친구로서, 문제도 되지 않는다. 게다가 그는 특별히 누군가를 몹시 미워한 기억도 없었다.

문제의 그 사람은 역시 캠벨이라는 이름이었는데, 앨런은 그가 자기와는 친척도 아무것도 아니기를 빌었으며, 또 그렇게 믿고 있었다. 상대인 캠벨이 사는 곳은 하트퍼드셔의 하편던이었다. 캠벨은 그 사나이를 만난 일도 없거니와 어떤 사람인지 말을 들어본 적도 없었다. 그러나 진심으로 굉장히 싫어하는 것만은 확실했다.

〈선데이 워치맨〉의 벨록 씨는, 아무 가치 없는 하찮은 일로 학식 있는 두 학자가 말다툼을 벌이고, 이토록 격렬한——또는 공평한 독자에게는 이토록 재미있는——논쟁을 벌인 일은 아마 없을 것이라고 논평하고 있었다.

대체로 이런 논쟁기사는 누구나 다 흥미를 느끼며 어떻게 되어 가는지 지켜보는 법이다. 예를 들면 어떤 권위 있는 신문이나 문예주간지에 알프스를 넘은 한니발이 비지눔 마을 가까이를 지나갔다고 쓴다. 그런데 다른 학식 있는 어느 독자가 그 마을의 이름은 '비지눔'이 아니라 '비지움'이 맞는다고 투서를 한다. 다음 주일이 되면 맨 처음 기사를 쓴 필자가 점잖지만 가시 돋친 어투로 투서한 인물의 무지를 슬퍼하면서 그 마을이 '비지눔'이라는 증거를 더욱 자세히 근엄하게 설명한다. 그러면 나중에 투서한 사람은 이토록 신랄한 대답은 마치 싸움을 걸어오는 듯하여 유감스럽기 그지없으나 이왕 일이 이렇게 된 바에야 본인도 사실을 정확히 밝혀야겠다고 나오는 것이 보통이다.

이후 모든 일은 일사천리로 진행되어 두 달이고 석 달이고 싸움이 계속되는 것이었다.

성격이 무던한 편인 앨런에게 처음부터 악의가 있었던 것은 아니었다. 그는 〈선데이 타임스〉나 〈옵저버〉지와 비슷한 〈선데이 워치맨〉

지에 이따금 역사 관계 책에 대한 서평을 써주고 있었다.

6월 중순 무렵, 이 신문사에서 《찰스 2세의 만년(晚年)》이라는, 1680년부터 1685년에 걸친 정치상의 문제를 다룬 굉장히 큰 연구서적을 보내왔다. 저자는 앨런과 동명인 K.I. 캠벨로, 옥슨 대학의 석사였다.

이 책에 대해서 쓴 앨런 캠벨의 서평이 다음 일요판에 실렸다. 그런데 그 서평 끝에 나오는 다음과 같은 구절이 문제가 되었던 것이다.

> 캠벨 씨의 이 노작(勞作)은 특히 새로운 발견을 담은 것도 아니고, 세세한 점에서 오류가 없다고 할 수도 없다. 캠벨 씨는 윌리엄 러셀 경이 라이 하우스 사건의 음모(찰스 2세의 후계자를 둘러싼 음모)에 관계가 없다는 사실을 잘 모르고 있는 듯하다. 캐슬메인의 바바라 빌리어즈가 클리블랜드 여자 공작이 된 것은 1670년의 일로서, 이 저서에서 보듯 1680년이 아니다. 또한 캠벨 씨는 이제까지의 정설을 바꾸어 이 부인이 '몸집이 작고 적갈색 머리카락'을 가졌다고 묘사하고 있는데, 이것은 어떠한 근거에 의한 것일까?

앨런은 그 원고를 금요일에 보내놓고는 곧 잊어버렸다. 그런데 9일 뒤 신문에 하트퍼드셔의 하펀던에서 보낸 투고라면서 그 책의 저자가 쓴 편지가 실렸다. 편지는 이렇게 끝을 맺고 있었다.

> 서평자가 '정설을 바꾸었다'고 생각한 부분은, 당사자인 바바라 빌리어즈 부인의 전기를 쓴 작가, 스테인먼의 설에 근거를 둔 것이었음을 밝힙니다. 아울러 만일 서평자가 그 전기를 알지 못한다면, 대영박물관에 한번 가보는 게 유익하리라는 것을 덧붙여둡니다.

이 편지로 인해 앨런은 꽤 화가 났다.

 말씀하신 바와 같은 하찮은 일로 주의를 끈 것은 사과해야 할 일이며, 필자도 이미 알고 있는 책에 대해 친절하게도 가르쳐주신 캠벨 씨에게는 감사한 말씀을 드려야 할 줄로 압니다. 그러나 대영박물관에 가보더라도 국립초상화 화랑에 가는 것만큼의 수확을 얻을 수는 없을 것입니다. 그곳에 가시면 캠벨 씨께서도 그 아름다운 말괄량이 부인의 초상화를 볼 수 있을 텐데, 그녀의 머리카락은 새카맣고, 풍만한 몸매로 그려져 있습니다. 화가가 그림의 주인에게 아첨해서 그린 것이라고 생각되지 않는 바도 아닙니다만, 그러나 금발을 검게 하거나 상류부인을 실제 이상으로 뚱뚱하게 그릴 수는 없을 것입니다.

앨런은 이것으로 꽤 통쾌하게 그의 코를 납작하게 해주었다고 생각했다.
그런데 하편던의 뱀은 비겁하게도 공격 방법을 바꾸어 불의의 습격을 해왔다. 그 초상화에 대해 건방진 말을 늘어놓은 뒤 다음과 같은 말로 끝맺고 있었던 것이다.

 서평자는 이 부인을 '말괄량이'라고 쓰셨는데, 이것은 어떤 근거에 의한 건지요? 아마도 그녀가 걸핏하면 화를 잘 내고 낭비가 심했던 데서 나온 말이겠지만, 이러한 여자의 성질에 깜짝 놀라는 남자에게는 이렇게 물어보고 싶습니다——"당신은 결혼하신 일이 있습니까?"라고.

이번에는 앨런도 몹시 화가 났다. 역사에 관한 지식으로 창피를 당했을 뿐이라면 그다지 마음에 두지 않았겠지만, 이것은 그가 여자에 대해 모른다는 뜻이 아닌가! 사실 솔직히 말해서 이것은 틀림없는 사실이었다.

앨런은, K.I. 캠벨이 자신이 졌음을 알고 여느 사람들이 흔히 그렇듯이 본디 문제에서 벗어나 남의 말꼬투리를 잡아 공격함으로써 얼버무리려는 거라고 생각했다. 앨런의 반박문은 지면에서 불을 뿜는 듯했으며, 논쟁이 격렬해지면 해질수록 새로운 독자를 불러 모으게 되었던 것이다.

여기저기서 굉장히 많은 편지가 왔다. 첼튼엄의 어떤 소령은 클리블랜드 여자 공작의 초상화를 대대로 물려받아 가지고 있는데, 그 그림에 의하면 그녀의 머리카락은 농도가 중간쯤인 다갈색이라고 써 보냈다. 학술협회의 어떤 학자는 양쪽 다 용어를 좀더 명확하게 써주었으면 좋겠다고 말했다. 즉 '풍만한 몸매'가 어떤 것인지, 현대의 기준으로 볼 때 그것은 몸의 어느 부분을 가리키는 것인지 좀더 명확히 해달라는 것이었다.

아무튼 〈선데이 워치맨〉의 편집자는 말했다.

"넬슨 제독의 눈이 유리알로 된 의안인가 아닌가에 대한 문제 이래 가장 큰 논쟁이다. 하는 데까지 하도록 내버려두자."

논쟁은 7월에서 8월까지 계속되었다. 가엾게 된 것은 딱하기 이를 데 없는 찰스 2세의 연인으로, 그녀가 살아 있었던 새뮤얼 페피즈 시대보다 오히려 오늘날에 훨씬 더 유명해진 형편이었다. 하나에서부터 열까지 그녀에 대한 모든 것이 논쟁의 자료가 되었다. 논쟁은 아직 결말이 나지 않았는데, 여기에 또 한 사람 기데온 펠 박사라는 학자가 끼어들었다. 그는 이 두 사람의 캠벨을 혼동시켜 독자의 머리를 혼란하게 만드는 데 심술궂은 기쁨을 느끼고 있는 것 같았다.

결국 편집자 쪽에서 나서서 논쟁을 중지해 줄 것을 요구하게 되었다. 첫째로 해부학적으로 파헤쳐 서로 공격하는 것이 위험 수위에 이르렀으며, 둘째로 두 학자의 주장이 뒤얽혀 누가 누구에게 무슨 말을 하고 있는지조차 알 수 없는 상태가 되어버렸기 때문이었다.

아무튼 앨런으로서는 K.I. 캠벨이라는 녀석이 기름에 튀겨버리고 싶을 정도로 미웠다.

그것도 말하자면 K.I. 캠벨이 매주 곳곳에 얼굴을 내밀고 마치 저격의 명수처럼 그를 쿡쿡 찔러 아프게 해주려고 했기 때문이다.

지금 앨런 캠벨은 이미 이 세상에 없는 부인에게 창피를 주었을 뿐만 아니라, 그가 알고 있는 모든 여성을 수치스럽게 만들지도 모르는 시골사람이라는, 근거는 막연하나 흔들리지 않는 악평을 뒤집어쓰고 있었다. K.I. 캠벨의 마지막 편지에는 그 점이 충분히 나타나 있었다.

학교 동료들도 그것을 농담거리로 삼았다. 아마 학생들도 이것을 웃음거리로 삼을 거라고 그는 생각했다. 여자를 발가벗기는 '방탕자'라는 말을 들은 것만 해도 예삿일이 아닌데, 한술 더 떠서 '상습범'이라는 말까지 듣고 말았던 것이다.

논쟁이 일단 끝나자 그는 안도의 한숨을 내쉬며 기도를 드렸다. 그런데 지금 김이 자욱한 매점식당에서 싱겁고 멀건 차를 마시고 바싹 마른 샌드위치를 물어뜯으면서 〈선데이 워치맨〉지를 보자, 앨런은 자신도 모르게 몸이 굳어지는 것이었다. 클리블랜드 여자 공작에 대한 기사가 있지나 않을까, K.I. 캠벨이 또다시 지면에 출현하지나 않았을까 하는 불안감을 느꼈기 때문이었다.

없다. 아무것도 없었다. 아무튼 여행길을 떠나는 데 나쁜 점괘는 아니다.

매점 위의 시계바늘이 10시 20분 전을 가리키고 있었다.

깜짝 놀란 앨런은 기차를 생각해냈다. 차를 단숨에 들이마시고 나서——허둥지둥 마실 때는 끓는 것처럼 뜨거운 것이 언제나 4분의 1쯤 남게 마련이지만——그는 급히 등화관제가 되어 캄캄해진 어둠 속으로 뛰쳐나갔다. 개찰구에서 차표를 찾느라고 잠깐 시간이 걸렸다. 주머니란 주머니는 닥치는 대로 모조리 뒤지다가 결국 맨 처음 손을 집어넣었던 주머니에서 차표를 찾아냈다. 혼잡한 사람들과 수하물차 사이를 꾸물꾸물 누비듯 걸어서 조금 애를 먹은 끝에 목표인 플랫폼을 찾아냈다. 그가 차에 오르자마자 모든 문이 닫히고 기적 소리가 울렸다.

기차는 스르르 미끄러지듯 움직이기 시작했다.

드디어 대모험이 시작된 것이다. 어두컴컴한 통로에 서서 숨을 가다듬으며 앨런은 다시 인생이 즐거워졌다. 마음속에 스코틀랜드에서 온 편지의 글귀가 몇 마디 떠올랐다가 사라졌다——'록 파인 만(灣)이 바라보이는 인베라레이의 샤이러 성'.

'록 파인 만이 바라보이는 인베라레이의 샤이러 성'…… 시적인 마력을 지닌 듯이 들렸다. 앨런은 그 말의 울림을 음미했다. 이윽고 그는 자기 컴파트먼트로 가서 문을 홱 열어젖혔다. 그리고 깜짝 놀라 그 자리에 우뚝 서 버렸다.

침대 위에 그의 것이 아닌 여행가방이 열린 채 놓여 있었다. 그 속에는 여성용 옷가지들이 들어 있었으며, 스물 일고여덟쯤 되어 보이는 다갈색 머리카락의 여자가 그 위로 몸을 굽히고 가방을 휘젓고 있는 중이었다.

느닷없이 열린 문 소리에 깜짝 놀란 여자는 주저앉을 듯하더니, 이내 몸을 가누고 똑바로 서서 앨런을 쏘아보았다.

"앗!" 앨런은 들릴 듯 말 듯한 목소리로 외쳤다.

그 순간 맨 먼저 머릿속에 떠오른 것은 자기가 컴파트먼트를 잘못 찾았든지, 아니면 그녀가 잘못 안 모양이라는 것이었다. 그러나 다음

순간 재빨리 문을 훑어보고는 자기의 이름을 확인했다. 작은 모조 상아의 표찰에 연필로 또렷하게 '캠벨'이라고 씌어 있었던 것이다.

그가 조심스럽게 물었다.

"실례합니다만, 당신은…… 저어…… 잘못 아신 게 아닙니까?"

"아니요, 그럴 리가 없어요."

여자는 팔을 문지르면서 더욱 쌀쌀맞게 그를 노려보았다.

앨런은, 화장기 없는 동그스름한 얼굴에 단호한 엄격함을 드러내 보이고 있는 그녀가 제법 매력적이라고 생각했다. 키는 5피트 2인치, 좋은 몸매. 푸른 눈은 조금 사이가 뜬 듯했으나 이마는 모양이 좋았으며, 지금 야무지게 다물려고 하는 입술도 도톰하니 탐스러웠다. 트위드 슈트에 감색 반코트, 엷은 갈색 스타킹에 뒷굽이 높지 않은 구두를 신은 차림이었다.

앨런이 말했다.

"이 컴파트먼트는 4호실입니다."

"네, 알고 있어요."

"아가씨, 나는 지금 이 컴파트먼트가 나의 것이라고 말하고 있는 겁니다. 이름은 캠벨, 여기 문에 버젓이 내 이름이 씌어 있습니다."

"하지만 내 이름도 캠벨이에요." 그녀도 지지 않았다. "나도 이 컴파트먼트가 틀림없이 내 것이라고 주장하겠어요. 미안하지만 나가주시겠어요?"

여자는 여행가방을 손가락질했다.

앨런은 흘끗 가방을 쳐다보았다. 그리고 다시 한 번 더 자세히 보았다.

기차는 덜컹덜컹하면서 레일 위를 달렸다. 건들건들 흔들리면서 속력을 올렸다. 그런데 그 여행 가방 옆구리에 흰 페인트로 조그맣게 쓴 글자의 의미는 앨런에게 쉽게 이해되지 않았다.
 'K.I. 캠벨. 하펀던.'

제2장

 앨런의 머리와 가슴 속에서 설마 하는 마음이 차츰 다른 기분으로 바뀌어갔다.
 그는 우선 헛기침을 했다.
 "좀 물어보겠습니다만……." 그는 마음을 굳게 하고 말을 꺼냈다. "그 머리글자 K.I.란 무엇의 약자입니까?"
 "캐서린 아이린이에요. 내 이름이지요. 미안하지만 이제 나가주시겠어요?"
 "싫습니다!" 하고 말하며 앨런은 신문을 쑥 내밀었다. "또 한 가지 물어보고 싶습니다. 당신은 최근 〈선데이 워치맨〉지에 쓸데없는 투서를 하지 않았습니까?"
 K.I. 캠벨은 마치 눈에 차양이라도 만들 듯이 이마에 손을 대고 햇살을 가리는 시늉을 해보였다. 그리고 다른 한쪽 손을 뒤로 돌려 세면대 가장자리를 잡았다. 기차가 덜컹하며 심하게 흔들렸다. 여자의 푸른 눈에 갑자기 수상쩍어하는 빛이 떠오르더니 곧 이해하겠다는 듯한 표정으로 바뀌었다.

"그렇군요. 나는 하이게이트 대학의 A.D. 캠벨입니다." 앨런이 말했다.

가슴을 펴고 있지만 고약한 심보를 감추고 있는 듯한 그의 태도는 마치 '더욱이 그 이름도 유명한 색슨의 로더릭 도우란 바로 나요'라고 당당하게 말하고 있는 것 같았다. 고개를 번쩍 쳐든 채 신문을 침대 위로 내던지고 팔짱을 끼고 있던 그는 문득 자신이 어릿광대같이 여겨졌다.

그러나 여자 쪽에서는 그렇게 받아들이지 않았다.

"비열하고 교활한 구더기 같은 사람!"

그녀는 발끈해서 소리쳤다.

"아직 정식으로 소개받는 영광을 갖지 못한 사람에게 그런 말투를 쓴다는 것은 좀 무례한 처사가 아닐까……."

"농담도 정도 문제예요!" K.I. 캠벨이 말했다. "우리는 육촌 사이에요. 그런데 당신에게는 턱수염이 없군요."

앨런은 반사적으로 턱에 손을 가져다댔다.

"확실히 턱수염이 없군. 하지만 어째서 나에게 턱수염이 있으리라고 생각했지요?"

"우리는 모두 그렇게 상상했어요. 이렇게 기다란 턱수염을 길렀을 거라고요." 여자는 허리께에 손을 대보이면서 큰소리로 말했다. "게다가 커다란 이중 렌즈 안경을 끼고 정나미 떨어지는 메마른 목소리로 비웃는 듯이 말할 거라고 생각했어요. 그런데 그뿐만이 아니군요. 느닷없이 남의 컴파트먼트로 뛰어들어 사람을 때리려 하고……."

그녀는 손을 어떻게 해야 좋을지 모르는 것처럼 또 팔을 문지르기 시작했다.

"비꼬이고 조소적이며 공치사하는 것 같은 그런 지독한 서평은 정말 처음이었어요. 당신의 그……."

"아가씨, 당신은 뭔가 오해를 하고 있는 모양이군요. 역사를 연구하는 사람으로서 잘못된 점을 지적하는 것은 나의 의무지요. 그리고 그렇게 뻔히 알 수 있는 잘못은……."

"잘못이라고요? 그것이 큰 잘못이라는 건가요?"

"그렇지요. 나는 굳이 클리블랜드 여자 공작의 머리카락 빛깔이 어떻고 하는 그런 시시한 일을 문제삼고자 했던 게 아니오. 내가 말하는 건 실제의 역사적 사실에 관한 일이지요. 1680년의 선거에 대해 쓴 당신의 이야기는——사양치 말고 말하라면——정말 웃음을 참을 수 없을 정도였소. 윌리엄 러셀 경에 대한 것도 완전히 거짓말이었소. 나는 결코 러셀 경이 당신이 주인공처럼 다루고 있는 셔프츠베리 후작같이 스케일이 큰 악인이라고 생각지는 않소. 러셀 경은 단순히 바보요. 재판에서도 지적되었듯이 '사건의 뒤를 잘 알지 못했을' 뿐이오. 아무튼 당신의 마음이 후련해지도록 동정의 눈물을 흘려주는 것은 좋지만, 배신자 이외의 다른 인물로 만들어서는 곤란하단 말이오."

"당신이야말로 융통성 없고 고집불통인 토리 당원이로군요!" K.I. 캠벨이 불같이 성을 내며 외쳤다.

"그 말에 대한 대답으로는 존슨 박사(새뮤얼 존슨. 18세기 문단의 거물. 극단적 보수주의자)의 말을 인용하여 보다 권위 있게 말할 수 있겠군요. '당신이 미천한 휘그 당원이라는 것은 냄새로 알 수 있소.'"

두 사람은 우뚝 버티고 서서 서로의 얼굴을 노려보았다.

앨런은 여느 때라면 이런 식으로 말하지 않았을 것이다. 그러나 화가 난데다 상대가 에드먼드 버크(18세기 휘그 당원, 평론가)라도 상대해 줄 수 있다는 승부에 대한 끈질긴 고집이 있었다.

한참 뒤 앨런은 여느 때의 말투에 가까운 목소리로 물었다.

"그런데 당신은 대체 어떤 사람이오?"

이 질문이 캐서린 캠벨에게 다시 위엄을 되찾게 하는 결과가 되었다. 그녀는 야무지게 입을 다물더니 5피트 2인치의 키를 쭉 펴보였다.

"그런 질문에 대답할 의무 같은 것은 느끼지 않아요."

일부러 자개세공이 된 안경을 끼고 대답했지만, 오히려 그 안경은 그녀의 사랑스러움을 돋보이게 할 뿐이었다.

"하지만 하편던 여자대학 역사학교수라는 것은 이야기해도 좋아요."

"그래요?"

"그리고 문제의 그 시대 역사에 관한 일이라면 남자에게 지지 않아요. 그 이상 공부하고 있다고 자부하니까요. 자, 이제 여긴 내 컴파트먼트니까 나가주시는 정도의 초보적인 예의는 지켜주셔야겠지요."

"당치도 않소! 여기는 당신 컴파트먼트가 아니오!"

"내 거예요!"

"천만에! 당신 것이 아니오!"

"캠벨 박사, 나가주지 않는다면 벨을 눌러 보이를 부르겠어요."

"마음대로 하시오! 아니, 내가 누르지요."

두 사람이 각기 다른 손으로 두 번이나 울린 초인종 소리에 놀라 보이가 달려갔다. 그리하여 당당한 두 학자 선생께서 앞을 다투어 재빠른 말투로 마구 떠들어대는 장면을 보게 되었다.

"죄송합니다, 아가씨." 보이는 몹시 난처한 듯 리스트를 보면서 말했다. "손님께도 정말 죄송합니다. 무언가가 잘못된 모양입니다. 여기에는 미스인지 미스터인지 구별이 없고 그냥 '캠벨'이라고만 씌어 있어서…… 저로서도 뭐라고……."

앨런이 태도를 바꾸어 너그럽게 말했다.

"아니, 괜찮네. 캠벨 양이 컴파트먼트를 잘못 알고 들어온 거라면 굳이 나가라고 하지는 않겠네. 나에게 다른 컴파트먼트를 잡아주게."

캐서린이 이를 갈았다.

"아니에요, 안 돼요. 어렵게 말씀하시는 거지만 내가 여자라고 해서 그렇게 보아주는 건 고맙지 않아요. 나에게 다른 컴파트먼트를 잡아주세요."

보이는 두 손을 펴보였다.

"정말 죄송합니다, 아가씨. 미안합니다, 손님. 그게 안 됩니다. 이 기차에는 비어 있는 침대가 하나도 없습니다. 게다가 좌석도 역시 빈 곳이 하나도 없습니다. 삼등차에는 입석 손님까지 있을 정도입니다."

조금 사이를 둔 뒤 앨런이 퉁명스럽게 말했다.

"좋아, 내 가방을 침대 밑에서 꺼내주게. 하룻밤 복도에 서 있기로 하지."

"어머나, 그건 안 돼요!" 여자는 목소리를 바꿔서 말했다. "그렇게 할 수는 없어요."

"하지만 아가씨, 몇 번이나 말씀드립니다만……."

"글래스고까지 가시는 거지요? 그렇게 할 수는 없어요. 그건 말도 안돼요!"

캐서린은 마침내 침대 끝에 걸터앉았다.

"방법은 한 가지뿐이에요. 이 컴파트먼트를 둘이 쓰는 거예요. 하룻밤 내내 자지 않으면 돼요."

보이의 얼굴에 마음을 놓은 듯한 빛이 뚜렷이 떠올랐다.

"정말 다행입니다! 손님도 기뻐하실 겁니다. 그렇지요, 손님? 손님만 괜찮다면 틀림없이 회사가 차표를 물려드릴 겁니다. 아가씨,

덕분에 살았습니다. 그렇지요, 손님?"

"아니, 그렇지 않네. 나는 거절하겠네."

"왜 그러시지요, 캠벨 박사?" 캐서린이 싸늘한 친절을 보이며 물었다. "내가 무서운가요? 아니면 역사 이야기를 꺼낼까봐 싫은 건가요?"

앨런은 보이를 돌아보았다. 컴파트먼트가 좀 여유 있고 넉넉하다면 여기서 그는 옛날 멜로드라마에서 폭풍우 속으로 아이를 몰아내는 아버지같이 연극적인 동작으로 문을 가리키면서 나가라고 고함칠 참이었다. 그러나 장소가 장소이니만큼 홱 쳐든 손이 환기장치에 부딪치고 말았다. 그러나 보이는 그 뜻을 얼른 알아차렸다.

보이가 웃는 얼굴을 지어보였다.

"그럼 괜찮다는 말씀이군요. 편히들 주무십시오. 아마 틀림없이 즐거우실 겁니다."

"그게 무슨 뜻이지요?" 캐서린이 날카롭게 따져 물었다.

"아무것도 아닙니다. 안녕히 주무십시오…… 아니, 부디 천천히……."

다시 두 사람은 마주 앉아 서로를 노려보았다. 그러나 갑자기 두 사람이 동시에 침대 반대쪽으로 가서 앉았다. 그때까지는 둘 다 그처럼 마구 떠들어댔는데, 지금 컴파트먼트의 문이 닫히자 묘하게 어색함을 느꼈다.

기차는 천천히 움직이고 있었다. 완전히 멈추어 서지는 않았지만, 덜커덩거리며 기어가는 것으로 미루어 아마 적의 비행기가 머리 위 어디엔가 있는 모양이었다. 환기구멍으로 공기가 흘러들어왔기 때문인지 아까처럼 덥지는 않았다.

이 어색하고 거북스러운 긴장을 먼저 깨뜨린 쪽은 캐서린이었다. 처음 얼마 동안은 새침하니 앉아 있었으나 곧 소리죽여 웃기 시작했다. 마침내 그녀는 참지 못하고 깔깔거리면서 웃음을 터뜨리고 말았다. 앨런도 웃었다.

"쉿!" 캐서린이 목소리를 죽여 소곤거렸다. "옆방 손님에게 폐가 돼요. 아무튼 우리는 지금까지 좀 어떻게 되었었나 봐요. 그렇지 않아요?"

"나는 그렇지 않소. 게다가……"

캐서린은 안경을 벗으며 반드르한 이마에 주름을 잡았다.

"캠벨 박사님, 무슨 일로 북쪽에 가시지요? 아니, 육촌 뻘이니 앨런이라고 불러야 하나요?"

"당신과 같은 이유인 것 같소. 덩컨이라는 사람으로부터 편지를 받았지요. 인감증명인이라는 굉장한 직함을 가진 사람이더군요."

"스코틀랜드에서는 변호사를 그렇게 불러요." 캐서린은 조심성 없이 아무렇게나 말했다. "당신은 그런 것도 몰랐었나요? 스코틀랜드에 가본 일이 없으세요?"

"네, 없습니다. 당신은?"

"글쎄요, 어렸을 때 가보았을 뿐이에요. 하지만 편지 정도는 받고 있어요. 특히 친척들과는 연락을 계속하고 있지요. 그 편지에 다른 말은 씌어 있지 않았어요?"

"앵거스 캠벨 노인이 1주일 전에 세상을 떠났으므로 연락이 닿는 몇몇 친척들에게 알린다는 것뿐이었소. 형편이 되면 인베라레이의 샤이러 성에 와주었으면 좋겠다고 썼더군요. 친족회의를 연답니다. 상속에 대해서는 아무 문제가 없다고 분명히 말했지만, 무엇 때문에 '친족회의'를 여는지 그 이유는 씌어 있지 않았소. 나에게는 휴가를 얻는 데 더없이 좋은 구실이었지요."

캐서린은 콧방귀를 뀌었다.

"당신에게는 육친의 정이라는 것도 없나요?"

앨런은 또 화가 불끈 치밀어 올랐다.

"그럴 만도 하지 않소! 나는 앵거스 캠벨이라는 이름조차 들어본 적이 없소. 굉장히 복잡한 가계를 조사해 보고 나서야 겨우 그 사람이 아버지의 사촌이라는 것을 알았소. 내 눈으로 본 적도 없거니와 그 사람 주위의 어느 누구도 모르오. 당신은 아는 사람이 있소?"

"그야 뭐……."

"대체 샤이러 성이라는 것도 처음 들었소. 어디로 어떻게 가야 하지요?"

"글래스고에서 구룩으로 가는 기차를 타야 해요. 구룩에서 배를 타고 더눈으로 가서 거기서 자동차로 바꿔 타고 록 파인 만을 돌아 인베라레이로 가는 거예요. 옛날에는 더눈에서부터 인베라레이까지 배로 갈 수 있었지만, 전쟁이 시작된 뒤로 그 배편은 중지되어 버렸지요."

"그리고 거기서 어디로 가지요? 하이랜드? 아니면 로우랜드?"

캐서린의 눈초리가 매서워졌다.

앨런은 이런 이야기는 더 이상 하지 말아야겠다고 생각했다. 스코틀랜드의 하이랜드와 로우랜드의 경계에 대한 앨런의 지식은 아주 막연했다. 스코틀랜드의 지도 한복판에 선 하나를 그어 위쪽이 하이랜드, 아래쪽이 로우랜드——이것으로 처리된다고 생각했던 것이다. 그런데 지금 그것이 그처럼 간단하지 않은 모양이라는 생각이 들었다.

"물론 서부 하이랜드지요!"

앨런은 망설이면서도 이리저리 상상하며 말해 보았다.

"샤이러 성은 해자(성 밖으로 둘러 판 못)로 둘러싸인 장원 같은 느낌이 드는 곳이겠지요?"

캐서린이 대답했다.
"스코틀랜드에서는 성이라고 해도 별게 아니에요. 아주 보잘것없지요. 애거일 공작의 성처럼 크지 않아요. 적어도 사진으로 보면 그렇게 생각되지는 않아요. 샤이러 계곡 입구 인베라레이에서 조금 떨어져 바다를 바라보며 서 있지요. 높은 탑이 있는, 널따란 석조건물이에요. 그 성에는 역사가 있어요…… 역사가인 당신도 모를 이야기가 있지요. 하지만 무엇보다도 흥미를 끄는 것은 앵커스 캠벨의 죽음을 둘러싼 상황이에요."
"저런! 어떻게 죽었는데요?"
"그분은 자살했어요." 캐서린이 조용히 대답했다. "아니, 살해되었는지도 몰라요."
앨런이 가지고 온 펭귄 총서의 소설은 초록색 표지의 범죄 스릴러였다. 그는 늘 그런 미스터리소설을 읽는 것은 아니었으나, 이따금 머리를 식히기 위해 읽고 있었다. 그는 책표지에서 눈길을 들었다.
"뭐, 뭐라고요?"
그는 캐서린을 보며 외치는 듯한 목소리로 말했다.
"살해되었을지도 몰라요. 당신은 물론 이것도 처음 듣는 이야기겠지요? 앵커스 캠벨 노인은 탑 꼭대기의 창문으로 뛰어내렸거나 누가 뒤에서 밀어서 떨어뜨렸거나 둘 중 하나예요."
앨런은 이성을 되찾으려고 애썼다.
"그러나 검시심문도 없지 않았소?"
"스코틀랜드에서는 검시심문이 없어요. 사인에 의문이 생긴 경우에는 지방검사의 명령으로 '공개심문'을 열지요. 하지만 처음부터 살인이라고 생각되면 공개심문도 하지 않아요. 그래서 나는 날마다 글래스고의 〈헤럴드〉지를 주의해서 보았는데, 공개심문이 있었다는 기사는 없었어요. 물론 그것만으로 어떻다고 단정할 수는 없지만."

컴파트먼트는 이제 서늘할 정도였다. 앨런은 손을 뻗쳐 귓가에서 쉭쉭거리는 환기장치의 스위치를 돌렸다. 그리고 주머니에 손을 넣어 담배 케이스를 꺼내 그녀에게 권했다.

"담배?"

"고마워요. 궐련을 피우실 줄은 몰랐어요. 코담배 종류를 피울 줄 알았는데……."

"어째서 코담배를 피우리라고 생각했소?"

"나는 당신을 턱수염이 더부룩한 사람으로 상상했었거든요." 캐서린은 혐오의 빛을 뚜렷이 떠올리며 설명했다. "게다가 코담배 가루를 주위에 잔뜩 묻히고 말이에요. 미웠어요. 아무튼 이렇게 가슴이 크고 닳아빠진 여자예요!"

"가슴이 크고 닳아빠진 여자? 누가 그렇다는 겁니까?"

"클리블랜드 여자 공작 말이에요!"

앨런은 눈을 깜박이면서 알 수 없다는 표정으로 그녀를 쳐다보았다.

"아니, 캠벨 양, 당신은 그 여자 공작의 편을 드는 무리의 우두머리라고 생각했는데요. 최근 두 달 반 동안 당신은 내가 그녀를 나쁘게 말했다고 해서 나에게 마구 비난을 퍼붓지 않았소!"

"그건…… 당신이 그녀에 대해 너무 심하게 말하는 것 같았기 때문에 반대해 본 것뿐이에요. 그렇지 않았나요?"

앨런은 그녀를 노려보았다.

"그게 성실한 지식인으로서 할 짓이오?"

그는 무릎을 두드리며 소리쳤다.

"그럼, 여자가 쓴 책이라고 특별히 더 비웃는 듯한 말투로 공치사하는 서평을 쓰는 건 성실한 지식인이 할 짓인가요?"

"나는 그 책을 여자가 썼는지 몰랐소. 그 때문에 분명 '캠벨 씨'라고 썼고, 게다가……."

"그건 독자를 속이기 위한 것이었어요."

"이것 보시오." 앨런은 떨리는 손으로 그녀의 담배에 불을 붙여주고 자신의 담배에도 불을 붙이며 말을 이었다. "그 점을 분명히 해두어야겠소. 나는 여류학자에게 악의를 가지고 있지 않소. 내가 만난 일류학자 가운데는 훌륭한 여성도 얼마든지 있었소."

"그런 듣기 좋은 말은 그만두세요!"

"문제는 저자가 남자든 여자든 내 의견에는 변함이 없다는 것이오. 쓴 사람이 누구든 잘못은 잘못이오."

"그럴까요?"

"물론이오. 그러니 이렇게 단둘이 아무도 듣지 않는 곳에 있을 때 클리블랜드 여자 공작은 몸집이 작고 금발이었다고 생각한 당신의 견해는 잘못된 것이었다고 진리를 위해 인정하는 게 어떻소?"

"당치도 않아요!" 캐서린은 다시 안경을 끼고 특별히 간직해 두었던 씁쓸한 표정을 지었다.

앨런도 필사적이었다.

"증거를 생각해 보시오! 신문에는 쓸 수 없었지만, 예를 들어 이런 사실도 있소. 인용해 볼까요? 페피스의 이야기인데……."

캐서린은 깜짝 놀란 모양이었다.

"어머나, 캠벨 박사님! 당신은 성실한 역사학자 같은 얼굴을 하고서 페피스가 여자 공작의 머리 빗겨주는 사람으로부터 들은 이야기 같은 것을 믿나요?"

"아니, 그렇지는 않소. 당신은 요점에서 멀어지고 있소. 문제는 그 이야기가 진실인가 아닌가 하는 게 아니라 여자 공작과 몇 번이나 만난 일이 있는 페피스가 그 이야기를 믿을 수 있었다는 점이오.

알겠소? 그러한 그가 찰스 2세와 클리블랜드 여자 공작——그 즈음은 캐슬메인 부인——의 몸무게를 비교해 보고 '아기를 가졌기 때문에 그녀가 무거웠다'고 썼소. 찰스 2세가 여위기는 했으나 6피트의 키에 넉넉한 근육질의 인물이었던 것을 생각해 보면 그녀가 꽤 좋은 몸집이었다는 결론이 되지요.

그리고 프랜시스 스튜어트와 결혼식 흉내를 낸 이야기가 있는데, 그녀는 그때 신랑 역할을 했소. 프랜시스도 여자로서 가벼운 편은 아니었소. 그런데 그런 경우 몸집이 작고 몸이 가벼운 쪽이 신랑 역을 하겠소?"

"그건 단순한 추론에 지나지 않아요."

"물론 나도 추론이라는 것은 인정하오. 그러나 사실과 일치하고 있지요. 다음에는 레아스비의 설이 있소."

"스태인먼의 설에 의하면……."

"레아스비가 더 명확하게 설명하고 있소."

"여보시오!" 옆 컴파트먼트에서 성난 목소리가 끼어들었다. 이어서 금속제 문을 두드리는 소리가 들렸다.

논쟁을 벌이던 두 사람은 깜짝 놀라 입을 다물었다. 얼마 동안 호되게 나무라는 듯한 침묵이 흘렀다. 들리는 것은 속력을 올린 기차 바퀴의 덜컹거리는 소리뿐.

"불을 꺼요." 캐서린이 소리죽여 소곤거렸다. "창문 가리개를 젖히고 바깥 경치를 보기로 해요."

"그게 좋겠소."

전등 스위치를 끄는 소리가 들리자 옆 컴파트먼트에서 잠을 방해받은 사람은 마음이 풀린 모양이었다.

앨런은 어둠 속에서 캐서린의 여행가방을 한옆으로 밀고 창문 가리개를 올렸다.

죽음 같은 세계가 눈앞을 스쳐갔다. 훤하게 밝은 지평선에 빨간 탐조등 불빛이 미로처럼 얽혀 움직일 뿐, 그 밖에는 칠흑 같은 어둠뿐이었다. '재크와 콩나무'라고 불리는 고사포탄도 그 흰빛만큼 높이 뻗지는 못할 것이다. 흰빛은 무희처럼 짝을 지어 왔다갔다하며 춤을 추었다. 기차 바퀴의 덜컹거리는 소리 말고는 아무것도 들리지 않았다. 폭격기의 단속적인 울림도 지금은 전혀 들리지 않았다.

"이 기차가 비행기에 쫓기고 있다고 생각하세요?"

"글쎄."

왠지 모르게 차분해지지는 않았지만 명랑한 친근감이 앨런 캠벨의 몸속에 끓어올랐다.

두 사람은 작은 창문에 몸을 가까이 대듯이 하고 서 있었다. 두 사람이 피우는 빨간 담뱃불이 창유리에 비쳐 빨개졌다 어두워졌다 하고 있었다. 앨런에게는 캐서린의 얼굴이 희미하게 보였다.

또다시 어색하고 거북한 분위기가 두 사람을 둘러쌌다. 그들은 목소리를 낮추어 거의 동시에 입을 열었다.

"클리블랜드 여자 공작은……."

"윌리엄 러셀 경은……."

기차는 속력을 내어 무섭게 달렸다.

제3장

 그 다음날 오후 3시. 스코틀랜드에서는 가장 좋은 날씨라고 할 정도로 온화한 날이었다. 캐서린과 앨런 두 사람의 캠벨은 애거일셔의 더눈에서 변화가인 언덕길을 올라가고 있었다.
 글래스고에 아침 6시 30분쯤 닿을 예정이었던 기차가 실제로 도착한 것은 오후 1시가 가까워서였다. 그때쯤 되자 두 사람은 몹시 배가 고파 허기져 있었지만, 아직 점심식사를 할 만한 형편이 못되었다.
 그들로서는 무슨 말을 하는지 알아들을 수 없었으나 그래도 호감 가는 짐꾼이 구룩행 기차는 앞으로 5분 뒤에 떠난다고 일러주었으므로 두 사람은 허둥지둥 그 기차에 올라탔다. 덕분에 클라이드사이드 바닷가에 나올 때까지 식사도 못한 채 참아야만 했다.
 그날 아침 잠에서 깬 앨런은 자신이 머리카락이 마구 헝클어지고 수염이 더부룩한 채 기차 쿠션에 기대어 잠자고 있는 것을 깨달았다. 그리고 사랑스러운 여자가 그의 어깨를 베개삼아 잠들어 있는 것을 보고 꽤 큰 충격을 받았다.
 그러나 흐릿한 머릿속을 정리해 보니 그리 나쁜 기분은 아니었다.

고지식한 영혼에도 모험심이라는 것이 뛰어들어, 그는 취한 듯한 기분이 되어버렸던 것이다. 물론 여자와 함께 하룻밤을 지냈노라고 말할 만한 일은 아무것도 없었으며, 또한 플라토닉한 의미에서도 서로의 구별이나 간격이 없어졌다고 할 만한 일은 없었다.

앨런은 창 밖을 내다보고 경치가 잉글랜드와 전혀 다르지 않은 데에 놀랐다. 그리고 조금 실망했다. 아직 화강암 절벽도 우거진 히드도 보이지 않았기 때문이다. 그런 것이 눈에 띄면 캐서린에게 번즈의 시를 인용하여 말을 걸어야겠다고 생각하고 있었던 것이다.

두 사람은 세수를 하고 옷매무새를 고치면서 1679년 던비 백작의 재정재건정책에 대해 논쟁을 벌였다. 그들은 배가 고픈 것을 용케 서로 감추고 있었다. 구룩으로 가는 기차로 갈아탄 뒤에도 참고 있었다. 그러나 더눈까지 두 사람을 태워다준, 큼직한 굴뚝이 달린 옅은 갈색 기선의 선실에서 식당을 발견하자 그들은 묵묵히 왕성한 식욕을 보이며 스코틀랜드 식 수프와 구운 양고기를 정신없이 물어뜯었다.

단풍든 산을 배경으로 흰색과 쥐색과 짙은 갈색 지붕들이 들어찬 더눈 거리는 흔히 보는 스코틀랜드 풍경화를 연상시켰다. 그런 그림에 자주 등장하는 숫사슴이 보이지 않을 뿐이었다.

앨런이 중얼거렸다.

"어째서 어디를 가도 저런 어설픈 풍경화가 여기저기 걸려 있는지 이제야 알겠군. 스코틀랜드의 경치는 서투른 그림쟁이들에게 저항할 수 없는 매력을 주는 모양이지. 빨강과 노랑 물감을 듬뿍 칠하여 물 빛깔과 대조를 이루는 더없이 좋은 기회니까."

캐서린은 그것을 어리석은 말이라고 반박했다. 그녀는 또 배가 방향을 바꾸어 잔교 옆에 대어졌을 때, 그가 부는 '록 로몬드'의 휘파람을 멈추지 않으면 미칠 것 같다고 말하기도 했다.

여행가방을 잔교에 그대로 놓아둔 채 두 사람은 길 건너에 있는 텅 빈 여행안내소로 가서 샤이러까지 태워다줄 자동차를 신청했다.

"샤이러라고요?" 기운이 없어 보이는 듯한 사무원이 잉글랜드 억양으로 말했다. "요즘은 그곳도 퍽 인기가 있군요." 그때 사무원이 묘한 눈으로 두 사람을 보고 있었다는 걸 앨런은 나중에야 눈치챘다. "오늘 오후에 당신들 말고도 샤이러로 가시겠다는 분이 있었습니다. 함께 타고 가셔도 좋으시다면 요금이 훨씬 싸게 들 것입니다."

"요금 따위는 아무래도 상관없소. 뭐, 잘난 체하려는 건 아니오. 그런데, 그 손님도 역시 '캠벨'이라는 이름이겠지요?"

사무원이 메모장을 들여다보면서 대답했다.

"아닙니다. 그분 이름은 스완입니다, 찰스 E. 스완. 여기 오신 지 아직 5분도 되지 않았습니다."

"들어본 적이 없는걸." 앨런은 캐서린에게 눈길을 돌렸다. "설마 그 사람이 상속인은 아니겠지요?"

"기가 막혀서!" 캐서린이 말했다. "상속인은 닥터 콜린 캠벨이에요, 앵거스 캠벨 노인의 바로 아랫동생이지요."

사무원은 더욱 묘한 표정을 지었다. "그렇습니다. 그분이라면 어제 우리 차로 모셔다드렸습니다. 꽤 고집스러운 분이더군요. 그런데 스완 씨와 함께 타시겠습니까? 아니면 따로 한 대 빌리시겠습니까?"

캐서린이 끼어들었다.

"그분만 괜찮다면 물론 함께 타고 가도 좋아요. 아주 좋은 생각이에요! 그런 일로 돈을 낭비할 수는 없지요! 그럼, 준비는 언제 다 되나요?"

"3시 30분입니다. 30분쯤 뒤에 다시 와주십시오. 준비해 놓겠습니다. 그럼, 안녕히…… 감사합니다."

두 사람은 기분 좋게 따스한 햇살 아래로 나가 가게의 진열장을 구경하면서 어슬렁어슬렁 걸어 번화가를 올라갔다. 선물가게뿐인 듯,

가는 곳마다 스코틀랜드 고유의 격자무늬가 진열되어 있어 눈이 어지러울 정도였다. 격자무늬 넥타이, 격자무늬 머플러, 격자무늬 책 커버, 격자무늬 찻잔, 인형에 입혀진 격자무늬 옷, 격자무늬 재떨이…… 그 가운데서도 가장 화려한 것은 스튜어트 왕가의 무늬였다.

아무리 억센 나그네라 할지라도 손을 내밀고 싶어질 만한 이런 물건들을 보자 앨런은 그것들을 사고 싶어 견딜 수가 없었다. 꽤 가파른 언덕길을 올라가 오른쪽 가게를 볼 때까지는 캐서린 때문에 그러한 마음을 나타내지 못하고 있었다. 그러나 그곳 진열장에 진열된 여러 가지 격자무늬 방패——애거일의 캠벨 집안을 비롯해서 매클리오드, 고든, 매킨토시, 그리고 매퀸 집안의——들을 보자 캐서린도 두 손을 들고 말았다.

그녀가 말했다. "예쁘군요, 안으로 들어가봐요."

문의 벨 소리가 요란하게 울렸지만, 카운터에서 몹시 격렬하게 다투고 있는 사람들의 귀에는 들리지 않았던 모양이다. 카운터 안쪽에는 험한 표정을 한 몸집 작은 여자가 팔짱을 끼고 서 있었다. 맞은편에는 소프트 모자를 깊숙이 눌러쓴 서른 대여섯 살쯤 되어 보이는 키 큰 젊은이가 서 있었다. 사나이는 엄청나게 많은 격자무늬 넥타이에 둘러싸여 있었다.

사나이가 점잖게 말했다.

"모두 좋다고 생각되지만, 내가 갖고 싶은 것과는 다르오. 나는 맥홀스터 집안의 격자무늬 넥타이를 보고 싶소. 아직도 모르겠소? 맥홀스터 집안, 맥-홀-스-터-, 맥홀스터 집안의 격자무늬를 보여주실 수 없겠소?"

"맥홀스터 집안이란 없어요." 가게의 여자가 말했다.

젊은 사나이는 카운터에 한쪽 팔꿈치를 짚고 기대어서더니 바싹 마른 둘째 손가락을 여자에게로 내밀며 말했다.

"여보시오, 난 캐나다 사람이오. 그렇지만 내 몸속에는 스코틀랜드인의 피가 흐르고 있고, 나도 그것을 자랑스럽게 생각하오. 내가 어렸을 때부터 아버지는 곧잘 이렇게 말하셨소. '찰리, 만일 네가 스코틀랜드의 애거일셔에 가거든 맥홀스터 집안을 찾아보아라. 너의 할아버지께서 자주 말씀하셨는데, 우리 선조는 맥홀스터 집안이란다.'"

"그러니까 말하잖아요, 맥홀스터 집안이란 없어요."

"그러나 어디엔가 맥홀스터 집안이 있을 거요!" 젊은 사나이는 두 손을 벌리면서 끈질기게 말했다. "맥홀스터 집안도 있을지 모르오! 그렇지 않소? 스코틀랜드에는 이렇게 여러 가계가 있고 사람도 많잖소? 그러니 맥홀스터 집안이 없다고 단정할 수는 없을 거요."

"맥히틀러 집안이라면 있을지도 모르지만, 그런 이름은 없다니까요!"

사나이가 어쩔 줄 몰라하며 눈에 띄게 실망하자 가게의 여자도 좀 안됐던 모양이다.

"그런데 당신 이름은 뭐지요?"

"스완. 찰스 E. 스완."

가게의 여자는 허공을 노려보며 잠깐 생각했다.

"스완(swan, 백조)이라…… 그렇다면 매퀸 집안이군요."

젊은 사나이는 반색을 했다.

"그럼, 매퀸 집안과 관계가 있다는 말입니까?"

"꼭 그렇게 말할 수는 없지만, 그럴지도 몰라요. 물론 그렇지 않을지도 모르고요. 스완이라는 이름을 가진 사람 가운데 그 집안사람이 많으니까요."

"그 집안의 격자무늬라면 있소?"

가게의 여자는 넥타이를 하나 보여주었다. 누가 보아도 화려한 격자무늬로, 바탕은 진한 빨강이었다. 아마도 젊은이의 기호에 꼭 맞는 모양이었다.

"정말 훌륭한 무늬로군!"

스완은 기쁜 듯이 빙글 돌아서서 앨런에게 말을 걸었다.

"어떻습니까, 좋지요?"

"멋지군요. 그러나 넥타이로서는 지나치게 화려하지 않소?"

"네, 하지만 마음에 듭니다."

스완은 먼 경치를 바라보는 화가처럼 팔을 쭉 뻗쳐 넥타이를 바라보더니 생각에 잠긴 듯 고개를 끄덕였다.

"그래, 내 넥타이로 아주 좋군요. 이것을 한 다스 주시오."

가게의 여자는 눈이 휘둥그레졌다.

"한 다스라고요?"

"그렇소. 안됩니까?"

가게의 여자는 아무래도 경고해 주지 않을 수 없었던 모양이었다.

"한 개에 3실링 6펜스인데요?"

"괜찮습니다, 싸주시오."

여자가 가게 안쪽 문으로 뛰어 들어가자 스완은 아주 친한 사람 같은 표정을 짓고 돌아보았다. 그는 여성인 캐서린에게 경의를 표하고 싶었던지 모자를 벗어 곱슬거리는 마호가니 빛 머리카락을 보여주었다.

그 사나이는 목소리를 죽여 가만가만 털어놓았다.

"나는 꽤 많은 여행을 다녔지만, 이처럼 묘하고 언짢은 나라는 처음입니다."

"그렇습니까?"

"네, 모두 그 스코틀랜드의 '서투른 재담'을 마구 지껄여대며 서성거리지 않겠습니까! 이 아래 호텔 바에 들렀더니 이 지방의 코미

디언이 어쭙잖은 말장난으로 박수를 받더군요. 뿐만 아니라 오늘 아침 런던에서 온 기차로 도착했으니까 여기 와서 이제 두서너 시간밖에 지나지 않았는데, 그동안 똑같은 그 시원찮은 재담이라는 것을 네 번씩이나…… 그것도 각각 다른 사람으로부터 지겹도록 들어야만 했지요."

"우린 아직 그런 일을 당하지 않았습니다."

"하지만 나는 당했습니다. 우선 내 말투를 들어보고 나서 '당신은 미국사람이오?' 하고 묻는 겁니다. '아니오, 나는 캐나다 사람입니다.'라고 대답했지만, 그 정도로 물러설 사람들은 아니지요. 그들의 말은 모두 똑같습니다. 이런 식이지요. '내 동생 앵거스의 일을 들었나요? 그 녀석은 경찰견에게 쫓기면서도 한 푼도 내놓지 않는답니다.'"

사나이는 어떠냐는 듯한 얼굴로 그들을 쳐다보았다.

그 이야기를 듣고 두 사람은 까닭을 몰라 어리둥절했다.

"모르시겠습니까?" 스완이 말을 이었다. "경찰견에게 쫓기면서도 한 푼(cent)도 내지 않는다…… 즉, 냄새(scent)의 흔적을 남기지 않는다는 거지요." *(cent와 scent의 발음이 같다는 데에 착안한 농담)*

"무슨 이야기인지 알겠어요. 하지만……." 이번에는 캐서린이 상대가 되었다.

"아니, 나도 그 이야기가 재미있다는 건 아니오." 스완이 당황하며 말을 가로막았다. "그런데 그 말을 들으니 이상하더군요. 시어머니들끼리 시어머니에 대한 농담을 하며 돌아다니는 것 보셨습니까? 그런데 영국인이 영국인에 대한 농담을 하는 거예요."

"영국인이 그러고 다닌답니까?" 앨런이 흥미를 느끼고 물었다.

스완은 살짝 얼굴을 붉혔다.

"아니, 뭐 캐나다나 미국 사람들이 하는 말이죠. 별로 나쁜 뜻이 담겨 있지는 않습니다."

앨런이 얼른 대꾸했다.

"아니 괜찮습니다. 실은 물어보고 싶은 것이 있습니다. 오늘 오후 샤이로로 가는 자동차를 부탁하신 스완 씨가 당신입니까?"

스완의 얼굴에 발뺌할 말이라도 찾는 듯한 묘한 표정이 떠올랐다. 눈과 입 언저리에 잔주름이 잡혔다. 어쩐지 초조하고 안타까워하는 것 같았다.

"그렇습니다만, 왜 그러시지요?"

"우리도 마침 그곳으로 가기 때문에 별지장이 없으면 함께 차를 탈 수 없을까 해서 물었습니다. 나는 캠벨, 캠벨 박사입니다. 이쪽은 육촌인 캐서린 캠벨 양이구요."

스완은 이 소개말을 듣자 머리를 숙여 대답했다. 표정도 달라져 밝고 호인다운 얼굴이 되었다.

"무슨 지장이 있겠습니까? 없습니다. 나로서도 더없이 다행스러운 일입니다." 그는 진심에서 우러나오는 듯이 말했다.

"친척이시군요?"

"먼 친척이지요. 당신은?"

사나이는 다시 멍청한 표정을 지었다.

"이미 이름을 알게 된 데다 맥홀스터 집안인지 매퀸 집안인지의 자손이라고 하니 이제 새삼스럽게 친척인 척 할 수도 없지요. 그렇지 않습니까? 그런데 한 가지 물어보고 싶은 것이 있습니다." 그는 한층 더 비밀스럽게 목소리를 낮추었다. "당신들은 엘스패트 캠벨에 대해 알고 계십니까?"

앨런은 고개를 옆으로 저었으나 캐서린이 얼른 나섰다.

"엘스패트 아주머니 말씀인가요?"

"네, 나는 그 사람에 대해서 아무것도 알지 못합니다."

"엘스패트 아주머니는 사실 우리 친척이 아니에요. 모두들 그렇게 부르고 있지만, 사실은 캠벨 집안사람이 아니에요. 그녀가 대체 어떤 사람인지, 어디서 온 사람인지 아무도 모른답니다. 40년쯤 전에 불쑥 나타나서 그뒤 계속 눌러 있게 되었을 뿐이에요. 샤이러 성의 여주인같이 되었지요. 벌써 90살 가까이 되었을 텐데, 상당히 말이 많고 귀찮은 사람이어서 모두들 두려워하지요. 하지만 나도 만나본 적은 없어요."

"그래요?"

스완은 더 이상 말이 없었다. 가게 여자가 넥타이 꾸러미를 들고 왔다. 스완은 돈을 치렀다.

"그럼 이제 그만 가는 편이 좋겠군요. 자동차를 기다리게 할 수는 없으니까요."

그는 가게 여자에게 공손히 작별인사를 하고, 두 사람을 위해 문을 열어주었다.

"그곳까지는 상당히 멀겠지요? 나는 그곳에 머무를 예정이 아니기 때문에 어두워지기 전에 돌아왔으면 합니다만…… 이쪽도 물론 등화관제를 하고 있겠지요? 오늘 밤만큼은 좀 푹 자고 싶군요. 어젯밤에는 기차에서 한잠도 잘 수 없었거든요."

"기차에서 잠을 못 자요?"

"네. 마침 옆 컴파트먼트에 신혼부부가 탔는데, 클리블랜드에서 온 여자가 어떻다느니 아니라느니 심한 말다툼을 하지 뭡니까. 덕분에 한잠도 못 잤답니다."

앨런과 캐서린은 멋쩍은 듯이 흘끔 서로 눈을 마주쳤으나 스완은 불평을 늘어놓기에 여념이 없었다.

"나는 오하이오에 살기 때문에 클리블랜드에 대해서는 잘 알고 있었으므로 귀를 기울였습니다. 그러나 도대체 알 수 없는 이야기더군요. 러셀이라는 자가 있고, 찰스라던가 하는 녀석이 나오고……
아무튼 그 클리블랜드에서 온 여자가 러셀과 사이가 좋다는 건지
찰스와 사이가 좋다는 건지, 아니면 그 남편과 사이좋게 지내고 있
다는 건지 분명치가 않았습니다. 이야기는 들리는데 도무지 무슨
말인지 모르겠더군요. 견디다 못해 벽을 두드렸지요. 그런데 전등
을 끈 뒤에도 그 사람들은……."

"캠벨 박사님!"

캐서린이 당황해서 얼른 앨런의 입을 미리 막으려고 했으나 당사자
인 범인은 이미 꼬리를 내리고 말했다.

"아무래도 그 '신혼부부'가 우리였던 것 같은데요."

"당신들이라구요?"

스완은 졸음을 끌어들일 것 같은 밝고 더운 한길에서 순간 걸음을
멈추었다. 그 눈은 반지가 끼워져 있지 않은 캐서린의 왼손을 흘끗
바라보았다. 그 손은 마치 글씨로 쓰듯 어떤 사실을 이야기해 주는
것이었다.

이윽고 스완은 당황하면서 화제를 바꾸어 이야기를 계속했다. 말솜
씨가 뛰어난 그였지만, 그 갑작스러움이 뚜렷하게 느껴졌다.

"그건 그렇고, 이곳은 식량난이 그다지 심하지 않은 것 같군요. 저
기 저 식료품가게를 보십시오! 저기 매달아놓은 것은 헤기스(양의 내장과 오트밀을 위주머니에 넣어서 삶은 것)입니다. 저것은……."

캐서린의 얼굴이 마치 불붙은 것처럼 빨개졌다.

"스완 씨." 그녀는 강경한 태도로 분명하게 한 마디씩 또박또박 말
했다. "오해받지 않도록 분명하게 이야기해 두고 싶군요. 나는 하편
던 여자대학의 역사학교수로……."

"헤기스는 처음 보았는데, 그다지 기분 좋은 것은 아니군요. 육류
가운데서 저렇게 생생한 것은 처음 봅니다. 저걸 얇게 썬 것을 '얼

스터 프라이'라고 하는 모양인데······."

"저어, 스완 씨, 좀 들어주세요. 이분은 하이게이트 대학에 계시는 캠벨 박사님이에요. 우린 분명하게 말씀드릴 수 있습니다만······."

이때 또 스완은 잠깐 걸음을 멈추었다. 그는 주위에 아무도 엿듣는 사람이 없는지 확인하듯 살펴본 다음 낮고 빠른 말투로 진지하게 말했다.

"저어, 캠벨 씨, 나는 이래봬도 도량이 넓은 사람입니다. 어떤 사정인지 잘 이해합니다. 다만 그런 이야기를 꺼내어 딱하게 만들어 드린 것을 유감스럽게 생각할 뿐입니다."

"하지만······."

"잠을 못 잤다고 했지만, 그것은 사실 침대 때문이었습니다. 그러나 당신들이 불을 끈 다음에는 곧 잠들어버려서 그뒤 아무것도 듣지 못했습니다. 그러니 그런 이야기는 이제 모두 잊어버리도록 합시다."

"그게 좋겠군요." 앨런이 맞장구쳤다.

"앨런 캠벨 씨, 당신은 설마······." 캐서린이 해명을 위해 끼어들었으나 대화는 거기서 끝이 났다.

스완은 원만하게 일을 잘 처리한 듯한 얼굴로 앞쪽을 보았다. 여행 안내소 앞에 쾌적해 보이는 파란색 5인승 자동차가 서 있었다. 모자를 쓰고 제복을 입은 운전기사가 자동차에 기대서서 그들을 기다리고 있었다.

"오오, 황금의 자동차여!" 스완은 덧붙였다. "여기 안내 책자도 있지요. 자, 즐겁게 가십시다!"

제4장

 조그마한 조선소 옆을 달려 홀리 록 만을 지나자 나무가 빽빽이 우거진 언덕 기슭을 돌아 히스 조크로 이어지는 오르막길에 접어들었다. 그로부터 깊숙이 파인 록 에크 만 옆을 달리는 긴 직선도로에서 자동차는 속력을 냈다.
 세 사람은 이 운전기사가 곧 좋아졌다.
 늠름한 모습에 불그레한 얼굴, 지나칠 정도로 밝은 파란 눈과 재미있는 말솜씨, 남모르는 마음속 즐거움을 듬뿍 안고 있는 듯한 사람이었다. 스완이 앞자리에 운전기사와 나란히 앉고, 앨런과 캐서린은 뒷좌석을 차지했다. 스완은 운전기사의 사투리에 열중해서 마침내 그의 흉내를 내기 시작했다.
 운전기사가 산허리를 흐르는 시냇물을 가리키며 스코틀랜드 사투리로 '위 바안(작은 냇물)'이라고 가르쳐주자 스완은 무척 신나했다. 그 뒤로는 어떠한 물이 나타나든 스완의 입을 통해 모두 '위 바안'이 되었다. 심지어는 집 한 채쯤 거뜬히 쓸어갈 만한 큰 강도 '위 바안'이 되어버렸다. 스완은 그 강을 가리키며 '바안'의 'R'을 임종 때 목구멍에 숨이 막혀서 나오는 소리, 양치질할 때 입에 물을 물고 내는 듯한 소리로 발음해 보이는 것이었다.

그는 불쾌할 정도로 이 일을 계속하고 있었는데, 사실 앨런이 신경쓸 것은 없는 일이었다. 운전기사는 아무렇지도 않은 표정이었다. 마치 슈노를 듀란테에게서 순수한 영어를 쓴다고 찬사를 듣는 세드릭 허드윅 같은 모습이었다.

스코틀랜드인이 말없고 사귀기 힘들다고 여기는 사람들에게 이 사나이의 이야기를 들려주었으면 좋겠다고 앨런은 생각했다. 이 운전기사의 입을 막는 것은 불가능한 일이었다. 가는 도중에 온갖 것을 자세하게 설명해 주었는데, 나중에 스완의 안내서를 보고 그 정확함에 혀를 내두르지 않을 수 없었다.

그는 보통 때에는 영구차를 운전한다고 말했다. 그는 그 일이 마음에 드는 듯 영광스럽게도 자기가 시신을 운반한 수많은 훌륭한 장례식에 대해 아주 자랑스럽게 이야기해주었다. 스완은 그 이야기에서 실마리를 잡았다.

"혹시 1주일쯤 전 장례식에도 영구차를 운전하지 않았소?"

왼쪽으로 록 에크 만이 오래되어 못 쓰게 된 거울처럼 산 사이에 가로놓여 있었다. 물방울도 튀지 않았고 잔물결도 일지 않았다. 주위 산들의 드러난 바위 꼭대기를 둘러싸고 전나무와 소나무들이 빽빽이 우거진 비탈에 움직이는 것이라고는 아무것도 없었다. 이 근처의 완전한 고요는 사람의 마음을 무감각하게 만들어버렸다. 세상을 받아들이지 않는, 그럼에도 저쪽 세상을 알고 있는 이 말없는 울타리 같은 모습은 마치 이 산들 사이에 아직도 거친 방패가 감추어져 있는 듯했다.

운전기사는 퍽 오랫동안 입을 다물고 있었다. 불그레한 커다란 손이 핸들을 단단히 움켜쥐고 있었다. 마치 지금 한 질문이 들리지 않앉든지, 아니면 질문의 뜻을 못 알아들은 것 같았다. 잠시 뒤 운전기사가 입을 열었다.

"샤이러 캠벨 집안의 큰 나리 말씀이오?"

"그렇소" 하고 대답하며 스완은 운전기사 못지않게 진지한 표정을 지었다. 운전기사의 사투리는 아주 흉내내기가 쉬워서 앨런도 무의식 중에 흉내낼 뻔한 일이 여러 번 있었다.

"그럼, 손님들도 그댁 분들이군요?"

"이 두 분은 그렇소." 스완이 뒷좌석에 앉은 두 사람을 턱으로 가리키며 대답했다. "나는 맥홀스터요. 매퀸이라고 불리는 일도 있지만."

운전기사는 고개를 돌려 스완을 뚫어지게 쳐다보았다. 그러나 스완은 태연했다.

운전기사는 내키지 않는 듯한 태도로 말했다.

"어제도 그댁 친척을 한 분 모셔다드렸지요. 콜린 캠벨이라는 분이었습니다. 그분과 안내인인 듯한 스코틀랜드인이 한 사람 타고 있었지요. 그런데 콜린 캠벨 씨는 잉글랜드 억양이더군요."

갑자기 운전기사의 안색이 흐려졌다.

"그렇게 말이 많고 거친 말투를 쓰는 분은 처음입니다. 아주 거침없이 무신론자라고 말하지 않겠습니까! 그리고는 머리에 떠오르는 대로 샤이러는 기분 좋은 곳이 아니라고 쓸데없는 이야기를 늘어놓았지요." 운전기사는 불쾌한 듯해 보였다. 그는 한 마디 더 덧붙였다. "확실히 기분 좋은 곳은 못되지만 말입니다."

그리고 다시 괴로울 만큼 답답한 침묵이 흘렀다. 들리는 것이라고는 노래하는 것 같은 자동차 바퀴 소리뿐이었다.

"기분 나쁜 곳이란 말인가요?"

앨런이 말참견을 했다.

"그렇죠."
"샤이러가 기분 나쁜 곳이라면, 무슨 무서운 일이라도 있었단 말이오? 유령이라도 나온다는 건가요?"
운전기사는 마치 스탬프를 찍을 때처럼 천천히 핸들을 두드렸다.
"나는 도깨비나 귀신이 나온다는 말은 하지 않았습니다. 뭔가가 나온다고 말하지도 않았고요. 다만 기분이 나쁘니까 나쁘다고 했을 뿐입니다."
스완이 나지막하게 휘파람을 불며 안내서를 펼쳤다. 자동차는 덜컹덜컹 흔들리고, 오후의 비스듬한 햇빛은 차츰 엷어져가고 있었다. 스완은 인베라레이의 페이지를 펴들고 소리 내어 읽었다.

큰길에서 거리로 들어가기 전에 여행자는 왼쪽으로 샤이러 성을 보게 될 것이다.
이 성에 건축적인 흥미를 끌 만한 점은 없다. 16세기 말쯤에 지은 것으로서, 그 뒤 여러 군데 증축된 부분이 있다. 가장 눈에 띄는 것은 남동쪽 모퉁이에 있는 원추형 기와지붕의 둥근 탑일 것이다. 높이가 62피트인 이 둥근 탑은 샤이러 성의 야심적인 건축계획에서 맨 처음 착수한 것으로 생각되며, 다른 계획은 그 뒤 그대로 방치해 두었다.
이 성에 대한 전설은 1692년부터 전해져오는데, 그해 2월의 글렌코 대학살에 이어서……

스완이 갑자기 읽던 것을 멈추고 턱을 쓰다듬으면서 중얼거렸다.
"잠깐, 글렌코 대학살이라면 들은 적이 있는데. 그렇지, 디트로이트에서 학교에 다닐 때였어…… 그게 어찌되었더라? 그래!"
운전기사는 다시 기분이 좋아져서 뱃속으로부터 치밀어 오르는 웃음을 참으려고 핸들 위에서 몸을 앞뒤로 흔들고 있었다. 너무 우스워서 눈물이 날 지경인 것 같았다.

"왜 그러시오? 뭐가 우습다는 거요?" 스완이 물었다.

운전기사는 마침내 숨이 막혀버린 모양이었다. 터져 나오는 웃음을 애써 참는 것은 지옥의 고통과 같았으리라.

이윽고 운전기사가 말했다.

"그렇지 않아도 손님은 미국인일 거라고 생각했습니다. 그렇지요? 당신은 내 동생 앵거스를 모르십니까? 녀석은 경찰견에게 쫓기면서도 한 푼도 내놓지 않는답니다."

스완은 이마에 주름을 잡았다.

"모르겠습니까? 당신에게는 재담도 통하지 않는 모양이지요? 한 푼도 내놓지 않는답니다!"

"정말 이상하군." 스완이 말했다. "물론 나도 아오. 그러나 나는 미국인이 아니오. 디트로이트의 학교에 다니기는 했지만, 나는 캐나다 사람이오. 만약 오늘 '앵거스의 형제'가 또 한 번 나타나면 죽이고 말 테요! 아, 죽인다는 말을 하고 보니 생각나는군. 그렇게 낄낄 웃지 마시오! 스코틀랜드 사람답게 근엄한 얼굴을 지어보시오! 그런데 그 글렌코 학살 말인데, 나는 옛날 학예회 때 그 연극에 나간 일이 있소. 누가 누구를 학살했지요. 잘 생각이 나지 않는데, 맥도널드 집안이 캠벨 집안을 모조리 죽였는지, 아니면 캠벨 집안이 맥도널드 집안을 죽였는지……."

이 말에 대답을 한 것은 캐서린이었다.

"그것은 물론, 캠벨 집안이 맥도널드 집안을 몰살시켰어요. 하지만 이 지방에서는 아직까지도 그 이야기가 금지되어 있다지요?"

운전기사는 눈에 괸 눈물을 닦아내더니 다시 진지한 표정으로 되돌아가 지금은 그렇지도 않다고 대답했다.

스완은 다시 안내서를 폈다.

 이 성에 대한 전설은 1692년부터 전해져오는데, 그해 2월의 글렌코 대학살에 이어서 글렌리욘의 캠벨 집안 사람인 병사 이언 캠벨이 양심의 가책으로 탑 맨 위층 창문에서 몸을 던져 밑의 포석에 머리르 부딪고 죽었다고 한다.

스완이 얼굴을 번쩍 들었다.
"얼마 전 캠벨 노인이 죽은 방법과 똑같군요."
"그렇습니다."

 다른 전설에 의하면 그는 양심의 가책에 의해 자살한 것이 아니라, 그에게 살해된 희생자 가운데 한 사람이 망령이 되어 나타난 것이라고 전해지기도 한다. 생선회처럼 난도질당한 망령의 모습이 이 방에서 저 방으로 그를 쫓아다니자 망령으로부터 달아날 길은 그 창문으로 뛰어 내리는 수밖에 없어……

스완은 탁 하고 소리 내어 안내서를 덮었다. "이만하면 됐어!" 그는 눈을 가늘게 뜨고 목소리를 부드럽게 하여 말을 계속했다. "그런데 사실은 어땠을까요? 노인은 탑 꼭대기의 방에서 자고 있었던 것도 아닐 텐데 말이오, 그렇지 않소, 운전기사 양반?"
그러나 이번에는 운전기사도 쉽게 말려들지 않았다. '거짓말을 듣고 싶지 않거든 제발 아무것도 묻지 말아주시오'──운전기사의 태도는 이렇게 말하는 것 같았다.
"곧 파인 록 만이 보일 겁니다, 그리고 샤이러 성도, 저기 보십시오…… 여기가 루크랍니다."

갈림길에 이르자 자동차는 오른쪽 직선도로로 구부러졌다. 눈앞에 반짝이는 드넓은 수면이 나타났다. 세 사람 모두 저도 모르게 환성을 질렀다.

남쪽으로 넓게 뻗어 있는 만은 그들의 왼편으로 끝없이 이어지는 듯했다. 육중한 해안 사이에 끼어 햇빛을 받아 은빛으로 반짝이는 바닷물은 커다랗게 곡선을 그리며 펼쳐져 몇 마일이나 앞쪽 클라이드의 강어귀로 이어져 있었다.

그러나 북쪽은 산기슭으로 둘러싸여 좁아진 수면이 영원한 고요를 안고 슬레이트 빛으로 빛나고 있었다. 3마일쯤 안쪽에서 쐐기 모양으로 갈라져 있었다. 기울기 시작한 저녁햇살에 여기저기 히스(북유럽 등에 분포하는 철쭉과 에리카 속에 속하는 소관목)가 불그스름하게 비춰지고, 소나무와 전나무는 진한 초록빛으로, 그리고 완만한 산은 검거나 진한 보랏빛으로 보였다. 나무가 우거진 둘레는 땅빛인 갈색으로 덮여 있었다.

나무 사이로 아득히 먼 건너편 기슭에 물가를 따라 지어진 평평하고 흰 집들이 보였다. 교회의 뾰족탑도 보이고, 그 뒤에 우뚝 솟은 언덕 위에는 시계탑 같은 것도 보였다. 공기가 깨끗하고 맑기 때문에 꽤 떨어진 곳에서도 거울 같은 수면에 비추어진 흰 집들을 또렷하게 볼 수 있었다.

운전기사가 손가락으로 가리키며 말했다.

"인베라레이지요."

자동차는 바람처럼 달렸다. 스완도 완전히 경치에 마음을 빼앗겨 '위 바안'이라고 말하는 것마저 잊어버리고 있었다.

길은 이제까지와 마찬가지로 포장이 아주 잘되어 기슭을 따라 만 깊숙이까지 일직선으로 뻗어 있었다. 따라서 건너편 기슭인 인베라레이로 가려면, 만 저 안까지 갔다가 다시 돌아서 이 길과 평행을 이루는, 지금 있는 곳의 맞은편으로 가야만 하는 것이다.

그러나 이것은 앨런의 생각일 뿐이었다. 인베라레이는 이제 바로 눈과 코 사이에 있는 것처럼 보였다. 사이에 낀 빛나는 수면의 폭도 이 부근이 가장 좁은 것 같았다. 앨런이 한가한 마음으로 몸을 뒤로 젖히고서 힘차고 거대한 산의 모습을 감상하고 있는데 덜컹 하고 자동차가 멈추더니 운전기사가 내렸다.

"자, 내리십시오." 운전기사가 미소 띤 얼굴로 말했다. "도널드 맥리시의 보트가 있을 겁니다."

세 사람은 운전기사의 얼굴을 쳐다보았다.

"보트라고요?" 스완이 큰소리로 외쳤다.

"그렇습니다."

"그러나 어째서 보트가 필요하지요?"

"당신들을 태워다드리기 위해서지요."

"건너편까지 도로가 나 있지 않소? 이 후미로 깊숙이 차를 몰고 가서 빙 돌아 저쪽 길로 인베라레이까지 갈 수 없겠소?"

"내가 보트를 잘 젓는데 굳이 차로 가는 건 가솔린 낭비가 아닐까요?"

운전기사는 당치도 않다는 듯이 고집스러운 표정을 지었다.

"여러 소리 하지 말고 내리시오. 벌써 5시인데, 육로로 가려면 6마일은 됩니다."

"그렇겠군요." 가까스로 침착한 표정을 되찾은 캐서린이 방긋 웃으며 말했다. "나는 보트라도 괜찮아요."

스완도 슬그머니 양보했다.

"누군가가 보트를 저어준다면 나도 괜찮소. 하지만……." 그는 주위를 휘둘러보는 듯한 몸짓을 했다. "어째서 당신이 그런 것까지 생각하는 거지요? 당신 가솔린이 아니잖소. 회사의 것일 텐데?"

"물론이지요. 하지만 이치는 마찬가지입니다. 자, 보트를 타십시오."

해거름이 가까워 고요한 속을 몹시 기묘한 표정의 세 나그네와 즐거운 듯 노젓는 운전기사를 태운 보트가 만을 가로질러 건너갔다.

캐서린과 앨런은 각기 여행가방을 발밑에 놓고 인베라레이 쪽을 향해 보트의 고물에 앉아 있었다. 물이 하늘보다 더 맑게 빛나는 시각이어서 그 위로 그림자가 비쳤다.

갑자기 캐서린이 몸을 떨었다.

"춥소?"

"조금요, 하지만 그 때문만이 아니에요."

그녀는 보트를 젓고 있는 운전기사에게로 눈을 돌렸다.

"저기지요? 저 작은 잔교가 있는 곳 말이에요."

운전기사는 목을 길게 뽑아 뒤돌아보며 대답했다.

"그렇습니다."

노를 고정시킨 곳에서 삐걱삐걱 소리가 났다.

"멋진 경치는 아니지요. 그러나 앵거스 노인은 굉장히 많은 유산을 남겼다더군요."

세 사람은 말없이 눈앞으로 커다랗게 다가오는 샤이러 성을 바라보고 있었다.

성은 거리에서 조금 떨어진 곳에 만을 바라보고 서 있었다. 돌과 벽돌로 지은 회색 건물로, 경사가 심한 슬레이트 지붕을 이고 물가에 넓게 퍼져 있었다. 앨런은 그것을 바라보면서 '널따란 석조건물'이라고 기차 안에서 설명한 캐서린의 말을 상기해 보았다.

무엇보다도 눈에 띄는 것은 탑 모양의 지붕이었다. 이끼가 낀 잿빛 돌로 둥글게 쌓아올린 탑은, 저택 동남쪽 구석에 원추형으로 하늘높이 솟아올라 있었다. 지붕 바로 밑에는 채광을 위한 창문이 두 개 있었다. 그 창문에서부터 저택 앞 울퉁불퉁한 돌바닥까지는 60피트 가까이 될 듯싶었다.

앨런은 그 창문으로 뛰어내리는 광경을 상상하는 것만으로도 속이 메슥거려서 몸을 움직거리며 앉음새를 고쳤다.

캐서린이 더듬거리며 말했다.

"잘은 모르지만, 아무래도 그다지 개화되어 있지 않은 것 같군요."

"천만에요! 저곳에는 전기도 들어온답니다." 운전기사가 당치도 않다는 듯이 말했다.

"전기요?"

"그렇소, 게다가 욕실도 있지요. 물론 내 눈으로 직접 본 건 아니지만." 그는 또 목을 길게 뽑고 뒤돌아보았는데, 이번에는 언짢은 표정을 지어보였다. "저 작은 잔교에서 이쪽을 보고 있는 사람이 보이지요? 저분이 아까 이야기한 콜린 캠벨 씨입니다. 맨체스터인지 어딘지는 잘 모르겠지만, 이교도들의 거리에서 의사로 일하고 있다더군요."

잔교의 사람 모습은 배경인 회색과 갈색에 섞여서 희미하게 보였다. 키는 작지만 어깨가 떡벌어진 사나이로, 그 당당한 어깨를 거칠게 추켜올리고 있었다. 코르덴 반바지에 각반을 친, 낡은 사냥복 차림의 콜린은 두 손을 주머니 속에 넣고 있었다.

구레나룻과 콧수염을 기른 의사선생님을 만난 것은 앨런으로서는 여러 해 만이었다. 짧게 깎기는 했지만 마구 헝클어진 수염은 역시 형편없이 헝클어진 머리카락과 함께 불결한 느낌을 주었다. 머리카락도 수염도, 누렇기도 하고 쥐색이기도 한, 무어라 표현할 수 없는 갈색이었다. 앵거스 캠벨 노인의 두 동생 가운데 바로 아랫동생이니까 콜린은 60대 중반을 넘어섰을 텐데, 그보다 훨씬 젊어보였다.

그는 앨런이 캐서린을 부축하여 보트에서 내리게 하고 스완이 그 뒤를 따라 허둥지둥 내리는 것을 마치 비평이라도 하듯 찬찬히 지켜보고 있었다. 그의 태도는 사람을 그리 싫어하는 것 같지는 않았으나 전체적으로 어딘지 꺼칠꺼칠한 데가 있었다.

"당신들은 누구시오?" 그는 뱃속에서 나오는 듯한 저음으로 말했다.

앨런이 소개를 맡았다. 콜린은 주머니에서 손을 꺼냈으나 악수를 하려고 하지는 않았다.

"잘 왔구먼, 정말. 모두들 모여 있지. 지방검사, 법률가, 보험회사 직원, 토머스 코블레 숙부님 등. 이것은 앨리스테어 덩컨이 뒤에서 조종한 거겠지?"

"그 사람은 변호사지요?"

"법률가야." 콜린이 무서운 느낌을 주는 미소를 지어보이며 바로잡았다. 이 웃는 얼굴이 앨런은 퍽 마음에 들었다. "스코틀랜드에서는 법률가라고 하지. 그래, 그 사나이야."

그는 스완에게로 돌아서서 사자와 같은 눈 위의 굵고 보기흉한 눈썹을 찡그렸다.

"당신의 이름은 뭐였소? 스완이라고? 스완? 스완이라는 이름은 모르겠는데."

"나는 엘스패트 캠벨 부인의 초대를, 아니 호출을 받고 왔습니다." 스완은 스스로에게 기운을 북돋아주려는 것처럼 말했다.

콜린은 뚫어지게 그를 쳐다보았다. 그러더니 갑자기 큰소리로 고함쳤다.

"패트가 불렀다고? 엘스패트가? 이게 어찌된 일이지! 도무지 믿을 수가 없군."

"왜 그러시지요?"

"왜냐하면 여보시오, 엘스패트는 의사와 성직자 말고는 아무도 부른 일이 없기 때문이오. 그녀가 만나고 싶어하는 것은 나의 형님 앵거스뿐이고, 갖고 싶어하는 것은 런던의 〈데일리 플러드라이트〉라는 대중오락 신문뿐이지. 그녀는 정말로 점점 정신이 돌기 시작한 모양이오, 〈데일리 플러드라이트〉를 처음부터 끝까지 읽고 필자의 이름을 모조리 외어서는 알아들을 수도 없는 말을 중얼거릴 뿐 아니라……."

"〈데일리 플러드라이트〉?" 캐서린이 시치미를 떼고 무시하듯 말했다. "그 저속한 가십 신문 말인가요?"

스완이 곧 말참견했다.

"아아, 좀 부드럽게 말해 주시겠습니까? 그건 내 신문이니까요."

이번에는 모두들 그를 향해 눈을 부릅뜰 차례였다.

"설마 그 신문의 기자는 아니겠지요?" 캐서린이 물었다.

스완은 위로하는 듯한 얼굴로 지나치게 엄숙한 표정을 지었다.

"아아, 염려하지 마십시오, 당신과 캠벨 박사가 기차의 같은 컴파트먼트에서 잤다는 것을 기사로 쓰지는 않을 테니까요. 물론 달리 기삿거리가 없다면 이야기가 달라지겠지만, 아무튼 나는……."

이때 콜린이 느닷없이 뱃속으로부터 우러나오는 듯한 웃음소리를 내어 그의 말을 가로막았다. 그는 무릎을 치며 웃었는데, 그 얼굴에 이야기를 도중에서 방해한 데 대한 미안함 탓인지 온 세계를 상대로 하여 말하는 듯한 그럴싸한 표정이 떠올랐다.

"신문기자라고? 좋소, 당신도 갑시다. 이 이야기를 맨체스터에서부터 런던까지 퍼뜨리겠지요? 잘해보구려! 그리고 우리 친척인 두 학자가 기차에서 뭔가 남몰래 한 모양인데, 대체 무슨 말이오?"

"그것은……."

"설명하지 않아도 좋소, 마음에 들었어, 정말! 젊은 사람이 내가 젊었을 때처럼 활달하고 세련된 점을 보여주면 나는 아주 기분이 흐뭇하단 말이야!"

콜린은 앨런의 어깨를 두드리더니 무거운 팔을 올려놓고 흔들어댔다. 사람 좋아 보이는 표정이 무시무시한 느낌을 없애주었다. 그는 저녁 놀진 하늘에 대고 커다란 소리로 떠들어댄 다음 이번에는 비밀 이야기를 하듯 목소리를 죽였다.

"그러나 너희들을 여기서 한 방에 머물게 할 수는 없어. 예의라는 걸 조금은 지켜야 하니까. 그러나 침실은 바로 옆방이 되게 해주지. 그리고 이런 일은 엘스패트에게 말하지 않도록 조심하는 게 좋아."

"제발 부탁이니 설명을 들어……."

"그 할멈은 40년 동안이나 앵거스의 첩이었던 주제에 꽤 구식이거든. 아무튼 그 할멈도 스코틀랜드에서는 내연의 아내로 인정받고 있으니까. 자, 어서 가지 않고, 뭘 이상한 얼굴로 버티고 서 있나! 여보게, 조크, 그 여행가방들을 이리로 던지게. 조심해서!"

"내 이름은 조크가 아닙니다." 운전기사는 턱수염을 앞으로 쑥 내밀며 반박했다.

"내가 조크라고 하면 자네는 조크야! 잘 기억해 두게나. 돈이 필요한가?"

"당신에게는 받지 않겠습니다. 내 이름은……."

"조크라니까!"

콜린은 여행가방을 가볍게 양쪽 겨드랑이에 끼었다.

"그리고 자네에게 줄 돈을 내가 가지고 있을 리 없지!"

그는 빙글 몸을 돌려 모두를 쳐다보았다.

"정말 그런 형편이야. 앵거스가 만일 앨릭 포브스나 또는 다른 사나이에게 살해당했거나 창문에서 사고로 떨어져 죽었다면, 엘스패트나 나는 부자가 되지. 변변치 못한 거리의 의사인 나와 엘스패트가 부자가 되는 거야. 그러나 만일 앵거스가 자살한 것이라면——분명히 말하지만——한 푼도 받지 못해!"

제5장

"그러나 들은 바에 의하면······" 하고 앨런이 말하려고 했다.
"그 구두쇠 영감이 부자였다는 거겠지? 그럴 줄 알았어! 모두들 그렇게 생각하고 있었으니까. 그러나 그것은 먼 옛날 이야기야!" 콜린의 그 다음 말은 음침한 수수께끼 같았다.
"아이스크림이다, 트랙터다, 해적 드레이크의 보물이다 하고 말이지. 구두쇠가 욕심을 부리면 바보와 마찬가지로 되고 마는 법이야. 그러나 앵거스가 그처럼 인색했다는 말은 아니야. 그는 욕심쟁이였지만, 그래도 제법 말귀를 알아들었거든. 내가 곤란을 당했을 때 도와주었고, 동생도 아마 도와준 모양이더군. 물론 그 불량배 녀석은 그 복잡한 사건이 있은 뒤 어디론지 모습을 감추어버렸지만 말이야.

그건 그렇고, 이런 데 서서 이야기할 필요는 없겠지? 집으로 들어가세. 당신도······ 당신의 여행가방은?"
그동안 옆에서 참견하려다가 내내 실패만 하고 있던 스완은 말을 걸어봐야 헛일이라는 것을 깨닫고 단념한 듯한 표정을 짓고 있었다.

"고맙습니다만, 나는 이곳에 머물지 않을 것입니다." 스완은 운전기사를 향해 물었다. "기다려주시겠지요?"

"그럼요, 기다리지요."

"그렇다면 이야기는 끝났군." 콜린이 큰소리로 말했다. "여보게, 조크, 부엌에 가서 내가 그러더라고 하며 위스키를 반 파인트쯤 달라고 해서 마시게. 앵거스의 위스키는 기가 막히지. 다른 세 사람은 이쪽으로……"

자기 이름은 조크가 아니라고 열심히 허공에 대고 외치는 운전기사를 남겨놓고, 세 사람은 콜린을 따라 아치가 있는 문으로 향했다. 스완은 뭔지 마음에 걸리는 일이 있는 듯 콜린의 팔을 붙잡았다.

"저, 쓸데없는 말인지 모르겠습니다만, 그렇게 해도 될까요?"

"뭘 말이오?"

스완은 회색 소프트 모자를 뒤로 밀어 올리면서 말했다.

"스코틀랜드 사람이 술꾼이라는 말은 들었지만, 이 정도일 줄은 몰랐습니다. 이곳에서는 차 대신 위스키를 반 파인트나 마십니까? 운전기사가 돌아가는 길을 잊어 버리지는 않겠습니까?"

"무슨 말을 하는 거요? 위스키 반 파인트 정도는 아무것도 아니오. 그리고 너희들,"

콜린은 캐서린과 앨런에게로 다가가 두 사람을 재촉했다.

"너희들도 뭣 좀 먹어야지, 기운을 저축해두어야 해."

콜린이 안내하여 들어간 현관 홀은 꽤 넓었으며 곰팡내가 났다. 오래된 돌 냄새였다. 실내는 어두컴컴해서 잘 보이지 않았다. 콜린은 왼쪽 방문을 열었다.

"너희 둘은 여기서 기다리거라." 콜린이 말했다. "스완 씨, 당신은 나를 따라오시오. 엘스패트를 찾아야지. 엘스패트! 엘스패트! 어디 갔을까? 엘스패트! 아참, 그렇지. 뒷방에서 싸우는 소리가 들릴지 모르지만, 그건 법률가 덩컨과 허큘즈 보험회사의 월터 채프먼이니까 신경 쓸 것 없소."

앨런과 캐서린은 안쪽으로 깊숙하고 천장이 낮은, 그리고 조금 축축한 유포 냄새가 나는 방에 단둘이 남겨진 것을 깨달았다. 저녁 무렵의 쌀쌀한 기온에 대비해서 난로에는 불이 피워져 있었다. 난로 불빛과 만 쪽으로 향한 두 개의 창문에서 들어오는 희미한 빛으로 말털로 짠 의자 커버와 굵은 금박을 두른 액자에 끼워진 큼직한 그림들과 바닥에 깔린 빛바랜 빨간 카펫이 보였다.

구석에 있는 사이드 테이블에 엄청나게 큰 성경책이 놓여 있었다. 벽난로 위 선반을 덮고 있는, 빨간 술이 달린 천 위에는 검은 비단을 두른 커다란 사진이 놓여 있었다. 사진 속의 사람은 수염을 깨끗이 깎았으며 머리카락이 하얬지만, 콜린과 너무도 닮아 누구의 사진인지 금방 알 수 있었다.

시계가 째깍거리는 소리도 들리지 않았다. 두 사람은 저도 모르게 목소리를 낮추어 이야기했다.

"앨런 캠벨 씨······." 캐서린이 소곤거렸다. 그 얼굴은 사탕과자처럼 분홍빛이었다. "당신은 지독한 사람이군요!"

"어째서요?"

"어머나! 저 사람들이 우리를 어떻게 생각하는지 당신은 모르겠어요? 게다가 저 비열한 가십 신문쟁이가 뭐라고 떠벌려댈지 알 게 뭐예요! 그래도 당신은 아무렇지도 않아요?"

앨런은 생각해 보았다.

"솔직히 말해서 나는 아무렇지도 않은데요." 그러나 앨런은 자신의 대답에 스스로도 깜짝 놀라는 듯했다. "그것이 사실이 아니라는 점이 유감스러울 뿐이오."

캐서린은 비틀비틀 물러나다 성경책이 놓여 있는 테이블에 손을 짚고 몸을 지탱했다. 그녀의 얼굴이 한층 더 빨개진 것을 앨런은 알았다.
"캠벨 박사님, 대체 왜 그러시지요?"
"글쎄요…… 스코틀랜드에 오면 누구나 다 이렇게 로맨틱한 기분이 되는지 어떤지 모르겠소만……."
"그만두세요!"
"나는 어쩐지 양쪽에 날이 선 너비가 큰 칼을 들고 활보하고 있는 기분이오. 게다가 자신이 옛날부터 방탕자였던 것 같은 기분이 드는군요. 나는 이 느낌을 즐기고 싶소. 그런데 당신은 아주 멋지고 예쁜 '처자'라는 말을 들어본 적이 있소?"
"처자라니요! 나를 처자라고 부르겠다는 거예요?"
"그것은 17세기의 고전적인 말이오."
"하지만 나는 당신이 좋아하는 클리블랜드 여자 공작과는 달라요." 캐서린이 야무지게 말했다.
앨런은 감탄한 눈초리로 그녀의 몸을 재보듯이 바라보면서 말했다.
"확실히 루벤스가 넋을 잃고 열중할 만큼의 조화는 부족하지만……."
"쉿!"
창문 맞은편에 있는 안쪽 문이 반쯤 열려 있었다. 저쪽 방에서 마치 오랜 침묵이 흐른 뒤처럼 별안간 두 사람의 목소리가 한꺼번에 말하기 시작했다. 하나는 나이든 노인의 거친 목소리였고, 또 하나는 젊고 활기에 차 있지만 매우 차분하고 조심스러운 목소리였다. 말소리는 서로 잘못되었음을 빌기라도 하는 것 같았다. 계속해서 지껄이는 것은 젊은 쪽의 목소리였다.
"덩컨 씨, 당신은 이 사건에 있어서의 내 입장을 잘 모르시는 것 같군요. 나는 허큘즈 보험회사의 조사원에 지나지 않습니다. 내가 하는 일은 보험청구권을 잘 조사하여……."
"아주 공정하게……."
"물론입니다. 공정하게 조사한 다음 회사가 보험금을 지불할 것인지, 거절하고 청구에 대항할 것인지 의견서를 제출하는 것뿐입니다. 따라서 개인적인 일을 파고들 여유가 없습니다. 그러나 도움이 되는 일이라면 뭐든지 해드리겠습니다. 세상을 떠난 앵거스 캠벨 씨는 나도 만난 적이 있는데다 그분에 대해 호의를 가지고 있었으니까요."
"그럼, 직접 만나서 알고 있는 거로구먼?"
"네."
한마디를 할 때마다 쿵하고 콧김을 뿜어내며 숨을 쉬는 노인의 목소리가 이번에는 기회를 만났다는 듯이 물고 늘어졌다.
"그럼, 채프먼 씨, 한 가지만 물어봅시다."
"뭡니까?"
"당신은 캠벨 씨가 올바른 정신이었다고 생각하오?"
"네, 그렇습니다."
"분별 있는 사람이라고 해도 좋겠소?" 또다시 쿵 하고 콧소리를 울리더니 전보다 더 메마른 목소리로 말했다. "보험금의 액수는?"
"상당한 것이었습니다."
"그래요? 좋소. 그런데 채프먼 씨, 나의 의뢰인은 당신 회사의 생명보험뿐만 아니라 다른 회사에서도 두 건을 계약하고 있었소."
"그런 것은 내가 알 바 아닙니다."
"그러나 내 말이 틀림없소." 노인의 목소리가 냉정하게 나무라며, 나무를 주먹으로 내리쳤는지 쾅 소리가 났다. "지브롤터 보험회사와 플래닛 보험회사에 고액의 보험을 계약했지요."
"그래요?"

"지금 생명보험만이 그의 재산이오, 채프먼 씨, 그것뿐이오. 그 유일한 재산을 분별 있는 그가 잘되든 안 되든 운을 하늘에 맡기는 이런 미친 짓을 했을 리가 없소. 어느 계약서나 자살인 경우에는 지불하지 않겠다는 조항이 있소……."

"당연한 일이지요."

"물론 나도 당연하다고 생각하오. 그러나 들어보시오. 캠벨 씨는 죽기 사흘 전에 당신 회사와 3천 파운드의 보험계약을 새로 맺었소. 그 나이에 매달 넣는 돈도 상당히 많았을 거라고 생각하는데……."

"당연히 많습니다. 그러나 회사의 의사는 캠벨 씨를 진찰한 뒤 피보험자로는 아주 훌륭해서 아직 15년은 견딜 것이라고 말했습니다."

"좋소. 그래서 말인데……." 이른바 스코틀랜드의 법률가이며 인감증명인인 앨리스테어 덩컨 변호사는 끈질기게 상대와 맞섰다. "보험금의 총계는 3만 5천 파운드가 되오."

"정말입니까?"

"더군다나 그 보험계약서에는 하나같이 자살인 경우에는 지불을 거절한다는 조항이 기록되어 있소. 자, 어떻소! 어떻게 생각하시오! 앵거스 캠벨같이 빈틈없는 사나이가 이런 생명보험에 가입하고 사흘 뒤 자살해서, 모든 것을 헛되이 해버릴 짓을 했으리라고 당신처럼 세상 일에 밝은 분이 믿을 수 있겠소?"

침묵이 흘렀다.

앨런과 캐서린은 저도 모르게 귀를 쫑긋 세우고 방 안을 서성대는 발소리까지 엿듣고 있었다. 두 사람에게는 변호사의 차갑게 미소짓는 얼굴이 눈에 보이는 듯했다.

"어떻소! 당신은 잉글랜드인이지만 나는 스코틀랜드 사람이오. 지방검사도 스코틀랜드 사람이오."

"그 점은 나도 인정합니다."

"채프먼 씨, 당신에게는 무슨 일이 있어도 인정받아야 하겠소."

"무엇을 인정하라는 말씀이지요?"

"살인사건이었다고 말이오." 법률가가 그 자리에서 대답했다. "그리고 범인은 아마도 앨릭 포브스일 것이라는 것을요. 그 두 사람이 싸움을 했다는 이야기는 들었겠지요? 캠벨 씨가 돌아가신 날 밤 포브스가 이곳에 왔다는 말도 들었겠지요? 수수께끼의 슈트케이스인지 동물 운반용 케이스인지——뭐라고 불리는지는 모르지만——그런 게 있었다는 것, 일기가 없어졌다는 것도 들었을 거요."

다시 침묵이 흘렀다. 걱정거리를 안고 있는 듯한 느린 발소리가 줄곧 방 안을 서성거렸다. 마침내 허큘즈 보험회사의 월터 채프먼이 정색한 목소리로 말했다.

"하지만 덩컨 씨, 적당히 하십시오! 언제까지나 이런 짓을 하고 있을 수는 없습니다."

"그럴까요?"

"물론입니다. 사람들은 곧잘 이렇게 말하지요. '그가 정말 이런 짓을 할 사나이일까?'라고 말입니다. 하지만 증거를 보면 버젓이 하고 있지요. 나도 할 말이 있습니다."

"좋을 대로 얼마든지 말해 보시오."

"고맙습니다. 앵거스 캠벨 씨는 언제나 그 탑 맨 위층 꼭대기 방에서 주무셨습니다. 그렇지요?"

"그렇소."

"세상을 떠나신 날 밤에도 여느 때와 다름없이 10시에 그 침실로 들어가는 것을 본 사람이 있고, 문은 안쪽으로 잠겨서 빗장까지 걸려 있었습니다. 그렇지요?"

"그렇소."
"시체는 이튿날 아침 일찍 탑 밑에서 발견되었습니다. 사인은 등뼈가 부러지고 추락할 때 입은 숱한 외상 때문이었습니다."
"그렇소."
"검시해부에 의하면 약을 먹었거나 취하지도 않았습니다." 채프먼은 끈질기게 맞섰다. "그러므로 사고로 창문에서 떨어졌다는 생각은 제외할 수 있습니다."
"아무것도 제외할 수는 없소. 그러나 아무튼 계속해 보시오."
"우선 살인이라고 생각해 보십시다. 아침에도 문은 여전히 안으로 빗장이 걸려 잠겨 있었습니다. 창문으로 들어갈 수도 없습니다. 이것은 당신도 부정할 수 없을 겁니다, 덩컨 씨. 우리는 글래스고에서 직업적인 굴뚝청소부를 데리고 와 그 점을 조사해 보았으니까요.

그 창문은 땅에서 58피트 4분의 1인치 높이에 있습니다. 탑의 그쪽에는 그 밖에 창문이 하나도 없습니다. 창문으로부터 아래 땅바닥의 포석까지는 매끈한 석벽으로 일직선입니다. 창문 위는 미끄러지기 쉬운 원추형 슬레이트 지붕입니다.

밧줄이나 어떤 도구를 쓰더라도 그 창문까지 올라갔다가 다시 내려올 수 있는 사람은 아마 없을 거라고 굴뚝청소부도 자진해서 증언하고 있습니다. 괜찮다면 좀더 자세히 말씀드릴까요?"
"그럴 필요는 없소."
"따라서 누군가가 창문으로 올라가 캠벨 씨를 밀어서 떨어뜨리고 다시 창문으로 내려왔다는 추측도, 그리고 누군가가 방 안에 숨어 있다가——실제로는 아무도 없었습니다만——나중에 창문으로 내려왔다는 추측도 모두 이치에 맞지 않습니다."
그는 말을 끊고 크게 한숨을 쉬었다.

그러나 앨리스테어 덩컨은 그다지 감탄하지도 않을 뿐더러 미안해하지도 않았다.
"그렇다면 동물 운반용 케이스는 어떻게 방으로 들어갔겠소?"
법률가가 물었다.
"뭐라고요?" 싸늘한 목소리가 울려 퍼졌다.
"채프먼 씨, 한 가지 생각해봐주시오. 그날 밤 9시 30분에 캠벨 씨는 앨릭 포브스와 크게 싸웠소. 앨릭은 이 집으로 쳐들어와서 캠벨 씨의 침실까지 쫓아갔지요. 그를 쫓아내느라 큰 소동이 벌어졌었소."
"하긴 그랬을지도 모르지요."
"나중에 엘스패트 캠벨 부인과 하녀 커스티 맥터비시는 포브스가 다시 찾아와서 캠벨 씨에게 난폭한 짓을 하려고 어디에 숨어 있지 않을까 걱정했다고 하오.

그래서 두 사람은 캠벨 씨의 침실을 조사해 보았지요. 벽장 속까지 들여다본 것이오. 여자들이란 종종 침대 밑을 들여다보는 버릇이 있기 마련이어서 그들은 침대 밑까지 보았다더군요. 당신도 말했듯이 확실히 방 안에는 아무도 숨어 있지 않았소. 그러나 이것은 잊지 말아야 합니다. 이것만은 잊어선 안 됩니다.

이튿날 아침 캠벨 씨의 방문을 부수고 열어보니 침대 밑에서 가죽과 금속으로 된 대형 여행가방 같은 것이 발견되었소. 한쪽 끝이 철사로 만든 창살처럼 되어 있었소. 여행갈 때 개나 고양이 같은 것을 넣고 다니는 케이스지요. 그런데 두 여자는 입을 모아 전날 밤 침대 밑을 들여다보았을 때는 그것이 없었다고 분명히 단언하는 거였소. 그것도 캠벨 씨가 문을 안으로 잠그고 빗장을 걸기 바로 직전의 일이었다고 하오."
그 목소리는 거기서 일부러인 듯 잠시 사이를 두었다.

"채프먼 씨, 한 가지 물어보겠소. 그 케이스가 어떻게 해서 그 방에 있었을까요?"

보험회사 직원은 신음소리를 냈다.

"거듭 말씀드리지만, 나는 다만 의문을 제시하고 있을 뿐입니다. 나와 함께 가서 지방검사 매킨타이어 씨와 이야기를 하시면……."

그때 방 쪽으로 향하는 두 사람의 발소리가 났다. 아주 낮은 문지방을 넘어서 사람그림자가 나타났다. 그 그림자는 문 옆에 있는 전등 스위치를 만졌다.

불이 켜지자 거북스러워하는 캐서린과 앨런의 모습이 드러났다. 전구가 여섯 개나 켜지는 커다란 놋쇠 샹들리에로, 그중 꼭 한 개가 두 사람의 머리 위에서 반짝 빛났다.

앨리스테어 덩컨과 월터 채프먼에 대해 앨런이 마음속으로 그리고 있던 모습은 완전히 맞지는 않았으나 그다지 다르지도 않았다. 변호사는 생각했던 것보다 여위고 키가 컸으며, 보험회사 직원은 생각했던 것보다 키가 작고 뚱뚱했을 뿐이었다.

변호사는 등이 구부정하고 조금 근시인 듯했으며, 결후가 크고 머리 정수리가 동그랗게 벗어진데다 둘레에 잿빛 머리카락이 몇 가닥 나 있었다. 와이셔츠 칼라가 지나치리만큼 컸으며, 검은 옷에 얼룩무늬 바지가 퍽 위엄 있어 보였다.

최신 유행의 더블 양복을 입은, 젊고 혈색 좋은 보험회사 직원 채프먼은 차분하지만 무척 걱정스러운 얼굴을 하고 있었다. 얌전히 빗질된 금발이 불빛을 받아 반짝반짝 빛났다. 앵거스 캠벨 세대에 젊은 시절을 보냈다면 21살의 나이에라도 수염을 기르고 평생 그 수염에 어울리는 생활을 할 타입이었다.

"아니, 이거……." 변호사는 앨런과 캐서린 쪽으로 놀란 눈을 돌리면서 말했다. "저어, 매킨타이어 씨는 만나지 못했습니까?"

"네, 보지 못했습니다." 앨런이 대답하고 나서 자기소개를 하려 했다. "덩컨 씨, 우리는……."

그러나 변호사의 눈길은 현관문 맞은편에 있는 또 하나의 문으로 향했다. 그는 채프먼에게 말했다.

"그는 탑에 올라가지 않았을까 생각되는군요. 함께 가주시겠소?"

변호사는 마지막으로 새로 온 두 사람을 돌아보며 말을 걸었다.

"초면에 실례했습니다. 그럼, 이만……."

변호사는 곧 공손히 문을 열어 채프먼을 먼저 나가게 했다.

두 사람이 문으로 사라지고 문이 닫혔다.

"어머나!" 캐서린이 큰소리로 말했다. "이게 무슨 일이람!"

"그러게 말이오." 앨런이 맞장구쳤다. "그 사나이는 일에 대한 이야기를 할 때 이외엔 조금 멍청한 것 같군. 하기야 변호사란 그런 인품인 편이 좋지만. 그 사나이라면 추천할 수 있겠소."

"하지만 캠벨 박사님……."

"모르는 사람처럼 서먹서먹하게 '캠벨 박사님'같은 소리는 그만둬요."

"좋아요. 그럼, 앨런. 아마도 끔찍한 사건인가 봐요…… 지금 이야기 들었지요?"

캐서린의 눈은 흥미와 관심으로 불타는 것 같았다.

"물론."

"자살할 리도 없고, 더구나 살해되었다고 생각할 수도 없는 모양이지요? 이건……."

그녀는 더 이상 이야기할 수 없었다. 복도에서 들어온 찰스 스완에게 이야기의 허리를 잘리고 말았기 때문이다. 스완은 지금 신문기자로서의 피가 끓어오르고 있는 모양이었다. 이제까지는 대체로 예절바르게 행동했던 그가 모자를 벗는 것도 잊어버렸기 때문이다. 모자는 그의 머리 뒤쪽에 기묘한 모습으로 간신히 올라앉아 있었다. 그는 달걀 위를 걷듯이 조심스럽게 다가왔다.

"그렇습니까?" 스완의 이 질문은 물론 아무 의미도 없는 수사적인 질문에 지나지 않았다. "그랬었군요. 끔찍스럽게 뛰어내리다니…… 네, 이번 일에 대해서 나는 뭔가가 뒤에 얽혀 있다고 의심하여 억측하는 것이 아닙니다. 그렇지만 사회부장은——아니, 이쪽에서는 뉴스 편집장이라고 하더군요——뭔가 재미있는 일이 있으리라 생각하고 있습니다. 이 말이 맞는 것 같지요?"

"어디에 갔었소?"

"하녀와 이야기를 좀 했어요. 무슨 일이든 먼저 하녀를 만나 알아보는 게 좋지요. 어떻습니까?"

스완은 두 손을 벌렸다, 주먹을 쥐었다 하면서 아무도 없다는 것을 확인하듯 방 안을 둘러보았다. 그는 목소리를 낮추어 말했다.

"켐벨 박사님——물론 닥터 콜린을 말하는 것입니다만——은 지금 켐벨 부인을 찾았답니다. 나와 만나게 해준다면서 데리고 오는 참이지요."

"아직 만나지 않았소?"

"네, 아직 못 만났습니다! 아무튼 아주 좋은 인상을 주기 위해——무리인 줄은 압니다만——성의를 다할 생각입니다. 그 부인은 다른 사람들과 달리 〈데일리 플러드라이트〉를 버젓하게 인정해 주었으니까요."

스완은 두 사람을 무서운 얼굴로 노려보았다.

"그러니까 조금은 경의를 나타내보여야지요. 더욱이 이것은 좋은 기사가 될지도 모르니까요……. 그렇지, 그녀는 나에게 이 집에서 머물라고 말해 줄지도 모르겠는걸! 그렇지 않을까요?"

"그럴지도 모르지요. 하지만……."

"찰리 스완, 준비를 해야지, 끝까지 해내야 해!" 스완은 스스로를 격려하며 가볍게 기도드리는 듯한 목소리로 중얼거렸다. "그녀가 이 집의 주인인 듯하니 무슨 일이 있어도 그녀와 사이좋게 지내야 해. 그럼, 준비는 다 되었나? …… 캠벨 박사님이 벌써 그녀를 데리고 오는군요."

제6장

 스완의 말을 들을 것도 없었다. 반쯤 열린 문 저쪽에서 이미 엘스패트 캠벨의 목소리가 들려왔기 때문이다.
 무슨 말인지 똑똑히 알아들을 수는 없지만 콜린 캠벨이 잘 울리는 낮은 목소리로 차근차근 호소하고 있는 것 같았다. 그러나 엘스패트의 카랑카랑한 목소리는 사양할 줄도 삼갈 줄도 몰랐다.
 그녀는 말하고 있었다.
 "이어진 방이라고요? 당치도 않아요. 이어진 방을 줄 수는 없어요!"
 낮게 중얼거리는 목소리는 더욱 알아듣기 힘들어졌다. 마치 뭔가 항의하듯 은근히 위협하고 있는 것처럼 들렸다. 그러나 엘스패트는 무슨 당치도 않은 말이냐고 상대조차 하려 들지 않았다.
 "콜린, 여기는 아주 견실하고 빈틈없는 집이에요. 절대로 그 썩어빠진 맨체스터 식으로는 안돼요! 이어진 방이라니! ……누구지, 벌써부터 전기를 켠 사람이?"
 이 맨 마지막 말은 엘스패트가 문에 들어서자마자 무시무시한 목소리로 물어뜯을 듯이 고함친 것이었다.

엘스패트 캠벨은 검은 옷을 입은 중키의 뼈만 앙상하게 여윈 노부인이었다. 어떻게든 실제보다 몸집을 크게 보이려고 애쓴 것 같았다. 캐서린은 90살이 가까울 것이라고 말했지만, 앨런은 그 말이 잘못되었음을 알았다. 엘스패트는 70살쯤 되었을까, 70살이라고 해도 그 나이에 비해 아주 정정했다. 잘 움직이며 무엇이든지 다 꿰뚫어보는 듯한 까만 눈을 가지고 있었다. 팔 밑에 〈데일리 플러드라이트〉가 한 부 끼워져 있고 걸을 때마다 옷자락 스치는 소리가 났다.

스완이 허둥지둥 전등을 끄러 갔기 때문에 그녀는 하마터면 나자빠질 뻔했다. 엘스패트는 그에게 싸늘한 눈길을 보냈다.

"역시 불을 켜는 게 좋겠군." 그녀가 무뚝뚝하게 말했다. "이렇게 어두워서는 뭐가 보여야지. 앨런 캠벨과 캐서린 캠벨은 어느 쪽이지?"

콜린은 반갑게 꼬리치며 달려드는 뉴펀들랜드 개 같은 애교를 보이며 두 사람을 손가락으로 가리켰다. 아무 말 없이 입을 굳게 다물고 있던 엘스패트는 기분 나쁜 눈초리로 두 사람을 노려보며, 눈 하나 깜박이지 않았다. 이윽고 그녀는 고개를 끄덕이며 말했다.

"그래, 확실히 캠벨 집안 사람이군. 캠벨 집안 사람이야."

그녀는 성경책이 놓여 있는 테이블 옆의 말털로 짠 소파에 가서 앉았다. 장화를 신고 있었는데, 그것은 그다지 작은 치수가 아닌 것 같았다.

그녀는 검정 리본을 두른 사진으로 눈길을 옮기면서 이야기를 계속했다.

"돌아가신 이분은 캠벨 핏줄을 타고난 사람이라면 누구든 1만 명 가운데서도 찾아낼 수 있다고 말씀하시곤 했지. 그렇고 말고. 얼굴을 시커멓게 칠하고 이상한 말로 이야기해도 앵거스의 눈은 속이지 못했어."

또다시 그녀는 입을 다물었지만, 그 눈은 손님들에게서 한순간도 떨어지지 않았다. 이윽고 그녀가 불쑥 물었다.

"앨런 캠벨, 네 종교는 뭐지?"

"영국국교회라고 생각합니다만……."

"생각한다고? 그럼, 분명히 알지는 못한단 말이냐?"

"아닙니다, 알고 있습니다. 영국국교회 맞습니다."

"네 종교도 역시 그것이겠지, 캐서린?"

"네, 그렇습니다."

엘스패트는 역시 생각했던 대로라는 듯이 고개를 끄덕였다.

"그럼, 스코틀랜드 교회에는 가지 않겠구나? 알고 있어."

그녀의 목소리는 오싹 소름이 끼칠 듯했다. 그녀는 별안간 화를 내기 시작했다.

"비린내 나는 가톨릭 사교의 천한 신자! 앨런 캠벨, 너는 부끄럽지도 않니! 너희들이 자주 스칼렛 우먼(세속화한 가톨릭 교회. 매춘부)의 소굴에 가서 죄와 환락에 잠겨 있어 친척들이 부끄러워하며 슬퍼한다는 것을 모른단 말이냐?"

스완은 스칼렛 우먼이라는 말에 기겁을 하고 말았다. 그는 앨런을 옹호하며 항의했다.

"아니, 이 사람은 그런 데 가지 않습니다. 게다가 이 아가씨에게 그런 심한 말씀을 해서는 안 됩니다."

엘스패트는 눈길을 돌렸다. 그녀는 스완을 향해 손가락질하며 호통쳤다.

"이런 시간에 벌써 전기를 켠 것은 당신이지요?"

"나는 전혀……."

"당신은 누구요?"

스완은 깊이 심호흡을 한 번 하고 나서 미리 준비해 두었던 미소 띤 얼굴을 지어 보이며 한 걸음 앞으로 나섰다.

"캠벨 부인, 나는 당신이 지금 들고 계신 〈데일리 플러드라이트〉에 있는 사람입니다. 편집장이 당신의 편지를 보고 무척 기뻐했습니다. 전국 여러 곳에 이처럼 고마우신 독자를 갖고 있는 데 대해 아주 기뻐하셨지요. 그런데 보내주신 편지에는 이곳에서 일어난 범죄에 대해 재미있는 것을 발견했다고 씌어 있었습니다만……."

"뭐라고?" 콜린 캠벨이 큰소리로 외치고 뒤돌아서서 그녀를 흘겨보았다.

엘스패트는 여전히 깜박이지 않는 동그란 눈으로 기자를 지켜보면서 손을 귀 뒤에 갖다대고 듣고 있었다. 한참 뒤 그녀는 입을 열었다.

"그럼, 당신은 미국사람이군요?" 그녀의 눈이 빛났다. "당신도 혹시……."

그 재담에는 이제 더 이상 참을 수 없었지만, 스완은 자신을 억누르고 벙긋 웃었다. 그는 참을성있게 말했다.

"네, 들었습니다. 여기서 또 듣지 않아도 잘 알고 있습니다. 경찰견에게 쫓기면서도 한 푼도 내놓지 않는 동생 앵거스에 관한 것 말이지요?"

스완은 갑자기 입을 다물어버렸다. 확실치는 않으나 그는 무언가 실수했다는 것을 깨달았던 것이다. 이 재담을 인용하는 데 뭔가 실수를 저지른 모양이었다.

"저어……." 그는 머뭇머뭇 입을 열었다.

앨런과 캐서린은 얼마쯤 호기심을 느끼며 그를 지켜보고 있었다. 그러나 이 서투른 재담의 효력이 가장 확실히 나타난 것은 엘스패트 캠벨이었다. 그녀는 앉은 채 뚫어지게 스완을 노려보고 있을 뿐이었다. 스완은 잊어버리고 벗지 않은 모자에 그녀의 눈길이 꼼짝하지 않고 못 박혀 있음을 알아차리고서 허둥지둥 모자를 움켜쥐었다.

마침내 엘스패트가 입을 열었다. 마치 재판관이 마지막 판결을 내릴 때처럼 잘 생각한 말이 천천히 무게 있는 어조로 흘러나왔다.

"앵거스 캠벨이 어째서 경찰견에게 돈을 주어야 하지요?"

"글쎄요, 나는……."

"많이 주지 않았다는 말인가요?"

"나는 한 푼, 즉 1센트라고 말했을 뿐입니다. 센트요."

한참 사이를 두었다가 엘스패트가 말했다.

"당신은 머리가 좀 이상한 모양이군요. 경찰견에게 돈을 주다니!"

"죄송합니다, 부인. 잊어버리세요. 농담일 뿐입니다."

엘스패트 앞에서 한 불행한 실언 가운데 이것이 가장 결정적인 것이었다. 이번에는 콜린까지도 눈이 세모꼴이 되었다.

엘스패트는 또다시 노여움이 무섭게 타오르는 듯 소리쳤다.

"농담이라고! 앵거스 캠벨이 관 속에 들어간 지 얼마 지나지도 않았는데, 당신은 초상난 집에 와서 그런 당치도 않은 농담을 지껄여 욕된 말을 하려는 건가요? 더 이상 참을 수가 없어! 당신은 아무래도 '사기꾼'인 모양이군. 〈데일리 플러드라이트〉에서 온 사람이 아니야. 피프 엠마가 누군지 알아요?" 그녀는 스완에게 손을 휘둘러보였다.

"누구라고요?"

엘스패트는 신문을 마구 흔들어대면서 고함쳤다.

"피프 엠마를 아느냐고 물었소! 역시 모르는군. 자기네 신문에 기사를 쓰고 있는 사람에 대해서도 모르잖아! 속이려고 해도 안돼! 당신 이름이 뭐지요?"

"맥홀스터입니다."

"뭐라고?"

"맥홀스터."

있을 것 같지도 않은 집안의 자손이라고 대답한 스완은, 엘스패트의 무시무시한 기세에 눌려 여느 때의 재치있는 위트가 사라져 버린 모양이었다.

"다시 말해서 매퀸입니다. 저어…… 사실은 스완, 찰스 에번즈 스완이지만 선조는 맥홀스터, 또는 맥퀸인 모양이며, 게다가……"

엘스패트도 이 말에는 벌어진 입이 다물어지지 않는 듯 아무 말도 못하고 문을 가리킬 뿐이었다.

"하지만 캠벨 부인……."

"썩 나가요!" 엘스패트가 말했다. "입으로 말하는 것은 이것이 마지막이에요."

콜린이 엄지손가락을 조끼 겨드랑이에 찌르고 힘상궂은 눈초리로 노려보면서 가로맡고 나섰다.

"들었겠지, 젊은이? 이게 무슨 일이오? 손님을 손님답게 환영하고 싶지만, 이 집에서 농담거리로 삼으면 안 되는 일도 있는 거요."

"하지만 나는 맹세코……."

"자, 현관으로 나가겠소?" 콜린이 두 손을 내리면서 물었다. "아니면 창문으로 쫓겨나겠소?"

순간 앨런은 콜린이 만일의 경우를 위해 바에서 거느리고 있는 힘 센 불량배처럼 정말 이 손님의 멱살과 허리끈을 움켜잡아 밖으로 내던지는 게 아닐까 생각했다.

스완은 욕지거리를 퍼부으면서 콜린보다 2초쯤 먼저 문으로 달려갔다. 그리고 허둥지둥 나가는 발소리가 들렸다. 모든 일이 순식간에 일어났기 때문에 앨런으로서는 뭐가 어떻게 된 것인지 알 수가 없었다. 그러나 캐서린에게 있어서 이 사건은 울음을 터뜨리고 싶을 만큼 충격적인 것이었다.

"무슨 집이 이래요?" 그녀는 주먹을 쥐고 발로 마룻바닥을 쾅쾅 구르며 소리쳤다. "정말 무슨 집이 이렇지요?"

"캐서린, 왜 그러느냐?" 엘스패트가 물었다.

캐서린은 싸움이라도 하려는 듯한 말투로 덤벼들었다.

"엘스패트 아주머니, 내가 어떻게 생각하고 있는지 정말 듣고 싶으세요?"

"어떻게 생각하는데?"

"당신은 아주 멍청한 할멈이라고 생각해요. 자, 나도 내쫓아주세요!"

그러나 놀랍게도 엘스패트는 빙그레 웃었다.

"그 정도로 바보는 아닌지도 모르지." 그녀는 아주 만족스럽고 기쁜 듯 스커트를 매만졌다. "그 정도로 바보는 아닌지도 몰라……"

"앨런, 당신은 어떻게 생각하지요?"

"저 사나이를 이런 식으로 내쫓은 것은 좋지 않다고 생각하오. 신분증명서를 보여 달라는 정도로 말해주었더라면 좋았을 텐데…… 그는 틀림없이 진짜 기자거든. 그러나 그는 쇼의 《의사의 딜레머》에 나오는 사나이를 닮았소. 보고 들은 일을 정확하게 전달할 수 없는 거지. 그에게 걸리면 어떤 귀찮은 일이 생길지도 모르오."

"귀찮은 일? 그게 어떤 일이지?" 콜린이 물었다.

"모릅니다. 하지만 좀 수상합니다."

뉴펀들랜드 개 같은 콜린은 역시 물어뜯는 것보다는 짖는 편이 장기인 모양이었다. 그는 사자 갈기처럼 더부룩한 머리카락을 북북 긁더니 부릅뜬 눈을 이리저리 굴리다가 결국 콧등을 긁으며 흐지부지 물러나 버리고 말았다.

"그럼, 내가 얼른 달려가서 그자를 다시 데려와야 한다는 말이냐?" 그는 큰소리로 말했다. "이 집에는 노새라도 기분이 좋아져 노래를 부를 만큼 훌륭한 80년 묵은 위스키가 있단다. 앨런, 오늘 밤에는 그것을 따기로 하자. 그자에게도 그걸 한잔 먹여주면……."

엘스패트가 화강암같이 몸에 밴 거드름을 피우며 조용히 발을 굴렀다.

"그런 '사기꾼' 녀석을 집에 들여놓는 것은 질색이에요!"

"알고 있어요, 엘스패트, 하지만……."

"분명히 말해 두지만, 그런 사기꾼 녀석은 집에 들여놓을 수 없어요. 그것뿐이에요. 편집장에게 다시 한 번 편지를 보내겠어요."

콜린은 그녀를 노려보았다.

"그건 좋소, 내가 묻고 싶은 것도 바로 그 점이오. 우리에게는 말해 주지 않으면서 신문사에 알려주겠다는 그 수수께끼의 비밀이라는 헛소리는 대체 뭡니까?"

엘스패트는 내키지 않는 표정을 지어보이며 천천히 말했다.

"콜린, 내가 말하는 대로 해주세요. 앨런을 탑으로 데리고 가서 앵거스 캠벨이 어떻게 세상을 떠났는지 설명해 주어요. 이 아이에게 신앙심이 소중하다는 것을 상기시켜 주어야 해요. 그리고 캐서린, 너는 이리로 오너라."

엘스패트는 가볍게 소파를 두드려보았다.

"너는 런던에서 댄스홀이라나 하는 못된 곳에도 갔겠지?"

"그런 데 가지 않아요!"

"그럼, 지르박 춤은 추어본 일이 없느냐?"

그 말에서 어떤 이야기가 이어져 나왔는지 앨런은 끝내 들을 수 없었다. 콜린이 방 안쪽 문으로 그를 몰고갔기 때문이다. 조금 전 덩컨과 채프먼이 들어간 문이었다.

문은 곧장 탑의 1층으로 통해 있었다. 안은 크고 둥글고 음침했다. 벽은 흰 회칠을 했으며, 아래는 흙바닥이었다. 옛날에는 마구간으로 쓰였던 듯싶었다. 가운데뜰을 향해 남쪽으로 쇠사슬과 자물쇠가 달린 두 개의 나무문이 붙어 있었다. 지금 그 문이 열려 있어 근처의 어스름한 빛이 새어 들어왔다. 벽에 낮은 아치 형 문이 있어 그곳을 지나 탑 속의 나선형 돌층계로 올라가도록 되어 있었다. 콜린이 무뚝뚝하게 말했다.

"누군가가 늘 이 문을 활짝 열어두더군. 게다가 자물통도 바깥에 붙어 있고, 여벌열쇠만 손에 넣으면 누구라도 열고 들어올 수 있지. 앨런, 엘스패트는 뭔가를 알고 있네. 틀림없어! 그녀는 바보가 아니거든. 알겠나? 아무튼 뭔가 알고 있어. 더욱이 3만 5천 파운드가 눈앞에 있는데도 입을 단단히 봉하고 있어."

"경찰에도 이야기할 수 없나 보지요?"

콜린이 콧방귀를 뀌었다.

"경찰? 엘스패트는 지방검사라 해도 우습게 안다. 이 근처 경찰 따위는 상대도 하려들지 않아. 꽤 오래 전에 경찰과 한바탕 싸움을 했었지. 황소가 한 마리 어떻게 되었었는데, 그런 일이 있은 다음부터 그녀는 경찰이라면 도둑놈 악당들만 모였다고 생각하고 있지. 이번에 신문사에만 연락한 것도 아마 그 때문이라고 생각된다."

콜린은 주머니에서 가시나무로 만든 파이프와 방수포 담배 케이스를 꺼냈다. 그는 파이프에 담배를 담아 불을 붙였다. 성냥불이 더부룩한 수염을 비추어냈다. 험악한 눈초리가 담뱃불을 노려보며 사팔뜨기처럼 되었다.

"나는…… 글쎄, 어떻게 될 것도 없지. 나는 이미 늙은 데다 빚까지 짊어지고 있거든. 앵거스도 그것을 잘 알고 있었지만, 내 일은 어떻게든 해결될 거다. 적어도 어떻게든 헤쳐나갈 수 있을 거야.

그러나 엘스패트는 한 푼도 없는 빈털터리거든. 이건 보통 일이 아니야!"

"유산 분배는 어떻습니까?"

"만일 돈이 손에 들어온다면 말이냐?"

"네."

"그렇다면 간단하지. 절반은 나에게, 절반은 엘스패트에게 가기로 되어 있단다."

"내연의 아내로서 말입니까?"

"쉿!" 콜린이 큰소리로 그의 말을 가로막았다.

그는 한참 동안 주위를 둘러보더니 꺼진 성냥개비를 앨런에게 흔들어 보였다. "그 말은 금지되어 있단다. 그녀는 한 번도 스스로를 내연의 아내라고 인정한 적이 없거든. 그 점은 확실해. 그녀는 체면을 병적으로 중시하니까. 이것만은 꼭 마음에 새겨둬."

"그렇겠군요, 그만 깜박 잊었습니다."

"엘스패트는 자신도 이 집안 사람이라고 여기고 있지. 그 밖에는 달리 인정하려들지 않는 거야. 30년 동안이나 말이다. 입이 가벼운 앵거스도 사람들 앞에서 그 말만은 입 밖에 내지 않았단다. 그런 말을 입 밖에 냈다가는 큰일이지. 아무튼 돈은 틀림없이 죽은 사람이 남긴 유산이긴 하나 그것이 우리 손에 들어올 것 같지는 않구나."

콜린은 타다 남은 성냥개비를 집어던졌다. 그는 흠칫 어깨를 뒤로 젖히며 턱으로 층계 쪽을 가리켰다.

"자, 이쪽이야. 올라가보기로 할까? 이 탑은 6층이고, 층계는 꼭대기까지 104단이지. 이리 오너라. 머리를 조심하고."

앨런은 흥분해 있었으므로 층계의 수를 세고 있을 형편이 못 되었다.

그러나 나선형 층계는 언제나 그렇듯 무척 길게 느껴졌다. 탑 서쪽, 다시 말해서 만 반대쪽에 채광 창문이 있어 층계를 군데군데 희미하게 비춰주었다. 창문들은 모두 꽤 컸다. 곰팡내가 섞인 마구간 냄새는 콜린의 파이프 담배 냄새로도 없어지지 않았다.

벌써 사라져가는 저녁 해의 어스름 빛만으로는 울퉁불퉁한 돌층계를 올라가기가 어려웠다. 두 사람은 나선형 층계 바깥쪽, 벽에 가까운 쪽을 더듬으면서 올라갔다.

"노인이 밤마다 이 맨 위층에서 주무신 것은 아닐 테지요?"

앨런이 물어보았다.

"앵거스는 늘 여기서 잤단다. 최근 몇 해는 하룻밤도 빠지지 않고 말이다. 여기서 바라보는 만의 전망이 마음에 들었던 거지. 공기가 한층 더 맑다는 말도 했었다. 내가 생각하기에는 어리석은 이야기 같지만……. 후유, 숨이 차기 시작하는걸."

"다른 방에는 누가 있습니까?"

"잡동사니가 하나 가득 들어 있을 뿐이란다. 앵거스가 품었던 '일확천금의 꿈'의 잔해들이지."

콜린은 거의 다 올라간 맨 끝 층계참의 창문가에서 숨을 헐떡이며 걸음을 멈추었다.

앨런은 그 창문으로 밖을 내다보았다. 붉은 저녁 해의 남은 그림자가 나무 우듬지에 을씨년스럽게 걸려 있었다. 그다지 높은 곳은 아니었으나 무척 높게 느껴졌다.

서쪽 눈 아래로는 인베라레이 거리로 가는 길이 보였다. 샤이러 계곡에서 그 안쪽 덜멀리의 깊은 골짜기로 들어가는 아레이 계곡과의 갈림길까지, 벌레가 파먹어 잿빛으로 변해 쓰러져 있는 나무들이 얼기설기 얽혀져 마치 줄무늬처럼 보였다. 2, 3년 전에 애거일셔를 휩쓸고 간 큰 폭풍우의 흔적이라고 콜린이 설명해 주었다. 죽음의 나무

숲, 나무가 모조리 말라죽은 숲도 있다고 한다.

남쪽으로는 뾰족한 소나무 우듬지 너머로 멀리 커다란 애거힐 성이 보였다. 큰 탑이 네 개 있고, 비가 오면 지붕 색이 다르게 보인다고 한다. 그 너머에 전에는 궁전이었으나 지금은 세무서로 쓰이는 건물이 있었다. 앨런 브렉 스튜어트의 후견인인 제임스 스튜어트가 '애핀의 암살(1752년 레드 폭스라는 별명을 가진 콜린 캠벨이 암살된 사건)'로 고소되어 유죄선고를 받은 곳이다. 대지는 기름지고 풍요로워서 어디를 가나 역사적 인물의 이름이며 노래, 미신, 전설 등이 살아 있었다.

"그런데 노인은 어째서 죽었습니까?" 앨런은 지나치리만큼 조용히 물었다.

콜린의 파이프에서 불티가 날았다.

"그걸 왜 나한테 묻느냐? 나도 모른다. 다만 나는 그가 자살을 할 사람이 아니라는 것만은 알고 있지. 앵거스가 자살했다고? 당치도 않은 말이야!"

파이프에서 또 불티가 날았다. 그는 중얼중얼 다시 덧붙였다.

"앨릭 포브스가 교수형에 처해지는 것을 보고 싶은 건 아니지만, 그는 그래도 될 만큼 비열한 녀석이다. 앨릭은 앵거스의 심장을 도려내고도 태연한 얼굴로 있을 수 있는 놈이야."

"앨릭 포브스란 누구입니까?"

"어디서인지 굴러와 이곳에 자리를 잡은 떠돌이지. 굉장한 술꾼인데다 그 주제에 남들처럼 신사인 척 행세하려드는 녀석이야. 앵거스와 둘이서 사업을 벌였는데, 공동경영이라는 것이 종국엔 늘 그렇듯 파산하고 말았단다. 그 녀석은 앵거스에게 속았다고 떠벌리고 다녔지. 사실 앵거스라면 그렇게 했을지도 모르지만."

"그래서 그날 밤, 살인이 일어난 날 밤 그가 여기에 와서 싸움을 했다는 말이군요?"

"그렇지. 앵거스의 이 침실에까지 올라와서 나오라고 법석이었단다. 언제나 그렇듯이 그날도 아마 취해 있었던 모양이야."
"그러나 모두들 덤벼들어 그를 쫓아냈다지 않습니까?"
"그렇지. 아니, 앵거스 혼자서 쫓아버렸다던가? 앵거스는 나이를 먹고 뚱뚱하게 살이 찌긴 했어도 얌전한 편이 아니었으니까. 그러다가 여자들도 끼어들어 혹시 앨런이 다시 기어들어와 있지나 않을까 확인하려고 침실은 물론 다른 방까지 모두 살펴보았단다."
"그런데 아무데도 없었다지요?"
"그래, 그러자 앵거스는 문을 걸어 잠그고 빗장을 질렀지. 그리고 그날 밤에 사건이 일어난 거란다." 만일 콜린이 손톱이 길었다면 이때 손톱을 깨물었을 것이다.

"경찰의사는 사망시각을 10시에서 1시 사이로 추정하고 있어. 하지만 그런 게 다 무슨 소용 있겠니? 그렇지 않느냐? 아무튼 그가 10시 전에 죽지 않았다는 것은 분명히 알고 있다. 그때쯤에는 살아서 원기 왕성한 모습을 보이고 있었으니까. 그런데 경찰의사로서는 그 이상 정확한 시간을 모른다는구나. 그 상처로 즉사하지는 않았을 거라는 말이지. 정신을 잃었을지도 모르지만, 떨어져서 숨이 끊어질 때까지는 한참 동안 살아 있었으리라는 거야. 어찌되었든 일이 시작되었을 때 앵거스가 잠자리에 들어 있었다는 것만은 확실해."
"어떻게 압니까?"
콜린은 불끈 화가 치미는 듯한 몸짓을 했다.
"시체가 발견되었을 때 그는 잠옷을 입고 있었으니까. 게다가 침대도 흐트러져 있었지. 또한 불을 끄고 창문의 등화관제용 가리개를 열어놓았단다."
앨런은 이 말을 듣고 깜짝 놀랐다.

"참, 그렇지! 하마터면 전쟁 중임을 잊어버릴 뻔했었군요. 등화관제용 가리개에 대해서도 까마득히 잊고 있었습니다. 하지만……."
그는 창문 쪽으로 손을 흔들었다. "이 밖의 창문에는 가리개가 없었습니까?"
"그렇단다. 앵거스는 캄캄해도 이곳을 오르내릴 수 있었으니까. 이런 창문에 가리개를 설치하는 것은 쓸데없이 돈을 낭비하는 거라고 생각했지. 그러나 앵거스도 말했지만 그 침실의 불빛은 몇 마일 바깥에서도 보이거든. 아니, 그렇게 귀찮게 따지고 들지 말아라! 자, 그 방을 네 눈으로 직접 보는 게 좋겠다."
콜린은 파이프를 두드려 재를 떨어버리고 나서 볼썽사나운 오랑우탄같이 남은 층계를 뛰어올라갔다.

제7장

앨리스테어 덩컨과 월터 채프먼은 아직도 서로 논쟁하고 있었다.
 "여보시오, 채프먼 씨!" 키가 크고 등이 구부정한 변호사가 오케스트라의 지휘자처럼 코안경을 흔들어대면서 말했다. "이제 이번 사건이 살인이라는 사실이 분명해졌지요?"
 "아니오."
 "그러나 슈트케이스가 있소! 슈트케이스인지 동물 운반용 케이스인지는 모르지만, 그것이 살인이 일어난 뒤 침대 밑에서 발견되었소."
 "살인이 일어난 뒤라기보다 사망한 뒤라고 말해야 할 겁니다."
 "착오가 없도록 살인이 일어난 뒤라고 해야 정확하지 않을까요?"
 "좋습니다, 당신이 멋대로 그렇게 말하는 것뿐이라면 괜찮습니다. 그러나 내가 물어보고 싶은 것은 덩컨 씨, 그 동물 운반용 케이스는 어떤 의미가 있느냐는 겁니다. 그것은 텅 비어 있었습니다. 개도 들어 있지 않았습니다. 경찰이 면밀하게 조사해 봤습니다만, 아무것도 들어 있지 않았다고 밝혀졌습니다. 그런데 그것이 무슨 증거가 된다는 겁니까?"

앨런과 콜린이 들어서자 두 사람은 입을 다물어버렸다.

탑 꼭대기의 방은 둥글고 넓었다. 넓이에 비해 어쩐지 천장이 좀 낮은 듯했다. 나선형 층계 꼭대기의 작은 층계참으로 나 있는 단 하나의 문에는 문틀에서 비틀어져 떨어진 자물쇠가 달려 있었고, 빗장을 거는 쇠고리도 녹슨 채 빗장에 걸려 문틀에서 늘어져 있었다.

문에서 정면으로 보이는 단 하나의 창문이 앨런으로 하여금 기분 나쁜 호기심을 갖게 했다.

창문은 밑에서 올려다보았을 때보다 큰 것 같았다. 밖으로 열게 되어 있는 작은 프랑스식 창문 같은 모양의 문이 두 짝 달려 있고, 문틀은 니켈이었으며, 다이아몬드 형의 복잡한 유리가 끼워져 있었다. 아무래도 옛날부터 있던 창문을 최근에 다시 넓게 고친 듯했다. 앨런은 창문턱이 위험할 정도로 낮은 것을 깨달았다.

어스레한 빛 속에서도 흩어진 이 방의 모습이 똑똑히 보여 마치 최면술에라도 걸린 듯한 기분이었다. 책상 위의 전등과 그 옆에 있는 전열기 말고는 이 방에서 유행을 따라 멋을 부린 것이라곤 그 창문이 유일했다.

두 개의 깃털이불과 조각이불이 덮여 있는, 크고 육중한 떡갈나무 침대는 한쪽의 둥근 벽에 면해 있었다. 그 밖에 천장까지 닿을 만한 높이의 떡갈나무 벽장이 있었다. 방을 쾌적하게 하기 위해 만든 모양으로, 한쪽에 벽지를 바르고 누렇게 된 이음새에는 파란 헝겊조각을 발라놓았다.

그림도 몇 장 있었지만, 오래된 가족사진이 더 많았다. 돌바닥에는 짚으로 엮은 깔개가 깔려 있었다. 서류가 잔뜩 쌓인, 뚜껑 달린 큰 책상이 있었고, 그 옆에 뿌연 거울이 달린 대리석 화장대가 놓여 있었다. 편지며 그 비슷한 것들이 다발로 묶여 벽가에 쌓여 있고, 덕분에 흔들의자가 묘한 각도로 비스듬히 놓여 있었다. 사업 관련 잡지들은 많았으나, 그 밖의 책으로는 성경책과 그림엽서 앨범 한 권밖에 보이지 않았다.

확실히 노인 방이었다. 발가락 염증 때문에 모양이 망가진 앵거스의 장화가 단추가 채워진 채 아직도 침대 밑에 놓여 있었다.

콜린도 이 유물을 알아차린 듯했다. 그는 다시 노여움을 나타냈다.

"여어, 여러분! 이쪽은 런던에서 온 앨런 캠벨이오. 지방검사는 어디 있지요?"

앨리스테어 덩컨은 코안경을 썼다. "엘스패트 캠벨 부인과 마주치지 않도록 달아나버린 것 같습니다. 이 젊은이도……" 그는 음침한 미소를 띤 얼굴로 손을 뻗쳐 채프먼의 어깨를 두드렸다. "그녀를 역병처럼 싫어해서 곁에 가까이 가려고도 하지 않는군요."

월터 채프먼이 곧 끼어들었다.

"이런 입장에서 그녀와 만난다는 것이 어떤 일인지 당신은 모르십니다. 물론 나도 그분을 진심으로 동정하고 있습니다. 그러나 그것은 그것, 이것은 이것이니까요."

변호사는 꾸부정한 어깨를 움츠리며 그 음침한 눈을 앨런 쪽으로 돌렸다.

"벌써 만나 뵈었지요?"

"네, 조금 전에."

"아아, 그랬지요. 그때 인사를 했던가요?"

"네, '초면에 실례했습니다…… 그럼, 이만'하고 말씀하셨지요."

"아무튼 사람들이 많이 드나들기 때문에……" 변호사는 말을 이었다. "편지를 드렸던가요? 잘 오셨습니다."

"덩컨 씨, 그런데 어째서 나에게 편지를 보내셨습니까?"

"뭐라고요?"

"물론 여기에 오기를 잘했다고 생각합니다. 친척으로서 좀더 빨리 왕래를 시작했어야 옳다는 것도 압니다. 그러나 캐서린 캠벨이나 나나 이번 일에는 그다지 도움이 될 것 같지 않군요. '친족회의'라고 쓰여 있는데, 분명히 말해서 어떤 일입니까?"

"설명해 드리지요." 덩컨은 기다렸다는 듯이 즐기는 것 같은 말투로 말했다.

"그전에 허큘즈 보험회사의 채프먼 씨를 소개해 드리겠습니다. 아주 완고하신 분이지요."

"덩컨 씨도 상당히 완고한 분이랍니다."

채프먼이 웃는 얼굴로 말했다.

"사건이 과실인지 살인인지 분명히 해두지 않으면 안 됩니다." 변호사가 말했다. "이번 불행에 대해서는 이미 자세히 들으셨겠지요?"

"조금은 들었습니다만……." 앨런은 말했다.

그는 창문 쪽으로 걸어가 보았다.

문은 둘 다 조금씩 열려 있었다. 창문 가운데에 받침 지주도 없고, 가장자리를 두른 테도 없었다. 따라서 문을 밀어서 열면 곧 폭 3피트 높이 4피트의 공간이 빼끔 입을 벌리는 것이었다. 저녁 어둠이 밀려오는 수면과, 갈색에 검붉은 빛깔의 산들이 장관을 이루며 눈 앞에 펼쳐졌다. 그러나 앨런의 눈에는 그런 경치가 들어오지 않았다.

"한 가지 물어보고 싶은 것이 있습니다." 그는 말했다.

콜린이 뭘 또 묻느냐는 듯한 눈초리로 그를 보았다. 그러나 채프먼은 곧 예의바른 태도를 보였다.

"네, 얼마든지 물어보십시오."

창문 옆 바닥에 등화관제용 가리개가 세워져 있었다. 가벼운 나무 말뚝에 유포를 씌운 것으로, 창문에 꼭 맞도록 만들어졌다.

앨런은 그것을 손가락으로 가리키면서 말했다.

"이 가리개를 떼려다 잘못해서 떨어졌다고 생각할 수는 없을까요? 누구나 곧잘 하는 일입니다만, 잠자리에 들기 전에 불을 끄고 손으로 더듬어 창문으로 가서 가리개를 떼고 창문을 열 것입니다.

이 창문에서 걸쇠를 벗기다 자칫 실수하여 창문에 기대기라도 한다면 그대로 넘어지면서 앞으로 튀어나갈 수도 있을 것입니다. 가장자리에 테가 없으니까요."

놀랍게도 덩컨 변호사가 난처한 얼굴이 되었고, 그와 반대로 채프먼은 웃는 얼굴이 되었다.

"벽의 두께를 보십시오." 보험회사 직원이 말했다. "3피트는 됩니다. 옛날 좋은 시대에 지은 벽이지요. 따라서 그렇게 생각할 수는 없습니다. 술에 취했든가, 약이나 무언가로 걸음걸이가 확실치 않고 비틀거렸다면 모르지만, 그건 있을 법하지도 않은 일입니다. 그런데 검시해부 결과 덩컨 씨도 인정하고 계시지만……."

그는 의기양양하게 변호사의 얼굴을 바라보았다. 변호사는 신음소리를 냈다.

"……고인에게는 그런 흔적이 없었지요. 눈이 또렷했고 걸음걸이도 확실했으며, 사리분별이 분명한 노인이었습니다."

채프먼은 잠시 말을 끊고 크게 숨을 내쉬었다.

"여러분이 여기에 모여 계시는 것을 다행으로 생각하며 어째서 자살로 여길 수밖에 없는지 그 이유를 분명히 설명해 드리겠습니다. 그러나 그 전에 고인의 동생 되시는 분에게 한 가지 물어보고 싶은 것이 있습니다."

"뭐지요?" 콜린이 날카로운 목소리로 되물었다.

"앵거스 캠벨 씨가 이른바 좋지 못한 옛습관을 늘 고집했었다는데, 그것이 사실입니까? 다시 말해서 언제나 창문을 닫고 주무셨다면서요?"

"그렇소, 사실이오." 콜린은 두 손을 사냥복 주머니에 쿡 집어넣었다.

보험회사 직원이 질세라 다시 나섰다.

"글쎄요, 나로서는 이해가 안 가는 일입니다. 그렇게 하고 자면 머리가 어떻게 되어버릴 테니까요. 그러나 나의 할아버지께서도 언제나 밤바람이 몸에 나쁘다면서 바깥 공기를 방에 넣으려고 하지 않으셨답니다. 만일 캠벨 씨도 그랬었다면, 밤중에 창문 가리개를 벗긴 이유는 날이 밝았는지 어떤지 보려고 했던 것이라고 밖에 생각할 수 없습니다.

그런데 그날 밤 캠벨 씨가 잠자리에 들었을 때 이 창문은 닫히고 다른 때와 마찬가지로 걸쇠가 걸려 있었습니다. 엘스패트 캠벨 부인과 하녀가 그것을 증언했습니다. 나중에 경찰이 조사했을 때도 창문의 걸쇠에서 캠벨 씨의 지문이 나왔으며, 그 이외의 지문은 없었습니다.

이것을 보면 그가 자살한 것이 확실합니다. 10시 조금 지나서 그는 옷을 벗고 잠옷으로 갈아입었습니다. 창문 가리개를 벗겨놓고 다른 날과 마찬가지로 잠자리에 들었지요." 채프먼은 침대를 가리켜보였다. "지금은 잠자리가 정돈되어 있습니다만, 그때는 흐트러져 있었습니다."

앨리스테어 덩컨이 못마땅한 듯 콧방귀를 뀌면서 말했다.

"그것은 엘스패트 캠벨 부인이 한 짓이오. 방을 정리해놓는 것이 그를 생각해 주는 마음이라고 여겼다는군요."

채프먼이 손짓하여 그의 입을 막고, 마치 연설이라도 하는 듯한 말투로 한바탕 지껄였다.

"그때부터 밤1시 사이에 그는 일어나 창가로 가서 창문을 열고 몸을 던진 것입니다. 자, 좀더 들어보십시오, 캠벨 씨. 우리 회사는 공정하게 하고 싶은 것입니다. 나도 일을 옳게 처리하고 싶습니다. 덩컨 씨에게도 말씀드렸습니다만, 나는 돌아가신 캠벨 씨와 아는 사이였습니다. 글래스고의 지사로 나를 찾아오셔서 보험을 드셨지요. 여러분도 아시겠지만, 어차피 내 돈도 아닙니다. 결코 내가 보험금을 지불하는 것은 아닙니다. 따라서 이 보험금 청구가 정당하다고 할 납득할 수 있는 증거가 발견된다면 지금 곧 회사에 그렇게 보고하겠습니다. 그런데 당신들은 지금까지 나온 증거만 갖고 확실히 그렇다고 진심으로 말할 수 있겠습니까?"

침묵이 흘렀다.

채프먼은 책상 위의 서류가방과 운두 높은 둥근 모자를 집어 들었다.

"동물 운반용 케이스가……." 덩컨이 말을 꺼냈다.

채프먼의 얼굴이 빨개졌다.

"또, 그 동물 운반용 케이스입니까!" 직업상 어울리지 않는 신경질을 보이며 그는 소리쳤다. "어지간히 해두십시오, 덩컨 씨! 당신은——누구라도 좋습니다만——이 사건에서 동물 운반용 케이스가 어떤 의미를 가지는지 설명할 수 있습니까?"

콜린 캠벨이 화가 나는 듯이 침대 쪽으로 갔다. 그는 침대 밑에 손을 넣어 그 케이스를 끌어내더니 당장에라도 한번 걷어찰 것 같은 눈초리로 노려보았다.

동물 운반용 케이스는 네모나고 두께가 있으며 크기는 커다란 슈트케이스만 했다. 짙은 갈색 가죽으로 만들어진 것으로, 슈트케이스와 같은 손잡이가 달려 있고, 위쪽에 걸쇠가 두 개 붙어 있었다. 한쪽 끝의 장방형 구멍에 창살모양으로 철사를 엮어놓아 속에 든 동물이 숨을 쉴 수 있도록 되어 있었다.

속에 든 동물…….

앨런 캠벨의 마음속에는 낡은 탑 안의 방 모습과 더불어 또렷하지는 않으나 보기 흉한 그로테스크한 공상이 무럭무럭 끓어올랐다.

"공포에 쫓겨 그런 짓을 했다고 생각할 수는 없습니까?"

앨런은 곧 저도 모르게 불쑥 말한 것을 깨달았다.

"공포에 쫓겨서?" 변호사가 되물었다.

앨런은 가죽 케이스를 쏘아보았다.

"나는 그 앨릭 포브스라는 인물에 대해서 아무것도 모르지만, 상당히 음험한 사나이인 것 같더군요."

"허어, 그러세요?"

"만일 앨릭 포브스가 이곳에 왔을 때 저 케이스를 들고 있었다면 보통 슈트케이스같이 보였겠지요. 만일 그가 앵거스 캠벨 노인과 '담판을 지으러 온' 척했어도 이 케이스를 두고 가는 것이 목적이었다면, 캠벨 노인의 주의를 다른 데로 돌리게 하고 케이스를 침대 밑에 밀어두었겠지요. 말다툼에 정신을 빼앗긴 노인은 그 케이스 따위는 잊어버렸을 겁니다. 그런데 밤중에 케이스 속에서 뭔가가 나와……."

앨리스테어 덩컨까지도 조금 기분 나쁜 듯한 표정을 짓기 시작했다.

채프먼은 재미있다는 듯이 앨런의 얼굴로 눈길을 돌렸는데, 어쩐지 수상쩍어하는 듯한 엷은 미소를 띠며 불신감을 감추지 못했다. 그는 불만스러운 듯 입을 쭉 내밀고 말했다.

"분명히 말해서 무슨 이야기를 하시려는 겁니까?"

앨런은 물러서지 않았다.

"웃음거리가 되고 싶지는 않습니다만, 지금 막 생각난 일입니다…… 저어, 커다란 독거미라든가, 독사라든가, 그런 것이…… 그날 밤은 달이 밝았을 겁니다."

또다시 긴 침묵이 이어졌다. 이윽고 어두워져서 거의 아무것도 보이지 않을 정도가 되었다.

변호사가 가늘고 메마른 목소리로 중얼거렸다.

"그것은 엉뚱한 추측이군요. 잠깐만 기다리십시오……."

그는 윗옷 안주머니를 뒤져 너덜너덜해진 가죽수첩을 꺼냈다. 그리고 창문께로 가서 코안경을 고쳐 쓰고 수첩 속의 페이지를 이리저리 들추면서 고개를 갸웃거렸다.

"하녀 커스티 맥터비시의 공술 발췌."

변호사는 그중 한 장을 읽더니 헛기침을 했다.

"스코틀랜드 사투리를 표준말로 바꾸었습니다. 들어보십시오."

나리는 나와 엘스패트 마님께 말씀하셨습니다. "바보 같은 짓 하지 말고 빨리 가서 자요. 그 불량배는 내가 쫓아버렸으니까. 그런데 그자가 슈트케이스를 갖고 있는 것을 보지 못했나?" 우리는 나리께서 포브스 씨를 집 밖으로 쫓아낸 뒤에 갔기 때문에 모른다고 대답했습니다. 나리는 말씀하셨습니다. "그자는 틀림없이 빚 독촉을 피해서 밤중에 도망칠 생각이었던 모양이야. 그런데 그 슈트케이스를 어떻게 했을까? 돌아갈 때는 나를 때리려고 두 손 다 쓰는 것을 보았는데."

덩컨은 코안경 너머로 채프먼을 노려보며 물었다.

"하실 말씀 없소?"

보험회사 직원은 재미있는 듯한 표정을 짓고 있지 않았다. 그는 말했다.

"당신은 자신이 조금 전에 직접 말씀하신 사실을 잊어버린 것 같군요. 엘스패트 부인과 하녀가 캠벨 씨가 주무시기 직전에 이 방을 샅샅이 조사해 보았으나 침대 밑에는 아무것도 없었다고 말했다면서요?"

덩컨 변호사는 턱을 쓰다듬고 있었다. 광선 때문인지 그의 얼굴은 창백하게 죽은 사람 같았으며, 회색 머리카락이 철사처럼 빳빳하게 보였다.

"그렇지요, 그 말이 맞습니다만, 그러나 동시에……." 말을 하면서 변호사는 머리를 내저었다.

"뱀인가요?" 보험회사 직원이 코웃음쳤다. "거미인가요? 아니면, 뱀? 덩컨 씨, 뱀인지 거미인지는 모르지만, 그것이 이 케이스에서 기어나온 다음 얌전하게 걸쇠를 잠글 수 있다고 생각하십니까? 이튿날 아침 이 케이스가 발견되었을 때 걸쇠는 둘 다 제대로 잠겨 있었습니다."

"바로 그 점이 까다로운 문제인데," 덩컨 변호사는 인정했다. "그러나……."

"그 기어 나온 것은 그 다음 어떻게 되었을까요?"

"그런 것이 아직 이 방에 있다고 생각하니 그다지 좋은 기분이 아닌데요," 콜린 캠벨이 빙그레 웃으면서 말했다.

월터 채프먼은 서둘러서 운두 높은 모자를 머리에 올려놓았다.

"이제 돌아가야겠군. 실례합니다만, 여러분, 시간이 퍽 늦어진 것 같습니다. 나는 더눈까지 가야 하기 때문에 이만 돌아갈까 합니다. 덩컨 씨, 자동차가 있으니 모셔다드릴까요?"

"무슨 말씀이십니까!" 콜린이 고함쳤다. "차나 함께 마시고 가십시오, 두 분 다."

채프먼은 눈을 깜박거리면서 그를 쳐다보았다.

"차를? 스코틀랜드 사람들은 대단하군요. 이제야 차를 마신다면 댁에서는 저녁식사를 몇 시에 드시는 겁니까?"

"저녁식사를 대접하겠다는 말은 하지 않겠소. 그러나 차라고는 해도 웬만한 집 저녁식사보다 훨씬 훌륭하다오. 게다가 아주 독한 위스키도 있지요. 누구에게든 좀 마시게 해보고 싶어서 좀이 쑤시던 참인데, 우선 얼굴이 붉은 잉글랜드 사람에게 권해보고 싶군요. 어떻소?"

"미안합니다. 모처럼 하시는 말씀입니다만, 아무래도 돌아가야겠습니다."

채프먼은 윗옷소매를 두드리고 있었다. 얼굴에는 언짢은 기색이 역력했다.

"뱀과 거미…… 게다가 유령까지 나오게 되면……."

맥홀스터의 자손이 엘스패트 캠벨을 보고 '농담'이니 하는 말을 한 것이 큰 실수였다면, 지금 채프먼이 콜린 앞에서 '유령'이라는 말을 꺼낸 것도 그에 못지않은 실언이었다.

콜린의 커다란 머리가 거대한 두 어깨 사이로 쑥 들어갔다. 그는 조용한 목소리로 물었다.

"이것이 유령의 짓이라고 말한 게 대체 누구지?"

채프먼이 소리 내어 웃었다.

"물론 그렇게 생각한 것은 아닙니다. 그런 것은 내가 상관할 바가 아니니까요. 그런데 이 고장사람들은 이 댁에 유령이 나온다고 생각하는 모양이더군요. 아니, 뭐 그 정도는 아니더라도 좀 이상한 일이 일어난다고 생각하는가 봅니다."

"그래서요?"

"화내지 말고 들어주셨으면 합니다만……." 보험회사 직원은 반짝 눈을 빛냈다. "그래서 이 근처 사람들은 당신들을 별로 존경하고 있지 않더군요. '저주받은 혈통'이라느니 하면서……."

"그 말이 맞소. 아아, 이게 무슨 일이람!" 무신론자인 의사의 이

외침에는 자부심이 없지 않았다. "누가 그것을 부정했소? 나는 부정하지 않소. 그러나 유령이라니 할 말이 모자라서 하필이면…… 알겠소? 설마 당신도 앨릭 포브스가 동물 운반용 케이스에 유령을 넣어 가지고 다닌다고 생각지는 않겠지요?"

"솔직히 말해서 나는 누군가가 그 케이스에 무엇을 넣어왔다고 생각지 않습니다. 그리고 가능하다면 포브스 씨를 만나보고 싶군요."

"그런데 그는 어디에 있습니까?" 앨런이 물었다.

수첩을 덮고 조용한 미소를 띤 채 귀를 기울이고 있던 변호사가 이때 다시 말참견을 했다.

"그게 또 이상하게 되었습니다. 채프먼 씨도 앨릭 포브스의 행동이 얼마쯤 이상하다고 생각해도 좋을 겁니다. 왜냐하면 앨릭 포브스가 어디로 갔는지 아무도 모르니까요."

제8장

"밤중에 도망쳐 버렸단 말입니까?" 앨런이 물었다.
덩컨 변호사는 코안경을 흔들어보였다.
"아니, 그건 명예훼손이 됩니다! 그렇지는 않습니다. 나는 지금 사실을 말하고 있을 뿐으로, 그는 아마 술을 퍼먹고 취해서 돌아다니고 있을지도 모릅니다. 있을 수 있는 일이지요. 어찌되었든 이상한 일입니다. 그렇지 않소, 채프먼 씨?"
보험회사 직원이 숨을 깊이 들이마셨다.
"여러분, 나는 더 이상 이런 일로 이야기를 나눌 시간이 없습니다. 저 캄캄한 층계에서 목뼈를 부러뜨리기 전에 얼른 여기서 나가고 싶습니다.

지금 내가 여러분에게 할 수 있는 말은 내일 지방검사와 의논해 볼 생각이라는 것뿐입니다. 지금쯤은 검사도 이 사건이 자살인지 과실사인지 살인인지 결정했을 것입니다. 우리의 태도는 결국 검사의 판단에 따라 정해질 것입니다. 그것이 가장 공정한 방법이 아니겠습니까?"

"그것도 고마운 일이지만, 물론 그렇게 해도 좋습니다. 그러나 이쪽으로서는 좀더 시간이 필요합니다."

이때 앨런이 끼어들었다.

"그러나 그처럼 살인사건임이 확실하다면, 지방검사는 어째서 써야 할 방법을 쓰지 않을까요? 이를테면 곧 경시청에 연락을 한다든지……."

덩컨이 오싹 소름이 끼치는 듯 그를 쳐다보았다.

"경시청을 스코틀랜드로 부른다고요?" 그는 나무라는 투로 말했다. "당치도 않은 말을 하시는군요!"

"이런 사건에서는 퍽 당연한 방법이라고 생각하는데, 어째서 안 되지요?" 앨런이 물었다.

"나는 지금까지 한 번도 그런 말을 들어본 적이 없습니다! 스코틀랜드에는 버젓이 스코틀랜드의 법률이 있소!"

"그렇습니다." 채프먼이 가방으로 다리를 두드리면서 말했다. "나도 이곳에 온 지 두 달밖에 안 되었습니다만, 충분히 깨닫게 되었습니다."

"그럼 이제부터 어떻게 하실 겁니까?"

"당신들이 아무것도 하지 않고 쓸데없는 잔소리만 늘어놓고 있는 동안 다른 사람도 역시 아무것도 하지 않는다고 생각하는 건 잘못이오," 콜린이 가슴을 쑥 내밀 듯이 하며 끼어들었다. "내가 어떻게 할 생각인지는 굳이 설명하고 싶지 않지만, 한 가지만 말해 두겠소." 그의 눈은 '이것이 명안이 아니라고 말할 수 있으면 해보라'는 듯이 모두를 무섭게 노려보았다. "나는 기데온 펠 박사를 불렀소."

덩컨 변호사는 깊이 생각에 잠기며 혀를 찼다.

"바로 그 사나이?"

"그렇소, 내 친구요."

"당신은 거기에 드는 비용에 대해 생각해 보셨습니까?"

"허 참, 5초라도 좋으니 제발 돈에 대한 것을 잊어주지 않겠소? 5초면 되오. 아무튼 당신에게 한 푼도 내게 하지 않을 테니까요. 펠 박사는 나의 초대를 받고 이 집에 오는 것뿐이오. 돈을 주겠다고 했다가는 그야말로 큰일 날 거요."

변호사가 강경한 태도로 또박또박 잘라 말했다.

"캠벨 씨, 돈에 대해 그와 같은 사고방식을 가지고 있기 때문에 당신이 가끔 곤란한 입장에 몰리곤 했었다는 것을 우리는 알고 있습니다." 변호사의 눈초리로 보아 아무래도 그만한 까닭이 있는 듯했다. "아무튼 내가 돈 문제를 한 푼까지도 엄격하게 생각하는 것은 당신도 이해해 주어야만 합니다. 방금 이분께서……." 그는 앨런 쪽을 턱짓으로 가리켰다. "친족회의는 무엇을 위한 거냐고 물었습니다. 지금 그 설명을 하겠습니다. 만일 보험회사에서 지불을 거절한다면 소송을 해야 합니다. 그런데 소송에는 돈이 듭니다."

콜린이 눈을 부릅뜨고 소리쳤다.

"그렇다면 이 아이들을 멀리 런던에서 여기까지 불러온 것은 돈을 내게 하기 위해서였단 말이오? 바보 같은 말 하지 마시오. 그 목을 비틀어주기 전에!"

덩컨 변호사는 파랗게 질렸다.

"콜린 캠벨 씨, 나는 그런 식으로 말하는 사람과는 이야기하지 않겠습니다."

"앨리스테어 덩컨, 그게 말이나 되는 소리요? 대체 무슨 배짱이오?"

변호사의 목소리에 처음으로 인간다운 감정이 배어 나왔다.

"콜린 캠벨 씨, 나는 지금까지 20년 동안 당신네 집안이 하라는 대로 일을 해왔는데……."

"하하하!"

"자, 들어보시오……."

"들어보시오, 캠벨 씨!" 채프먼이 진정되지 않는 동작으로 제자리걸음을 하며 말했다.

앨런도 콜린의 떨리는 어깨에 손을 얹고 사이에 끼어들었다. 그는 당장에라도 콜린이 변호사의 멱살과 허리끈을 잡아서 내던져 버리지나 않을까 걱정이 되었다.

"실례지만……." 앨런이 머뭇거리며 말했다. "나에게는 아버지가 상당한 재산을 남겨주고 세상을 떠나셨기 때문에 할 수 있는 일이라면……."

"그러냐? 너의 아버지는 그래도 돈을 남겨주었구나." 콜린이 말했다. "여보시오, 덩컨 씨, 당신은 그런 것까지 미리 다 알아본 모양이지?"

변호사는 빠른 말투로 떠들어댔다. 앨런은 변호사가 "나더러 사건에서 손을 떼라는 거요?"라고 말하리라 생각했으나, 실제로 그의 입에서 나온 말은 "나더러 손에서 사건을 떼라는 거요?"라는 것이었다. 그러나 변호사도 콜린 캠벨도 잔뜩 화가 나 있었기 때문에 그런 것을 깨닫지 못하고 있었다.

"그렇소! 내가 말하고 싶었던 것은 그거였소. 자, 아래로 내려가실까요?" 콜린이 말했다.

네 사람은 위엄을 보이며 말없이 비틀거리면서 위험하기 짝이 없는 층계를 손으로 더듬으며 내려갔다. 채프먼이 분위기를 풀기 위해 변호사에게 같이 자동차를 타고 가자고 권했다. 변호사는 그 뜻을 받아들였다. 그 다음에는 날씨이야기가 두서너 마디 나왔을 뿐이었다.

그런 화제도 결국 효력이 없었다.

아래층 거실로 들어갔을 때도 모두들 입을 굳게 다물고 있었다. 거실에는 아무도 없었다. 그들은 다시 현관으로 나왔다. 콜린과 변호사가 서로 작별인사를 나누었으나, 둘 다 이튿날 아침에 결투라도 벌일지 모를 만큼 무뚝뚝했다.

"엘스패트와 캐서린은 차를 마시는 모양이군. 이리 오너라, 앨런."
콜린은 아직도 노여움이 풀리지 않아 기분이 좋지 않았다.

그 식당은 앨런의 마음에 들었다. 이처럼 마음이 마구 구겨져 있지 않았다면 더 좋았을 것이 틀림없다.

낮게 매단 전등불이 하얀 식탁보를 밝게 비추고, 난로에서는 장작불이 소리를 내며 타올랐다. 엘스패트는 캐서린과 함께 소시지, 얼스터 프라이, 달걀, 감자, 차, 그리고 수북이 쌓인 토스트를 올려놓은 식탁에 마주 앉아 있었다.

"엘스패트!" 콜린이 음울하게 의자를 끌어당기면서 말했다. "덩컨 씨가 또 손을 떼겠다고 했소."

엘스패트는 버터로 손을 뻗치고 있었는데, 다 안다는 듯한 말투로 말했다.

"콜린, 당신도 바보로군요. 그런 일이 처음도 아니고, 이것이 마지막이 되지도 않을 거예요. 그 사람은 1주일 전에도 나에게 손을 떼겠다고 말했었어요."

앨런의 심각한 우울증이 나아지기 시작했다. 그가 물었다.

"그렇다면 아까 이야기한 것은 진심에서 나온 말이 아니었군요?"

"물론이지. 내일 아침이 되면 언제 그랬느냐는 듯이 나타날 거야."
콜린은 요리가 보기 좋게 놓인 식탁을 노려보면서 우물쭈물하고 있었다. "엘스패트, 나는 지랄같이 기분이 나쁘오. 되도록이면 어떻게든 참아보려고 하지만."

엘스패트가 벼락같이 마구 소리지르기 시작했다. 이 집에서 그런 야비한 말을 쓰는 것은 용서할 수 없다, 하물며 아이 앞에서는 더욱 그렇다는 것이었다. 아이란 캐서린을 가리키는 모양이었다. 그리고 또 그녀는 두 사람이 차 마시는 시간에 늦게 왔다고 마구 잔소리를 해댔는데, 그 무시무시한 기세는 마치 계속해서 두 번씩이나 식사를 거른 사람 같았다.

 앨런은 그 말을 절반쯤밖에 듣지 못했다. 그러나 방금 전에 일어난 일로 그는 엘스패트를 전보다 더 잘 이해할 수 있을 것같이 생각되었다. 그녀가 벼락같이 화를 내는 것도 겉보기뿐이라는 사실을 안 것이다. 엘스패트는 자신의 의지를 관철시키기 위해 매번 싸워야 했다. 그것이 이젠 습관처럼 몸에 배어 그럴 필요가 없는 지금까지 자신도 모르게 그리 하는 모양이었다. 화를 낸다기보다는 습관 같은 것이었다.

 식당 벽에는 오래된 숫사슴의 머리가 여기저기 장식되어 있었다. 벽난로 선반 위에는 너비가 넓은 칼날이 달린 칼 두 자루가 엇비슷하게 걸려 있었다. 앨런은 그 칼에 마음이 끌렸다. 음식을 먹으며 진한 홍차를 마시다 보니 어느새 기분도 좋아졌다.

 콜린이 땅이 꺼질 듯 한숨을 쉬었다. 의자를 뒤로 당기고 몸을 쭉 펴더니 가슴을 두드렸다. 곱슬거리는 머리카락과 수염에 파묻힌 얼굴이 문득 벌개졌다.

 "그렇지, 그게 좋겠군! 그 족제비 같은 녀석에게 전화를 걸어서 사과해도 괜찮겠지?"

 "당신들은……." 캐서린이 더듬거리면서 말했다. "뭘 좀 아셨나요, 저 탑 위에서? 아니면 무슨 이야기라도 결정된 게 있었나요?"

 콜린은 수염 사이로 이쑤시개를 집어넣었다.

 "아니, 아가씨, 아무것도 없었어."

 "'아가씨'라고 부르지 마세요! 마치 어린아이처럼 취급하시는군요!"

"무슨 말을 하는 거냐, 캐서린?" 엘스패트가 흘겨보았다. "아직 어린애지."

"아무것도 결정된 이야기는 없었다." 콜린이 가슴을 툭툭 두들기면서 대답했다. "그리고 아직 그럴 필요도 없지. 내일이면 기데온 펠이 올 거다. 아까 너희들의 배가 보였을 때 나는 그가 왔나 했었지. 펠이 오면……."

"펠이라니, 펠 박사 말인가요?" 캐서린이 소리쳤다.

"그래, 바로 그 사람이란다."

"설마 신문에 투서를 낸 그 이상한 사람은 아니겠지요? 앨런, 당신도 알잖아요!"

콜린이 대신 말했다.

"아주 훌륭한 학자지. 너희들은 고개도 들 수 없을 만큼 위대한 학자야. 그러나 그 사나이가 유명해진 것은 그보다 범죄수사에서란다."

엘스패트는 여느 때와 같이 그의 종교가 무엇이냐고 물었다.

콜린은 그런 것은 모르지만, 종교 같은 거야 아무래도 상관없다고 대답했다.

엘스패트는 그 말에 반박하여 가장 중요한 것은 바로 종교라고 말하면서, 콜린이 앞으로 어떻게 될 거라는 것을 모두들 잘 알아들을 수 있는 말로 마구 떠들어댔다. 앨런으로서는 이 부분이 엘스패트의 말 가운데서도 가장 참기 어려웠다. 신학에 대한 그녀의 지식은 어린아이나 다름없었으며, 교회사에 대해서도 바로 최근의 버네트 주교에 관한 일조차 확실히 모르고 있었다. 그러나 조심성 있게 그는 적당한 계기가 올 때까지 잠자코 참았다. 마침내 그는 가까스로 기회를 잡아 말했다.

"꼭 한 가지 알 수 없는 일이 있습니다. 그 일기에 관한 것입니다만."

엘스패트는 누가 있든 상관없이 마구 퍼붓던 비난을 그만두고 찻잔에 코를 박았다.

"일기라고?" 콜린이 되물었다.

"그렇습니다. 잘못 들었는지도 모르고 뭔가 다른 일인지도 모릅니다만, 덩컨 씨와 보험회사 직원이 옆방에서 이야기하는 것을 들었습니다. 덩컨 씨는 '없어진 일기'라고 말했습니다. 아무튼 내 귀에는 그렇게 들렸습니다."

"나도 그렇게 들었어요." 캐서린이 거들었다.

콜린은 얼굴을 찡그렸다.

"나로서 생각할 수 있는 것은……." 콜린은 냅킨을 손가락에 끼우고 빙글빙글 자기 앞쪽으로 돌리며 말했다. "누군가가 훔쳐갔다는 것…… 그것뿐이다."

"누구의 일기입니까?"

"뻔하지 않니? 앵거스의 일기지. 그는 해마다 정성껏 일기를 썼지만 해가 바뀌면 태워버리곤 했지. 자기가 생각하는 일을 남이 엿보지 못하게 말이다."

"무척 조심성이 많았군요."

"그렇단다. 아무튼 그는 밤마다 잠들기 전에 일기를 썼어, 하루도 빠짐없이. 그러니까 다음날 아침 책상 위에 있어야 할 텐데…… 아무튼 들은 바에 의하면 없어졌다는구나. 그렇지요, 엘스패트?"

"바보 같은 말은 그만두고 차나 마셔요."

콜린은 옷매무시를 고쳤다.

"뭐가 바보 같은 말이라는 거요? 일기는 없었소, 그렇지요?"

예의쯤은 알고 있다는 듯이 엘스패트는 숙녀인 체하는 얌전한 손놀림으로 가만히 차를 따르더니 후욱 하고 입으로 불어 식혀서 마셨다.

콜린은 이야기를 계속했다.

"문제는 일기가 없어졌다는 사실을 몇 시간이 지나도록 아무도 알아차리지 못한 점이야. 그러니까 일기가 거기에 있는 것을 본 사람이라면 그 사이에 누구든 슬쩍 훔칠 수가 있었겠지. 결국 범인이 일기를 훔쳐갔다는 증거는 아무데도 없거든. 누구나 훔칠 수 있었어. 안 그렇소, 엘스패트?"

엘스패트는 한순간 멍한 눈으로 텅 빈 접시를 보며 한숨을 쉬더니 단념한 듯이 말했다.

"콜린, 당신은 위스키가 나오기를 기다리는 거겠지요? 안 그런가요?"

콜린의 얼굴이 순간 밝아졌다.

"물론이오!" 그는 불이라도 붙은 것처럼 고함쳤다. "이처럼 복잡한 일이 꼬리를 물고 일어나면 누구나 술을 마시고 싶어하지!" 그는 앨런에게로 얼굴을 돌렸다. "앨런, 정수리가 날아가 버릴 정도로 기가 막힌 밀조 위스키를 마셔봐라."

밖에서는 바람이 불었으나 식당 안은 따뜻하고 아늑했다. 앨런은 어찌된 일인지 캐서린 앞에서는 무리를 해서라도 허세를 부리고 싶었다.

"그거 재미있겠군요." 앨런은 의자 등받이에 기대며 대답했다. "'정수리가 날아가 버릴 정도로 기가 막힌 위스키'를 맛보게 될 줄은 몰랐는데요."

"그렇게 생각하느냐, 앨런?"

"내가 금주법이 한창이던 시절의 미국에서 3년이나 지냈다는 것을 잊지 말아주십시오. 그런 경험이 있는 사람은 증류기에서 나온 거라면 어떤 술이든 아무렇지도 않게 마신답니다. 다른 술도요."

앨런이 이렇게 말하는 데는 이유가 없지도 않았다.

"정말 그렇게 생각하느냐?" 콜린이 중얼거리듯 말했다. "지금 하겠니, 앨런? 좋지. 엘스패트, 이거 굉장한데요! 그 유명한 '캠벨 집안의 숙명'을 가져오시오."

엘스패트는 아무 항의 없이 일어섰다.

"그러죠. 옛날에는 늘 이랬는데…… 내가 없어지면 또 그렇게 될 테지. 오늘 밤에는 추우니까 나도 조금 마셔볼까."

엘스패트는 구두 소리를 또각거리며 방에서 나갔다. 그녀는 곧 짙은 갈색의 액체, 불빛이 닿는 곳이 금빛으로 빛나는 액체가 거의 병 주둥이까지 찬 디캔터(마개 있는 식탁용 유리병)를 들고 돌아왔다. 콜린이 그것을 받아들어 가만히 식탁에 놓았다. 엘스패트와 캐서린에게 조금씩 따라주고 자기와 앨런의 잔에는 4분의 1쯤 따랐다.

"어떻게 마실까?"

"미국식으로 하겠습니다. 그냥 마시는 겁니다, 물을 마시면서."

"좋아! 아주 좋아!" 콜린이 외쳤다. "그렇게 마시면 위스키 맛을 잃지도 않으니까. 자, 마십시다, 마시는 거야!"

모두들——적어도 콜린과 엘스패트는——열심히 그가 마시는 것을 지켜보고 있었다. 캐서린은 자기 잔에 담긴 술을 조금 냄새 맡아 보더니 아무래도 내키지 않는 듯했다. 콜린의 얼굴은 무섭게 새빨개지고, 동그랗게 뜬 눈에 기분이 아주 좋은 모양이었다.

"그럼, 들겠습니다." 앨런이 말했다.

그는 술잔을 들어 단숨에 비워버렸다. 과장하지 않고 말해서 눈이 핑핑 도는 것 같았다.

정수리가 날아가지는 않았지만, 한순간 그는 정말 정수리가 휙 날아가 버린 듯한 느낌이 들었다. 아주 독했다. 이것을 마시면 전투함이라도 항로를 잘못 잡고 말 것이다. 관자놀이의 혈관이 부풀어 오른 것 같더니 이내 눈이 흐려져왔다. 그는 숨이 막혀 이대로 죽는 게 아닐까 생각했다. 이윽고 한참 지난 다음 불안한 마음으로 눈을 떠보니 어떠냐는 듯 싱긋이 웃는 콜린의 얼굴이 눈에 들어왔다.

그런 다음 무언가가 일어났다.

알코올의 폭탄이 일단 파열하여 숨을 되찾고 눈앞이 보이게 되자 그 바로 전의 미쳐 날뛰던 감각이 쾌감으로 바뀌어 온몸을 돌아다녔다. 처음에는 머릿속에서 윙윙거리던 것이 수정처럼 말갛게 비치는 느낌으로 변했다. 뉴턴이나 아인슈타인이 복잡한 숫자의 문제를 푸는 방법을 찾아냈을 때의 기분이 이러했을 것이다.

목이 콱 막히는 것을 참고 있는 동안 시간이 흘러갔다.

"어떤가?" 콜린이 물었다.

"기막힌데요!" 앨런이 대답했다.

"그럼, 건배!" 콜린이 큰소리를 지르며 술잔을 비웠다.

효력은 똑같았지만 콜린이 빨리 깨어났다. 콜린이 빙긋 웃었다.

"마음에 드니?"

"네."

"조금 세지 않아?"

"괜찮습니다."

"한 잔 더 할까?"

"고맙습니다. 더 마셔도 괜찮겠습니다."

"원, 저런!"

엘스패트가 어이없다는 듯이 중얼거렸다.

제9장

 앨런 캠벨은 한쪽 눈만 떠보았다.
 모습도 보이지 않고 목소리도 들리지 않는 아득히 먼 곳으로부터 땅 밑 터널 속을 기어오듯 악전고투하며 그의 영혼이 다시 육체로 돌아왔다. 마침내 그것은 망치 소리와 빛의 광란곡이 되었다.
 이때 그는 눈을 번쩍 떴다.
 처음 한쪽 눈을 떴을 때도 지독했지만, 다른 쪽 눈을 마저 뜨자 굉장한 아픔이 머릿속을 뚫고 지나가 얼른 다시 눈을 감아버렸다.
 주위를 둘러보고——이때는 그다지 이상하게 생각지 않았는데——자신이 본 적도 없는 방 침대에 누워 있다는 것을, 더구나 잠옷까지 입었으며 방 안에는 햇살이 넘치고 있다는 것을 깨달았다.
 먼저 걱정스러운 것은 몸에 대한 일이었다. 머리는 커다랗게 소용돌이를 그리며 천장으로 날아가는 것 같고, 위 속은 초열지옥(焦熱地獄)이었다. 갈증이 심한 목에서 나오는 목소리는 쉬어 터졌으며, 온몸이 구불구불한 가는 철사로 조립되어 있는 듯한 느낌이었다. 숙취가 그야말로 지독하여 점심때쯤 눈을 뜬 앨런 캠벨은 이런 상태로 얼마 동안 그대로 누운 채 끙끙거리고 있었다.

이윽고 침대에서 기어 나오려고 해보았으나 눈앞이 빙그르 돌아 다시 쓰러져버렸다. 이때 가까스로 머리가 돌아가기 시작했다. 그는 어젯밤에 일어난 일들을 기억해 내려고 열심히 생각했다. 그러나 아무것도 기억해 낼 수가 없었다.

앨런은 너무도 놀랐다.

자신이 저질렀을지도 모르는 턱없는 짓들이 차례차례 머리에 떠올랐다——자신이 말했을지도 모르는 일, 또는 직접 행동으로 했을지도 모르는 갖가지 일들이. 그러나 지금으로서는 전혀 아무것도 생각나지 않았다. 이 세상 그 어떤 것도 이보다 더 괴롭지는 않을 것 같았다. 자기가 아직도 샤이러 성에 있다는 것은 알고 있었다. 적어도 그것만은 알아차릴 수 있었다. 그리고 콜린과 함께 '캠벨 집안의 숙명'을 자신도 모르는 사이에 마구 퍼마신 일도. 그가 알 수 있는 것은 그 두 가지뿐이었다.

방문이 열리고 캐서린이 들어왔다.

블랙커피와 동그란 유리잔에 든 이상한 혼합물을 쟁반에 담아가지고 왔다. 창백한 그녀의 얼굴과 눈동자를 보고 그는 묘하게 마음이 놓이는 것을 느꼈다.

캐서린은 가까이 다가와서 침대 곁 탁자에 쟁반을 놓았다.

"좀 어때요, 캠벨 박사님? 부끄럽지도 않으세요?" 그녀가 맨 처음으로 내뱉은 싸늘한 말이었다.

앨런은 길게 꼬리를 끄는 열띤 신음 소리를 내는 것이 고작이었다.

"하지만 나에게도 당신을 나무랄 자격은 없어요. 나도 당신들과 마찬가지예요! 아아, 기분이 언짢아요! 하지만 적어도 나는 그런 짓을……."

캐서린은 머리를 감싸 안으며 비틀거렸다.

"내가 무슨 짓을 했소?" 앨런이 쉬어터진 목소리로 물었다.

"기억나지 않으세요?"

자신이 한 짓이 바다처럼 자기를 떠밀어 보낼지도 모른다고 생각하며 그는 단단히 각오하고 기다렸다.

"마침 그때…… 아니, 아무것도 아니에요."

그녀는 쟁반을 가리켰다. "그 날달걀이나 마셔요. 먹기가 좀 언짢겠지만, 좋을 거예요."

"아니, 가르쳐주오, 캐서린. 내가 무슨 짓을 했소? 그렇게 심했소?"

캐서린은 힘없이 그를 쏘아보았다.

"그래도 콜린보다는 나았어요. 그러나 내가 방으로 들어가려고 했을 때 당신과 콜린이 저 너비 넓은 칼로 펜싱을 했어요."

"뭐라고?"

"진짜 칼로 펜싱을 했다니까요! 온 식당 안을 마구 뛰어다니다 현관으로 해서 바깥으로 돌층계 있는 데까지 나갔어요. 당신은 부엌의 식탁보를 벗겨서 스코틀랜드의 케이프라며 어깨에 걸치고 있었지요. 콜린은 게일어로 마구 떠들어댔고, 당신은 '마미온'과 '호수 위의 아름다운 여인' 구절을 인용하더군요. 그러나 자신을 로더릭 도우로 할지 더글러스 페어뱅크스로 할지 확실히 결정할 수가 없었던 모양이에요."

앨런은 눈을 질끈 감아버렸다. 그는 작은 목소리로 기도를 중얼거렸다. 블라인드에서 새어 들어오는 희미한 빛처럼 조그만 빛의 조각이 어젯밤 있었던 활극의 기억을 불러일으켰으나 곧 빛은 산산조각이 나고 목소리는 희미하게 사라져버렸다.

"이제 그만두오!" 그는 두 손을 이마에 대고 말했다. "엘스패트 아주머니에게는 아무 짓도 하지 않았겠지? 욕지거리를 하거나 하지 않았겠지? 뭔가 생각이 날 듯도 한데…….”

그는 다시 눈을 감아버렸다.

"앨런, 그것이 어젯밤의 난동 속에서 얻은 단 한 가지 수확이었어요. 당신은 엘스패트 아주머니의 마음에 들었거든요. 그녀는 당신을 앵거스의 뒤를 이을 캠벨 집안의 자랑이라고 생각하고 있어요."

"뭐라고?"

"전혀 기억에 없어요? 신성동맹이니 국제연맹규약이니 스코틀랜드의 교회사에 대해 30분 이상이나 설교를 했잖아요!"

"잠깐만…… 그리고 보니 뭔가…….”

"엘스패트 아주머니는 알아듣지 못했지만 당신의 주문은 효력이 있었어요. 스코틀랜드 교회 목사의 이름을 그처럼 많이 알고 있는 것을 보니 생각보다는 나쁘지 않다고 말했지요. 그리고 당신은 그 독한 술을 유리잔에 절반쯤이나 따라서 억지로 그녀에게 마시게 했어요. 그래서 침실로 들어갈 때 그녀는 마치 맥베드 부인처럼 비틀거렸지요. 물론 이것은 그 칼싸움이 시작되기 전의 일이었어요. 그 다음부터가 야단이었어요. 콜린이 스완이라는 가엾은 사나이에게 어떻게 했는지 기억나세요?"

"스완? 그 맥홀스터 집안의 스완 말이오?"

"네, 그 사람이에요."

"아니, 그 사나이가 어떻게 여기에…….”

"나도 퍽 취했기 때문에 기억이 뚜렷하진 않아요. 아무튼 당신들이 요란스럽게 집안에서 칼싸움을 벌인 뒤 콜린이 밖으로 나가자고 말했어요. 그는 이렇게 말했지요…… '앨런, 오늘 저녁에는 아직도 더러운 일이 남았어. 자, 스튜어트 집안 녀석들을 혼내주는 게 어떻겠느냐?' 당신은 더없이 훌륭한 생각이라며 맞장구쳤지요.

그래서 우리 셋은 뒷문을 통해 한길로 나갔어요. 그런데 환한 달빛 아래에서 맨 처음 눈에 띈 것이 거기 서서 저택 안을 들여다보고 있던 스완 씨였어요. 그가 무엇을 하고 있었는지 나에게 물어봐야 헛일이에요. 나도 잘 모르니까요. 이때 콜린이 '이 스튜어트의 개야!' 하고 버럭 고함을 지르면서 칼을 들고 쫓아갔어요.

스완 씨는 그를 보자 총알처럼 도망쳤어요. 그렇게 빠른 사람은 정말 처음 보았어요. 콜린이 그 뒤를 쫓고, 당신도 콜린을 뒤따라 뛰었지요. 나도 말리지 않았어요. 나 역시 취했기 때문에 마냥 웃으며 서 있었지요.

콜린은 스완 씨를 붙잡지는 못했지만, 몇 번이나 칼로 마구 찔렀어요. 스완 씨의 엉덩이…… 그의……."

"알겠소."

"콜린이 넘어지자 스완 씨는 달아났어요. 조금 뒤 둘이서 노래를 부르며 돌아왔지요."

캐서린에게는 뭔가 생각나는 일이 있는 모양이었다. 그녀는 가만히 바닥으로 눈길을 떨어뜨리고 있었다. 이윽고 그녀는 가까스로 입을 열었다.

"당신은 내가 이 방에서 잔 것도 모르시지요?"

"여기서 잤다고?"

"네, 아무리 말해도 콜린이 도무지 듣지 않았어요. 우리 둘을 여기에 가두어버린 거예요."

"하지만 우리는 저어…… 그……."

"뭐지요?"

"당신도 내가 무슨 말을 하고 싶어하는지 알잖소."

캐서린의 얼굴빛으로 보아 그녀는 알고 있는 것이 분명했다.

"네, 아무 일도 없었어요. 아무튼 둘 다 너무 취했거든요. 나는 눈이 빙빙 돌고 녹초가 되어 말도 할 수 없을 정도였어요. 당신은 뭔가 시를 읊고 있었어요……

　　이 기막힌 히드 술의 비밀이여,
　　영원토록 내 품에 잠들라!

　그러더니 당신은 '그럼, 미안' 하고 공손히 인사하고 바닥에 쓰러져 잠들어 버렸어요."
앨런은 자기가 입고 있는 잠옷이 궁금해졌다.
"그런데 어떻게 이걸 입었을까?"
"모르겠어요. 아마 밤중에 깨어나서 갈아입었겠지요. 나는 6시에 잠이 깨었지만 죽을 것 같았어요. 종이를 문 밑으로 내밀어두고 간신히 열쇠를 열쇠구멍 저쪽으로 밀어서 그 위에 떨어뜨린 다음 끌어당겼지요. 이곳에서 빠져나가자 곧 내 방으로 갔어요. 엘스패트 아주머니는 아무것도 눈치채지 못한 것 같아요. 아무튼 아침에 깨어나 여기에 당신이 있는 것을 발견했을 때는……." 그녀의 목소리는 마치 외치듯이 커다랗게 되었다. "앨런, 대체 우리는 어째서 이렇게 되었지요? 둘 다 말이에요. 잘못된 일이 일어나기 전에 스코틀랜드에서 떠나는 게 좋다고 생각지 않으세요?"
　앨런은 날달걀 쪽으로 손을 뻗었다. 그것을 어떻게 삼킬 수 있었는지 나중에도 그는 생각이 나지 않았지만, 아무튼 그것을 삼키고 얼마쯤 뒤에 기운을 차렸다. 뜨거운 블랙커피의 효력도 곧 나타났다.
　그는 선언했다.
"그 술에는 이제 절대로 손대지 않겠소! 그리고 콜린은? 그 노인도 이 지옥의 형벌과 같은 괴로움을 받았으면 좋으련만…… 역시 그도 나처럼 이렇게 술이 깨지 않았을 테지……."
"어머나, 그분은 아무렇지도 않아요."

"아무렇지도 않다고?"

"귀뚜라미처럼 명랑해요. 좋은 위스키는 두통을 가져오지 않는 법이라고 하더군요. 그리고 그 무서운 펠 박사라는 사람이 와 있어요. 식사하러 내려가지 못하겠지요?"

앨런은 이를 갈았다.

"일어나 보겠소. 그건 그렇고, 내가 옷을 갈아입는 동안 당신은 잠깐 방에서 나가주어야겠는데……."

30분 뒤 얼마쯤 원시적인 욕실에서 면도와 목욕을 끝낸 앨런은 기분좋게 아래층으로 내려갔다. 조금 열려 있는 거실문 틈으로 콜린과 펠 박사의 늠름한 목소리가 흘러나와서 그의 머리에 날카로운 아픔이 되어 되울렸다. 아침식사를 하는 식탁에서도 겨우 토스트밖에 먹을 수가 없었다. 조금 뒤 그와 캐서린은 겁먹은 태도로 조심스럽게 거실로 들어갔다.

펠 박사는 소파에 앉아 T자 모양의 손잡이가 달린 스틱 위에 두 손을 포개고 있었다. 안경에 단 폭넓은 검은 리본이 박사가 웃자 쑥 늘어났다. 웃는 얼굴을 하자 흰머리 섞인 머리카락이 눈 위로 늘어져 거대한 턱이 더욱 크게 보였다. 우람한 몸이 방 안을 가득 메워버릴 것 같아 처음에 앨런은 자신의 눈을 의심했을 정도였다.

"안녕하시오!" 펠 박사의 목소리가 울렸다.

"잘 잤느냐!" 콜린도 큰소리로 말했다.

"일찍 일어나셨습니다." 앨런은 모기 소리만한 소리로 인사했다. "좀더 작은 소리로 말씀해 주실 수 없겠습니까?"

"무슨 말을 하는 거냐? 우리는 고함을 치는 게 아니다. 오늘 아침에는 기분이 안 좋은가 보지?" 콜린이 물었다.

"아주 안 좋습니다."

콜린은 유심히 그를 지켜보았다. "설마 머리가 아픈 건 아닐 테지?"

"괜찮으십니까?"

"바보 같으니!" 콜린은 콧방귀를 뀌며 쉬어터지고 결연한 말투로 말했다. "좋은 위스키는 머리를 아프게 하지 않는 법이야."

아무튼 이 미신은 북쪽지방에서는 거의 복음서와 같은 힘을 지니고 있었다. 앨런은 그것을 비난하려 하지 않았다. 펠 박사가 작은 산만 한 몸을 들어올리더니 허리를 구부리는 것 같은 몸짓을 했다.

"부디 잘 부탁하오." 펠 박사는 그렇게 말하고 이번에는 캐서린을 보고 꾸벅 인사했다. "잘 부탁합니다, 아가씨." 박사의 눈이 번쩍 빛났다. "그 클리블랜드 여자 공작에 대한 논쟁은 두 분 사이에서 이미 처리되었겠지요? 아니, 지금은 여자 공작의 머리빛깔보다도 해장술 쪽에 더 흥미가 있지 않겠소?"

"그것도 나쁘지 않지." 콜린이 말했다.

"천만에요!" 앨런은 자신도 모르게 크게 소리치는 바람에 아픈 머리가 울렸다. "무슨 일이 있어도 다시는 그런 술에 손대지 않겠습니다. 결심했습니다."

"그렇게 생각하는 것도 지금뿐일걸." 콜린은 기분 좋은 듯이 이죽거렸다. "오늘 저녁에는 펠에게 한잔 대접해 주지. 여보게, 펠 박사, 정수리가 휙 날아가 버릴 것 같은 밀조 위스키 맛을 보고 싶지 않나?"

펠 박사는 웃었다.

"정수리가 휙 날아간다고? 그거 재미있겠군."

"그런 말씀 하시면 안 됩니다." 앨런이 경고했다. "미리 주의해 드리겠습니다만, 그 술은 끔찍합니다. 나도 큰소리쳤지만 결과는 치명적이었습니다."

수상쩍은 눈초리로 펠 박사를 지켜보고 있던 캐서린이 물었다.

"언제까지 그런 이야기만 하실 거지요?"

펠 박사가 무게 있는 목소리로 말했다.

"우스운 말이지만, 이런 이야기도 도움이 될지 모르오. 정말이오. 이런 일도 무슨 관련이 있을는지 모르니까……."

그는 말을 끊고 잠깐 머뭇거렸다.

"무엇에 말인가요?"

"앵거스 캠벨 살인사건에……." 펠 박사가 말했다.

콜린이 휙 휘파람을 불었을 뿐, 모두 입을 다물어버렸다. 펠 박사는 뭔가 혼잣말을 우물거리면서 산적 같은 콧수염 끝을 입에 물려 하고 있었다. 그는 다시 말을 이었다.

"미리 설명해 두는 편이 좋았을지도 모르겠군. 옛 친구인 콜린 캠벨의 초대를 받았을 때 나는 무척 기뻤소. 이 친구가 써보낸 사건의 자세한 이야기에 흥미를 느꼈지. 그래서 나는 보스웰(영국의 전기 작가. 1740~95)의 책과 칫솔을 주머니에 쑤셔 넣고 곧장 북부행 열차에 올라탄 거요. 스코틀랜드에 대한 위대한 존슨 박사의 견해를 다시 읽으면서 기차여행을 했지요. 스코틀랜드도 신의 손으로 만들어진 땅이니까 그리 심하게 대하지 말라는 말에 존슨 박사가 매몰차게 대답한 것을 당신들도 알고 있겠지요? '그 비유는 안 좋은데. 지옥을 만든 것도 신이지'라는 대답 말이오."

콜린은 조바심이 나는 듯 손짓을 하며 말했다.

"그런 건 아무래도 좋네. 무슨 이야기를 하려는 건가?"

"어젯밤 일찍 더눈에 도착했네. 여행안내소에 가서 차를 부탁하려니까……."

"네, 알아요." 캐서린이 말했다.

"단 한 대 남은 자동차가 손님을 태우고 샤이러에 갔다는 걸세. 언제 돌아오느냐고 묻자 사무원은 돌아오지 않을 거라고 대답하지 않

겠나. 마침 인베라레이에서 운전기사 플레밍이 전화를 걸어왔는데
……."
"조크를 말하는 거다." 콜린이 두 사람에게 설명했다.
"스완이라는 손님이 오늘 밤 인베라레이에 머물 예정인데, 다음날 아침 더눈으로 돌아갈 수 있도록 차와 운전기사를 함께 잡아두고 싶어 한다는군. 그것이 상당한 돈으로 흥정된 모양이야."
"지옥의 개 같은 녀석!" 콜린이 물어뜯을 듯이 말했다.
"잠깐만, 콜린. 그래도 사무원은 아침 9시 30분——그러니까 오늘 아침——에 안내소 앞으로 오면 차가 와 있을 테니까 샤이러로 데려다줄 수 있다고 말했네.

나는 어젯밤을 호텔에서 지내고 시간에 맞추어 가보았네. 그런데 거기서 나는 신기한 광경을 보았다네. 손님을 한 사람 태운 차가 길을 달려오는데, 그 손님은 회색 모자에 무섭게 화려한 격자무늬 넥타이를 매고 뒷좌석에 턱 버티고 서 있었다네."
콜린 캠벨은 퉁명스럽게 바다을 노려보고 있었다.
펠 박사의 얼굴에 꿈같이 즐거워 보이는 표정이 어렴풋하게 떠올랐다. 박사는 천장 구석을 올려다보면서 헛기침을 했다.
"이 사나이가 왜 자동차 안에서 서 있어야 하는지 이상하게 생각되어 물어보았지. 좀 무뚝뚝하고 버릇없는 대답이기는 했지만, 앉으면 아프기 때문이라는 것이었네. 그 사나이에게서 이야기를 끌어내는 데는 조금 술책이 필요했지. 그 사나이는 굉장히 성이 나 있더군, 하하하!"
앨런이 길게 신음했다.
펠 박사는 안경 너머로 먼저 앨런의 얼굴을 살펴보고 나서 캐서린 쪽을 보았다. 박사는 가쁘게 숨을 몰아쉬고 있었으나 그의 얼굴에는 인정어린 표정이 떠올라 있었다.

"한 가지 물어보고 싶소만, 당신들은 누군가와 약혼을 했소?"

"천만에요, 당치도 않아요!" 캐서린이 펄쩍 뛰며 소리쳤다.

"그럼, 무슨 일이 있어도 결혼해야 할 겁니다." 펠 박사는 다정하게 말했다. "급히 서둘러서. 당신들 두 사람은 모두 어엿한 지위에 있는 사람들이오. 그런데 오늘 〈데일리 플러드라이트〉지의 기사를 보면 하이게이트 대학이나 하펀던 여자대학이나 별로 기뻐하지 않을 거요. 명예훼손이든 무엇이든 신문의 입장에서는 아무 상관없는 일이지. 너비가 넓은 칼을 높이 쳐들고 달빛 아래 추적한 스릴 넘치는 이야기, 두 추적자를 큰소리로 부추긴 여성…… 정말 이야기가 커지겠는걸."

"나는 부추기지 않았어요!" 캐서린이 말했다.

펠 박사가 그녀 쪽으로 눈을 깜박깜박해 보였다.

"틀림없소?"

"그건……."

"아니, 캐서린, 너도 그런 것 같다." 콜린이 바닥을 노려보면서 말했다. "그러나 그것도 모두 내 잘못이지. 내가……."

펠 박사가 손을 내저었다.

"아무것도 아닐세, 콜린. 내가 말하고 싶은 것은 그런 것이 아닐세. 하이랜드의 옛 관습의 부활에 흥미를 느꼈지. 그래서 운전기사와 몇 마디 말을 나누어보았다네."

"그래서?"

"내가 묻고 싶은 것은 이걸세. 어젯밤 누가 탑에 올라갔었나? 시간은 언제라도 좋으니 자네들 가운데 누군가가……."

침묵이 흘렀다. 만 쪽을 향한 창문이 활짝 열려 있고, 맑게 갠 상쾌한 날이었다. 모두들 서로 얼굴을 마주볼 뿐이었다.

"올라가지 않았어요." 캐서린이 대답했다.

"안 올라갔네." 콜린이 말했다.

"틀림없겠지?"

"틀림없네."

"그런데 스완 씨의 말에 의하면, 둘 다 옷을 차려 입었다더군." 펠 박사가 이상할 정도로 끈질기게 물고 늘어졌으므로 앨런은 기분이 나빠졌다.

캐서린이 말했다.

"어머나, 그건 하찮고 어리석은 일이었어요. 앨런이 나빴어요. 정말로 옷을 차려입은 것이 아니라 격자무늬가 있는 식탁보를 스코틀랜드 식 케이프처럼 어깨에 걸쳤던 거예요."

"그 밖에는 아무것도 없었소?"

"네."

펠 박사는 깊이 숨을 들이마셨다. 그의 표정은 여전히 진지했으며, 얼굴빛은 상기되어 있었다. 아무도 입을 열지 않았다. 펠 박사가 이야기를 계속했다.

"지금 말했듯이 나는 운전기사에게 물어보았지. 그에게서 이야기를 듣는 것은 이를 잡아 뽑는 것보다도 더 어려운 일이었다네. 그러나 어떤 점에서는 그에게 배운 것도 있었지. 전부터 이 성은 어쩐지 기분 나쁜 곳으로 전해져왔다더군."

콜린이 참을 수 없는지 심하게 투덜거리자 펠 박사가 그를 가로막듯이 말했다.

"그런데 지금 그는 그 이유를 똑똑히 말할 수 있게 되었다는 걸세."

"뭐라던가?"

"어젯밤 인베라레이에 숙소를 잡은 뒤 신문기자가 운전기사에게 다시 여기로 데려다달라고 했다네. 그는 어떻게든 다시 한 번 엘스패트 캠벨 부인을 만나려고 했던 모양일세. 그런데 내가 잘못 생각하고 있는 게 아니라면, 인베라레이로 가는 길은 이 저택 뒤를 지나게 되어 있지. 그렇지 않나?"
"맞네."
"그리고 현관문은 지금 보이는 것처럼 만을 향하고 있네. 스완 씨는 운전기사에게 자기는 뒷문에서 기다리고 있을 테니 앞으로 돌아가서 현관문을 노크하여 사람을 불러내는 역을 맡아달라고 했다는군. 운전기사는 하라는 대로 했네. 밝은 달밤이었다지?"
"이야기를 계속하게."
"그는 현관을 노크하려다 문득 탑을 올려다보았다네. 그런데 탑 창문에서 사람의 그림자——죽은 망령인지 살아 있는 사람인지는 모르지만——를 보았다는 걸세."
펠 박사는 스틱 손잡이 위에 포갠 자기 손을 가만히 내려다보았다. 잠시 뒤 그는 얼굴을 들었다.
"운전기사의 말에 의하면, 하이랜드의 옷차림을 하고 얼굴 절반이 날아가 버린 남자의 유령이 탑 위에서 그가 있는 쪽을 내려다보는 것을 분명히 보았다고 하네."

제10장

 냉정하게 있을 수 있었던 것이 무엇보다도 다행이었다. 골치가 아프고 마음이 조마조마했지만, 모두들 침착하게 앉아 있었다. 그러나 여기에 초현실적인 공포가 스며드는 것은 쉬운 일이었다.
 "글렌코의 학살 이야기를 생각하시는 거지요?" 캐서린이 물었다. "이언 캠벨이라는 사나이를 쫓아다닌 희생자 가운데 한 유령이……."
 그녀는 절망적인 몸짓으로 탑에서 몸을 던지는 듯한 시늉을 해보였다.
 콜린의 얼굴이 불길처럼 타올랐다.
 "유령이라고? 유령이 어쨌다는 거냐! 이곳에서 그런 게 나왔다는 이야기는 없다. 엉터리 안내서에 나와 있는 것은 재미있으라고 써 놓은 소리야! 옛날 직업군인이 명령에 따라 사람을 죽였는데, 그렇게 겁을 먹었을 리가 없지.
 그리고 그 방에서 유령 같은 게 나온 일도 없어. 앵거스는 오랜 세월 동안 그 방에서 잤지만, 유령을 보지 못했지. 펠, 자네는 그런 헛소리를 믿는가?"
펠 박사는 성내지 않았다. 그는 차분하게 대답했다.
"나는 다만 운전기사한테서 들은 이야기를 그대로 말하고 있는 거라네."
"헛소리일세. 자네는 조크 녀석에게 속은 거야."
"그러나 그런 엉터리 말을 하고 재미있어할 사나이로 보이지는 않던걸."
펠 박사는 얼굴을 들었다.
"스코틀랜드 사람들은 뭐든지 재담거리로 삼지만, 유령만은 농담의 자료로 하지 않는 모양이더군. 그리고 자네는 이 이야기의 핵심을 놓치고 있네."
박사는 잠시 입을 다물었다.
"그가 유령을 보았다고 한 때가 몇 시쯤의 일이었습니까?"
앨런이 물었다.
"아아, 그렇지. 두 추적자와 응원하는 아가씨가 뒷문으로 나와 스완 씨에게 덤벼들기 직전의 일이었다더군. 그래서 운전기사는 끝내 현관문을 두드리지 못하고 말았다 하오. 그는 외침 소리를 듣고 뒷문으로 되돌아갔소. 자동차 시동을 걸고 뒷길에서 스완 씨를 태웠지요. 그러나 그다지 기분이 좋지 않았다는군요. 창문의 유령을 보고 나서 얼마동안 달빛 속에 서 있었는데, 언짢은 기분이 도무지 가시지 않더라는 거야. 무리도 아니지."
"어떤 유령이었나요?" 캐서린이 망설이면서 물었다.
"모자를 쓰고 어깨에 케이프를 둘렀으며 얼굴에는 구멍이 뚫렸다고 했소. 똑똑히 볼 수 있었던 것은 그 정도였다고 하오."
"킬트(남자용 짧은 스커트의 일종)를 입었다고 하지 않던가요?"
"그것까지는 보이지 않았겠지. 윗몸밖에 보지 못한 모양이오. 좀이라도 파먹었는지 얼굴엔 뻥하니 구멍이 뚫려 한쪽 눈밖에 없었다는 거요."

펠 박사는 땅이 울릴 정도로 커다랗게 기침을 했다.

"그런데 가장 중요한 점은 바로 이것이오. 어젯밤 이 집에 당신들 세 사람 말고 또 누가 있었소?"

캐서린이 대답했다.

"엘스패트 아주머니와 하녀 커스티뿐이었어요. 하지만 두 사람 다 자고 있었지요."

"여보게 펠, 모두 다 엉터리야!" 콜린이 신음하듯 말했다.

"그럼 자네가 직접 운전기사에게 물어보게나. 아직 부엌에 있을 테니."

콜린은 일어나서 운전기사를 찾아가 이 바보 같은 이야기를 처리해 버리려고 했으나 그렇게 할 수도 없게 되었다. 참을성 있는 월터 채프먼이 지긋지긋한 얼굴을 하고 앨리스테어 덩컨 변호사와 함께 하녀 커스티의 안내를 받아 들어왔기 때문이다. 커스티는 겁먹은 눈초리의 얌전한 소녀로, 언제나 눈에 띄지 않도록 행동했으므로 있는지 없는지조차 알 수 없을 정도였다.

변호사는 어젯밤 콜린과의 말다툼에 대해서는 한마디도 하지 않고, 지나칠 만큼 굳은 얼굴로 우뚝 버티고 서 있었다. 마침내 그가 입을 열었다.

"콜린 캠벨 씨……."

"어서 오시오!" 콜린은 두 손을 주머니에 찌른 채 목을 칼라 속으로 움츠리며 식료품실에서 쫓겨난 뉴펀들랜드 개와 같은 표정으로 무뚝뚝하게 말했다. "뭐, 사과해야겠지요. 미안하오, 덩컨 씨. 내가 나빴소. 그렇지 않소?"

덩컨은 후유 한숨을 내뱉었다.

"그것을 알 만한 예의를 지니셨다니 무엇보다도 다행입니다. 이 댁과는 오랫동안 사귀어온 사이기 때문에 그런 심한 태도를 취하셨어도 눈감아줄 수 있습니다."

"아니, 덩컨 씨, 잠깐만! 그렇다고 해서 나는······."

"그럼, 이제 그 일은 물에 흘려보내기로 합시다." 콜린이 또다시 눈을 빛내기 시작했으므로 변호사는 이야기를 중단해 버렸다. 덩컨은 이것으로 개인적인 이야기를 끝내고 일을 시작하려는 듯이 헛기침을 해보였다.

"말씀드려 두는 것이 좋으리라고 생각하는데, 앨릭 포브스를 찾아낸 모양입니다."

"그래요? 어디서?"

"글렌코 옆 농부의 오두막이라고 합니다."

그러자 채프먼이 끼어들었다.

"우리끼리 사건을 처리할 수 없을까요? 글렌코라면 여기서 그리 멀지도 않지요? 자동차로 갔다 오면 해가 떨어지기 전에 돌아올 수 있을 겁니다. 어떻습니까, 내 자동차로 한달음에 갔다 오시지 않겠습니까?"

변호사의 태도에는 이 세상 사람으로 생각되지 않을 만한 조용함이 깃들어 있었다.

"참는 것이 중요하오, 우선 참는 거요, 초조하게 서둘러선 안 됩니다. 그리고 먼저 그가 앨릭인지 아닌지 조사해 달라고 경찰에 의뢰합시다. 전에도 그런 소식이 왔었지 않소? 에든버러에 있다고 하더니 또 엘에 있다는 말도 들리고."

펠 박사가 불쑥 말참견을 했다.

"앨릭 포브스라면, 캠벨 씨가 세상을 떠난 날 밤에 찾아왔다던 그 불길한 사나이 아닌가?"

모두들 그를 돌아보았다. 콜린이 허둥지둥 소개했다.

"아아, 펠 박사님, 높으신 성함은 들어서 알고 있습니다." 덩컨이 코안경 너머로 흘끗 펠 박사를 바라보면서 말했다. "그러지 않아도 만나 뵙게 되기를 즐거운 마음으로 기다리고 있었습니다. 물론 이것은 뻔히 알 수 있는 살인사건이지요. 하지만 아무도 감당하지 못하고 있는 형편입니다. 당신이 이 수수께끼를 풀어주실 수 있겠습니까?"

말을 마치고 변호사는 미소지어 보였다.

펠 박사는 잠깐 동안 아무 대답도 하지 않았다. 그는 눈살을 찌푸리고 바닥을 노려보며 스틱 끝으로 융단에 무늬를 그렸다. 이윽고 박사는 스틱 끝으로 바닥을 쿡쿡 찔렀다.

"나는 정말 살인사건이라고 생각했는데, 그렇지 않다면 나에게는 아무 흥미도 없는 일이지. 그러나 앨릭 포브스라! 앨릭 포브스라……."

"그 사나이에 대해 무언가 알고 있습니까?"

"앨릭 포브스란 어떤 자인가요? 어떤 사나이지요? 그 사나이에 대해 좀더 자세히 알고 싶군요. 이를테면 캠벨 씨와 싸움을 한 까닭은 무엇입니까?"

"아이스크림 때문이지." 콜린이 대답했다.

"뭐라고?"

"아이스크림. 둘이서 새로운 방법으로 아이스크림을 잔뜩 만들려고 했었거든. 여러 가지 격자무늬 같은 색을 넣어서. 여보게, 나는 진지한 마음으로 이야기하고 있는 걸세! 앵거스는 언제나 그런 생각만 해내는 사나이지. 둘이서 공장을 만들어 드라이아이스를 써서 엄청나게 비싼 아이스크림을 만들었네. 그래서 빚이 자꾸만 늘어나자 크게 소동이 일어난 거지. 그것 말고도 앵거스는 씨를 뿌리고 추수도 하는 신형 트랙터를 생각해 낸 일이 있었네. 또 해적 드래

이크의 보물을 발견하여 자본가들을 백만장자로 만들어주겠다는 말을 퍼뜨린 사람들에게 꽤 많은 돈을 쏟아 넣은 일도 있었지."
"포브스는 어느 쪽인가? 노동자인가? 그러한 부류에 속하는 사나이인가?"
"아니, 얼마쯤은 학문이 있는 녀석이네. 그러나 돈에 대해서는 앵거스와 마찬가지로 좀 모자라는 데가 있는 모양일세. 여위고 살빛이 검은 사나이야. 음험한 성격에 술을 좋아하지. 곧잘 자전거를 타고 다닌다네."
"흐음, 그렇군……." 펠 박사가 스틱으로 한 곳을 가리키면서 물었다. "저기 맨틀피스 위의 사진이 앵거스 캠벨 씨인가?"
"그렇네."
펠 박사는 소파에서 일어나 성큼성큼 그쪽으로 걸어갔다. 그는 비단 리본을 두른 그 사진을 밝은 곳으로 들고 가더니 안경을 고쳐 쓰고 조용히 숨을 내쉬며 뚫어지게 쳐다보았다.
"자살할 것 같은 인상은 아니군." 펠 박사가 말했다.
"정말 그렇습니다." 변호사가 웃는 얼굴로 말했다.
그러자 곧 채프먼이 끼어들었다.
"그러나 그것만으로……."
"당신은 캠벨 집안과 어떤 관계지요?" 펠 박사가 정중하게 물었다.
채프먼은 공연히 두 팔을 휘둘렀다.
"나는 캠벨 집안과 아무 관계도 없습니다. 허큘즈 보험회사에서 나온 사람으로, 빨리 글래스고의 지사로 돌아가지 않으면 큰일 납니다. 저어, 펠 박사님, 나도 당신에 대한 소문은 들었습니다. 당신은 사심 없이 생각을 하신다고 하니 한 가지 물어보겠습니다. 증거로 보면 자살한 것이 뚜렷한데, 그가 그런 일을 할 것 같다느니 또

제10장 129

는 할 것 같지 않다느니 하는 말로 일을 마무리지을 수 있을까요?"

"증거란 언제나 두 가지 방향을 가리키지요." 펠 박사가 말했다. "스틱에 양쪽 끝이 있는 것과 마찬가지로. 그 점이 곤란한 것이오."

박사는 발소리를 내며 맨틀피스 쪽으로 멍하니 걸어가 사진을 놓았다. 뭔가 아주 마음에 걸리는 일이 있는 듯했다. 안경이 코끝에서 비뚤어지는 것도 아랑곳하지 않고, 아주 열심히 주머니를 뒤지기 시작했다. 마침내 그는 뭐라고 갈겨쓴 메모지를 한 장 찾아냈다.

"콜린의 편지는 훌륭하리만큼 명료하게 씌어 있었으므로, 그 내용과 아까 듣고 본 사실에 의해 우리가 알고 있는 것, 또는 알고 있다고 생각해도 좋은 일을 대충 정리해 보았소."

"그래서요?" 변호사가 다음 말을 재촉했다.

"자네가 허락해준다면 이것을 읽어보겠네."

펠 박사는 소름이 끼칠 만큼 괴로운 표정을 지었다.

"뼈대만이라도 들으면 한두 가지 점이 좀더 확실해지고, 적어도 생각하기가 수월해질지도 모르오. 어디든 잘못된 점이 있거든 바로잡아주기 바라오."

1. 앵거스 캠벨은 날마다 밤 10시에 잠자리에 들었다.
2. 문은 언제나 안에서 잠그고 빗장도 걸었다.
3. 창문은 언제나 잠들기 전에 닫았다.
4. 밤마다 잠들기 전에 일기를 썼다.

"여기까지는 틀림없지요?" 펠 박사가 눈을 깜박거리며 물었다.

"틀림없네." 콜린이 인정했다.

"그럼, 범죄를 둘러싼 상황으로 옮겨가도록 하지."

5. 사건이 일어난 날 밤 9시 30분쯤 앨릭 포브스가 앵거스 캠벨을 찾아왔다.
6. 그는 집으로 들어와 앵거스의 침실로 올라갔다.
7. 여자들은 둘 다 그가 들어오는 것을 보지 못했다.

펠 박사는 코를 문질렀다.
"질문이 하나 있네. 그때 포브스는 어떻게 들어왔는가? 현관문을 부수고 들어온 게 아니라면 말일세."
"그 문을 나가보면 알 걸세." 콜린이 손가락으로 가리키며 대답했다. "그쪽은 탑의 1층으로, 가운데뜰을 향해 열리는 판자문이 있지. 그 문에 맹꽁이자물쇠가 달렸는데 대개 걸어두지 않는다네. 포브스가 들어온 걸 아무도 보지 못한 건 그 문으로 들어왔기 때문일 걸세."
펠 박사는 종이에 써넣었다.
"이제 퍽 확실해졌군. 그럼, 이제 바다같이 어려운 문제에 스크럼을 짜고 부딪쳐볼까?"

8. 그때 포브스는 슈트케이스 같은 것을 들고 있었다.
9. 그는 앵거스 캠벨과 말다툼을 하고 쫓겨났다.
10. 돌아갈 때 포브스는 맨손이었다.
11. 엘스패트 캠벨과 커스티 맥터비시는 그를 쫓아낼 때 달려왔다.
12. 여자들은 포브스가 또 오지 않을까 두려워했다. 탑이 외따로 떨어진데다 밖에서 들어가는 입구가 있고, 다섯 층에 걸쳐 아무도 살고 있지 않은 점을 생각하면 한층 더 수긍이 가는 일이다.
13. 두 여자는 빈방을 조사하고, 앵거스 캠벨의 방도 살펴보았다.
14. 그때 앵거스 캠벨의 침실 침대 밑에는 아무것도 없었다.

"여기까지도 잘못된 점은 없겠지?" 펠 박사가 머리를 들고 물었다.

"아니, 그렇지 않아요." 톤이 높고 힘이 담긴 날카로운 목소리에 모두들 깜짝 놀랐다.

엘스패트가 들어온 것을 아무도 깨닫지 못했던 것이다. 그녀는 손을 앞에서 포개고 시치미 뗀 태도로 가만히 서 있었다.

"틀린 점이 있습니까?" 펠 박사는 눈을 동그랗게 뜨고 그녀를 쳐다보며 물었다.

"커스티와 내가 봤을 때 침대 밑에 그 케이스가 없었다는 건 거짓말이에요. 있었어요."

여섯 사람의 청중은 꼼짝도 하지 않고 그녀를 지켜보았다. 이윽고 모두들 일제히 무슨 말인지 하기 시작했지만, 흥분하여 의미를 알 수 없는 말들뿐이었다. 그러나 덩컨 변호사는 법의 권위를 빌려 위엄 있는 말로 간신히 그 분위기를 가라앉혔다.

"엘스패트 캠벨 부인, 당신은 분명히 아무것도 없었다고 말했었습니다."

"슈트케이스가 없었다고 했을 뿐이에요. 다른 것이 없었다는 말은 하지 않았어요."

"그렇다면 앵거스 씨가 문을 걸어 잠그고 빗장을 지르기 전부터 침대 밑에 동물 운반용 케이스가 있었단 말이오?"

"그렇지요."

"엘스패트!" 콜린이 느닷없이 자신 있는 눈빛을 보이며 외쳤다. "거짓말이겠지요? 어떻게 그런 말을…… 당신은 거짓말을 하는 거요. 당신은 침대 밑에 아무것도 없었다고 말했소. 나는 이 귀로 똑똑히 들었소."

"나는 복음서처럼 틀림없는 말을 하고 있어요, 콜린. 커스티도 마찬가지예요. 나는 식사준비를 해야 하기 때문에 당신들과 함께 이야기하고 있을 수가 없어요."

심술궂은 눈길로 모두들을 둘러보며 완고하게 말을 마친 그녀는 방에서 나가 문을 닫았다.

앨런은 이 일로 사태가 조금이라도 바뀔 것인가 생각해 보았다. 콜린 캠벨과 마찬가지로 그도 엘스패트가 분명히 거짓말을 하고 있는 것이라고 여겼다. 그러나 집안의 허위에 익숙하고 자신이 좋다고 생각한 일에는 태연히 거짓말을 할 줄도 아는 그녀였으므로, 어디까지가 진실이고 어디까지가 거짓말인지 전혀 알 수가 없었다. 웅성웅성 일어나는 말소리를 가라앉힌 것은 펠 박사였다.

"그 점은 의문으로 남겨두고, 이야기를 계속합시다. 다음 사항은 이 문제를 보다 단순하고 명쾌하게 한정해 주지요."

15. 앵거스 캠벨은 문을 안에서 잠그고 빗장을 질렀다.
16. 그의 시체는 이튿날 아침 6시, 탑 밑에서 우유배달부가 발견했다.
17. 사인은 '추락에 의한 복합상해'.
18. 사망시각은 오후 10시에서 새벽 1시 사이.
19. 약물을 마셨거나 술에 취한 흔적은 없었다.
20. 문은 안에서 잠기고 빗장도 걸려 있었다. 빗장은 녹슬었으므로 빼기 힘들었으며 걸쇠에 단단히 질려 있었다. 따라서 빗장에 무슨 장치를 해두었을 가능성은 없다.

앨런의 마음에 어젯밤에 본 부서진 문의 모습이 떠올랐다. 빗장이 녹슬고 튼튼한 자물쇠가 문틈에서 비틀어 떨어져 있던 게 생각났다. 끈이나 다른 그 비슷한 수단으로 열쇠에 장치할 수는 없을 것 같았다. 펠 박사가 다시 읽기를 계속하자 떠오른 그 모습이 엷어져갔다.

21. 아무도 창문으로 들어올 수는 없다. 이것은 굴뚝청소부의 증언으로 알 수 있다.
22. 방에는 아무도 숨어 있지 않았다.
23. 침대에는 잠잔 흔적이 있었다.

펠 박사는 뺨을 불룩하게 부풀리고 눈썹을 모으며 연필로 메모지를 두드렸다.
"여기서 다음 질문이 나오게 되지요, 콜린, 자네 편지에는 씌어 있지 않았지만, 아침에 시체가 발견되었을 때 실내복을 입고 있었나? 슬리퍼도 신고 있던가?"
"아니, 울로 된 잠옷을 입고 있었네." 콜린이 대답했다.
펠 박사는 또 메모에 뭔가를 써넣었다.

24. 일기가 없어졌다. 이것은 어쩌면 훨씬 뒤에 없어졌는지도 모른다.
25. 창문 걸쇠에는 앵거스 캠벨의 지문만 묻어 있었다.
26. 침대 밑에는 개를 넣는 데 쓰이는 케이스가 있었다. 이 집의 것은 아니었다. 포브스가 가지고 온 것으로 생각되지만, 전날 밤에는 거기에 없었다.
27. 그 케이스는 비어 있었다.

"따라서 결론적으로 말해 이것은······." 펠 박사는 숨을 한 번 쉬었다.
"어서 다음을 계속해 주십시오!" 앨리스테어 덩컨이 날카로운 목소리로 설명을 재촉했다. "결론이 어떻게 되는 겁니까?"

펠 박사는 코를 울렸다.

"여러분, 우리는 이 결론으로부터 달아날 수 없소. 피할 수가 없는 것이오. 필연적으로 다음 결론이 나오지요. 즉 그 케이스 속에는 앵거스 캠벨이 목숨을 걸고 달아나야 할 뭔가가 들어 있었소. 그 때문에 그는 창문으로 뛰쳐나가 그런 식으로 죽은 것이오."

캐서린은 조금 몸서리를 쳤으나 채프먼은 조금도 동요하는 빛을 보이지 않았다.

"압니다. 뱀, 거미…… 우리도 어젯밤 생각해 봤지요, 결론은 못 얻었지만."

"당신은 이 사실에 반대하려는 거요?" 펠 박사가 메모를 두드리면서 물었다.

"천만에요! 하지만 뱀이나 거미 같은 것으로 내 의견을 뒤엎을 수 있겠습니까?"

"게다가 이번에는 유령이라니!" 콜린이 싱긋 웃었다.

"네?"

"조크 플레밍이라는 덜렁거리고 경박한 사나이가, 어젯밤 하이랜드인의 옷차림을 한 얼굴 없는 유령이 탑의 창문에 서 있었다고 지껄여댔다오." 콜린이 설명했다.

채프먼의 얼굴이 조금 핏기를 잃었다.

"나는 아무것도 모릅니다만, 재주 있는 거미나 뱀이 슈트케이스에서 나와 얌전히 걸쇠를 잠가두었다는 말보다는 유령 쪽을 믿겠습니다. 나는 잉글랜드인으로, 현실적인 사나이입니다. 그러나 이 이상한 땅의 무시무시하고 기분 나쁜 집에 와보니…… 나라면 단 하룻밤도 그런 방에서 자고 싶지 않을 겁니다."

콜린이 의자에서 일어나 방 안을 성큼성큼 간신히 고함치듯 말했다.

"무슨 말이오! 입에서 나오는 대로 지껄이는 거요?"

펠 박사가 조용히 나무라는 듯한 눈초리를 해보였다. 콜린의 얼굴은 노기로 가득 차고 굵은 목덜미에 파란 줄이 불끈 부풀어 올랐다. 가까스로 분노를 참으며 그는 말을 계속했다.

"이 집에 오면 누구나 유령이야기만 하는군. 이제는 지긋지긋해! 그런 헛소리를 한다면 고집덩어리인 내가 상대해 주지. 어떻게 할 생각인지 말해 줄까? 나는 오늘 오후 당장 저 탑의 방으로 짐을 옮겨 그곳에서 지낼 테다! 만일 정말 유령이 나타나 지저분한 꼴을 보여준다면…… 나를 창문으로 뛰쳐나가게 만들려고 한다면……."

그의 눈이 성경책으로 향했다. 무신론자인 콜린은 성경책이 놓여 있는 곳으로 달려가 그 위에 손을 얹고 맹세해 보였다.

"그렇다면 나는 앞으로 20개월 동안 일요일마다 스코틀랜드 교회에 기도하러 가겠다고 맹세하지. 기도회에도 나가겠다고 맹세하겠어!"

그는 현관으로 달려가서 문을 활짝 열어젖혔다.

"들었소, 엘스패트?"

그는 방으로 돌아와 다시 한 번 성경에 손을 대고 고함쳤다. "매주 일요일과 수요일의 기도회에 나가겠단 말이오, 유령이라고? 도깨비? 마법? 이 근처에는 정신이 멀쩡한 사람이 하나도 없단 말인가?"

그 목소리는 온 집안에 울려 퍼졌다. 메아리쳐서 돌아오는 것이 아닌가 생각될 정도였다. 캐서린이 그를 말리려고 했으나, 그럴 필요가 없었다. 콜린은 소리를 지를 만큼 지르자 어느덧 기분이 한결 나아졌다. 이 혼란을 얼버무려준 것은 하녀 커스티였다. 그녀는 문으로 목을 삐죽이 디밀고 두려움과 존경이 담긴 겁먹은 목소리로 말했다.
"그 신문기자가 또 오셨습니다."

제11장

콜린은 무섭게 눈을 부릅떴다.
"〈데일리 플러드라이트〉에서 온 녀석은 아니겠지?"
"그 사람입니다."
"만나겠다고 해줘."
콜린은 옷깃을 바로 하고 깊숙이 숨을 들이마셨다.
"안됩니다!" 앨런이 끼어들었다. "지금의 아저씨 기분으로는 그의 심장을 도려내어 씹으려 들지도 모릅니다. 내가 만나겠습니다."
"그래요, 부탁이에요!" 캐서린이 소리쳤다. 그녀의 표정에는 열의가 담겨 있었다. "여기에 나타난 걸 보니 신문사에 우리를 그다지 나쁘게 말하지는 않았을 거예요. 모르시겠어요? 그 사람에게 사과하여 모든 일을 원만하게 마무리짓을 마지막 기회예요. 부탁이니 앨런이 만나게 하세요!"
"좋아." 콜린은 이해가 된 듯 말했다. "아무튼 너는 그 녀석의 엉덩이에 칼을 찌르지는 않았으니까 달랠 수 있겠지."
앨런은 급히 현관으로 나갔다. 스완은 현관 바로 밖에서 어떻게 말을 시작하면 좋을까 망설이는 듯한 모습으로 서 있었다. 앨런은 밖으로 나가 가만히 현관문을 닫았다.

"스완 씨, 어젯밤 일에 대해서는 진심으로 미안하게 생각하고 있습니다." 앨런 쪽에서 먼저 말을 꺼냈다. "어째서 그런 짓을 했는지 나 자신도 알 수가 없군요. 도무지 너무 취해서……."

"용케도 그런 말을 할 수 있군요." 스완은 비난하는 눈초리로 앨런을 노려보았으나, 화난 기분보다 호기심 쪽이 더 움직인 모양이었다. "대체 무엇을 마셨습니까? TNT 폭약과 원숭이의 땀샘이라도 먹은 겁니까? 나는 한때 달리기 선수였는데, 그처럼 뚱뚱한 늙다리 영감이 그토록 빨리 뛰는 것은 내 생전 처음 보았습니다. 누르미 (Paavo Nurmi, 핀란드의 장거리 경주 선수. 올림픽 3회 출전 금메달 9개 획득) 선수가 핀란드로 은퇴한 뒤 처음보는 광경이었습니다."

"아무튼 사정이 그렇게 되었기 때문에……."

스완은 상대가 저자세로 나오자 점점 더 험악한 표정을 지었다. 그는 필요 이상으로 힘주어 말했다.

"이만한 손해를 입었으니 내 쪽에서는 고소할 수도 있다는 걸 당신은 알겠지요?"

"네, 하지만……."

"캠벨 씨, 내가 집념이 강한 사나이가 아니기를 당신의 별자리에 빌어야 할 겁니다. 말하고 싶은 것은 그뿐입니다." 스완은 의미가 있는 듯 고개를 끄덕여 보였다. 오늘 그는 갓 지은 옅은 회색 양복에 격자무늬 넥타이를 매고 있었다. 이때 다시 그의 음험한 험악함이 호기심으로 바뀌었다. "그런데 당신은 무슨 학과를 가르치시지요? 다른 대학 여교수의 꽁무니를 따라다니거나 수상한 매음굴에 틀어박혀 지내는 모양인데……."

"그건 당치도 않은 말이오!"

제11장 139

"저런, 거짓말이라고 말하지는 못할 텐데요." 스완은 여윈 손가락을 앨런의 얼굴 앞으로 쑥 내밀었다. "엘스패트 캠벨 부인이 그렇게 말하는 것을 내 귀로 분명히 들었으니까요. 당신의 생활이 늘 그런 모양이지요?"

"그녀가 말한 '스칼렛 우먼'은 로마 가톨릭 교회를 이르는 거였소. 옛날 습관을 지닌 사람들은 그렇게 말하지요!"

"우리나라에서는 옛날 습관을 지닌 사람들도 그런 말을 쓰지 않는데요. 더구나 당신은 곤드레가 되도록 술에 취해서 칼을 휘두르며 선량한 시민을 한길에서 쫓아다니지 않았소! 당신은 하이게이트에서도 그런 짓을 하십니까? 아니면 휴가 중에만 그런가요? 그 점을 좀 물어보고 싶습니다만……."

"신에게 맹세코 말하지만, 그것은 모두 잘못된 거요! 그리고 이것은 가장 중요한 점인데, 나 자신은 무슨 말을 들어도 상관없소만 캠벨 양에 대해서는 아무것도 쓰지 않겠다고 약속해 주시오."

스완은 생각에 잠겼다.

"글쎄요……." 이번에도 그는 필요 이상으로 의미가 있는 것처럼 고개를 끄덕이며 말했다. 그렇게 해준다면 그것은 마치 자신의 자비로운 마음에서 우러나온 결과라고 말하는 듯한 태도였다. "우리에게는 독자에게 알려야 할 의무라는 것이 있거든요."

"어이없는 소리 마시오!"

"그럼, 내가 하고자 하는 일을 이야기해 드리지요." 스완은 갑자기 결심한 것처럼 말했다. "내가 의리 있는 사나이라는 것을 보여, 한 가지 흥정을 하기로 합시다."

"흥정?"

스완은 목소리를 낮추었다.

"저기 있는 엄청나게 크고 뚱뚱한 사나이는 기데온 펠 박사지요?"

"그렇소."
"오늘 아침 헤어지고 나서야 알았습니다. 신문사에 전화를 했더니 몹시 당황하더군요. 그가 가는 곳에는 반드시 특종기사가 있다는 겁니다. 물고 늘어지며 절대로 떠나지 말라는 명령입니다. 그러니 캠벨 박사, 나는 무슨 일이 있어도 기사를 취재해야 합니다. 이번 일에는 나로서도 퍽 많은 경비를 써버렸고, 또 지금도 가망은 없으나 많은 돈을 들여 차를 몰고 왔거든요. 이 기사를 취재하지 못하면 써버린 경비를 받기는커녕 파면당하고 말지도 모릅니다."
"그래서요?"
"부탁입니다만, 나에게 정보를 주지 않겠습니까? 이곳에서 일어난 일을 모조리 말해 주면 됩니다. 그 대신……."
스완은 잠깐 머뭇거리며 말끝을 흐리고 입을 다물었다. 콜린 캠벨이 현관에서 나왔기 때문이다. 그러나 콜린은 스완을 상냥하게 대하려 애쓰고 있었다. 그 정도가 지나쳐 자신에게 허물이 있는 사람처럼 지나치게 상냥스레 웃는 얼굴이 되었다.

"나에게 정보를 주는 대신 당신과 캠벨 양에 대한 일을 모두 깨끗이 잊어드리겠습니다. 게다가……." 스완은 콜린의 얼굴을 쳐다보며 덧붙였다. "당신이 한 일도 말입니다. 하마터면 정말 크게 다칠 뻔했습니다. 그러나 두둑한 배짱을 보여서 전혀 성나지 않았다는 표시로 이런 흥정을 하는 건데, 어떻습니까?"

마음이 놓였는지 콜린의 얼굴이 흐뭇한 표정으로 바뀌었다. 그는 기뻐하며 큰소리로 대답했다.

"좋은 일이라고 생각하오! 그런데 젊은이, 당신은 제법 이야기가 통하는구먼! 정말 말귀를 알아듣는 사나이야! 나도 몹시 취했었기 때문에 미안하게 되었소. 앨런, 너는 어떻게 생각하느냐?"

앨런의 목소리도 흥분으로 들떠 있었다.

"좋다고 생각합니다. 스완 씨, 그렇다면 기꺼이 협조하겠소. 뭐든 기사거리가 될 만한 일이 있으면 당신에게 알려드리지요."

앨런은 하마터면 채 깨지 않은 어제의 취기를 잊어버릴 뻔했다. 기막히게 기분이 좋았다. 마치 이 세상이 다시 그전대로 된 듯한 기분이 앨런 캠벨의 몸속에서 온몸의 혈관을 타고 흐르는 것이었다.

스완은 흠칫 어깨를 들먹였다.

"그럼, 흥정이 이루어진 겁니다. 약속하시지요?"

"좋소!" 콜린이 대답했다.

"물론 좋지요!" 앨런도 맞장구쳤다.

"그럼, 이야기는 끝났습니다!" 스완은 깊숙이 숨을 내쉬었다. 그는 여전히 음침한 말투로 말을 이었다. "한 가지, 나는 독자에 대한 책임이라는 무거운 짐을 짊어지고 있다는 점을 잊지 말기 바랍니다. 그러니까 내 입장을 염두에 두고 이상한 짓은 하지 말기를……."

세 사람의 머리 위에서 끼익 하고 창문이 열렸다. 커다란 양동이에 담긴 것이 과학적이리만큼 정확하게 스완의 머리 위를 향해 한 무더기 빛의 막처럼 쏟아졌다. 스완의 모습이 한순간 보이지 않았다고 해도 좋을 정도였다.

그리고 창가에 무시무시한 모습의 엘스패트가 나타났다.

"에둘러서 말하면 못 알아듣는 모양이지? 썩 없어지라고 했잖아? 난 똑같은 말을 두 번 되풀이하지는 않아. 이제 알았겠지?"

아까와 같이 정확하게 겨냥하여 그녀는 침착하게 천천히 두 번째 양동이를 들어올려 스완의 머리에 쏟아 부었다. 그리고 창문이 쾅 닫혔다.

스완은 아무 말도 하지 않았다. 꿈쩍도 하지 않고 서서 눈만 굴리고 있었다. 갓 지은 새 양복이 젖어서 점점 꺼멓게 되어갔고, 모자는 흠뻑 젖은 압지같이 챙이 축 늘어졌다. 그 밑에서 점점 이성을 잃고 화가 치밀어 오르는 사나이의 눈알이 내다보였다.

"아니, 이거 참!" 콜린이 기겁을 해서 소리쳤다. "저 할멈, 모가지를 비틀어줄 테다! 꼭 그렇게 해주고 말겠어! 다친 데는 없겠지요?"

콜린은 돌충계를 뛰어 올라갔다. 스완은 처음에는 천천히, 그러다가 점점 당황하며 콜린에게서 달아나듯 뒷걸음질쳤다.

"잠깐만 기다리시오! 멈추라니까! 마른 헝겊이라도 가져와야겠군!"

스완은 계속 뒷걸음질쳤다.

"집으로 들어오시오, 자아……"

이윽고 스완은 가까스로 목소리를 내었다. "집으로 들어오라고요?" 그는 더욱 뒤로 물러서면서 쉿소리를 내었다. "그럼, 내 옷을 벗기고 쫓아내겠다는 거지요? 싫소! 곁에 다가오지도 마시오!"

"조심해!" 콜린이 소리쳤다. "한 걸음만 더 물러나면 물속으로 떨어져!"

앨런은 얼른 뒤를 돌아보았다. 거실 창문에서 덩컨과 채프먼과 펠 박사 등의 구경꾼들이 재미있어하는 얼굴로 내다보고 있었다. 그러나 그가 가장 찾고 있던 캐서린의 얼굴은 겁에 질려 창백했다.

스완은 잔교 가장자리에서 기적적으로 추락을 모면했다. "누가 그런 정신병원 같은 집에 들어가겠소?" 스완은 불같이 성을 냈다. "당신들은 모두 미친 범죄자들이야! 그렇고 말고, 모조리 폭로해 버릴 테니 두고 봐! 잘 기억해 두라구!"

"그런 말 하면 못써! 감기 들어서 죽게 된다니까. 자, 이리 오구려. 당신도 조사현장에 있고 싶겠지? 안으로 들어가 펠 박사와 함께 사건을 잘 음미해 보는 게 어떻소?"

이 말이 스완의 생각을 붙잡은 것 같았다. 그는 꾸물거리고 있었다. 분수처럼 물을 뚝뚝 떨어뜨리면서도 그는 떨리는 손으로 눈을 닦으며 진심으로 부탁한다는 듯한 눈초리로 콜린을 바라보았다.

"믿어도 괜찮겠습니까?"

"내가 보장하겠소! 이건 저 할멈이 한 짓인데, 할멈은 내가 책임지지. 자, 이리 오시오."

스완은 깊이 생각한 끝에 간신히 콜린에게 팔이 잡혀 현관 쪽으로 끌려갔다. 창문 밑을 지날 때, 이번에는 부글부글 끓는 쇳물이라도 뒤집어쓰게 되지 않을까 하고 목을 움츠리며 허둥지둥 지나갔다.

방 안에서는 좀 복잡한 일막(一幕)이 계속되었다. 변호사와 보험회사 직원이 허둥지둥 돌아가고, 콜린은 투덜투덜하면서 옷을 갈아입히기 위해 스완을 데리고 2층으로 올라갔다. 거실에서는 실망한 앨런이 캐서린과 펠 박사와 마주 보고 앉아 있었다.

"당신도 잘 알고 있겠지만……." 펠 박사가 태연히 서두르지도 않고 정중하게 말했다. "분명히 말해서 신문기자에게 그런 심한 칼부림을 해도 된다고 생각하시오? 이번에는 저 사나이에게 어떤 짓을 했소? 큰 물통에 처넣기라도 한 거요?"

"아무 짓도 하지 않았습니다. 엘스패트 아주머니가 창문을 통해 두 양동이나 물을 들이부었습니다."

"저 사람은 틀림없이……." 캐서린이 소리쳤다.

"이곳의 정보를 가르쳐주면 아무것도 기사화하지 않겠다고 약속했습니다. 바로 그렇게 약속하고 난 뒤였지요. 그런데 지금 저 사나이의 심정이 어떨는지는 모르겠습니다."

"정보를 달라고?" 펠 박사가 날카롭게 말했다.

"여기서 밝혀지는 정보를 말하는 것 같습니다. 이것이 자살인지 살인인지, 당신이 어떻게 생각하시는가 하는 것 말입니다."

앨런은 잠시 숨을 돌렸다.

"그런데 박사님은 어떻게 생각하십니까?"

펠 박사의 눈이 현관문 쪽으로 향하더니 꼭 닫혀 있음을 확인했다. 그는 뺨을 불룩하게 부풀리고는 머리를 저으며 가까스로 다시 소파에 앉았다. 박사는 신음했다.

"사실이 이처럼 간단하고 뚜렷하지만 않으면 좋을 텐데! 나는 그 간단명료한 점이 믿어지지 않는 거요. 뭔가 함정이 있는 것 같아서 말이오. 그리고 또 이제 와서 엘스패트 캠벨 부인이 증언을 바꾸어 방에 열쇠를 걸어 잠그기 전 침대 밑에서 동물 운반용 케이스를 보았다고 하는 것은 어째서인지, 그 까닭을 알고 싶소."

"나중 증언이 정말이라고 생각하십니까?"

"천만에!" 펠 박사는 스틱으로 힘 있게 바닥을 치면서 말했다. "처음 증언이 사실이라고 생각하오. 그러나 그렇게 되면 이 밀실 문제가 한층 더 어렵게 되지, 만일……."

"만일…… 뭡니까?"

펠 박사는 이 질문을 무시했다.

"이 27개 항목을 되풀이하여 이리저리 뒤적여보아도 별수 없군. 거듭 말하지만, 사건은 지나칠 정도로 간단하오. 한 사나이가 문을 이중으로 잠그고 잠자리에 들었다, 밤중에 슬리퍼도 신지 않고 일어나——바로 이 점에 주의를 기울여야 하오——창문으로 뛰쳐나가 즉사했다, 그 사나이는……."

"그러나 그것은 정확하다고 할 수 없습니다."

펠 박사는 머리를 들고 아랫입술을 쑥 내밀었다.

"그래요? 어째서 그렇소?"

"정확하게 말하면 그는 즉사한 게 아니었습니다. 적어도 콜린의 이야기로는 그랬습니다. 경찰의사의 사망 추정 시간도 확실하지 않습니다. 그는 즉사가 아니라 떨어진 뒤에도 정신을 잃은 채 얼마 동안 살아 있었다고 합니다."

펠 박사의 작은 눈이 한층 더 가늘어졌다. 조끼 앞가슴까지 불어내리는 듯한 거친 콧김이 멎어버린 것 같았다. 그는 뭔가 말하려다가 그만두고 화제를 바꾸었다. "게다가 나는 콜린이 탑의 방에서 자겠다고 고집한 것이 마음에 들지 않소."

"설마 위험한 일이 또 일어나리라고 생각하시는 건 아니겠지요?" 캐서린이 물었다.

펠 박사가 커다랗게 소리쳤다.

"위험할 건 뻔하지 않소! 우리가 알지 못하는 것이 들어와 사람을 죽였다면, 위험은 언제나 있는 셈이오. 그 수수께끼를 잡으면 걱정 없겠지만, 그것이 풀리지 않는 한은……."

박사는 생각에 잠겼다.

"가장 일어나지 않기를 바라는 일이 일어나기 쉬운 법이라는 것을 당신들도 잘 알 거요. 지금 그 신문기자의 예를 보시오. 곤란한 일이지만 여기에 똑같은 운명의 수레바퀴가 돌고, 똑같은 위험이 찾아오려 하고 있소. 쳇! 그 동물 운반용 케이스에는 무엇이 들어 있었을까? 흔적 하나 남기지 않고 사라져버린 것은 무엇일까? 어째서 한쪽 끝만 열려 있을까? 그 속의 것이 철사로 된 창살을 통해서 숨쉴 수 있도록 되어 있는 것은 확실하지만, 그게 뭐였을까?"

뚜렷한 모양을 이루지는 않았으나 일그러진 불길한 그림자가 앨런의 마음에 떠올랐다.

"그 케이스는 주의를 끌게 하기 위한 눈속임이라고 생각되지 않습니까, 펠 박사님?"

"있을 수 있는 일이오. 그러나 그것이 아무 의미 없다면 이 사건은 문제가 되지 않을 테고, 우리도 집으로 돌아가 편히 자는 게 좋겠지요, 뭔가 의미가 있을 거요!"

"어떤 생물이 아닐까요?" 캐서린이 말참견했다.

"케이스에서 나와 걸쇠를 잠글 만한 생물?" 펠 박사가 물었다.

"그렇게 어렵게 생각할 것도 없습니다." 앨런이 자랑스럽게 말했다. "철사로 된 창살을 빠져나갈 수 있을 정도로 작은 것이라면, 아니, 그것도 안 되겠군. 그렇게 생각할 수도 없겠어!" 그는 케이스와 거기에 둘러씌워진 철망을 생각해 냈다. "코가 잔 그물이라면 아무리 가느다란 뱀이라도 기어 나올 수 없겠지."

"그리고 얼굴에 구멍이 뚫린 하이랜드 옷차림을 한 유령 이야기도 있소." 펠 박사가 말했다.

"당신은 그 이야기를 믿으십니까?"

"조크 플레밍이 보긴 정말로 보았을 거라고 생각하오. 그러나 그렇다고 유령을 믿을 필요는 없겠지. 아무튼 60피트나 높은 탑 위에 있는 것을 달빛으로 보았으니까. 그런 요술쯤은 그다지 어려울 것도 없소. 헌 모자에 케이프, 그리고 간단한 분장으로……."

"그러나 어째서 그런 짓을……."

펠 박사가 눈을 부릅떴다. 가장 중요한 점을 풀려고 깊이 생각에 잠겨 있는 듯 그는 송장 파먹는 귀신같이 거친 숨을 내뿜고 있었다.

"바로 그 점이오! 이 괴담에선 그것이 진짜 유령인가 아닌가 하는 것이 문제가 아니라, 어째서 그런 짓을 했느냐 하는 점이 문제요. 다시 말해서 그것이 우리가 생각하듯 어떤 까닭을 갖고 있다면 말이오." 박사는 지나치게 신중해졌다. "케이스에 들어 있던 것이 뭐였는지만 알아낸다면 사건은 다 끝난 거지요. 문제는 그거요. 물론 이번 사건의 조사에서 아주 쉬운 점도 있소. 없어진 일기를 누가 훔쳐갔는지 짐작이 가오?"

"물론 엘스패트 아주머니가 훔쳤을 게 틀림없어요." 캐서린이 곧

제11장 147

대답했다.
앨런이 눈을 동그랗게 뜨고 그녀를 쳐다보았다.
펠 박사는 기쁜 듯 얼굴에 가득 미소를 띠고 그녀를 바라보았다. 생각했던 것보다 재미있는 아가씨라는 듯 박사는 고개를 끄덕였다. 그는 웃으면서 말했다.
"훌륭하오! 역사연구로 단련된 명민한 추리능력은 실제의 탐정일에 도움이 되는 법이지요. 나도 젊었을 때는 역사를 공부했었다오. 확실히 두말할 나위도 없는 일이지만 엘스패트가 이 사건의 핵심이오."
"어째서일까요?" 앨런이 물었다.
캐서린은 그저께 밤의 논쟁을 다시 문제삼는 듯한 엄숙한 표정이 되었다. 그녀는 상대를 꼼짝 못하게 만들 것 같은 말투로 말했다.
"어머나, 캠벨 박사님, 우리가 알고 있는 사실을 종합해 생각해 보세요. 엘스패트 아주머니는 오랜 세월 동안 앵거스의 하녀와 같은 지위에 만족하며 군소리 없이 살아왔어요."
"그런데?"
"더욱이 그녀는 무섭도록 고집스러워요. 병적이라고 해도 좋을 만큼 자기 생각을 남에게 내보인 일이 없는 사람이에요."
앨런은 캐서린에게 '당신과 똑같군' 하고 말해 주고 싶었으나 그만두었다.
"그렇지."
"앵거스는 입이 가벼운 사람이라 일기에 사사로운 일까지 모조리 썼을 거예요. 이제 알겠지요?"
"그래서?"
"죽기 사흘 전에 앵거스는 이 오랜 세월을 함께 살아온 애인의 뒷일을 생각하여 새로 생명보험에 가입했어요. 그렇다면 보험에 들었다는 것을 일기에 쓸 때 어째서 가입했는가 하는 이유도 썼을 게 아니에요?"

그녀는 의기양양한 모습으로 눈썹을 똑바로 들고 숨을 한 번 크게 내쉬었다.

"엘스패트는 자기가 오랜 세월 동안 어떤 생활을 해왔는지 사람들에게 알려지는 게 두려워서 일기를 감추어버린 게 틀림없어요. 앨런, 당신도 어젯밤 일을 기억하고 있지요? 당신과 콜린이 일기에 대한 이야기를 꺼내자 그녀가 어떤 태도를 취했는지 생각나지 않아요? 당신들이 그 이야기를 시작하자 처음에는 모두 바보들뿐이라고 하더니, 끝내는 독한 위스키를 가지고 와서 당신들을 곤드레가 되도록 만들어버렸어요. 덕분에 당신들은 완전히 취하고 말았던 거예요. 그뿐이에요."

앨런은 소리 나게 휘파람을 불었다.

"과연 캐서린의 말이 맞는 것 같군."

캐서린은 귀여운 콧등에 주름을 잡아보였다.

"고마워요. 상대가 누구든 관계없이 당신이 늘 권하고 있는 관찰과 추리를 자신도 좀 활용해 보는 게 어떻겠어요?"

이 말에는 앨런도 씁쓸하고 냉랭한 얼굴을 지었다. 그는 잠깐 클리블랜드 여자 공작에 대한 일을 들고 나와 K.I. 캠벨의 추리도 그 방면에서는 별로 산뜻하지 못했다고 말해줄까 생각하다가, 지금은 가엾은 여자 공작을 얼마 동안 가만히 놔두어야겠다고 마음을 고쳤다.

"그럼, 일기는 이번 사건과 그다지 관계가 없습니까?"

"그것은 나도 모르오." 펠 박사가 대답했다.

캐서린이 말했다.

"엘스패트 아주머니는 확실히 뭔가 알고 있어요. 더구나 일기를 읽었을 테니까요. 그렇지 않다면 무엇 때문에 〈데일리 플러드라이트) 같은 데 편지를 보냈겠어요?"
"그렇지."
"게다가 편지를 보냈다면 일기에는 그녀의 명예를 손상시킬 만한 내용이 아무것도 없었던 게 분명해요. 그렇다면 대체 어째서 그녀는 굳게 입을 다물고 있는 것일까요? 왜 그럴까요? 일기에 앵거스가 살해되었다는 어떤 단서가 있다면 어째서 그녀는 발표하지 않는 걸까요?"
"물론 자살이라는 말이 씌어 있지 않다면 이야기해도 좋겠지요." 앨런이 말했다.
"어머나, 앨런! 다른 보험은 모르지만, 앵거스는 마지막으로 또 하나 더 계약하고 금액을 지불했어요. 그런데 일기에 자살한다고 쓰겠어요? 생각 좀 해보세요! 무엇보다도 그건 자연스럽지 못해요!"
앨런은 마음이 내키지는 않았지만 그 사실을 인정했다. 캐서린이 다시 말했다.
"3만 5천 파운드가 걸려 있어요. 그것이 헛일이 되고 말아요. 그런데 어째서 누구든 그녀에게 물어보지 않을까요? 펠 박사님, 어째서 그녀를 붙잡지 않지요? 누구나 모두 그녀를 두려워하는 것 같아요."
"그것도 좋겠지요." 펠 박사가 미소 띤 얼굴로 말했다.
갑문을 통과하는 군함처럼 박사는 소파에서 우람한 몸을 천천히 돌렸다. 안경을 고쳐 쓰고 그는 흘끗 문 앞에 선 엘스패트 켐벨에게로 눈길을 돌렸다. 그녀는 분노와 고통, 쓸쓸함과 불안이 뒤섞인 표정으로 서 있었다. 그러나 그들의 눈에 들어온 것은 잔영일 뿐, 그 표정은 곧 사라지고 턱에 힘을 준 화강암같이 상대하기 힘든 고집스러운 얼굴이 되어버렸다.

펠 박사는 그다지 놀라지 않았다. 그는 대담하게 털어놓듯이 물었다.
"일기를 감춘 것은 정말로 당신이었습니까?"

제12장

 우중충한 회색으로 말라죽은 나무숲을 지나 샤이러로 가는 길을 두 사람이 북으로 향했을 때는 록 파인 만 위에 저녁 황혼이 감돌고 있었다.
 오후 내내 밖에서 지냈지만, 앨런은 건강하고 기분 좋은 피로를 느꼈다. 트위드 옷에 굽이 낮은 구두를 신은 캐서린도 줄곧 뺨을 발갛게 물들이고 푸른 눈을 빛냈다. 오늘의 그녀는 레드 폭스 살해사건을 모른다고 놀려대도 안경을 쓰고 태도를 바꾸는 짓은 하지 않았다. 레드 폭스란 1752년 누구에게인지 사살당한 콜린 캠벨이라는 사람을 말하는데, 제임스 스튜어트(미국의 배우)가 인베라레이의 법정에 고소된 것은 이 사건 때문이었다.
 한가하게 언덕을 내려오면서 앨런이 말했다. "문제는 문호 스티븐슨의 글이 갖는 마력 덕분에 이 유명한 주인공 앨런 브렉이 실제로 어떤 인물이었는지 미처 생각지 못하고 지나가는 점이오. 때로는 누구든 캠벨 집안을 편든 작품을 써도 좋지 않을까 하는 생각조차 들어요."

"또 학문적 성실성 얘긴가요?"
"아니, 그냥 재미삼아 말이오. 그 사건을 다룬 것 중 가장 끔찍한 것은 '유괴'라는 영화요. 앨런 브렉과 데이비드 밸푸어 그리고 전혀 필요 없는 여성을 등장시켜 잉글랜드 병사들의 추적에서 달아난다는 이야기로, 머리끝에서 발끝까지 변장하고 병사들이 우글거리는 거리를 '록 로몬드'를 노래하면서 마차를 달리게 한다오. 이때 앨런 브렉이 이렇게 말하지요. ……'놈들은 결코 우리를 의심할 수 없을 거야.'

나는 벌떡 일어나서 스크린을 향해 '자코뱅 당의 노래를 계속 부른다면 잡히고야 말 거야' 하고 고함쳐 주고 싶었다오. 왜냐하면 그것은 마치 게슈타포로 변장한 영국의 비밀첩보원들이 운터 덴 린덴 거리를 '영국에 영광 있으라'라는 노래를 부르며 활보하는 것과 마찬가지니까."

캐서린은 말꼬리를 붙들고 늘어졌다.
"그럼, 여자는 필요없다는 건가요?"
"무슨 말이오?"
"훌륭한 주인공의 존엄만이 대단할 뿐, 여자는 전혀 필요 없다는 것이군요. 물론 그럴 거예요!"
"아니, 역사적 사실에 그런 여자는 나오지 않았다고 했을 뿐이오. 게다가 그 여자 덕분에 그 밖의 에피소드도 엉망진창이 되었거든. 캐서린, 5분 동안이라도 좋으니 그 남자 대 여자라는 전투적인 태도를 잊어줄 수 없겠소?"
"언제나 이런 이야기를 하게 만드는 건 당신이잖아요."
"내가?"
"그래요, 당신이에요. 당신이라는 사람은 어떻게 생각해야 좋을지 모르겠어요. 당신은 그럴 생각만 있다면 좋은 사람이 될 수도 있을 텐데……."

그녀는 발밑의 낙엽을 툭 차더니 갑자기 깔깔거리며 웃기 시작했다. "어젯밤의 일을 생각하면……."

"이제 그 이야기는 그만두오, 캐서린!"

"하지만 그때 당신은 정말 상냥하고 좋은 사람이었어요. 자신이 말한 것을 기억하지 못하세요?"

그는 은혜로운 망각의 연못에 묻혀버린 어젯밤의 일들을 생각해 보았으나 기억나지 않았다.

"뭐라고 했소?"

"아무것도 아니에요. 어머나, 또 차 마시는 시간에 늦었군요. 엘스패트 아주머니는 틀림없이 또 어젯밤처럼 무섭게 화가 나 있을 거예요."

"엘스패트 아주머니라……." 앨런은 딱딱한 말투로 말했다. "엘스패트 아주머니가 차를 마시러 나올 리가 없잖소? 불같이 화가 나서 방에 틀어박혔으니까."

캐서린은 걸음을 멈추고 이제는 그만하라는 듯한 몸짓을 했다.

"나는 내가 그 할머니를 좋아하는지, 아니면 몹시 싫어하는지 잘 모르겠어요. 펠 박사가 일기 일로 따져묻자 발끈 히스테리를 일으켜 여기는 자기 집이니까 실례되는 짓은 용납하지 않겠다고 고함치는가 하면, 동물 운반용 케이스가 분명히 침대 밑에 있었다는 등의 이야기를 시작하니 말이에요."

"그건 그렇소. 하지만……."

"내가 생각하기에 그녀는 자기가 생각하는 대로 하려는 것 같아요. 겸손하게 묻지 않으면 아무 말도 하지 않을 거예요. 콜린이 해롭지도 이롭지도 못한 스완이라는 사나이를 집에 들였기 때문에 기분이 언짢은 데다 일이 겹치고 만 거예요."

"화제를 다른 데로 돌리지 말아주었으면 좋겠군요! 어젯밤 내가 뭐라고 했소?"

이 심술꾸러기가 일부러 다른 이야기를 늘어놓아 안타깝게 만드는 것이로구나 하고 앨런은 생각했다. 거기에 말려들어서 호기심을 보여 그녀를 더욱 우쭐하게 만들고 싶지는 않았으나 참을 수가 없었다. 두 사람은 이미 샤이러 성에서 5, 6야드 떨어진 큰길 위에 나와 있었다. 캐서린은 새침한 얼굴이 되어 있었는데, 저녁 어스름 빛에 심술궂은 표정도 엿보였다.

"당신이 기억하지 못한다면 나도 이야기해 줄 수 없어요." 그녀는 순진하게 말했다. "하지만 내가 대답했던 말은 이야기해 주겠어요."

"뭔데?"

"나는 이런 말을 했어요. '그렇다면 왜 하지 않나요?'라고요."

말을 마치자 그녀는 그 옆을 뛰어서 달아나고 말았다.

현관 안에서 가까스로 따라붙었으나 더 이상 그 이야기를 계속하고 있을 수가 없었다. 식당에서 들려온 요란한 목소리——반쯤 열린 문으로 콜린의 모습이 보이지 않았다 하더라도——가 방에서 어떤 일이 벌어지고 있는지 두 사람에게 경고하는 데 충분했기 때문이다.

잘 차려진 식탁에는 휘황하게 불이 켜져 있었다. 콜린과 펠 박사와 찰스 스완이 산더미같이 수북한 진수성찬을 막 끝마친 참이었다. 각기 접시를 옆으로 밀어놓았다. 식탁 한 가운데에는 향기로운 갈색 액체가 담긴 술병이 놓여 있었다. 빈 술잔을 앞에 놓고 앉은 펠 박사와 스완의 얼굴에는 기막힌 정신적 체험을 지금 막 음미한 사람의 표정이 떠올라 있었다. 콜린은 재미있다는 듯이 눈을 빛내며 두 사람을 바라보고 있었다.

"아아, 들어오너라!" 그는 캐서린과 앨런을 보자 말했다. "자, 앉아, 식기 전에 먹어야 해. 나는 지금 이 두 사람에게 '캠벨 집안의 숙명'을 맛보게 해주었단다."

  엄숙한 스완의 표정이 희미한 딸꾹질로 허물어졌다. 그러나 아무튼 그는 엄숙한 얼굴을 유지하고 이 깊은 체험을 음미하고 있는 것 같았다.

  그의 옷차림이 여느 때와 달랐다. 콜린의 셔츠를 입었는데, 어깨와 몸통이 헐렁헐렁했고 소매가 짧았다. 그 밑에는 마침 그에게 맞는 바지가 없어 킬트를 입고 있었다. 캠벨 집안의 격자무늬인 짙은 초록과 파란색 바탕에 가느다란 노란색 줄무늬와 흰색 줄무늬가 가로세로로 교차하는 킬트였다.

  "기막힌데!" 스완이 빈 술잔을 응시하면서 중얼거렸다. "기막혀!"

  "확실히 자네 말대로군." 펠 박사도 불그레해진 이마를 문지르면서 말했다.

  "마음에 드시오?" 콜린이 물었다.

  "네." 스완이 대답했다.

  "한 잔 더 하겠소? 앨런, 너는 어떠냐? 캐서린은?"

  "아닙니다, 식사부터 먼저 하겠습니다." 앨런은 잘라 말했다. "알코올 같은 것은 나중에 조금 마실지도 모릅니다만, 반드시 식사가 끝난 뒤에 들겠습니다."

  콜린은 손을 마주 비볐다.

  "오오, 마시겠다고! 누구나 다 그렇지. 그런데 이 스완 씨의 옷차림을 어떻게 생각하지? 멋지지 않느냐? 침실의 옷장에서 찾아낸 가장 좋은 거란다. 이 격자무늬는 맥홀스터 집안의 줄무늬지."

  스완의 얼굴이 갑자기 흐려졌다.

  "놀리시는 겁니까?"

  "신에게 맹세코 말하는데, 이 격자무늬는 맥홀스터 집안의 것이오.

그것은 나의 신앙심과 같을 정도로 굳건한 사실이오."
무신론자인 콜린이 손을 들어 신께 맹세해 보였다.
스완은 기분이 좋아졌다. 확실히 즐거워 보였다.
"기분이 이상한데요." 그가 킬트를 내려다보며 말했다. "마치 많은 사람들 가운데를 바지도 입지 않고 걷는 것 같습니다. 하지만 정말 기막힌데요! 캐나다 토론토의 찰리 스완이 진짜 킬트를 입고, 진짜 스코틀랜드 성에서, 이곳 사람들이 빚은 오래된 술을 마시다니! 아버지께 이것을 편지로 알려드려야겠군요. 오늘 밤 머물게 해주셔서 정말 고맙습니다."
"무슨 말이오! 어찌되었든 당신 옷은 내일 아침이나 되어야 마를 거요. 한 잔 더 하겠소?"
"좋습니다."
"펠, 자네는?"
"좋지!" 펠 박사가 말했다. "고마운 제안(이 경우는 도전이라고 해야 할까?)일세. 나는 권하는 것은 사양하지 않는다네. 고맙군. 그런데 말일세……."
"뭔가?"
"지금도 생각했네만……." 펠 박사는 힘겹게 다리를 포개며 말했다. "자네는 '전철을 밟지 말라'는 말을 아나, 자네는 이 집에서 또 한 번 같은 사건이 일어날지도 모른다고 생각해 본 일은 없나? 아니면 오늘 밤 탑의 방에서 자겠다는 계획은 그만두기로 했나?"
콜린은 깜짝 놀랐다.
막연하게 불안한 공기가 오래된 식당 안을 휩쓸고 지나갔다.
"어째서 내가 탑에서 잘 계획을 그만두어야 한다는 건가?"
"그만두지 않으면 안 될 이유가 없기 때문일세." 펠 박사는 솔직하게 대답했다. "나는 자네가 그만두었으면 하네."

"참, 기가 막히는군! 그 문의 자물쇠와 빗장을 고치는 데 오늘 오후 절반을 허비했네. 짐도 모두 끌어올렸고. 내가 자살할 거라고 생각하는 건 아닐 테지?"

"만일의 경우 그렇다면 어쩌겠나?" 펠 박사가 말했다.

순간 어색한 공기가 감돌았다. 스완도 그것을 알아차리고 있는 듯했다. 콜린이 어이없다는 듯 고함을 치려고 했으나 펠 박사가 얼른 가로막았다.

"잠깐만! '만일의 경우'라고 말했네. 좀더 정확히 말하면, 만일 내일 아침 탑 밑에서 자네가 앵거스 캠벨 씨와 똑같은 모습으로 발견된다면 어떻게 하겠느냐고 말한 걸세. 그리고 또, 아가씨, 식사 중인데 담배를 피워도 괜찮을까요?"

"네, 좋으실 대로." 캐서린이 대답했다.

펠 박사는 대가 굽은 큼직한 해포석 파이프를 꺼내어 불룩한 담배 케이스에서 꺼낸 담배를 꾹꾹 눌러담고 불을 붙였다. 박사는 이제부터 시작하겠다는 듯이 의자에 벌렁 몸을 젖히고 앉음새를 고쳤다. 그는 안경 너머로 잠깐 사팔뜨기 같은 눈초리를 빛내면서 밝은 전등갓 쪽으로 소용돌이치며 올라가는 연기를 지켜보고 있었다.

"자네는 이번 사건을 살인이라고 생각하겠지?" 박사는 말을 계속했다. "형님은 살해된 것이라고 믿고 있겠지?"

"물론! 게다가 그래주었으면 좋겠다고 바라고 있다네. 만일 앵거스가 살해되었다는 증거만 있다면 나는 1만 7천5백 파운드의 유산을 받을 수 있으니까."

"그렇지. 그런데 그가 살해되었다면, 그를 죽인 자가 자네도 없애려 할지 모르네. 그것을 생각해 본 일이 있나?"

콜린이 야무지게 대답했다. "가능하면 그자를 한번 만나보고 싶군." 그러나 펠 박사의 조용한 목소리 때문인지 콜린의 어조도 상당히 차분해졌다.

"그런데 만일 자네 몸에 무슨 일이 일어난다면, 그 3만 5천 파운드의 유산은 어떻게 되나?" 펠 박사가 움직거리고 있는 콜린을 추격했다. "그 돈은 엘스패트 캠벨 부인의 것이 되나?"

"아니, 그렇지 않네. 내 형제인 로버트에게 가겠지. 로버트가 죽었다면 그의 아이에게 갈 테고……."

"로버트?"

"내 동생일세. 문제를 일으키고 몇 해 전에 나라를 버렸지. 앵거스가 그동안 계속 찾았지만, 어디 있는지 알지 못하네. 장가를 들어 아이가 태어났다는 것은 알고 있지만. 세 형제 가운데 결혼한 것은 그 녀석뿐이네. 로버트도 지금은…… 64살쯤 되었을까? 나보다 한 살 아래였지."

펠 박사는 생각에 잠겨 담배를 피우고 있었다. 그의 눈은 전등갓을 뚫어지게 쏘아보고 있었다.

"만일 이것이 살인사건이라면 그 동기를 찾아야 하네." 박사는 가래가 끓는 듯한 목소리로 말했다. "그런데 이 경우 돈 문제에서 동기를 찾아낼 수는 없을 것 같네. 보험금을 노려 앵거스 캠벨 씨를 살해했다면 범인은 자네——여보게, 내 목에 달려들어 물어뜯지는 말게——아니면 엘스패트 캠벨 부인, 또는 로버트, 또는 그 아이겠지. 그러나 범인이 정신이 올바른 사람이라면 이 경우 자살로 잘못 처리될지도 모르는 방법으로 살해할 리 없네. 그렇게 되면 범죄의 동기가 된 돈이 손에 들어오지 않을 테니까.

여기서 사적인 원한 문제가 얽혀드네. 그런데 앨릭 포브스라는 사나이…… 그 사나이가 자네의 형을 살해했다고 생각할 수는 없을까?"

"물론 있지."

"흐음…… 그럼, 묻겠는데, 그 사나이는 자네에게도 뭔가 원한을 품고 있나?"
콜린은 만족스러운 듯이 가슴을 폈다.
"앨릭 포브스는 앵거스 못지않게 나를 미워한다네. 그자의 계획을 놀려준 일이 있기 때문이지. 그 음험한 녀석은 남에게 놀림받는 것을 가장 참지 못하는 모양일세. 그러나 내 쪽에서는 별로 그 사나이를 싫어한 기억이 없네."
"그럼, 앵거스 캠벨 씨를 살해한 자가 자네를 죽일지도 모른다는 가능성은 인정하는 셈이군?"
콜린은 목을 움츠렸다. 그는 위스키 병으로 손을 뻗쳐 펠 박사와 스완, 앨런, 그리고 자기 잔에 그 대부분을 나누어 따랐다.
"탑에서 자지 못하도록 막고 싶다면……."
"막고 싶네."
"그 이야기는 이제 그만둬주게. 나는 탑에서 잘 거니까."
콜린은 험악한 눈초리로 모두의 얼굴을 노려보았다.
"왜들 그러지? 오늘 밤에 모두 죽어버리기라도 한단 말인가? 어젯밤에는 재미있었어. 자, 마시게나! 나는 자살 같은 건 하지 않아. 그 점은 약속해 두지. 그러니까 마시세! 그런 따분한 이야기는 이제 그만두고."
10시 조금 지나 각자 침실로 들어갔을 때는 정신이 말짱한 사람이 하나도 없었다.
취한 정도로 말하자면 정신없이 마셔서 일어설 수도 없게 되어버린 스완이 가장 심했고, 끄덕도 하지 않는 듯한 펠 박사가 가장 덜 취했다. 콜린 캠벨은 다리도 휘청거리지 않고 눈만 빨갛게 되었으나 완전히 취해 있었다. 그러나 그는 전날 밤처럼 흥에 겨워 도를 넘는 일은 하지 않았다.

아무도 도가 지나친 사람은 없었다. 담배연기까지 독한 냄새를 풍기는 듯한 그런 밤이었다. 남자들은 오기가 생겨 별로 달갑지도 않은 마지막 한 잔을 홀짝홀짝 마셨다. 캐서린이 10시도 되기 전에 빠져나가버렸으나, 아무도 그녀를 붙잡으려고 하지 않았다.

앨런은 술에 취해 골치가 아프고 구역질이 났다. 긴장이 풀린 나른한 근육의 반작용으로 몸은 지쳐 있었지만 눈은 말똥말똥했다. 여러 가지 생각들이 칠판에 글을 쓰는 듯 머릿속에 연거푸 떠올랐다. 그 생각들은 사라지지도 않고 조용해지지도 않았다.

그의 침실은 만이 내려다보이는 2층에 있었다. 펠 박사에게 밤인사를 하면서 층계를 올라갔을 때 다리가 조금 휘청거리는 것을 느꼈다. 그런데 놀랍게도 침실로 들어가는 펠 박사의 겨드랑이 밑에는 잡지 몇 권이 끼워져 있었다.

다리가 휘청거리며 머리가 깨질 듯이 아프고 몹시 기분이 언짢았지만, 그렇다고 그것이 잠드는 묘약의 구실을 해주지는 못했다. 앨런은 손으로 더듬으면서 침실로 들어갔는데 절약하기 위해서인지 아니면 등화관제용 가리개가 갖추어지지 않았기 때문인지 샹들리에에 전구가 하나도 끼워져 있지 않았다. 한 자루의 촛불은 장식에 불과한 것으로, 별 도움이 되지 않았다.

앨런은 옷장 위의 촛불을 켰다. 한심할 정도로 작은 불꽃이 주위의 어둠을 한층 더 강하게 느끼게 해주었다. 거울에 비친 그의 얼굴이 창백했다. 아무래도 조금 휘청거리는 것같이 느껴졌다. 두 번이나 그런 술에 손을 댄 자신이 어리석게 생각되었다. 더욱이 오늘 밤에는 명랑해지지도 못하면서 거절할 수가 없었던 것이다.

머릿속에서 갖가지 생각들이 빙글빙글 돌며 산속의 염소처럼 한 가지 일에서 다음 일, 그 다음 일로 생각이 뛰어다녔다. 옛날 사람들은 촛불 밑에서 공부를 했었다. 그런데도 눈이 짓무르지 않았다니 이상한 일이다. 아니, 대개는 눈이 나빠졌을 것이다. 그는 입스위치의 그레이트 화이트 호스의 픽윅(찰스 디킨스 소설에 나오는 착하고 익살스러운 노인)을 생각했다. 그는 또한 '아무것도 씌우지 않은 가스 불' 아래에서 일을 하다 눈이 못쓰게 되어버린 스코트를 생각했다……

아무 소용이 없었다. 잠을 이룰 수가 없었다.

옷을 벗고 캄캄한 방을 비틀비틀 헤맸다. 슬리퍼를 신고 실내복을 입었다.

시계가 째깍째깍 시각을 새겼다. 10시 30분. 45분. 11시. 11시 15분……

앨런은 의자에 앉아 머리를 감싸 안고 뭔가 읽을거리가 있으면 좋겠다고 생각했다. 샤이러에 책이 거의 없다는 것은 다 알려진 일이었다. 그렇다면 펠 박사는? 그러고 보니 오늘 보스웰(영국의 전기 작가)의 책을 한 권 갖고 있다는 말을 들었었다.

지금 보스웰을 빌려 볼 수 있다면 얼마나 위로가 되고 평안을 얻을 수 있을까! 그 책장을 넘기며 꿈길에 들어갈 때까지 존슨 박사와 함께 이야기를 나눈다면, 아마도 그것이야말로 오늘 밤 가장 으뜸가는 기쁨이 되리라. 생각하면 할수록 그는 그 책을 읽고 싶어졌다. 그러나 과연 펠 박사가 빌려줄까?

그는 벌떡 일어나서 문을 열고 싸늘한 복도를 어슬렁어슬렁 걸어 박사의 방으로 갔다. 문 밑으로 가느다란 불빛이 한 줄기 새어나오는 것을 보고 그는 환성을 울릴 뻔했다. 노크를 하자 거의 펠 박사라고 생각되지 않는 목소리가 들어오라고 대답했다.

오늘 밤의 사정을 너무 깊이 생각하여 지나치리만큼 굳어져 있던 앨런은 펠 박사의 얼굴을 보자 두려움으로 머릿가죽이 근질근질해지는 것 같았다.

펠 박사는 옷장 옆에 앉아 있었다. 옷장 위의 촛대에 불이 켜져 있었다. 박사는 텐트처럼 큼직한 실내복을 입고 있었다. 해포석 파이프가 입술 끝에 늘어져 있고, 그의 주위에는 잡지며 편지며 청구서 같은 것들이 산더미처럼 흩어져 있었다. 창문을 꼭 닫았기 때문에 안개와 같은 담배연기를 통해 어이없어하는 박사의 눈초리와 간신히 파이프가 떨어지지 않을 정도로 벌려진 입이 눈에 들어왔다.

"마침 잘 와주었구려." 펠 박사가 기운이 되살아난 듯한 큰소리로 말했다. "지금 부르러 갈까 하던 참이었소."

"무슨 일입니까?"

"동물 운반용 케이스 속에 들어 있었던 것을 알아냈소. 어떤 책략을 썼는지 알았소. 앵거스 캠벨 씨에게 쳐놓았던 함정을 알았소."

그림자와 함께 촛불이 팔랑팔랑 흔들렸다. 펠 박사는 T자 모양의 손잡이가 달린 스틱을 집으려고 스틱을 세워둔 쪽으로 손을 뻗쳐 거칠게 더듬거리다가 가까스로 찾아냈다.

"콜린을 그 방에서 나오게 해야겠소. 아무 위험이 없을지도 모르고 또 아무도 없을 테지만, 그러나 만일의 경우를 대비해 위험한 짓을 하게 할 수는 없소. 지금이라면 사정을 설명해 줄 수도 있고, 그도 납득할 거요."

입을 뻐끔거리고 숨을 가쁘게 몰아쉬면서 박사는 가까스로 일어섰다.

"나는 그 탑의 층계를 올라가는 어려운 일을 오늘 한 번 해보았으나, 다시는 못하겠소. 당신이 올라가서 콜린을 불러 줄 수 없겠소?"

"좋습니다."

"다른 사람들을 깨울 필요는 없소. 그가 방에 들어가게 해줄 때까지 문을 두드리면 되오. 대답만 듣고 그만두어서도 안 되오. 자, 이것은 손전등이오. 층계를 올라갈 때는 불빛이 밖으로 새어나가지 않도록 조심하시오. 그렇지 않으면 치안대에게 혼이 날 테니까, 서두르시오!"

"그러나 대체……."

"지금 설명하고 있을 겨를이 없소. 빨리 가보시오!"

앨런은 손전등을 받아들었다. 가늘고 엷은 불빛이 눈앞을 비추어냈다. 낡은 우산 냄새가 나는 복도로 나와 층계를 내려왔다. 차디찬 문틈으로 들어오는 바람이 발목에 닿았다. 아래층 복도를 건너 거실로 들어갔다.

방을 가로지를 때 손전등 불빛이 벽난로 선반 위를 비추자 사진 속의 앵거스 캠벨이 이쪽을 노려보았다. 살집 좋은 턱을 가진 앵거스의 흰 얼굴이 비밀을 알고 있다는 듯이 앨런을 노려보았다.

탑의 1층으로 통하는 문은 안에서 잠겨 있었다. 앨런이 삐걱거리며 열쇠를 돌리자 문이 열렸다. 그의 손가락이 가늘게 떨리고 있었다.

발 밑 흙바닥은 얼음처럼 찼다. 엷은 밤안개가 만 쪽에서부터 슬그머니 다가와 있었다. 탑의 층계로 통하는 음침한 구멍 같은 아치가 앞을 가로막고 있어 어쩐지 그의 신경을 휘저어 놓았다. 층계를 뛰어올라가려고 했으나 발을 딛는 데가 위태롭고 오르기도 쉽지 않아 하는 수 없이 속도가 느려졌다.

2층, 3층, 아직도 멀었다. 4층, 숨이 가빠졌다. 5층, 아직도 끝없이 남아 있는 것 같았다. 작은 손전등 불빛이 추위와 꼭 막힌 공간에서 느끼는 공포를 더욱 강하게 했다. 이 층계에서 불쑥 하이랜드인의 옷을 입고 얼굴에 구멍이 뚫린 사나이를 만난다면 기분이 좋을 리가 없다.

여기서 쫓기기라도 하면 달아날 재간이 없을 것이다.

앨런은 맨 위층의, 방문만 있고 환기구멍도 창문도 없는 층계참에 이르렀다. 습기 때문에 상당히 망가져버린 떡갈나무 문이 단단히 닫혀 있었다. 앨런은 손잡이를 돌려보고 문이 안쪽에서 잠긴 채 빗장까지 걸려 있음을 알아차렸다.

그는 주먹을 들어 쾅쾅 문을 두들겼다. 큰소리로 불렀다.

"콜린 아저씨! 콜린 아저씨!"

대답이 없었다.

쾅쾅 문 두드리는 소리와 크게 외치는 자신의 목소리가 좁은 층계참에 기분 나쁘리만큼 시끄럽게 메아리쳤다. 이러다가는 집안사람들은 물론 온 인베라레이 사람들을 다 깨우고 말 거라고 생각했다. 그래도 그는 문을 두드리며 소리치기를 그만두지 않았다. 그러나 역시 대답이 없었다.

그는 어깨를 문에 대고 밀어보았다. 무릎을 짚고 문 밑 틈으로 들여다보았지만, 마룻바닥에 비친 달빛 끝만 보일 뿐이었다.

다시 일어나려니 몸을 움직인 뒤라 현기증이 느껴졌다. 이미 슬그머니 마음속에 자리잡은 의혹은 더욱 기분 나쁜 양상을 띠었다. 물론 콜린은 위스키를 그만큼이나 마셨으니 녹초가 되어 잠들어 있을지도 모른다. 그러나 그렇지 않다면……

앨런은 홱 돌아서서 위태로운 층계를 뛰어 내려갔다. 가슴의 숨쉬는 소리가 톱니를 가는 듯한 소리를 냈다. 도중에 몇 번이나 멈추어서야만 했다. 그는 이미 하이랜드인의 옷차림을 한 유령 따위는 까맣게 잊고 있었다. 층계 밑에 다다랐을 때까지 실제로는 2, 3분밖에 걸리지 않았으나 그에게는 마치 30분쯤 된 듯싶게 느껴졌다.

가운데뜰 쪽으로 난 문이 닫혀 있었으나 맹꽁이자물쇠는 걸려 있지 않았다. 앨런은 그 문을 밀어서 열었다. 끼익 소리를 내며 활처럼 젖혀지더니 문들이 떨리면서 바닥의 돌에 걸렸다.

그는 가운데뜰로 뛰어나가자 만 쪽을 향해 탑을 돌아갔다. 거기서 그는 잠깐 멈추어 섰다. 거기에서 무엇을 발견하게 될지 그는 알고 있었다. 그리고 그것을 발견했다!

생각만 해도 소름이 끼치는 추락사건이 또 일어났던 것이다.

콜린 캠벨——아니, 전에 콜린 캠벨이었던 빨간색과 흰색 줄무늬 파자마에 싸인 물체——이 땅바닥에 깔린 돌에 엎어져 있었다. 60피트 위의 창문은 열린 채 엷은 달빛에 빛나고 있었다. 엷은 밤안개가 물 위에 덮인다기보다 그 위에 떠오르는 것 같은 느낌으로, 콜린의 흐트러진 머리카락에 작은 이슬방울을 만들고 있었다.

제13장

 새벽——연기에 싸인 듯한 새벽하늘에 따뜻해 보이는 황금색과 흰색이 타올랐다. 하늘은 아직도 비누거품처럼 엷게 빛나고 있었다. 앨런이 다시 탑으로 올라갔을 때 골짜기는 새벽빛에 덮여 있었다. 초가을의 상쾌한 대기를 맛볼 수 있는 아침이었다. 그러나 앨런에게는 그런 것이 문제가 아니었다.
 그는 끌과 큰 송곳과 톱을 들고 있었다. 등 뒤에서는 긴장한 스완이 무서워 떨며 따라왔다. 스완은 전에는 말쑥했으나 지금은 자루처럼 엉망이 된 자기 양복을 입고 있었다.
 "정말 저 방에 들어갈 생각이오?" 스완이 끈질기게 물었다. "그다지 마음이 내키지 않는데……."
 "날은 이미 밝았소. 케이스의 임자도 이제는 나타나 손을 내밀지 않을 거요."
 "케이스의 임자라니, 그게 무슨 말이지요?"
 앨런은 대답하지 않았다. 펠 박사는 아직 설명해 주지 않았지만 진상을 알았다고 했으며, 또 더 이상 위험한 일은 없을 거라고 말했었다. 그러나 앨런은 아직 신문기자에게는 잠자코 있는 편이 좋으리라고 생각했다.

"손전등을 들어주지 않겠소?" 앨런이 부탁했다. "어째서 이 층계참에 창문을 내지 않았는지 알 수가 없군. 콜린은 어제 이 문을 수리했지요? 이번에는 그리 쉽게 고칠 수 없도록 해두어야겠군."

스완에게 손전등을 들게 하고 그는 작업에 들어갔다. 시간이 많이 걸리는 작업이었다. 열쇠 주위의 네모난 부분에 송곳으로 군데군데 구멍을 뚫었다. 앨런의 송곳 다루는 솜씨는 서툴렀다.

구멍이 뚫리자 그곳을 끌로 도려냈다. 톱이 들어갈 만큼 구멍이 뚫리자 이번에는 열쇠구멍을 따라 천천히 톱질을 했다.

"콜린 캠벨은 좋은 사람이었소." 스완이 불쑥 굳어져버린 말투로 말했다. "정말 좋은 사람이었소……."

"좋은 사람이었다니, 그게 무슨 뜻이지요?"

"왜냐하면 죽었으니까."

"죽지 않았소."

한참 동안 침묵이 흘렀다.

"죽지 않았다고요?"

톱이 쓰윽쓰윽 소리를 냈다. 앨런은 마음이 놓인 나머지 그때까지 본 것에 대하여 느낀 언짢은 기분의 반동으로 온 힘을 다해 문과 씨름하고 있었다. 스완이 아무 말도 하지 않았으면 좋겠다고 생각했다. 그 자신도 콜린 캠벨에 대해 무척 호감을 품고 있었으므로 지금 새삼스럽게 감상적인 말을 듣고 싶지 않았던 것이다.

"두 다리와 엉덩이뼈가 부러졌을 뿐이오." 앨런은 스완의 표정을 뒤돌아보려고도 하지 않고 말했다. "나이가 나이니만큼 그냥 웃어넘길 일은 아니겠지만. 그리고 또 뭔가 닥터 그랜트를 놀라게 할 만한 무슨 일이 있었던 모양이오. 하지만 어찌되었든 죽지는 않았고, 또 죽을 것 같지도 않소."

"저렇게 높은 데서 떨어지고도……."

"때로는 그런 일도 있지요. 저보다 더 높은 데서 떨어지고도 상처 하나 없었다는 말을 들은 적이 있겠지요? 게다가 그처럼 튼튼한 몸이어서 다행이었소."

"그건 그렇고, 그 자신이 창문으로 뛰쳐나갔을까요?"

"그렇소."

자잘한 톱밥을 흩뜨리면서 마지막 이음새가 떨어졌다. 앨런이 네모난 부분을 밀자 그것이 마루 위로 떨어졌다. 그리로 손을 넣어보니 열쇠가 아직 걸려 있고 녹슨 빗장도 단단히 걸려 있었다. 열쇠를 돌리고 빗장을 뽑았다. 문은 어렵지 않게 열렸다.

맑게 갠 새벽의 상쾌한 아침 해를 받아 방은 희미한 불쾌감을 띠고 나타났다. 아무렇게나 벗어던진 콜린의 옷이 의자와 마룻바닥에 흩어져 있었다. 옷장 위에서 그의 시계가 째깍째깍 소리를 내었다. 잠자리에는 누워서 잔 흔적이 있었고, 이불은 젖혀진 채였으며, 베개에는 우묵하게 머리를 얹어놓았던 흔적이 있었다.

활짝 열린 창문이 바람을 받아 조용히 삐걱삐걱 소리를 냈다.

"어떻게 할 거요?"

스완은 방 구석구석을 살피고 나서야 겨우 들어올 결심이 선 모양이었다.

"펠 박사가 하라던 대로……."

앨런은 대수롭지 않은 듯이 대답했지만, 무릎을 굽히고 침대 밑으로 손을 집어넣기 전에 있는 용기를 다 불러 모아야만 했다. 그는 가죽으로 된 동물 운반용 케이스를 끌어냈다——그 기괴한 것이 들어 있었던 케이스를.

"현장을 마구 휘저어놓을 생각이오?" 스완이 말했다.

"펠 박사가 열어보라고 했소. 지문은 없을 테니까 걱정하지 않아도 좋다는 것이었소."

"당신은 그 영감의 말을 곧이듣는 모양인데, 그렇게 하다가…… 아무튼 열어봅시다."

바로 이것이 가장 어려운 대목이었다. 앨런은 엄지손가락으로 걸쇠를 벗기고 뚜껑을 들어올렸다.

아니나 다를까, 속은 텅 비어 있었다. 그러나 그의 머릿속에는 온갖 기분 나쁜 물건의 모습이 떠올랐으며, 열어 본 지금에도 그 모습이 사라지지 않았다.

"펠 박사는 어떻게 하라던가요?" 스완이 물었다.

"그냥 열어서 텅 비었나 확인해 보고 오라고 했소."

"이 속에 대체 무엇이 들어 있었을까요?"

스완의 목소리가 커졌다.

"정말이지 생각하면 할수록 머리가 어떻게 되어버릴 것만 같소! 나는……."

앨런은 말을 하다 말고 입을 다물어버렸다. 깜짝 놀란 그의 눈이 휘둥그레졌다. 그는 눈을 가늘게 뜨고 가만히 한쪽을 응시했다. 이윽고 그는 뚜껑 달린 책상을 향해 손가락질했다.

책상 끝에 전날에는 분명히 없었던 호주머니에 들어갈 정도로 작은 가죽표지 수첩이 절반쯤 서류에 가려져 놓여 있었다. 표지에 금박글씨로 '1940년 일기장'이라고 찍혀 있었다.

"당신이 찾던 일기란 저것 아니오?"

둘은 일기장 쪽으로 달려갔으나 앨런이 조금 빨랐다.

뒷장에 '앵거스 캠벨'이라는 이름이 초등학교 학생의 글씨같이 조그맣게 또박또박 씌어 있었다. 그 글씨를 보고 앨런은 이것을 쓴 사나이의 손가락에 관절염이 있지는 않았을까 생각했다. 자질구레한 것들을 써넣는 일람표 페이지에도 앵거스는 꼼꼼히 써두었다. 칼라 사이즈며 구두 치수 같은 항목까지 씌어 있었다. 이런 일기장을 만들어 내는 회사에서는 어째서 사람들이 칼라 사이즈를 잊어버릴 거라고 생각하는 것일까?

앵거스는 운전면허증번호 항목에 착실하게 '없음'이라고 써넣었다.

그러나 앨런은 언제까지나 그런 일에 구애받고 있지는 않았다. 이 일기장에는 모든 것이 다 빈틈없이 적혀 있었다. 마지막 기록은 8월 24일 토요일, 앵거스가 죽은 날 밤에 쓴 것이었다. 그 항목을 보자 앨런 캠벨은 긴장으로 목의 근육이 굳어지고 가슴이 크게 뛰는 것을 느꼈다.

토요일 수표 결제 끝나다. 처리 끝나다. 엘스패트가 또 투덜대다. 메모——무화과즙 만들기. 콜린에게 편지 보낼 것. 오늘 밤에 앨릭 포브스가 왔다. 내가 속였다고 야단이다. 하하하! 두 번 다시 오지 말라고 해주었다. 이제는 오지 않을 것이며, 또 올 필요도 없다고 그는 말했다. 오늘 밤에는 이 방에서 묘하게 곰팡내가 심하다. 메모——군수성에 트랙터 일로 편지 쓸 것. 군용으로 쓰도록. 이건 내일 중에 해야겠다.

그 다음은 빈 백지로, 일기 임자의 생애가 끝났음을 말해 주고 있었다.

앨런은 일기장을 거꾸로 넘겨보았다. 속에 기록된 것은 그 이상 읽지는 않았다. 그런데 한 군데가 몽땅 찢겨져 없어졌음을 깨달았다. 그는 머리가 하얗고 몸집이 우람한 주먹코의 노인이 잠들기 전에 이 일기를 쓰고 있는 것을 머릿속에 그려보았다.

"흐음, 이것으로는 별도움이 될 것 같지 않군요." 스완이 말했다.

"알 수 없지요."

"보러 온 것을 보았으면, 아니, 찾아내지 못했으면 그만 내려가는 게 어떻겠소? 이 방에는 별 이상이 없을지 모르지만 도무지 기분이 나빠서……." 스완이 다시 말했다.

앨런은 일기를 주머니에 넣은 다음 도구를 주섬주섬 챙겨들고서 스완의 뒤를 따라 내려갔다. 아래층 거실에서 펠 박사를 만났다. 낡은 검정 알파카 양복에 스트링 타이(폭이 좁은 넥타이)를 매고 있었다. 어젯밤에는 현관에 걸렸던 박사의 케이프(망토의 한 가지)와 모자가 소파 위에 놓여 있어 앨런은 깜짝 놀랐다.

그러나 펠 박사는 피아노 위에 걸린 서투른 솜씨의 풍경화를 열심히 바라보고 있었다. 두 사람이 들어가자 그는 진지한 얼굴로 돌아보며 스완에게 말했다.

"스완 씨, 환자가 있는 방으로 한달음에 달려가 용태가 어떤지 좀 보고 올 수 없겠소? 닥터 그랜트에게 쫓겨나지 않도록 조심해서 말이오. 콜린이 정신이 들어 뭔가 이야기를 할 수 있는지 어떤지 알고 싶소."

"그러지요." 스완은 조금 열의를 담아 대답하고 나서 액자가 덜컹거릴 정도로 힘차게 뛰어나갔다.

펠 박사는 다급하게 케이프를 집어 들더니 눈에 띌 정도로 정성을 기울여 어깨에 걸치고 나서 칼라의 작은 고리를 여몄다.

"모자를 들고 오시오. 나와 잠깐 살펴보러 가는 거요. 신문기자도 데리고 가는 편이 활동에 좋기는 하겠지만, 방해가 되어 귀찮을 때도 있으니까. 스완 씨에게 들키지 않도록 뒷문으로 빠져나갈 수 있을 거요."

"어디로 갑니까?"

"글렌코."

앨런은 눈이 휘둥그레져서 박사를 쳐다보았다.

"글렌코라고요? 아침 7시부터 말입니까?"

"아침식사 때까지 기다릴 수 없는 것이 유감스럽소."

펠 박사는 온 집안에 감돌기 시작한 베이컨 에그 냄새에 코를 벌름거리면서 한숨을 쉬었다. "그러나 돌이킬 수 없는 일이 벌어지는 것보다는 아침식사 한 끼를 거르는 편이 나을 테니까."

"그렇지요. 하지만 이런 시간에 글렌코에는 대체 무엇하러 갑니까?"

"인베라레이로 전화를 해서 차를 불러놓았소. 이곳 사람들은 당신같이 게으른 버릇을 갖고 있지 않소. 앨릭 포브스가 발견되었다든가, 발견된 것 같다든가, 아무튼 어제 변호사가 한 말을 기억하겠지요? 글렌코 부근의 오두막에 있다고 한 것 같은데."

"네, 그렇습니다만……."

펠 박사는 얼굴을 찡그려 보이며 스틱을 휘둘렀다.

"그 이야기는 사실이 아닐지도 모르오. 그리고 그 오두막이 발견되지 않을지도 모르오. 우리는 그 위치를 던컨 변호사로부터 들었을 뿐이며, 그 주변에 사는 사람도 극히 드물다니까. 그러나 아무튼 부딪쳐봐야겠소! 콜린 캠벨을 위해 뭔가 해주려면, 어떻게든 앨릭 포브스를 만나야 하오. 그것도 다른 사람들보다 먼저. 경찰보다도 먼저. 어서 모자를 갖고 오시오."

캐서린 캠벨이 트위드 웃옷을 입으면서 방으로 뛰어 들어왔다.

"안돼요! 그럴 수 없어요!"

"뭐가 안 된다는 말이오?"

"나를 두고 갈 수는 없어요." 캐서린이 두 사람에게 말했다. "펠 박사님이 전화로 차를 부르시는 것을 들었어요. 어디를 가나 엘스패트 아주머니가 거드름을 피우고 있지만, 병실에서 으스대는 꼴이란

제13장 173

정말 참을 수가 없어요." 그녀는 두 손을 꼭 움켜잡았다. "아무튼 나는 이제 아무것도 할 일이 없어요. 부탁이에요. 나도 데려가 주세요!"

펠 박사는 상냥하게 손을 들어 허락했다. 세 사람은 모반자들처럼 발소리를 죽여 뒷문으로 나왔다. 한길에서 저택이 보이지 않도록 가로막은 산울타리 저쪽에 반짝반짝 닦은 4인승 자동차가 기다리고 있었다.

앨런은 그날 아침 탈 차는 운전기사가 말이 많지 않은 사람이었으면 좋겠다고 생각했는데 확실히 말이 없었다. 운전기사는 차고의 기술자 같은 옷을 입은 무뚝뚝하고 자그마한 사나이로, 세 사람이 탈 때에도 마지못한 듯한 태도로 문을 열어주었다. 이 운전기사가 실은 진짜 런던 토박이라는 사실을 안 것은 덜멀리를 지난 뒤였다.

그러나 앨런은 바로 조금 전에 발견한 일에 정신이 팔려 다른 사람이 있는 것도 아랑곳하지 않았다. 그는 앵거스의 일기를 꺼내어 펠 박사에게 건네주었다.

배가 고플 텐데도 펠 박사는 상관하지 않고 해포석 파이프에 담배를 담아 불을 붙여 물었다. 오픈 카였으므로 약간 축축하게 흐린 날씨에 가파른 산길을 올라갈 때는 펠 박사도 산들바람에 나부끼는 포자와 담배연기 때문에 퍽 신경을 쓰고 있었다. 펠 박사는 신중히 일기를 읽었다. 한 페이지도 빼지 않고 주욱 읽어보았다.

"흐음…… 과연 이야기가 맞는군." 박사는 중얼거리며 이맛살을 찡그렸다. "모든 것이 다 맞아. 캠벨 양, 당신의 추리는 한 치도 빗나가지 않았소. 이것을 감춘 건 엘스패트였소."

"하지만……."

"여길 보시오." 박사는 책장이 찢겨 없어진 곳을 가리켜보였다. "그 앞부분이오. 앞 페이지 밑에 '엘스패트도 말했지만, 재닛 G는'

──누구를 가리키는 말인지 모르지만──'신앙심이 없고 타락해 버린 방종한 여자인 것 같다. 엘스패트도 젊었을 때는'이라고 씌어 있지 않소. 여기서 찢겨 있소.

아마도 이 계속은 엘스패트가 정상궤도를 벗어난 생활을 하던 젊은 시절 이야기를 생각하고 재미있어하며 썼던 모양이오. 그녀는 그 증거를 여기서 찢어버렸소. 엘스패트는 이 일기에 더 이상 자기에 대한 기록이 씌어 있지 않다는 것을 알아차렸소. 꼼꼼히 되풀이 읽어보고, 아마도 몇 번이나 다시 읽어본 끝에 판단을 내렸겠지요. 그런 뒤 그녀는 일기를 눈에 잘 띄는 곳에 다시 갖다놓은 것이오."

앨런은 이 말에 별로 감명을 받지 않은 모양이었다.

"그럼, 그 기막힌 새 사실의 발견은 어떻게 된 겁니까? 엘스패트가 알고 있다는 그 사실을 어째서 신문기자에게 이야기해 주지 않는 겁니까? 이 일기의 맨 마지막 구절에서 뭔가를 알아낼 수 있을지도 모르겠습니다만, 그러나 이것으로는 대단한 것을 알 수 없지 않습니까?"

"그럴까요?"

"당신은 뭔가 아셨습니까?"

펠 박사는 이상하다는 표정으로 앨런을 쳐다보았다.

"나는 그와 반대로 여러 가지 사실을 알 수 있다고 생각하오. 당신은 이 마지막 기록에 담겨 있는 놀라운 새 사실을 모르겠소? 아무튼 앵거스는 기분이 좋아 아무것도 생각지 않고 잠자리에 들었소. 무엇이 그를 덮쳤든 그것은 그가 일기를 다 쓰고 불을 끈 다음에 덤벼든 것이오. 그런데 우리가 이 마지막 구절에 뭔가 재미있고 중대한 사실이 담겨 있다고 생각하는 까닭은 무엇이겠소?"

앨런은 머릿속으로 스치는 어떤 일을 깨닫고 깜짝 놀랐다.

"하긴 그렇습니다. 그러나……."

그는 그 사실을 인정하면서도 말을 더듬거렸다.

"아니, 그렇지 않소. 가장 중요한 것은 틀림없이 이 속에 있소."

펠 박사는 카드를 섞을 때처럼 재빨리 일기장을 넘겼다.

"이 일기 속에 그의 과거 몇 해 동안의 행적이 담겨 있소."

박사는 눈썹을 찡그리고 일기를 쳐다보더니 불쑥 주머니에 넣어버렸다. 고민하는 거인의 표정이 박사의 얼굴에 깊이 새겨져 갔다.

"제기랄!" 박사는 무릎을 탁 쳤다. "그렇게 하지 않을 수 없었겠지! 엘스패트가 일기를 훔쳤소. 그리고 일기를 읽었소. 바보가 아니니까 그녀도 짐작이 갔겠지요."

"무엇을 알았습니까?"

"앵거스 캠벨이 어떻게 죽었는가 하는 것 말이오. 그녀는 본디 경찰을 싫어했고 신용하지도 않았소. 그래서 자기 마음에 드는 신문사에 편지를 내어 진상을 털어놓을 작정이었던 것이오. 그런데 갑자기 그것이 무서운 일이라는 사실을 알아차렸소. 그러나 이미 때가 늦어버렸지요."

여기서 펠 박사는 다시 입을 다물었다. 그의 얼굴은 본래의 느긋한 표정으로 되돌아가 있었다. 이윽고 박사는 땅이 꺼질 듯한 한숨을 쿠션에 내뱉고는 좌석에 벌렁 몸을 기대며 고개를 저었다. 그는 멍하니 중얼거렸다.

"그것이 나빴던 거지. 그것이 일을 엉망진창으로 만들어 버렸어."

캐서린이 새침해서 끼어들었다.

"이렇게 수수께끼 같은 말만 듣다가는 나 자신도 엉망진창이 되어 버릴 것 같아요."

펠 박사는 한층 더 난처한 표정을 지었다.

"이상하게 생각되는 것도 무리가 아니지요. 그럼, 한 가지만 더 물어볼까요?" 펠 박사는 앨런을 향해 말했다. "조금 전에 당신은 일기의 맨 마지막 한 구절에서 뭔가 알아낼 수 있을지도 모른다고 했는데, 그건 무슨 뜻이오?"

"분명히 말할 수 있는 것은, 그 문장은 자살하려고 생각한 사나이가 쓴 게 아니라는 점입니다."

펠 박사가 고개를 끄덕였다.

"그렇소. 그런데 만일 내가 앵거스 캠벨이 자살한 것이라고 말한다면 당신들은 뭐라고 하겠소?"

제14장

"감쪽같이 속았다고밖에 생각할 수 없겠지요!" 캐서린이 말했다. "그렇게 말하면 안 된다는 것은 알고 있지만, 사실이 그런걸요. 박사님때문에 우리는 살인범의 정체가 누구냐 하는 것에만 정신이 팔려서 다른 쪽으로는 생각도 못해본걸요."

펠 박사는 이 말에서 미학적(美學的) 의의를 발견한 듯한 얼굴로 고개를 끄덕였다.

"아무튼 그냥 의논을 하기 위해서라도 좋으니, 그가 자살을 했다고 한번 생각해봐주길 바라오. 이 견해는 우리가 알고 있는 사실에 모두 부합하지요."

박사는 잠깐 입을 다물고 해포석 파이프를 피웠다.

"우선 앵거스 캠벨에 대해 생각해 봅시다. 쓸데없는 일만 생각하고 언제나 서투른 짓만 해온 빈틈없지만 늙고 초라한, 그러면서도 친척이나 살붙이에 대해서는 강한 애정을 품고 있는 노인이 있다고 합시다. 그는 파산하여 꼼짝달싹할 수 없었으며, 그의 커다란 꿈은 열매를 맺지 못하게 되었소. 그 자신도 그것을 잘 알고 있었소. 사랑하는 동생 콜린은 빚으로 쩔쩔매고, 옛날 애인으로 지금도 여전히 애정을 품고 있는 엘스패트는 한 푼도 없는 빈털터리 상태로 남겨질 것 같고……

앵거스는 자기 자신을 북부 사람 특유의 외고집쟁이답게 무익한 밥벌레로 생각했던 모양이오. 죽는 것 말고는 다른 사람에게 아무 도움도 되지 못한다고 말이오. 그러나 그는 건강한 노인이어서 보험회사 의사가 아직 15년은 더 살 수 있다고 했소. 그만큼 살 수 있다 한들 어떻게 생활을 해나가겠소? 그리하여 아예 지금 죽어버리면…… 하는 생각을 하게 된 것이오."

펠 박사는 간단한 손짓을 해보였다.

"그런데 만일 지금 죽는다고 하면 자살이 아니라는 분명한 증거, 그야말로 나무랄 데 없는 증거를 남겨야만 했소. 그러기 위해서 조금 공작을 해둘 필요가 있었지요. 그 일에는 큰돈이 걸려 있소. 의심 많은 여러 보험회사를 상대로 3만 5천 파운드라는 큰돈을 타내야 하는 것이오.

그냥 과실에 의한 사고로 해도 좋지 않소. 어슬렁어슬렁 벼랑으로 걸어가서 사고로 생각해 달라고 기도하며 떨어질 수는 없지요. 보험회사 사람들은 사고라고 생각해 줄지도 모르지만, 그것은 너무나 운에 맡기는 셈이므로 기대할 수는 없소. 그의 죽음은 어디까지나 살인이어야 만하오. 의혹의 그림자가 비칠 만한 여지도 없이 냉혹하고 무참한 살인임을 증명해야 하는 것이오."

펠 박사는 잠시 말을 끊고 숨을 내쉬었다. 앨런은 이 기회를 잡아 비웃는 듯한 목소리를 냈으나 그다지 자신은 없었다. 그는 말했다.

"그렇다면 어제 하신 말씀과 다르군요."

"어떻게 말이오?"

"어젯밤 당신은 보험금을 목적으로 사람을 죽인 사람이 어째서 자살처럼 보이는 방법으로 죽였겠느냐고 물으셨습니다. 그렇다면 마찬가지로 앵거스가 왜 자살처럼 보이는 방법을 택했을까요?"

"그는 그렇게 하지 않았소." 펠 박사가 대답했다.

"뭐라고요?"

펠 박사는 앞으로 몸을 내밀어 앞자리에 유난히 긴장된 자세로 어깨를 펴고 있는 앨런의 어깨를 두드리려고 했다. 박사의 태도에는 열심과 방심이 한데 뒤섞인 듯한 것이 있었다.

"그 점이오. 앵거스는 그런 짓을 하지 않았소. 동물 운반용 케이스에 무엇이 들어 있었는지 아직 모르는 모양이구려. 앵거스는 일부러 그 케이스에 무언가를 넣어두었다오…… 이것만은 이야기해 두겠소." 펠 박사는 엄숙하게 손을 들었다. "결국 조금도 예측할 수 없는 사고, 수학적 확률로 100만분의 1이라는, 있을 것 같지도 않은 불행한 우연이 일어나지 않았다면, 앵거스가 살해되었다는 것은 조금도 의심받지 않았겠지! 그리하여 앨릭 포브스는 지금쯤 감옥에 가 있고, 보험회사는 보험금을 지불하기로 결정했을 거요."

자동차는 록 아우 호에 가까워져 있었다. 그곳은 깊은 산으로 둘러싸인 골짜기에 있는 보석과 같이 아름다운 호수였다. 그러나 아무도 경치 같은 것은 보고 있지 않았다.

"그럼, 앵거스는 자살하여 앨릭 포브스에게 살인죄를 씌우려고 했다는 건가요?" 캐서린이 물었다.

"그렇소. 있을 법하지 않은 일이라고 생각하오?"

한참 동안 펠 박사는 입을 다물고 있었다.

"이 가설에 입각하여 지금까지 알려진 증거를 생각해 보시오.

우선 포브스를 마음속 깊이 미워하는 사나이가 있소. 이는 남의 욕망을 만족시키기 위해 희생될 존재로서는 더없이 적당한 사람이오.

포브스가 그날 밤 앵거스를 찾아온 것도 실은 불려온 것일는지 모르오. 그는 탑 위의 방으로 갔지요. 싸움이 벌어졌는데, 이것은 일부러 온 집안에 들리도록 앵거스가 꾸민 일이었소. 그런데 그때 포브스는 슈트케이스를 갖고 있었을까요?

여자들은 그 점에 대해 잘 모르는 것 같았소. 그가 방에서 쫓겨난 뒤에야 달려왔으니까. 슈트케이스를 들고 있었다고 말한 유일한 증인은 누구지요? 앵거스 자신이오. 교묘하게 여자들의 주의를 끌어 포브스가 정말 슈트케이스를 들고 있었을지도 모른다고 생각하게 만든 뒤, 포브스가 그것을 놓고 갔다고 똑똑히 말해 주었소.

여기까지는 알겠지요? 결국 앵거스는 여자들에게 포브스가 그의 정신을 다른 데로 돌리게 하고 그 사이에 슈트케이스를 침대 밑에 밀어 넣었으며, 앵거스 자신은 알지 못했지만 그 속에 든 무언가가 나중에 그의 목숨을 빼앗아갔다고 생각하도록 만들고 싶었던 것이오."

앨런은 생각에 잠겼다가 한참 뒤에 말했다.

"우스운 이야기지만, 나도 그제 포브스가 범인이라는 가정하에 그런 설명을 시도했습니다. 그렇지만 아무도 귀담아들으려고 하지 않았지요."

"그래서 하는 말이 아니겠소?" 펠 박사가 힘주어 말했다. "전혀 생각지도 못한 우연의 장난이 없었다면, 포브스는 그대로 살인범이 되고 말았을 거요."

캐서린은 관자놀이에 두 손을 대고 소리쳤다.

"그럼, 문을 걸어 잠그기 전에, 엘스패트가 침대 밑을 들여다보았을 때는 케이스가 없었다는 말인가요?"

그러나 놀랍게도 펠 박사는 고개를 저었다.

"아니, 아니, 그게 아니야! 물론 그 점도 생각해봐야 하겠지만,

그건 중요하지 않소. 아마 앵거스는 그녀가 침대 밑을 들여다보아도 아무것도 알아차리지 못할 거라고 생각했겠지요. 내 말은, 케이스 속에 든 것 말이오."

앨런은 눈을 감았다. 마침내 그는 진지한 목소리로 말했다.

"그 케이스에 든 것이 무엇이었는지 말해 달라고 하면 요구가 너무 지나친 건가요?"

펠 박사는 더욱 엄숙한 표정을 지었다. 엄격하다고 해도 좋을 정도였다.

"이제 곧 앨릭 포브스를 만나게 될 것이오. 나는 그 사나이에게 물어볼 생각이오. 그때까지 그 점을 생각해 보기 바라오. 우리가 알고 있는 사실을 바탕으로 하여 앵거스의 방에 있던 사업 관련 잡지 같은 것도 생각해야 할 거요. 이제까지 여러 해 동안 그가 해온 일도 생각해 보시오. 그런 다음 당신이 스스로 결론에 이를 수 있는지 어떤지 시험해 보시오.

지금은 우선 큰 줄거리로 돌아갑시다. 앨릭 포브스는 물론 슈트케이스를 갖고 있지 않았소. 케이스는 앵거스 자신이 미리 준비한 것으로, 아래층 어느 방에 넣어두었던 것이오. 앵거스는 10시에 여자들을 내보내고 가만히 아래로 내려가 케이스를 가져다 침대 밑에 넣은 다음 문을 잠그고 빗장을 지른 것이오. 케이스가 어떻게 그 밀실에 운반되었는가에 대한 가능한 설명 방법은 이것뿐이라고 생각하오.

마지막으로 앵거스는 일기를 썼소. 포브스에게 두 번 다시 오지 말라고 했고, 포브스도 올 필요가 없다고 말했다는 둥 그럴 듯한 말을 써놓은 것이오. 그 밖에도 까닭이 있는 듯한 말이 있소. 따라서 포브스도 꼼짝 못하게 되어버리는 거요. 이윽고 앵거스는 옷을 벗고 불을 끈 뒤 침대에 들어가 불굴의 의지를 가지고 닥쳐올 운명을 기다린 것이오.

그리고 다음날 일어난 일인데, 앵거스는 일기가 경찰의 눈에 띄도록 잘 보이는 곳에 내놓았소. 그런데 엘스패트가 그것을 발견하고 감추어버린 것이오.

그녀는 앨릭 포브스가 앵거스를 살해한 것으로 믿고 있었소. 두툼한 일기를 처음부터 끝까지 읽어본 뒤 앵거스가 어째서 죽었는지 알게 된 것이오. 앵거스는 누구나 알아볼 수 있도록 써두었으니까요. 그녀는 범인이 앨릭 포브스인 줄 알았던 거요. 그래서 죄인은 극형에 처해야 한다고 마음을 정하고 〈데일리 플러드라이트〉 사에 편지를 내었던 것이오.

그런데 편지를 부치고 난 뒤 그녀는 갑자기 그것이 잘못되었음을 깨달았소. 만일 포브스가 앵거스를 죽였다면 방에서 쫓겨나기 전에 케이스를 침대 밑에 밀어 넣었어야 했을 거요. 그러나 포브스는 그렇게 할 수가 없었소! 그녀는 자신의 눈으로 침대 밑을 들여다보고 케이스가 없었다는 것을 알고 있었소. 더욱이 여기서 그녀가 무엇보다도 두렵게 생각한 것은, 그녀 자신이 침대 밑에는 아무것도 없었다고 경찰에 진술한 일이었던 거요."

펠 박사는 어깨를 움츠려보였다.

"이 여걸은 앵거스 캠벨과 40년이나 함께 살았소. 앵거스의 일이라면 속속들이 다 알고 있소. 남자의 변덕이나 어리석은 행동을 알아차리는, 그 기분 나쁠 만큼 날카로운 여자의 직감으로 그녀는 앵거스의 마음속을 꿰뚫어본 것이오. 그녀도 앵거스가 속이려는 까닭이 어디에 있는지 곧 알았을 것이오. 범인은 앨릭 포브스가 아니라 앵거스 자신인 것을. 자, 그렇게 되면? ……그 다음까지 좀더 설명해야 하겠소? 그녀의 행동을 잘 생각해 보시오. 갑자기 그 케이스에 대한 증언을 바꾼 것도 생각해 보구려. 그리고 그녀는 자기가 부른 신문기자에게 화를 버럭 내며 집에서 쫓아낼 구실을 생각해 냈소. 무엇보다도 그녀의 입장을 생각해 보시오. 진상을 털어놓으면 그녀는 한 푼도 쥐지 못하오. 그러나 반대로 앨릭 포브스를 범인으로 몰게 되면 그녀는 자기 영혼이 지옥에 떨어져 영원한 불구덩이 속에 태워질 거라고 믿고 있소. 이런 일들을 잘 생각해 보시오. 그리고 그녀가 화를 잘 낸다고 해서 너무 나쁘게 생각지 마시오."

캐서린이 단순한 바보 노파라고 불렀던 사람의 모습이 그들의 마음속에서 기묘하게 모습을 바꾸었다.

그녀의 눈초리며 말씨며 손짓을 생각하고 검은 옷에 감싸인 그 마음을 생각하자, 앨런은 그녀에 대한 생각이 달라졌을 뿐만 아니라 마음까지도 변하는 것을 느꼈다.

"그래서요?" 앨런은 다음 말을 재촉했다.

"그녀는 혼자서 결심할 수가 없었소. 그리하여 일기를 다시 방에 갖다놓고 우리에게 결정하게 하려 했던 것이오."

자동차는 점점 더 높이 황량한 지대로 올라갔다. 황량한 고원이 적군 비행기의 침입에 대비하여 보기 흉한 말뚝을 죽 박아놓은 갈색 모습으로 화강암 산허리에 나타났다. 하늘은 흐려져서 습기 찬 바람이 이마에 와 닿았다.

한참 뒤 펠 박사가 말했다.

"이것이 모든 사실에 적합한 유일한 해석이라고 하고 싶지만……."

"그럼, 우리가 찾고 있는 것이 살인범이 아니라면……."

"물론 우리가 찾고 있는 것은 살인범이오!"

펠 박사가 주의를 주었다.

두 사람은 자신도 모르게 박사 쪽으로 얼굴을 돌렸다. 박사가 말했다.

"이번에는 다른 의문을 생각해 보시오. 유령 같은 하이랜드 사람의 흉내를 낸 자는 누구일까? 어째서 그런 짓을 했을까? 콜린 캠벨의 죽음을 바라는 자는 누구인가? 그리고 어째서 그를 없애고 싶어 하는가? 잊어선 안 되오. 만일 운이 없었다면 콜린은 벌써 죽었을 테니까."

박사는 꺼져버린 파이프의 물부리를 깨물면서 생각에 잠겨 있더니 눈앞에서 달아나는 것을 쫓아가는 듯한 손짓을 해보였다. 이윽고 그는 덧붙였다.

"사진이란 때로는 엉뚱한 것을 가르쳐주는 법이오."

이때 박사는 외부사람 앞에서 이야기했다는 것을 처음으로 깨달은 모양이었다. 그는 수마일을 달리는 동안 아무 말 없이 꼼짝하지 않고 앉아 있던 무뚝뚝하고 자그마한 운전기사의 눈을 백미러로 들여다보았다. 그리고 그는 케이프에 떨어진 담뱃재를 털면서 목과 코로 코고는 듯한 소리를 내기 시작했다. 조금 뒤 알 수 없는 꿈에서 깨어난 것처럼 박사는 주위를 두리번거렸다.

"흐음, 그렇지. 여보시오, 글렌코에는 몇 시쯤 도착하겠소?"

운전기사는 입 끝으로 말하는 것처럼 대답했다. "여기가 글렌코 계곡입니다."

다른 두 사람도 눈을 떴다.

앨런은 바로 여기가 전부터 상상하던 스코틀랜드의 거친 산이었는가 하고 생각했다. 이 땅을 보고 떠오른 유일한 형용사는 '신에게 버림받은'이라는 낱말이었다. 그것도 단순한 말장난이 아니라 글자 그대로의 뜻이었다.

그 계곡은 무섭도록 깊고 폭도 넓었다. 앨런은 좀더 좁은 골짜기를 머릿속에 그리고 있었던 것이다. 그곳에는 검은 도로가 화살처럼 일직선으로 달리고 있었다. 양쪽에 솟아 있는 산마루는 화강암의 잿빛과 흐릿한 붉은 색으로 마치 돌의 피부처럼 매끄러워 보였다. 달라붙기 좋을 만한 곳은 한 군데도 없었다. 자연이 그대로 말라버려 적의까지도 오랜 세월의 침묵으로 굳어져서 돌이 된 듯했다.

산허리를 누비며 흐르는 시냇물도 너무 조용하여 대체 정말로 물이 흐르고 있는 것일까 의심스러울 정도였다. 물이 빛나는 것을 보고서야 겨우 역시 흐르고 있구나 생각되었다. 완전한 고요함이 계곡의 황량함을 더욱 돋보이게 했다. 가끔 흰 칠을 한 작은 집이 보였지만, 사람이 살고 있는 듯한 기척은 없었다.

펠 박사는 그런 집들 중 한 채를 가리키며 말했다.

"도로 왼쪽 집을 찾고 있소. 전나무 사이로 난 언덕길을 내려간 곳이라는데, 폭포 바로 앞이라고 하오. 모르겠소?"

운전기사는 얼마 동안 잠자코 있더니, 조금 뒤 알 것 같다고 대답했다. 그는 덧붙여 말했다.

"이제 다 왔습니다. 한 1분이나 2분이면 폭포에 닿습니다."

길은 오르막이 되었으며, 끝없이 곧은 길이 슬레이트 색 산허리를 돌았다. 오른쪽으로 벼랑이 바짝 다가서 있는 좁은 길로 들어서자 요란한 폭포 소리가 습기 찬 공기를 흔들었다.

그 길을 조금 내려가자 운전기사는 차를 세우고 쿠션에 기대며 말없이 손가락으로 가리켜 보였다.

세 사람은 무겁게 흐린 하늘 아래 바람이 조금 부는 길 위로 내려섰다. 폭포의 굉음이 아직도 귀 밑에서 울려왔다. 언덕길을 내려갈 때 펠 박사는 두 사람의 부축을 받았으나 결국 셋 다 미끄러지고 말았다. 시냇물을 건널 때는 두 사람이 더욱 애를 먹었다. 시냇물 바닥의 돌은 대지의 심(芯)처럼 잘 닦여진 검은 빛으로 빛나고 있었다.

그들이 목표로 한 오두막은 시내 건너편에 있었다. 한 칸짜리 조그마한 초가지붕 오두막이었는데, 회칠을 한 벽이 지저분했다. 문은 닫혀 있었고, 굴뚝에서는 연기가 피어오르지 않았다. 그 오두막 저쪽 아득히 먼 곳에 묘하게 불그스름한 빛을 띤 산허리가 다가서 있었다.

움직이는 것은 아무것도 없었다. 잡종개 한 마리만 있을 뿐.

개는 그들을 보자 둘레를 빙글빙글 뛰어 돌아다니기 시작했다. 그러다가 오두막으로 뛰어가 닫혀진 문을 앞발로 마구 긁었다. 그 소리는 멀리서 들리는 폭포 소리보다 희미하지만 높게 들렸다. 글렌코 골짜기의 을씨년스러운 적막 속에서 그 소리는 쓸쓸하고 우울하게 울려 가슴이 꽉 막히는 듯했다.

개는 앉는 자세를 취하더니 짖기 시작했다.

"됐네, 됐어, 멍멍 군!" 펠 박사가 말을 걸었다.

힘을 북돋아주는 듯한 이 목소리가 개에게 뭔가 효과를 준 모양이었다. 개는 미친 듯이 문을 긁어대더니 펠 박사에게로 달려가 둘레를 껑충껑충 뛰어다니며 케이프에 달라붙으려고 하는 것이었다. 앨런이 깜짝 놀란 것은 그 개의 눈에 떠오른 공포의 빛을 보았기 때문이었다.

펠 박사가 문을 두드렸으나 대답이 없었다. 자물쇠를 흔들어보았지만 문은 안에서 걸려 있는 것 같았다. 오두막 정면에는 창문이 하나도 없었다.

박사가 큰소리로 고함쳤다.

"포브스 씨! 포브스 씨!"

조그마한 자갈을 밟는 세 사람의 발소리가 울렸다. 오두막은 거의 네모반듯한 형이었다. 펠 박사는 혼잣말을 중얼거리면서 우람한 몸을 집 옆쪽으로 옮겨갔다. 앨런이 그 뒤를 쫓았다.

여기서 두 사람은 작은 창문을 발견했다. 굵은 철사로 엮은 망 같은 녹슨 쇠창살이 안쪽에서 창문에 꼭 맞게 못질되어 있었다. 그 안에는 문처럼 경첩으로 여닫을 수 있는 두드러진 유리창이 조금 열려 있었다.

두 사람은 쌍안경처럼 손을 모아서 눈에 대고 쇠창살에 바싹 붙어 안을 들여다보았다. 시큼한 냄새를 풍기는 공기와 역시 시큼한 냄새가 나는 위스키. 거기에 파라핀유와 정어리통조림 냄새가 섞여 고약한 냄새가 흘러나왔다. 눈이 어둠에 익숙해짐에 따라 점점 물건의 형태가 떠올라왔다.

기름기 낀 더러워진 접시가 포개져 있는 식탁은 구석 쪽으로 밀어 놓여져 있었다. 천장 한복판에 램프를 매달기 위한 것인지 튼튼한 쇠갈고리가 붙어 있었다. 앨런은 그 갈고리에서 늘어져 있는 것이 개가 문을 긁을 때마다 조용히 흔들리고 있음을 보았다.

앨런은 눈에 대고 있던 두 손을 내리고 말았다. 그는 창문에서 돌아서자 벽에 한 손을 짚고 몸을 기대었다. 오두막 옆을 떠나 그는 캐서린이 있는 집 앞쪽으로 걸어갔다.

"왜 그래요?" 캐서린의 외침 소리도 그에게는 먼 곳에서 들려오는 것 같았다.

"무슨 일이 있나요?"

"당신은 여기에 가까이 가지 않는 편이 좋겠소." 앨런이 말했다.

"왜 그러는 거예요?"

펠 박사도 얼마쯤 여느 때의 불그레한 혈색을 잃고 앨런의 뒤에서 문에 나타났다.

박사는 거칠게 숨을 쉬었다. 그는 목에서 가래 끓는 소리를 내면서 입을 열었다.

"이 문은 그리 단단해 뵈지 않는군." 박사는 스틱으로 문을 가리켰다.

"당신이 걷어차도 부서질 거요, 한번 해보는 게 좋을 것 같소."

문 안쪽에는 작고 단단한 빗장이 걸려 있었다. 앨런은 온몸의 근육과 정신력을 발에 담아 세 번쯤 세게 걷어찼다. 마침내 빗장이 걸린 고리가 나무에서 떨어졌다.

 선뜻 안으로 들어설 마음이 내키지 않았지만, 시체의 얼굴이 저쪽을 향하고 있어 처음에 창문으로 보았을 때만큼 기분 나쁘지는 않았다. 음식과 위스키와 파라핀유 냄새가 견딜 수 없이 지독했다.

 죽은 사나이는 길고 더러워진 실내복을 입고 있었다. 실내복의 끈 한쪽은 목매는 줄이 되고 또 한쪽은 천장의 갈고리에 단단히 매어져 있었다. 사나이의 뒤꿈치가 마룻바닥 위 2피트 정도 되는 곳에서 흔들리고 있었다. 위스키가 들었던 것으로 보이는 빈 통은 사나이의 발밑에 뒹굴고 있었다.

 잡종개는 그들을 앞질러 들어가 미친 듯이 짖어대면서 죽은 사나이의 시체를 흔들흔들 흔들었다.

 펠 박사는 망가진 빗장을 살펴보고, 흘끔 쇠창살이 있는 창문으로 눈길을 보냈다. 이윽고 고약한 냄새가 나는 방에 그의 무거운 목소리가 울렸다.

 "과연 또 자살이군."

제15장

"앨릭 포브스겠지요?" 앨런이 중얼거렸다.

펠 박사는 벽에 붙여 놓여진 군용침대를 스틱으로 가리켰다. 그 위에는 더러워진 속옷들이 담긴 슈트케이스가 뚜껑이 열린 채로 꺼내져 있고, 거기에 'AFG'라는 머리글자가 페인트로 씌어 있었다. 펠 박사는 얼굴이 보이도록 시체의 정면으로 돌아갔다. 앨런은 따라가지 않았다.

"그리고 인상도 맞는군. 수염은 1주일쯤 안 깎은 모양이오. 아무래도 이 사나이는 이렇게 폐쇄된 생활을 10년쯤은 했겠는걸."

펠 박사는 문께로 다가가 문에서 몇 피트 떨어진 곳에 금방이라도 비가 쏟아질 듯한 하늘 아래 창백한 얼굴로 서 있는 캐서린 앞에 우뚝 섰다.

"어디엔가 전화가 있을 거요. 내가 기억하고 있는 지도에 의하면, 1, 2마일 앞에 마을이 있소. 더눈 경찰서의 도널드슨 경감에게 전화를 걸어 포브스 씨가 목을 매 죽었다고 전해주시오. 할 수 있겠소?"

캐서린은 믿어지지 않는다는 듯한 표정으로 재빨리 고개를 끄덕여 보였다.

"자살했다고요?" 모기 소리만큼 조그만 목소리로 그녀가 물었다. "설마…… 다른 뭔가는 아니겠지요?"

펠 박사는 아무 대답도 하지 않았다. 캐서린은 다시 한 번 허둥지둥 고개를 끄덕이고는 돌아서서 나갔다.

오두막은 사방 12피트쯤 되는 넓이로 벽이 두꺼웠으며, 원시적인 난로가 있고 바닥은 돌로 되어 있었다.

아무리 보아도 농부의 오두막 같지 않았으나, 확실히 포브스가 은신처로 쓰던 곳은 이 오두막인 듯했다. 가구라고는 군용침대와 테이블, 부엌의자 두 개에 세면기와 물그릇이 놓여진 세면대, 그리고 곰팡이핀 책이 진열된 책장뿐이었다.

미친 듯이 짖어대던 개가 잠잠해지자 앨런은 조금 마음이 홀가분해졌다. 개는 이제 말도 걸어주지 않는 주인 곁에 누워서 옆으로 축 늘어진 그의 얼굴을 얌전히 올려다보다가 이따금 부르르 몸을 떨곤 했다.

"캐서린과 똑같은 질문입니다만, 이것은 자살입니까…… 아니면?" 앨런이 물었다.

펠 박사는 앞으로 나가 포브스의 가슴을 만져보았다. 개가 깜짝 놀라 몸을 도사렸다. 그러더니 위협하는 듯한 소리로 으르렁거리면서 온몸을 떨었다.

"괜찮아, 괜찮아." 펠 박사가 개를 보고 말했다.

박사는 뒤로 물러서서 시계를 꺼내 가만히 지켜보았다. 그는 뭐라고 중얼거리면서 성큼성큼 테이블로 갔다. 그 끝에는 천장에 매달 수 있도록 갈고리와 쇠사슬이 달린 바람막이 램프가 놓여 있었다. 펠 박사는 손끝으로 램프를 집어 올려서 흔들어보았다. 기름깡통이 그 곁에 놓여 있었다.

"비었군. 다 타버린 모양이지만, 확실히 불을 켰던 것 같소." 박사는 시체를 손가락으로 가리켰다. "사후경직 상태가 아직 완전히 일어나지 않았소. 그렇다면 그는 오늘 이른 새벽에 죽었다는 말이 되오. 2시나 3시쯤일 것이오. 아무튼 죽은 시각은 그 무렵이오. 게다가 이것을 보시오." 박사는 시체의 목에 감겨 있는 실내복 끈을 가리키며 눈썹을 모으고 이야기를 계속했다. "이상한 일이지만 자살하는 사람들은 대부분 자살할 때 아주 사소한 불편도 겪지 않도록 몹시 신경을 쓴다오. 예를 들어 목을 매려고 할 때 쇠사슬이나 철사 같은 것은 절대로 쓰지 않소. 목이 베어지거나 벗겨지는 것은 쓰지 않지요. 밧줄을 쓰는 경우에도 목의 살갗이 벗겨지지 않도록 뭔가를 감아두는 예가 있을 정도요. 보시오! 앨릭 포브스는 부드러운 끈을 쓴데다 손수건으로 싸기까지 했소. 이것은 그의 죽음이 진짜 자살이라는 것을 증명해 주든지, 아니면……."

"아니면 뭡니까?"

"참으로 천재적인 살인자의 짓이오."

박사는 몸을 굽혀 빈 위스키 통을 조사했다. 그는 창문 옆으로 갔다. 망처럼 된 창살로 손가락을 한 개 내밀고 흔들어보았지만, 안에서 단단히 못질이 되어 있음을 알았다. 허둥지둥 당황한 몸짓을 하며 그는 다시 문의 빗장으로 가서 손을 대지 않고 조사했다.

이윽고 그는 무게 있는 발소리를 내면서 방 안을 둘러보았다. 박사의 목소리가 지하의 터널을 빠져나가는 바람 소리처럼 무섭게 울려퍼졌다.

"제기랄! 이건 자살이오. 자살이라고밖에 생각할 수 없소. 통의 높이도 목을 맬 때의 발판으로 알맞고, 또 놓여지리라 생각되는 곳에 뒹굴고 있소. 철망을 쳐놓은 창문이나 단단히 빗장을 지른 문으로는 아무도 드나들 수 없소."

박사는 조금 마음에 걸리는 듯한 눈길로 앨런을 쳐다보았다.

"무슨 인연인지 나는 문이나 창문의 속임수에 대해 조금 알고 있소. 그런 사건을 곧잘 봐왔으니까. 그런데……"

펠 박사는 모자를 뒤로 밀어 올렸다.

"이렇게 열쇠구멍도 없고 문짝 밑이 바닥에 닿을 정도로 꼭 맞는 문에서는 무슨 속임수를 써서 빗장을 지르거나 걸어매는 방법이 없는 것으로 알고 있소. 보구려."

박사는 손가락으로 가리켜 보였다.

"그리고 철망을 안으로 못질하여 단 창문에도 뭔가 만들 수는 없소. 이 창문도 보는 바와 같지요. 만일 앨릭 포브스가…… 아니, 이런!"

펠 박사는 난로를 살펴보러 갔다가, 좁고 잔뜩 그을린 굴뚝으로는 도저히 사람이 드나들 수 없다는 것을 알고 실망했다. 그는 손가락에 묻은 그을음을 닦으면서 난로 옆에 비스듬히 놓여 있는 책장 앞으로 돌아섰다.

맨 위 선반 위에 휴대용 타이프라이터가 있었다. 커버가 벗겨진 타이프라이터에는 종이가 한 장 끼워져 있었는데, 종이 위에 엷은 파란색 글씨로 짧은 말이 타이프되어 있었다.

 이것을 발견한 경찰관님
 나는 앵거스와 콜린 캠벨을 그들이 나를 속인 그 물건으로 죽였소. 이제 어떻게 하시려오.

"유서까지……" 펠 박사가 흥분한 목소리로 말했다. "마지막 결정적인 증거요. 참으로 대가다운 수법이오. 다시 한 번 말하겠는데,

이것은 자살임에 틀림없소. 그러나…… 만일 그렇다면, 나는 은퇴해야겠지요."

방 안의 냄새, 얼굴이 시커멓게 되어 죽어 있는 이 집의 주인, 시끄럽게 짖어대는 개. 앨런은 속이 울렁거리고 구역질이 났다. 더 이상 이 자리의 공기를 견디고 있을 수 없다고 생각했다. 그러나 그는 그 자리에 서 있었다. 그리고 분명하게 잘라 말했다.

"어째서 그런 말씀을 하시는지 나로서는 알 수가 없군요. 잘못 생각했다고 인정하실 수가 없는 겁니까?"

"잘못 생각했다고?"

"앵거스가 자살했다고 하신 말씀 말입니다."

앨런 캠벨의 머리에는 어떤 확신이 뿌리를 박고 있었다.

"포브스가 앵거스를 살해하고 콜린까지 죽이려고 한 것입니다. 하나에서 열까지 모든 것이 그 사실을 가리키고 있습니다. 당신도 말씀하셨지만, 아무도 이 방에 드나들 수 없었고, 포브스 자신이 죄를 인정하는 유서가 결정적인 증거로 나왔습니다.

그는 여기서 머리가 돌아버릴 만큼 깊이 생각했습니다. 나도 신앙심이 없다면 이런 경우 저렇게 할 수밖에 없을 겁니다. 그는 두 사람을 죽였습니다. 적어도 그는 죽였다고 생각했습니다. 그 일이 끝나자 이제 스스로 목숨을 끊은 겁니다. 증거는 충분합니다. 더 이상 무엇을 알고 싶은 겁니까?"

"진상을 알고 싶소." 펠 박사가 고집스럽게 말했다. "나는 구식습관에 젖은 사람이어서 말이오. 진상을 알고 싶소, 나는."

앨런은 잠시 망설이다가 굳게 결심하고 말했다.

"나도 구식습관에 젖은 사람입니다. 그러나 당신이 스코틀랜드에 오신 것은 콜린을 돕겠다는 확고한 목적이 있었기 때문이지요. 앵거스가 살해되었다는 것을 밝혀내기 위해 불려온 탐정이 앨릭 포브스의 진술서를 보고도 여전히 앵거스는 자살했다고 주장하시다니, 이것은 콜린에게도 엘스패트 아주머니를 위해서도 아무 도움이 되지 않잖습니까?"

펠 박사는 흘끗 앨런을 쳐다보았다. 박사는 기분이 언짢아진 듯한 표정을 짓더니 안경을 고쳐 쓰고 다시 앨런을 노려보았다.

"이거 놀랐는데! 설마 내가 내 생각을 경찰에 알릴 거라고 믿는 것은 아닐 테지요?"

"그러실 생각이 아닙니까?"

펠 박사는 주위에 엿듣는 사람이 있는지 어떤지 확인하듯 둘러보았다. 그는 솔직히 이야기를 털어놓았다.

"내 경력은 좀 특이하다오. 살인범이 달아날 수 있도록 증거를 속인 일도 몇 번 있었지요. 그다지 오래된 일은 아니지만, 집을 한 채 내 손으로 불 질러서 태워버린 적도 있소. 지금의 내 목적은──여기서만 하는 이야기지만──보험회사를 속여서 콜린 캠벨이 고급 잎담배와 위스키를 부족함 없이 즐기며 여생을 편안히 살아갈 수 있도록 해주는 것이오……."

"뭐라고요!"

펠 박사는 이상한 듯이 앨런을 바라보았다.

"놀랐소? 지금 한 말은 진심에서 나온 것이오. 그러나……." 박사는 두 손을 펴보였다. "앞으로 나 자신에게 도움이 될 지식을 위해 진상을 알고 싶은 거요!"

박사는 책장 쪽을 돌아보았다. 역시 손대지 않고 타이프라이터를 조사하고 있었다. 책장 아랫단의 책 위에 낚시꾼들이 물고기를 담는 종다래끼와 연어를 낚는 낚싯바늘이 여러 개 있었다. 세 번째 단의 책 위에는 자전거용 스패너와 램프와 나사돌리개가 있었다.

다음에 펠 박사는 익숙한 눈초리로 책을 둘러보았다. 물리화학책,

디젤엔진에 관한 책, 건축과 천문학에 대한 책이 있었다. 카탈로그나 사업 관련 잡지 같은 것도 있었다. 사전이 한 권, 여섯 권짜리 백과사전과 놀랍게도 A.G. 헨리가 쓴 어린이용 책이 두세 권 있었다. 펠 박사는 이 어린이 책을 흥미롭게 바라보고 있었다.

"흐음…… 지금도 헨리의 책을 읽는 사람이 있나? 쓸쓸해지면 옛날을 회상하며 다시 읽었던 모양이군. 나도 아직 이 책을 즐겁게 읽고 있음을 자랑할 수 있소. 그러나 앨릭 포브스가 이처럼 로맨틱한 사나이라고는 상상도 못했는걸! 그렇더라도……."

박사는 코를 긁었다.

"저어, 펠 박사님, 어째서 포브스의 죽음이 자살이 아니라고 그토록 확신할 수 있습니까?" 앨런이 끈질기게 물었다.

"내 논리요. 어리석은 자의 외곬스러운 생각이라고 해도 좋겠지요."

"그 논리가 아직도 앵거스는 자살한 것이라고 주장하는 겁니까?"

"그렇소."

"그리고 이 사나이는 자살한 게 아니라 살해된 것이라고?"

"그렇소."

펠 박사는 천천히 방 한가운데로 돌아왔다. 그는 정리되어 있지 않은 군용침대와 그 위에 놓인 슈트케이스로 눈을 돌렸다. 그리고 침대 밑의 고무장화로 눈길을 돌렸다.

"나는 그 유서를 믿지 않소, 조금도. 어째서 내가 그것을 믿지 않는지 확실한 근거가 있소. 밖으로 나갑시다. 조금은 상쾌한 공기를 마셔야 하니까."

앨런은 기뻐하며 따라 나갔다. 개는 앞발에 올려놓았던 턱을 들더니 멍하니 얼뜬 눈으로 쳐다보았다. 이윽고 다시 머리를 떨어뜨리더니 으르렁거리면서 무어라 표현할 수 없는 인내를 보이며 죽은 주인

밑에 웅크리고 앉았다.

멀리서 물소리가 들려왔다. 앨런은 습기 찬 차가운 공기를 들이마시자 온몸이 부르르 떨려옴을 느꼈다. 펠 박사는 산적같이 거대한 케이프를 걸치고 두 손으로 스틱을 짚고 서 있었다.

"저 유서를 쓴 사람——앨릭 포브스든 다른 누구든——은 앵거스 캠벨의 죽음에 사용된 트릭을 알고 있는 것이 틀림없소." 박사의 목소리는 아주 차분했다. "우선 기분이 언짢은 것은 이 점이오. 어떤 트릭인지, 당신도 이제는 짐작이 가겠지요?"

"아니오, 전혀 모르겠습니다."

"저 유서를 보고도 모르겠소? 그거 참! 잘 생각해 보시오."

"자꾸 생각해 보라고 하십니다만, 어차피 나는 머리가 잘 돌지 않습니다. 한밤중에 침대에서 벌떡 일어나 창문으로 떨어져 죽게 할 만한 게 무엇인지 나로서는 도무지 모르겠습니다."

"우선 생각할 수 있는 것은……." 펠 박사는 그의 말에 아랑곳하지 않고 설명하기 시작했다. "앵거스의 일기는——누구나 다 그렇지만——과거의 일이 기록되어 있었소. 그래서 말인데, 앵거스가 한 주된 일은 대체 뭐였소?"

"돈을 벌기 위해 여러 가지 미친 사람 같은 계획에 손을 대고 있었습니다."

"그렇소. 그러나 앨릭 포브스와 관계된 것은 한 가지뿐이었지요?"

"그렇습니다."

"좋소, 그런데 그 계획이 뭐였지요?"

"격자무늬 아이스크림을 대량으로 생산하는 것이었답니다. 적어도 콜린의 이야기로는 그랬습니다."

"그 아이스크림을 만드는 데 어떤 냉동재료를 대량으로 썼는지, 콜린이 그 이야기도 해주었소?"

"드라이아이스를 썼다고 했습니다. '화학제품인데, 터무니없이 비싸게 먹힌다'던가요?"

앨런은 갑자기 입을 다물었다. 절반쯤 잊혀진 기억이 다시 떠올랐다. 문득 학생시절 학교 실험실에서 있었던 일과 선생님의 설명이 떠올랐다. 희미한 메아리처럼 지금 그 기억이 되살아난 것이다.

"당신은 그 드라이아이스라는 게 어떤 것인지 알고 있소?" 펠 박사가 물었다.

"겉으로 보기에는 하얗고 진짜 얼음 비슷하지만, 말갛게 비쳐보이지는 않습니다. 그것은……"

"정확하게 말하자면 '고체화된 가스'지요. 가스를 고체화시켜 얼음 덩어리로 만들어 자르기도 하고 들고 다니기도 할 수 있게 한 것인데, 그 가스 이름이 무엇인지 아오?"

"탄산가스입니다." 앨런이 대답했다.

여전히 머릿속이 주문에 걸려 꼼짝 못하고 있는 것 같았으나, 갑자기 눈앞의 블라인드가 걷히면서 앨런에게도 어렴풋이 그 모습이 보이기 시작했다.

"자, 그 한 덩어리를 밀폐된 용기에서 꺼낸다고 합시다. 큼직한 덩어리를 말이오. 커다란 슈트케이스에 가득 찰 만큼 큰 것이오. 가능한 한 공기가 잘 통하도록 한쪽 끝이 열려진 케이스가 좋겠지요. 그렇게 해놓으면 어떻게 될까요?"

"천천히 녹겠지요."

"물론이오. 녹으면서 방 안에 무언가가 발산되는데…… 그것이 무언지 알겠소?"

앨런은 자신이 커다란 목소리로 외치고 있음을 깨달았다.

"탄산가스입니다! 무서운 즉효성 유해 가스가 가득 차게 됩니다."

"한밤중, 다른 때와 마찬가지로 창문을 꼭 닫은 방에 침대 밑에 드라이아이스를 넣은 케이스를 놓아두었다면 어떻게 되겠소? 소크라테스의 문답법 같은 것은 이쯤에서 그만두고 설명하리다. 이로써 일찍이 들어본 적도 없는 확실한 살인계략이 짜여진 셈이오. 과정은 둘 중 하나일 것이오. 어찌되었든 잠들었거나 잠들려 하고 있던 피해자는 방 안에 가득 찬 짙은 가스를 마시게 될 것이오. 그대로 잠자리에서 죽어버릴지도 모르오. 만일 피해자가 자신이 빨아들인 희미한 쓴맛의 가스를 알아차렸다고 합시다. 그래도 그는 그리 오래 견디지 못할 거요. 이것을 마시면 아무리 튼튼한 사나이라도 다리가 휘청거리고 파리처럼 맥이 빠져서 쓰러지고 말테니까요. 그러면 공기가 필요해지오. 어떻게 해서든 맑은 공기를 마시고 싶어지지요. 견딜 수 없게 되면 침대에서 뛰쳐나와 창문 있는 곳으로 가려고 할 거요.

어쩌면 거기까지도 갈 수 없을지 모르오. 만일 가까스로 갔다 하더라도 다리가 말을 듣지 않게 되어 서 있을 수가 없을 것이오. 그런데 만일 이 창문이 얕아서 무릎쯤까지 오는 것이라면, 만일 그 창문이 밖으로 열리는 두짝문으로 거기에 넘어졌다면……."

펠 박사는 두 손을 앞으로 내밀어 곧장 떨어지는 듯한 시늉을 해보였다.

잠옷 입은 축 늘어진 몸이 힘없이 밖으로 튀어나가 떨어지는 모습이 앨런의 눈에 선히 떠올랐다.

"물론 그가 시체로 발견될 쯤에 드라이아이스는 이미 다 녹아서 케이스에 아무 흔적도 남지 않소. 게다가 창문이 열려 있으면 유독가스는 점차로 모두 빠져나가고 말 것이오. 이렇게 하여 앵거스의 계획은 완벽한 것이되오. 함께 일한 앨릭 포브스 말고 그를 죽이는 데 드라이아이스를 쓸 사람이 누가 있겠느냐 말이오?

나는 앵거스에게 창문으로 뛰쳐나가거나 떨어지려는 생각은 없었으리라고 여기오. 그건 우선 생각할 수 없는 일이지요. 그는 침대 위에서 탄산가스에 중독되어 죽은 몸으로 발견되기를 바랐을 것이오. 검시해부를 하게 되면 이 가스의 '흔적'을 그의 핏속에서 똑똑히 알아볼 수 있겠지요. 일기도 읽을 것이고, 그러면 수수께끼가 풀리지요. 아까 대강 설명했던 앨릭 포브스에게 불리한 상황들을 생각해 보면 좋을 것이오. 보험금을 받을 수 있다는 것은 내일 아침 해가 뜨는 것과 마찬가지로 확실한 일이었지요."

앨런은 가만히 시냇물을 들여다보면서 고개를 끄덕였다.

"그런데 마지막 순간에……라는 뜻입니까?"

"자살하는 사람이 대개 그렇듯이, 앵거스도 마지막 순간에 죽음에 직면할 수 없었던 거요. 공기가 필요했소. 그는 자신이 졌다는 걸 알았소. 무서워져서 창문으로 달려갔지요. 이것이 아까 내가 말한 100만분의 1의 확률인 우연이라는 거요. 가스를 마시고 죽든 창문으로 떨어져 즉사를 하든 둘 중 하나인 건 틀림없는 사실이었소. 그런데 그 어느 쪽도 아닌 상태가 되어버린 거요. 치명상은 입었지만, 당장 죽지는 않았소. 기억하오?"

앨런도 고개를 끄덕였다.

"네, 그 이야기는 몇 번이나 나왔었습니다."

"숨이 끊어지기 전에 그의 폐와 혈액에서 가스가 나와 버린 거요. 따라서 해부를 해도 아무 흔적이 보이지 않았지요. 좀더 빨리 죽었다면 그런 흔적이 발견되었을 것이오. 그러나 없었소. 그래서 우리의 눈앞에는 창문으로 몸을 던지기 위해 침대에서 뛰쳐나간 노인의 까닭 모를 모습밖에 떠오르지 않았던 것이오."

펠 박사의 커다란 목소리는 점점 더 열을 띠었다. 그는 스틱 끝으로 땅을 쳤다.

"아시겠소?"

"잠깐만 기다리십시오!" 앨런이 갑자기 뭔가 생각난 듯 그의 말을 가로막았다.

"뭐요?"

"어젯밤 탑의 방으로 콜린 아저씨를 부르러 갔을 때 무릎을 짚고 문 밑으로 들여다보려고 했습니다. 그때 일어서자 어지러웠던 기억이 납니다. 그렇습니다, 층계를 내려갈 때 다리가 휘청거렸습니다. 그 가스를 마셨던 것일까요?"

"물론 그렇소. 그 방에는 가스가 가득 차 있었소. 많이 마시지 않아서 다행이구려! 이제 마지막 문제가 남았소. 앵거스가 꼼꼼하게도 일기에 '곰팡내가 난다'고 쓴 것을 기억하지요? 만일 그가 이미 그런 냄새를 알아차렸을 정도라면, 그는 잠자리에 들기 전에 일기를 다 쓰지 못했을 거요. 그러니까 이것도 앨릭 포브스를 범인으로 만들기 위한 또 하나의 책략에 지나지 않았던 것이오."

"게다가 우리까지도 착각하게 만들다니." 앨런이 신음하듯 말했다. "우리는 어떤 동물 같은 것이 아닐까 생각했었지요."

"그러나 이것으로 그 다음 일을 알았겠지요?"

"아니오, 모르겠는데요. 점점 더 혼란스럽기만 하고 잘 모르겠습니다. 아무튼 그건 그렇고……."

"이제까지의 사실에서 단 한 가지 뚜렷해진 것은 앵거스가 자살했다는 점이오." 펠 박사는 주장했다. "앵거스가 자살했다면 앨릭 포브스는 그를 죽이지 않았다는 말이 되지요. 앨릭 포브스가 죽인 게 아니라면 자기가 살해했다는 유서를 남길 이유가 없소. 따라서 이 유서는 가짜요. 이제까지 나는 누가 보든 살인이라고 생각되는 자살을 많이 보아왔소. 그런데 이것은 누가 보아도 자살로 여겨지는 살인이오. 지금부터 그것을 똑똑히 확인한 다음 사건을 조사해야겠소. 모든 길은 미치광이의 정신병원으로 통하오. 무슨 좋은 생각이 없겠소?"

제16장

앨런은 고개를 가로저었다.
"별로 좋은 생각이 떠오르지 않습니다. 콜린이 타박상 말고도 뭔가 상태가 나쁘다고 닥터 그랜트가 그토록 얘기한 것은 그 탄산가스 중독 때문이었군요?"
펠 박사는 그렇다는 듯이 신음 소리를 냈다. 그는 해포석 파이프를 꺼내 불을 붙였다.
"그 점이 어려운 거요." 박사는 화산의 분화구같이 파이프 연기를 뿜어내며 말했다.
"이번 경우는 앵거스의 짓이 아니오. 이번에는 그 죽음의 케이스에 처음부터 드라이아이스가 들어 있었던 것이 아니었소.

누군가가——콜린이 그 방에서 잔다는 것을 알고 있는 누군가가——운 좋게 침대 밑에 들어 있는 그 케이스에 또다시 계략을 쓴 것이오. 콜린의 일거일동을 알고 있는 자라면 미리 앞질러 그렇게 할 수 있지요. 콜린은 술에 취해 있어 일부러 침대 밑을 들여다보거나 하지는 않을 테니까요. 콜린이 살아난 것은, 창문을 열어둔데다 빨리 알아차렸기 때문이었소. 여기서 일어나는 의문은 누가 그렇게 했는가, 왜 그렇게 했는가, 하는 것이오. 궁극적인 의문은 누가 앨릭 포브스를 죽였는가? 어떻게 죽였는가? 어째서 죽였는가, 하는 것이지요."

앨런은 아직도 믿어지지 않는다는 듯이 고개를 젓고 있었다.

"아직도 포브스의 죽음이 타살이라는 게 믿어지지 않는단 말이오?"

"솔직히 말해서 믿어지지 않습니다. 포브스가 그 두 사람을 죽였다고, 또는 죽였다고 생각하여 자살한 것이라고 말할 수 없는 이유를 아직 잘 모르겠습니다."

"논리적으로 말이오, 아니면 희망적 관측으로 그렇다는 거요?"

앨런은 솔직히 말했다.

"양쪽 다입니다. 아무튼 여러 가지 의문점도 있습니다만, 앵거스가 죄 없는 사람을 사형으로 몰고 갈 만큼 비열한 노인이었다고 생각하고 싶지 않습니다."

"앵거스는 비열한 노인도 아니었지만 정직한 그리스도인도 아니었소." 펠 박사가 반박했다. "그는 자기가 좋아하는 사람밖에는 생각지 않는 현실적인 사람이었지요. 그 점은 변호하지 마시오. 그러나 그렇기 때문에 잘 모르겠다고 말할 수 있겠소?"

"그렇지 않습니다. 모르겠다고 말한 것은, 앵거스가 가스로 질식사할 생각이었다면 어째서 창문 가리개를 떼었을까 하는 것입니다."

펠 박사의 얼굴에 갑자기 너무나도 뚜렷이 넋 나간 표정이 떠올랐기 때문에 앨런은 입을 다물고 말았다. 박사는 눈을 동그랗게 뜨고 두리번거렸다. 파이프가 입에서 떨어질 것 같았다.

"그렇지! 오오, 바쿠스여! 나의 낡은 모자여! 바로 그 창문 가리개요!"

"네? 뭐라고요?"

"살인범의 첫실수요. 자, 이리 와보시오." 펠 박사는 말했다.

펠 박사는 급히 돌아다보더니 다시 오두막으로 비틀비틀 걸어들어갔다. 앨런은 조금 머뭇거리면서 그 뒤를 쫓았다. 펠 박사는 급히 조사를 시작했다. 그는 느닷없이 의기양양한 외침소리를 지르며 침대 옆에서 가벼운 나무틀에 못질한 타르 지를 들어올렸다. 그는 그것을 창문께로 가지고 갔다. 창문에 꼭 맞았다.

박사는 무섭게 흥분해서 이야기하기 시작했다.

"여기 왔을 때 창문 가리개가 없었다는 건 우리가 증언할 수 있소. 그렇지 않소?"

"그렇습니다!"

그러자 펠 박사는 램프를 손가락으로 가리켜보였다. "그러나 램프는 밤새 켜져 있었던 모양이오. 파라핀유 냄새가 아직도 강하게 코를 찌르지 않소?"

"네, 그렇습니다."

펠 박사는 허공을 노려보았다.

"이 근처는 치안대가 밤마다 이잡듯 돌아다니며 살피고 있소. 바람막이 램프 불빛은 강하니까 말이오. 우리가 여기 왔을 때 이 창문에는 가리개는커녕 커튼도 쳐져 있지 않았소. 그런데 아무도 불빛을 알아보지 못했다는 것은 어찌된 일일까요?"

두 사람 다 잠자코 있었다.

"자칫 못 보고 지나쳤는지도 모릅니다."

"천만에! 이 근처 산속에서는 조금만 불빛이 새어나가도 몇 마일이나 떨어진 곳에서 치안대가 달려올 거요. 못 보았을 리가 없소! 있을 수 없는 일이오!"

"어쩌면 포브스가 목을 매달기 전에 램프를 끄고 창문 가리개를 떼었을지도 모릅니다. 당신도 보았듯이 창문은 열려 있었지요? 어째서 창문을 열어야 했는지 나로서는 알 수 없지만 말입니다."
펠 박사는 힘 있게 고개를 가로저었다.
"다시 한 번 자살자의 습관에 대해 설명하겠는데, 자살자는 불을 켤 수단만 있으면 어두운 데서 죽지 않는 법이오. 심리분석을 해서 말하는 게 아니오. 나는 다만 사실을 말하고 있을 뿐이오. 그리고 이만한 준비를 하면서 캄캄한 가운데서 자살했다고 생각할 수는 없소. 그렇고 말고, 그것은 상상할 수도 없는 일이오!"
"그럼, 어떻게 된 것입니까?"
펠 박사는 두 손을 이마에 댔다. 조용히 가래 끓는 소리를 내면서 그는 얼마 동안 꼼짝도 하지 않았다. 박사는 조금 사이를 두었다가 두 손을 내리면서 대답했다.
"내가 말하려는 것은 이렇소. 포브스를 죽여 공중에 매달아놓은 뒤 범인은 램프를 끄고, 나중에 램프 기름이 다 타버린 것처럼 보이기 위해 남은 기름을 쏟아버렸소. 그리고 범인은 창문 가리개를 떼었소."
"하지만 왜 그런 수고스러운 짓을 했을까요? 왜 창문 가리개를 그대로 내버려두어 램프가 다 타도록 하지 않았을까요?"
"도망치는 데 창문을 쓸 필요가 있었기 때문이오."
앨런은 이제 더 이상 참을 수가 없었다. 그는 치밀어 오르는 화를 필사적으로 억누르면서 성큼성큼 방 안을 돌아다녔다.
"박사님, 저 창문을 보십시오! 강철 철사망이 안으로부터 딱 맞게 못질되어 있습니다! 범인이 저 망을 뚫고 밖으로 도망쳤다고 생각할 수 있을까요? 대체 그렇게 생각할 수가 있습니까?"
"글쎄, 모르겠소. 아직은 모르겠소. 그러나 창문을 통해 빠져나가려고 했던 것은 틀림없소."

두 사람은 서로 얼굴을 마주 보았다.

상당히 먼 곳에서 열심히 외치는 사나이의 목소리가 들렸다. 이윽고 이야기 소리가 토막토막 들려왔다. 두 사람은 급히 문으로 나갔다.

찰스 스완과 앨리스테어 덩컨이 오두막 쪽으로 달려오고 있었다. 레인코트에 운두 높은 모자를 쓴 덩컨 변호사는 전보다 더 창백해 보였는데, 의기양양한 듯한 기색이 온몸에 넘쳐흐르는 것 같았다.

"당신들도 너무하시는군요!" 스완이 앨런을 바라보며 공격했다. "뉴스를 모두 알려주겠다고 약속하고 나서 이런 식으로 살짝 도망치다니! 자동차가 없었다면 꼼짝도 할 수 없을 뻔했습니다."

덩컨이 그를 말렸다. 덩컨 변호사의 입에는 즐거워보이는 엷은 미소가 떠올라 있었다. 그는 펠 박사에게 가볍게 인사했다.

"여러분," 그는 마치 학교선생 같은 태도로 말했다. "지금 닥터 그랜트로부터 콜린 캠벨 씨가 탄산가스 중독이라는 이야기를 듣고 왔습니다."

"맞소." 펠 박사가 맞장구쳤다.

"앵거스 캠벨의 실험실에서 가지고 온 드라이아이스 때문인 것 같습니다."

펠 박사는 다시 고개를 끄덕였다.

"그렇다면 앵거스 캠벨 씨의 사인을 의심할 수 있을까요?" 덩컨 변호사가 두 손을 가볍게 마주 비비며 말했다. "아직 누가 그런 짓을 했는지 의문의 여지가 남아 있을까요?"

"없습니다. 괜찮다면 이 오두막 안을 한번 보시오."

펠 박사는 오두막을 턱으로 가리켜보였다.

"그 말씀을 증명하는 마지막 증거를 발견할 수 있을 겁니다."

덩컨이 서둘러 문으로 가더니 역시 허둥지둥 되돌아왔다. 스완은 단단히 결심을 한 때문인지 얼굴 가죽이 두꺼운 탓인지 앗 하고 외마디 소리를 질렀으나 그대로 들어갔다.

변호사는 용기를 불러일으키는 데 상당한 침묵의 시간이 걸렸다. 지나치게 큰 칼라 위의 기다란 목에서 결후가 움직였다. 그는 운두 높은 모자를 벗고 손수건으로 이마를 닦았다. 이윽고 모자를 다시 고쳐 쓰고 가슴을 뒤로 젖히더니 용기를 내어 스완의 뒤를 따라 오두막으로 들어갔다.

그러나 두 사람은 사납게 으르렁거리는 개 소리에 놀라 곧 허둥지둥 위엄이고 뭐고 다 버리고 뛰쳐나왔다. 개는 더욱 시끄럽게 짖어대었다. 개는 뻘건 눈으로 문에서 두 사람을 노려보고 있었다.

"됐어, 됐어, 멍멍 군!" 덩컨 변호사가 특유의 빈정대는 코먹은 목소리로 말했지만, 개는 계속 짖어댈 뿐이었다.

"시체에 손을 대지만 않았어도 괜찮았을 겁니다." 스완이 말했다. "멍멍 군이 성을 내는 것도 당연하지요. 전화가 없을까? 이건 정말 특종감인데!"

덩컨은 흐트러진 위엄을 간신히 되찾았다.

"그럼, 저 사나이가 앨릭 포브스로군요?"

펠 박사가 조금 고개를 갸웃해보였다.

"펠 박사님." 변호사는 조금 기운을 차리고 박사의 손을 잡으며 말했다. "나는…… 아니, 우리는 당신에게 그다지 감사드릴 수 없는데요! 굳이 말하자면 당신은 앵거스 캠벨 씨의 방에서 가져온 사업 관련 잡지며 청구서에서 살인방법을 추측해 낼 수 있었던 거지요?"

"그렇소."

"그런 것을 도무지 몰랐다니, 나로서도 어이가 없습니다. 앵거스 캠벨 씨의 시체가 발견되었을 때는 가스 흔적이 남아 있지 않았으며, 동물 운반용 케이스에도 고리가 걸려 있었기 때문이겠지요. 뱀이니 독거미니 하며 알 수 없는 괴물에 대해서만 상상했던 것을 생각하니 우습군요. 뒤에 숨어 있는 것을 끌어내면 모든 것이 아주 간단합니다."

"동감이오. 정말 동감이오."

"박사님은 그 유서를 보셨습니까?"

"보았소."

덩컨은 만족스러운 듯이 고개를 끄덕였다.

"보험회사도 이젠 꼼짝할 수 없겠는데요. 살인이라는 데 더 이상 의문의 여지가 없으므로 전액을 지불해야 합니다."

그러나 변호사는 뭔가 망설이는 듯했다. 정직한 사나이라 또 한 가지 근심거리를 감출 수가 없었던 것이다.

"그러나 한 가지 잘 알 수 없는 일이 있습니다. 포브스가 쫓겨나기 전에 침대 밑에 동물 운반용 케이스를 넣었다고 하면, 월요일에 이 분께서——그는 앨런을 쳐다보았다——현명하게 지적하신 바와 같이 침대 밑을 들여다본 엘스패트 부인과 하녀 커스티가 왜 알아차리지 못했을까요?"

"잊으셨소?" 펠 박사가 말했다. "그 뒤에 말한 대로 엘스패트 캠벨 부인은 그것을 보았소. 엘스패트 캠벨 부인은 마치 독일 사람처럼 고지식한 여자요. 그녀는 당신이 슈트케이스가 없었느냐고 물었기 때문에 없다고 대답했을 뿐이오."

이것으로 덩컨의 얼굴에서 불안한 그림자가 완전히 사라졌다면 거짓말이 되겠지만, 아무튼 그는 기운이 나는 듯 펠 박사에게 묘한 눈길을 던졌다.

"보험회사가 그녀의 말이 달라진 것을 아무 이의 없이 납득하리라고 생각하십니까?"

"경찰은 틀림없이 납득할 것이오. 그러니까 보험회사도 싫든 좋든 납득하지 않을 수 없겠지요."
"명백한 살인사건으로서?"
"물론이오."
덩컨은 더욱 명랑해졌다.
"그렇다면 될 수 있는 대로 빨리 이 비극을 처리해야 합니다. 경찰에 알리셨습니까, 이 일을?"
"캐서린 양이 알리러 갔소. 이제 곧 돌아올 때가 되었소. 보시다시피 문을 부수고 들어가야 했지만, 다른 것에는 일체 손대지 않았소. 어찌되었든 사후종범(事後從犯)으로 몰리기라도 하면 큰일이니까요."
덩컨 변호사는 소리 내어 웃었다.
"그런 일로 잡히지는 않습니다. 스코틀랜드 법률에는 사후종범 같은 게 없으니까요."
"그런가요? 그런데……." 펠 박사는 깊은 생각에 잠겼다. 박사는 파이프를 입에서 떼어내며 불쑥 물었다. "덩컨 씨, 당신은 로버트 캠벨 씨와 아는 사이입니까?"
박사의 말에는 어딘지 분명치는 않으나 날카로운 데가 있었으므로 모두들 그의 얼굴을 지켜보았다. 이어진 침묵 속에서 희미하게 들리던 폭포의 요란한 소리가 커진 듯했다.
"세 형제 중 막내인 로버트 씨 말씀입니까?" 덩컨이 되물었다.
"그렇소."
변호사의 얼굴에 언짢은 빛이 떠올랐다.
"그럼, 오래된 추문을 다시 끄집어 내어서……."
"아십니까?" 펠 박사가 끈질기게 물었다.
"네."
"어느 정도나 아시오? 내가 들은 바에 의하면 시끄러운 소동을 일으키고 나라 밖으로 달아났다고 하던데, 무슨 짓을 저질렀지요? 어디로 갔소? 특히 알고 싶은 것은 그가 어떤 인물인가 하는 점이오만."

덩컨은 내키지 않는 듯한 표정을 지으며 펠 박사에게로 흘끗 눈길을 돌렸다. "젊은 시절을 좀 알 뿐입니다. 로버트는…… 이렇게 말하면 좀 뭣합니다만…… 형제 가운데 가장 빈틈없고 머리가 영리한 사나이였습니다. 그러나 나쁜 핏줄을 이어받았지요. 앵거스와 콜린 형제에게는 다행히 그런 점이 없었습니다. 로버트는 근무처인 은행에서 실수를 저지른 데다 바의 여종업원 일로 총질을 했던 것입니다. 지금 어디에 사는지는 나로서도 알 수 없습니다. 외국에 갔다는데, 어딘지 모르지만 글래스고에서 배를 탔으니까 어느 식민지나 미국에 있겠지요. 설마 그 일이 이번 사건과 관계있다고 생각하시는 건 아니겠지요?"

"아니, 그렇다고 잘라 말할 수는 없지요."

박사의 주의가 딴 데로 돌려졌다. 캐서린 캠벨이 둑을 구르듯이 뛰어내려와 시냇물을 건너 그들이 있는 곳으로 달려왔다. 덩컨과 스완에게 흘끗 날카로운 눈길을 주더니 그녀는 숨을 죽이고 보고했다.

"경찰에 연락했어요! 호텔이…… 2마일쯤 더 간 글렌코 마을에 '글렌코 호텔'이 있어요. 전화번호는 45번이었어요."

"도널드슨 경감에게 이야기했소?"

"네, 그는 앨릭 포브스가 언젠가는 이런 일을 저지를 거라고 생각했던 모양이에요. 만약 내키지 않는다면 여기서 기다리고 있지 않아도 좋대요."

그녀의 눈은 오두막 쪽으로 향하더니 불안정하게 침착성을 잃고 다시 얼굴을 돌려버렸다.

"부탁이에요. 여기에 있어야만 하나요? 호텔로 가서 뭔가 먹을 수 없나요? 사실은 그 호텔의 여주인이 포브스 씨에 대해 잘 알고 있는 것 같았기 때문이에요."
펠 박사는 흥미를 느낀 모양이었다.
"그래요?"
"네. 여주인의 이야기에 의하면, 그는 자전거로 유명했대요. 아무리 곤드레가 되어도 굉장히 먼 길을 믿어지지 않을 만큼 빠른 속력으로 달릴 수 있었다는 거예요."
덩컨이 가만히 탄성을 질렀다. 그는 모두들에게 의미 있는 듯한 몸짓을 해보이더니 오두막 옆으로 돌아갔다. 모두들 반사적으로 그 뒤를 따랐다. 오두막 뒤꼍에 광이 있는데, 그 뒤에 짐받이를 장치한 경주용 자전거가 세워져 있었다. 덩컨이 그것을 가리켜보였다.
"여러분, 이것으로 마지막 수수께끼도 풀렸습니다. 포브스가 아무 때나 자기 좋을 때 인베라레이에 왔다갔다할 수 있었던 것도 이것으로 설명이 됩니다. 캐서린 캠벨 양, 그 밖에 또 뭔가 알아냈습니까?"
"별로 없어요. 여주인의 이야기에 의하면, 이 사람은 술을 마시고 낚시질하고 불멸의 운동인지 뭔지를 연구한다면서 와 있었다는군요. 마지막으로 본 것은 어제인데, 호텔 바에 나타났었다고 해요. 오후에 문 닫을 시각까지 귀찮게 눌러 앉아 있으면 쫓아내려고 생각했었대요. 여주인 말로는, 동물을 사랑하는 점 말고는 모든 면에서 호감이 가지 않는 사람이었다더군요."
펠 박사는 천천히 앞으로 걸어 나가서 자전거 핸들을 잡았다. 앨런은 차분하지 못한 마음으로 박사의 얼굴에 또다시 놀라는 빛이 떠오른 것을 보았다. 전에도 한 번 본 일이 있는, 얼빠진 듯 의미를 알 수 없는 멍한 표정이었다. 이번에는 전보다도 심각했고 좀더 심했다.
"그렇지, 나는 왜 이렇게도 얼이 빠졌지!" 펠 박사는 감전이라도 된 것처럼 빙글 돌아서더니 소리쳤다. "어쩌면 이렇게도 어리석담!"

덩컨 변호사가 물었다.

"나는 그렇게 생각지 않습니다만, 어째서 그런 말씀을 하시는지 물어봐도 되겠습니까?"

펠 박사는 캐서린 쪽으로 돌아섰다. 그는 잠깐 생각한 다음 정색을 하며 말했다.

"당신 말이 옳소. 그 호텔에 가야 하겠소. 요기를 하기 위해서가 아니오. 물론 배도 고프긴 하지만. 어찌되었든 지금 곧 전화를 쓰고 싶구려. 물론 이것도 역시 100만분의 1뿐인 우연이지만 말이오. 그러나 전에도 확률 100만분의 1이 우연히 일어났었소. 따라서 또다시 일어나지 않는다고 단언할 수는 없지요."

"100만에 하나 있을까말까한 우연이란 무엇입니까?" 덩컨이 약간 기분이 언짢아진 듯이 물었다. "누구에게 전화를 하고 싶으신 겁니까?"

"이 지구 치안 사령관에게." 그리고 펠 박사는 케이프 자락을 등 뒤로 펄럭이면서 발소리를 크게 울리며 오두막 옆을 걸어갔다.

제17장

"저어, 앨런!" 캐서린이 말을 걸었다. "앨릭 포브스는 자살한 게 아니겠지요?"

밤도 이슥해져 비가 내리고 있었다. 둘은 샤이러 성 거실에서 장작이 벌겋게 타오르는 난로에 의자를 붙여놓고 앉아 있었다.

앨런은 페이지 가장자리에 금박을 두른, 두꺼운 표지의 가족 앨범을 넘기고 있었다. 그때까지 캐서린은 의자팔걸이에 팔꿈치를 짚고 턱을 손에 괸 채 한참 동안 잠자코 불을 바라보고 있었다. 그녀는 언제나 마찬가지로 담담한 말투로 당돌하게 이 질문을 꺼낸 것이었다.

"어째서 오래된 사진은 이렇게 얼빠져보이는 걸까?" 앨런이 말했다. "어느 집에서나 가족들의 사진첩은 헐뜯고 비방하는 재료로서 부족함이 없을 뿐더러 배를 움켜쥐고 웃게 해주거든. 아는 사람의 사진이라도 들어 있을 때면 효과가 백배나 더하지. 왜 그럴까? 입은 옷 때문일까, 얼굴 생김새 때문일까? 대체 무엇 때문일까? 사진을 찍을 때는 절대로 우습지 않았을 텐데. 안 그렇소?"

그녀의 질문을 무시하고 앨런은 사진첩을 한두 장 넘겨보았다.
"대체로 여자가 남자보다는 낫군. 여기 젊은 시절의 콜린이 있는데, 이것은 카메라를 향해 의젓한 얼굴을 지어보이기 전에 '캠벨 집안의 숙명'을 1리터나 마신 것 같은 얼굴이잖소. 그러나 엘스패트 아주머니는 정말 훌륭해. 눈이 커다란, 검은 머리의 미인이거든. 이것 좀 보오, 캐서린, 그녀가 하이랜드 사나이의 옷차림을 한 사진이 있군. 모자에 깃털장식을 하고 케이프며 모든 것을 빠짐없이 갖춰 입었는걸!"
"앨런!"
"그런데 앵거스는 언제나 점잖고 생각에 잠긴 얼굴을 하고 있단 말이야."
"나의 앨런!"
그는 깜짝 놀라 앉음새를 바로 했다. 창문에 빗소리가 울렸다.
"뭐라고 했소?" 그가 물었다.
"그냥 말해 보았을 뿐이에요." 그녀는 새침하게 턱을 쳐들었다. "적어도 나로서는…… 아니, 됐어요. 아무튼 나는 당신의 주의를 끌고 싶었어요. 앨릭 포브스는 자살한 게 아니지요?"
"어째서 그런 생각을 하게 되었소?"
"당신의 표정에서 알 수 있어요." 캐서린이 대꾸했다.

앨런은 그녀가 언제나 이처럼 마음을 읽어낸다고 생각하니 기분이 좋지 않았다. 앞으로 중요한 시점에 이런 일이 또 있을지도 모르는 일이므로.

"그리고 말이에요." 그녀는 누가 엿듣지나 않는지 주의를 살펴보며 목소리를 낮추었다.

"어째서 그가 자살해야 하지요? 그가 콜린을 죽이려고 한 사람이라고 생각할 수는 없어요."

앨런은 내키지 않았으나 앨범을 덮었다.

그날의 기억이 되살아났다. 글렌코 호텔에서의 점심식사. 앨릭 포브스가 어떻게 죄를 범했으며, 왜 스스로 목을 매어 죽었는지 같은 말을 끝도 없이 되풀이하여 지껄이던 앨리스테어 덩컨 변호사. 그동안 펠 박사는 아무 말도 하지 않았으며, 캐서린은 깊은 생각에 잠겨 있었다. 스완은 〈데일리 플러드라이트〉사에 이른바 '멋진' 기사를 보냈다.

"포브스가 콜린을 죽이려고 했다고 생각할 수 없는 까닭이 뭐요?" 앨런이 물었다.

"그는 콜린이 탑의 방에서 잔다는 것을 알지 못했으니까요."

'빌어먹을! 정곡을 찌르고 있군!'

"호텔 여주인의 말을 들었지요?" 캐서린이 힘주어 말했다. "어제 오후 포브스는 호텔 바가 문을 닫을 시간까지 거기에 있었어요. 그런데 콜린이 탑의 방에서 자겠다고 호언장담한 것은 점심때가 지나서였지요. 그런데 어떻게 포브스가 그것을 알았겠어요? 콜린은 별안간 우연히 그런 결심을 하게 된 것이므로 외부사람에게 알려져 있지는 않았을 거예요."

앨런은 입속으로 무언가 중얼거리고 있었다.

"물론 나는 이런 말을 퍼뜨릴 생각은 조금도 없어요! 펠 박사님의 생각은 나도 알고 있어요. 자동차로 떠날 때 그는 앵거스가 자살한 것으로 생각한다고 말했어요. 무서운 일이지만, 나도 그렇게 믿어요. 드라이아이스에 대한 말을 들은 뒤에는 점점 더 그것을 믿게 되었어요."

캐서린은 몸서리를 쳤다.

"적어도 유령이나 도깨비의 짓이 아니었다는 것만은 알았어요. 뱀이니 독거미니 유령이니 하는 말이 나왔을 때는 정말 미칠 정도로 무서웠어요. 그런데 단순히 드라이아이스 덩어리였다니!"
"공포란 대개 그런 거요."
"그럴까요? 그럼, 유령의 흉내를 낸 것은 누구지요? 포브스를 살해한 건 누구지요?"

앨런은 생각에 잠겼다. "만일 포브스가 살해된 것이라면 동기는 뚜렷하오." 그는 절반쯤 단언하는 듯한 투로 말했다. "앵거스의 죽음이 콜린을 노린 것과 마찬가지로 타살이라는 것을 증명하기 위해서이지. 두 가지 죄를 포브스에게 둘러씌워 그럴듯하게 처리해 버리려고 한 거요."

"보험금을 차지하기 위해서?"
"그런 것 같소."

비가 끊임없이 창문을 두드렸다. 캐서린은 흘끗 복도 문으로 눈길을 주었다.

"하지만 앨런, 그렇다면?"
"당신이 생각하는 것은 알겠소, 캐서린."
"포브스는 대체 어떻게 살해되었을까요?"
"당신의 추리도 나와 똑같소. 펠 박사는 범인이 창문으로 달아났다고 생각하고 있소. 창문 철망이 망가진 데가 없었다는 것은 나도 알고 있소. 그러나 동물 운반용 케이스도 한쪽 끝이 열려 있지 않았소? 2시간 전에는 동물 운반용 케이스에서 아무것도 나올 수 없다고 단언했었소. 걸쇠가 잠겨 있었기 때문이오. 그런데도 거기에서 나온 것이 있었단 말이오."

복도에서 발소리가 났기 때문에 앨런은 애써 아무렇지도 않은 듯한 얼굴로 캐서린에게 눈짓을 한 다음 입을 다물었다. 그가 다시 앨범을 뒤적이기 시작하자 스완이 거실로 들어왔다.

스완은 엘스패트가 두 양동이의 물을 퍼부었을 때와 같은 정도로 비에 흠뻑 젖어 물에 빠진 생쥐처럼 되어 있었다. 그는 성큼성큼 난로 곁으로 가서는 불쪽으로 두 손에 묻은 물방울을 뿌렸다.

"이 사건이 해결되기까지 폐렴 같은 것에 걸리지 않는다 하더라도 결코 불운이 다한 것은 아니겠지요?" 스완은 양쪽 다리로 몸무게를 번갈아 옮기며 말했다. "펠 박사 옆에 붙어서 떨어지지 않는 것이 쉬운 일이라고 생각하오?"

"그렇소."

스완은 씁쓸한 얼굴을 지었다.

"사실은 쉽지 않소. 오늘은 두 번이나 놓쳤지요. 그는 치안대에 가서 뭔가 알아보고 있었지요. 적어도 비오기 전까지는 그랬는데, 거기서 무엇을 하고 있었는지 도무지 알 수가 없군요. 셜록 홈즈라도 짐작할 수 없을 겁니다. 그런데 무슨 일이 있었소?"

"아니오, 가족 앨범을 들여다보고 있었소."

앨런은 사진첩을 넘겼다. 한 장의 사진을 보고 다음 페이지로 옮기려다가 그는 갑자기 흥미가 생긴 듯 그 페이지를 다시 넘겼다.

"아니, 이 얼굴은 어디서 본 적이 있는데……."

짧게 깎은 머리에 굵은 팔자수염을 기른 사나이의 정면 얼굴 사진이었다. 1906년쯤 찍은 것으로, 힘없는 눈초리를 하고 있었으나 꽤 호남자였다. 빛바랜 사진이라 더욱 그런 느낌이 드는 것인지도 모른다. 오른쪽 아랫구석에 잔뜩 멋을 내어서 쓴 색 바랜 글씨가 있었다…… '행운이 함께하기를!'

"물론 본 적이 있겠지요." 캐서린이 말했다. "그도 캠벨 집안사람이니까요. 이 집안사람들은 누구나 얼마쯤 닮은 데가 있어요."

"아니, 그런 의미가 아니오."

앨런은 그 사진을 빼서 뒤집어보았다. 뒤편에 똑같은 글씨체로 '1905년 7월. 로버트 캠벨'이라고 씌어 있었다.

"흐음, 이 사람이 캠벨 가문의 자랑스러운 신동 로버트로군!"

뒤에서 들여다보고 있던 스완은 그보다 다른 사진에 흥미를 빼앗기고 있었다.

"잠깐만!"

그 사진을 다시 끼운 뒤 스완은 급히 앞 페이지로 넘겼다.

"여어, 굉장한 미인인데! 이 멋쟁이는 누구지요?"

"엘스패트 아주머니오."

"뭐라고요?"

"엘스패트 캠벨 부인이오." 앨런이 다시 대답했다.

스완은 눈을 깜박거렸다. "설마 그, 그 할머니가……." 말도 제대로 나오지 않는지 그는 두 손으로 새로 지은 양복을 만지작거렸다. 얼굴이 차츰 흐려졌다.

"그렇소, 당신에게 물세례를 준 바로 그 어른이오. 이쪽 하이랜드 사람의 옷차림을 한 것을 보시오. 다리가 보이지요? 이런 말을 하기는 뭣하지만, 꽤 아름다운 다리요. 물론 그 무렵의 기호로 말하자면 좀 굵고 늠름할지도 모르지만."

캐서린은 참을 수가 없었다.

"당신이 좋아하는 클리블랜드 여공작의 다리만한 것은 없을 테지요!" 그녀는 코웃음을 쳤다.

스완은 두 사람의 주의를 불러 모으려는 듯 손짓을 하며 힘주어 말했다. 그의 목소리에는 열이 담겨 있었다.

"저어, 나는 캐내기를 좋아한다는 말을 듣고 싶지는 않지만…… 대체 그 클리블랜드 여공작이란 누구입니까? 찰스니 러셀이니, 그런 이들은 또 누구고요? 어째서 당신들은 늘 그 여자 문제로 싸우지요? 이런 질문을 하는 건 실례이겠지만, 나는 한번 마음에 걸리기 시작하면 밤에도 도무지 잠을 이룰 수가 없기 때문에……."

"클리블랜드 여공작은 찰스의 정부였소." 앨런이 대답했다.
"아아, 그래요? 그것은 알고 있었습니다. 그러나 당신의 연인이기도 하겠지요?"
"농담하지 마시오. 오하이오주 클리블랜드에서 온 여자가 아니오. 2백 년도 더 옛날에 죽은 여자요."
스완이 그를 흘겨보았다.
"사람을 속이려는 거요?"
"그렇지 않소. 우리는 역사적 사실을 가지고 논쟁을 벌이던 참이었소."
"거짓말이오! 나를 속이려는 거요!" 스완의 목소리에는 무시무시한 기운이 담겨 있었다. "진짜 클리블랜드 여자가 얽혀 있음에 틀림없소. 〈플러드라이트〉로 보낸 첫 기사에도 썼듯이……."
스완은 얼른 입을 다물었다. 그리고 다시 입을 딱 벌렸다가는 곧 다물어버렸다. 말실수를 했다는 것을 깨달은 모양이었다. 그것은 확실히 실수였다. 폭풍이 몰아치기 직전의 고요함같이 두 사람의 눈이 가만히 그를 노려보았다.
캐서린이 유난히 또박또박하게 물었다.
"〈플러드라이트〉에 보낸 첫 번째 기사에서 당신은 우리에 대해 뭐라고 썼지요?"
"뭐, 아무것도…… 명예를 걸고 맹세합니다만, 아무것도 쓰지 않았습니다! 그냥 가벼운 농담으로, 명예를 손상시킬 만한 것은 아무것도……."
"앨런!" 캐서린이 천장 한 귀퉁이를 노려보면서 중얼거리듯 말했다. "다시 저 너비가 넓은 칼날이 달린 칼을 내리는 편이 좋지 않겠어요?"
스완은 본능적으로 뒷걸음질쳐서 벽에 등을 꼭 붙였다. 그는 지나치리만큼 진지한 표정으로 말했다.
"어찌되었든 당신들은 결혼해야 합니다! 펠 박사가 결혼해야 한다고 말하는 것을 언뜻 엿들었지요. 그런데 뭐가 나쁩니까? 특별히 나쁜 마음을 가지고 쓴 것도 아닙니다. 나는 다만……."
그렇다, 확실히 나쁜 마음으로 쓴 것은 아니었으리라고 앨런은 생각했다. 캐서린은 아직도 천장 한 귀퉁이를 노려보면서 말했다.
"분하군요. 콜린이 걷지 못해서 정말 유감이에요. 하지만 그는 엽총의 명수라던데, 병실 창문은 거리로 향해 나 있으니까……."
그녀가 입을 다물고 생각에 잠겨 있는데 하녀가 문을 홱 열었다.
"콜린 님께서 와주십사고 하십니다."
하녀는 부드럽고 달콤한 목소리로 말했다.
스완의 안색이 달라졌다.
"누구를 만나고 싶어하신다고요?"
"여러분 모두입니다."
"하지만 면회사절이잖아요?" 캐서린이 큰 소리로 외쳤다.
"모르겠습니다. 거의 1시간째 침대에서 위스키를 마시고 계십니다."
"자, 스완 씨!" 캐서린이 팔짱을 끼며 말했다. "당신은 아주 그럴 듯한 얼굴을 하고서 지킬 생각도 없는 약속을 한 뒤 곧 깨버렸어요. 엉터리 가면을 쓰고 이 집안의 호의를 받아 지금까지 취재해 본 적도 없을 만큼 큰 특종감을 살짝 실례하고, 지금도 좀더 손에 넣으려 하고 있어요. 그러고도 지금 2층으로 올라가서 콜린과 얼굴을 마주할 용기가 있나요?"
"캠벨 양, 내 입장도 좀 이해해 주십시오!"
"그게 무슨 뜻이지요?"
"콜린 캠벨 씨는 이해해 주실 겁니다! 좋은 분이니까요. 그분은

……." 이때 문득 생각이 난 듯 스완은 하녀를 향해 말했다. "그분이 지금 술을 즐겁게 마시고 있소?"

"무슨 말씀이신지……."

"술을 즐겁게 마시느냐고 물었소. 유쾌한 기분으로 술을 마시는지, 취해서 쓸데없는 말을 중얼거리고 있는지, 곤드레가 되어 있는지, 그걸 물은 거요."

스완은 걱정스러운 얼굴이었다.

하녀는 겨우 알아들은 모양이었다. 그리하여 콜린은 그다지 취해 있지 않다고 대답했다. 물론 그녀가 취하지 않았다고 대답했다 하더라도 이제까지의 경험으로 보아 콜린에게는 층계를 두 단씩 굴러 떨어져도 다치지 않는 것이 진짜 술꾼이라는 신조가 있기 때문에 약간 의미의 차이는 있다. 그런 줄은 털끝만큼도 모르고 스완은 마음을 놓은 모양이었다. 그리하여 그는 유난히 열의를 담아 말했다.

"그럼, 이 문제는 그와 만나 이야기하기로 하겠습니다. 그전에 당신들에게 물어보고 싶은데, 내가 여기 와서 어떤 꼴을 당했지요?"

캐서린이 말했다.

"우리에 비하면 그것은 문제도 안돼요. 하지만 좋아요, 말씀하시지요."

스완은 그녀의 말은 들은 체도 하지 않았다.

"길에서 쫓겨 다니며 패혈증이 될지도 모를 만큼 깊은 상처를 입었소. 게다가 이튿날 오스틴 리드에서 10기니(17세기 후반부터 19세기초까지 영국에서 사용된 금화)나 하는 신사복을 지어입고 와보니 미치광이 할머니가 두 양동이의 물을 덮어씌웠지요. 아시겠소, 한 양동이가 아니라 두 양동이란 말이오!"

"앨런!" 캐서린이 사납게 말했다. "당신은 뭐가 우습지요?"

앨런은 더 이상 참을 수가 없었다. 그는 벌렁 몸을 젖히며 크게 웃었다.

"앨런!"

"참을 수가 없군!" 앨런은 눈물을 닦으면서 말했다. "캐서린이 나와 결혼하지 않으면 안 되게 되었다고 생각하니 너무나 우스워서……"

"발표해도 좋을까요?" 스완이 얼른 물었다.

"앨런, 그게 대체 무슨 뜻이지요? 난 그런 거 참을 수 없어요! 천만의 말씀이에요!"

"그럴 수는 없소, 내 사랑스러운 아가씨, 난관을 헤쳐 나가기 위해서는 그것이 유일한 해결책이오. 아직 〈데일리 플러드라이트〉의 기사를 읽어보지 않았지만, 틀림없이 그렇게 써어 있을 거요."

스완은 바로 기회를 잡았다는 듯 물고 늘어졌다.

"당신이 화내지 않으리라는 것은 알고 있었지요." 그는 눈을 빛내면서 말했다. "아무도 비난할 수는 없을 겁니다! 당신이 자주 매음굴에 가는 데 대해서는 한 마디도 쓰지 않았으니까요. 그런 걸 쓰면 명예훼손이 되거든요."

"매음굴에 가다니, 그건 무슨 말이지요?"

캐서린이 조금 당황한 듯 물었다.

"하아, 또 나쁜 말을 해버렸군." 스완은 당혹스러워했다. "말하지 않을 생각이었는데, 그만 잘못해서 털어놓아버렸군요. 아무튼 거짓말인지도 모르니까 잊어버리십시오, 캠벨 양. 나는 다만 당신들이나 독자들을 기분 좋게 해주고 싶을 뿐입니다."

"오시겠어요?" 참을성 있게 아직도 문에서 기다리고 있던 하녀가 물었다.

스완은 넥타이를 고쳤다.

"가겠소. 콜린 캠벨 씨는 좋은 분이니까 틀림없이 내 입장을 이해해 주실 거요."

"그렇다면 정말 좋겠군요." 캐서린이 말했다. "커스티, 그분이 위스키를 마시고 있다고 했지요?"

사실 이 질문에 대답할 필요는 없었다. 세 사람이 하녀의 뒤를 따라 층계를 올라가서 집 뒤꼍으로 향하는 복도를 걸어갈 때, 콜린 자신이 그 질문에 대답해 주었기 때문이다.

샤이러 성의 방문은 모두 두꺼워 보통 목소리라면 그렇게 멀리까지 새어나오지 않는다. 그런데 콜린의 목소리는 그리 크지 않은데도 층계 위까지 똑똑히 울려오고 있었다.

사랑스러운 소녀는 가녀린 아가씨
산골짜기 백합같이 순진한 아가씨
다정한 그 소녀는 히스 꽃
빨갛고 작은 히스 꽃이라네.

커스티가 문을 열자 노랫소리가 뚝 끊어졌다.

콜린 캠벨은 떡갈나무 가구들이 들어찬, 넓은 방의 병상에 누워 있었다. 아니, 얼마 전까지도 병상이었음에 틀림없는 침대에 누워 있었다. 그러나 이제까지 보여준 이 고집스러운 늙은 너구리의 행동으로 미루어 얌전히 누워 있으리라고는 아무도 생각하지 않았다.

몸은 허리에서부터 아래쪽이 모두 붕대로 칭칭 감겨 있고, 한쪽 다리는 조립식 쇠틀과 버팀대에 침대 높이보다 조금 높게 매달려 있었다. 그리고 등에는 베개를 쌓아올려 머리를 들어올릴 수 있도록 높게 해놓았다.

머리도 수염도 콧수염도 손질되어 있으나 전보다 부스스해 보였다. 그 수염 사이로 불그레한 얼굴에서 상냥한 눈이 빛나고 있었다. 창문을 꼭 닫은 방에서는 위스키 저장고 같은 냄새가 났다.
 콜린이 환자이므로 방을 밝게 하라고 해서 샹들리에가 휘황하게 빛나고 있었다. 샹들리에의 불빛이 그의 거칠고 사나워보이는 얼굴과 화려한 파자마 윗옷과 사이드 테이블에 잡다하게 놓여 있는 자질구레한 물건들을 비추었다. 그의 침대는 창문에 바싹 대어져 있었다. 콜린이 소리쳤다.
 "어서 들어오시오! 자, 들어와서 이 쓸모없는 늙은이하고 이야기 좀 해주오, 지저분한 방이지만. 커스티, 잠깐 가서 글라스 세 개와 위스키를 가져오너라. 그리고 다른 사람들은 자리를 잡고 앉아요, 그렇지, 내가 보이는 곳에 앉으시오. 나에게는 이런 것밖에 할 일이 없다오."
 그는 상당히 줄어든 위스키 병과 깨끗이 닦아 기름을 칠 생각이었던 듯한 가벼운 20구경 엽총에 똑같이 눈길을 주었다.

제18장

"캐서린, 너의 귀여운 얼굴을 볼 수 있어 기쁘구나." 노인은 총을 집어 들어 연발총의 한 총구로 캐서린의 얼굴을 들여다보듯이 하며 지껄였다. "뭘 하고 있었지? 자, 이것으로 쏠 만한 무슨 짐승을 말해 보지 않겠니?"

스완은 흘끗 노인을 보더니 빙글 몸을 돌려 부리나케 문으로 향했다.

캐서린이 재빨리 문을 열쇠로 잠그고 나서 열쇠를 움켜쥐고 되돌아왔다. 그녀는 어리광스러운 목소리로 말했다.

"안 그래도 부탁할 생각이었어요, 아저씨."

"그래야지, 아암. 그런데 앨런, 너는 어떠냐? 그리고 신문기자 나리, 기분이 어떠시오? 나는 아주 비참하다오. 전족을 하고 있는 중국처녀처럼 붕대를 칭칭 감아 놓아서 말이오. 하기야 다리만 감긴 게 아니지. 이거야 원! 휠체어만 준다면 나도 조금은 돌아다닐 수 있을 텐데……."

노인은 깊은 생각에 잠겼다. 이윽고 찰칵 엽총의 안전장치를 닫더니 그는 총을 침대 곁에 세웠다.

"나는 행복하다." 그는 불쑥 말했다. "그럴 자격이 없을 텐데도 나는 행복해. 내가 어떤 일을 당했는지 들었겠지? 드라이아이스였어. 앵거스가 당한 것도 그것이었지. 역시 자살이 아니었던 거야. 하기는 앨릭 포브스 늙은이도 가엾지. 나는 그를 미워한 적이 한 번도 없었는데…… 잠깐만, 펠은 어디 갔지? 왜 안 온 거지? 펠을 어떻게 한 거야?"

캐서린은 단호한 표정을 지었다.

"펠 박사님은 치안대에 가셨어요. 저어, 말씀드릴 게 있어요. 이 비열한 신문기자는 굳게 약속하고서도……."

"그가 대체 무슨 바람이 어떻게 불어서 치안대 같은 데 들어갈 생각이 났을까? 그 나이로, 그 뚱뚱보가 말이야. 그 사나이를 낙하산병으로 잘못 알고 총을 쏘아대는 일은 없겠지만, 그런 뚱뚱보가 지평선에 서면 낙하산으로 잘못 보고 총을 쏠 게 뻔해! 틀림없어! 미친 짓이야. 그런 게 문제가 아니지. 정말 위험한 일이야."

"콜린 아저씨, 제발 부탁이니 이야기를 들어주세요!"

"그래그래, 들어야지. 펠이 치안대에 들어갔단 말이지! 이런 어이없는 이야기는 처음 듣는구나."

"이 신문기자는……."

"펠은 아까 여기에 왔을 때 전혀 그런 이야기를 하지 않았어. 그는 다만 로버트에 대해서 여러 가지로 물었지. 그리고 월요일에 탑의 방에서 우리가 나눈 이야기에 대해서 물었어. 그건 그렇고, 그가 어떻게 스코틀랜드 치안대 같은 데 들어갈 수 있을까? 나를 놀리려고 한 소리냐?"

이때쯤 캐서린의 표정에는 골똘히 생각에 잠긴 빛이 떠올라 있어 엉뚱한 말만 하던 콜린도 알아차릴 정도였다. 그는 갑자기 입을 다물고 그녀를 살펴보았다.
"캐서린, 무언가 난처한 일이 있는 건 아니겠지?"
"아니오, 아주 난처한 일이 있어요. 잠깐 내 말을 좀 들어주세요. 정보를 제공해 주면 이제까지 있었던 일을 기사로 쓰지 않겠다고 스완 씨가 약속한 것을 기억하시지요?"
콜린이 이맛살을 찌푸렸다.
"아니, 설마 우리가 날이 넓은 칼을 당신 바지엉덩이에 들이댔다는 것을 그 대중 신문에 쓴 건 아니겠지요?"
"아닙니다! 그런 것은 쓰지 않았습니다!" 스완은 그 자리에서 진실인 것처럼 천연스럽게 대답했다. "거기에 대해서는 한 마디도 쓰지 않았습니다. 여기 신문이 있으니까 보시면 곧 알 수 있을 겁니다."
"그런데 너는 무엇 때문에 골이 났지, 캐서린?"
"이 사람은 앨런과 나에 대해 끔찍한 말을 썼어요. 뭔지 분명히는 모르겠지만. 앨런도 전혀 아무렇지도 않은 듯 태연한 표정이지만, 그러나 앨런과 내가 무슨 단정치 못한 짓을 하고 있는 듯한……."
콜린은 눈을 동그랗게 뜨고 그녀를 쳐다보았다. 마침내 그는 몸을 뒤로 벌렁 젖히더니 배를 잡고 웃기 시작했다. 너무 우스워 눈에 눈물이 내비칠 정도였다.
"그럼, 그렇지 않다는 말이냐?"
"당치도 않아요! 철도회사의 어이없는 착오로 런던에서 이리로 오는 기차에서 같은 컴파트먼트를 쓰게 된 것뿐이에요!"
"그렇다면 월요일 밤 여기서는 같은 방에서 묵지 않아도 좋았을 텐데……." 콜린이 재미있다는 듯이 말했다. "아무튼 너희들은 잘 지내고 있었잖느냐? 그렇지?"
"여기서도 같은 방에서 머물렀습니까?" 스완이 재빨리 물었다.

"물론이오." 콜린의 목소리는 컸다. "자, 캐서린, 대장부답게 못하겠니? 아니, 이거 실수했군…… 여장부답게 못하겠니? 고백해 버리는 거야! '죄송합니다'라고 말할 용기가 없는 거냐? 모처럼의 시간을 효과 있게 쓰지 못했다면 너희들은 대체 무얼 했지? 바보들이로군!"

"저, 캠벨 양." 스완이 변명했다. "기사에 로맨스 이야기를 조금 덧붙이고 싶었는데, 그 밖에는 달리 방법이 없었습니다. 앨런 캠벨 씨도 이해해 주신답니다. 당신의 상대인 남성께서 이해해 주신다니 아무것도 신경 쓸 일은 없습니다. 털끝만큼도 말입니다!"

캐서린은 한 사람 한 사람을 노려보았다. 빨갛게 상기된 얼굴에 절망의 빛이 떠올랐다. 눈에 눈물이 어렸다. 그녀는 의자에 털썩 주저앉아 두 손으로 얼굴을 가리고 말았다.

"진정하오, 캐서린!" 앨런이 말했다. "지금 당신에게 말하려던 참인데, 당신은 나와 곧 결혼하지 않으면 평판이 아주 나빠지게 되오. 그래서 지금 결혼을 신청하려고……."

"그런 말은 한 마디도 하지 않았잖아요!"

"그랬던가? 그럼, 지금 모두 모인 앞에서 말하리다. 캠벨 양, 내 아내가 되어주지 않겠소?"

캐서린이 눈물로 더러워진 성난 얼굴을 들었다.

"바보! 물론 받아들이겠어요." 그녀는 맹렬한 기세로 앨런에게 퍼부었다. "하지만 어째서 좀더 점잖은 방법으로 구혼할 수 없었지요? 기회를 백번도 더 만들어드렸는데, 이렇게 난처한 방법을 쓰다니! 그렇지 않으면 내가 당신을 궁지에 빠뜨린 건가요?"

콜린이 눈을 동그랗게 떴다.

"그럼, 결혼식을 올릴 생각인가?"

"신문에 내도 좋습니까?"

"두 질문 모두 대답은 모두 '예스'입니다." 앨런이 선뜻 대답했다.

"오오, 캐서린! 그리고 앨런! 참으로 훌륭해!" 콜린이 두 손을 마주 비비면서 말했다. "이런 경사스러운 이야기는 이 집에서 1900년에 정조가 굳기로 이름난 엘스패트가 함락된 뒤 처음 있는 일이다. 커스티가 아직도 위스키를 가져오지 않는군. 그렇지! 이 집에 백파이프(스코틀랜드 고지대 사람이 부는 피리)가 없나? 몇 해 동안이나 연주하지 못했지만, 이래 봬도 옛날에는 듣는 사람의 마음을 흔들어 놓는다는 말을 들었다네."

"나에 대해 노하신 건 아니군요?" 스완이 걱정스러운 얼굴로 물었다.

"당신에 대해? 천만에! 어째서 내가 성을 내야 하오? 자, 이리 와 앉으시오!"

"그런데 그 장난감 총을 가지고 어쩌시려는 겁니까?" 스완은 아직도 걱정스러운 듯 끈질기게 물었다.

"장난감 총이라고? 장난감이라니!"

콜린은 20구경 엽총을 집어 들었다.

"이걸 쓰려면 12구경 총보다 훨씬 더 솜씨와 직감이 뛰어나야 한다는 걸 모르시오? 거짓말이라고 생각한다면 직접 보여주지."

"아니, 괜찮습니다. 말씀대로 믿겠습니다."

"그러는 편이 좋소. 자, 한잔합시다! 저런, 글라스가 없군. 커스티는 어디 있지? 엘스패트, 엘스패트를 이리로 불러와야 해. 엘스패트!"

캐서린은 하는 수 없이 잠근 문을 열었다. 스완은 그제야 후유 안도의 한숨을 내쉬고 자리에 앉아 편안한 마음으로 다리를 폈다. 그러나 엘스패트가 나타나자 또 깊은 의혹을 느끼고 벌떡 일어섰다. 엘스패트는 그가 자신도 모르게 꽁무니를 뺄 만큼 냉정한 태도로 그를 무시했다. 그녀는 스완 이외의 한 사람 한 사람에게 속을 헤아릴 수 없는 눈길을 보냈다. 눈꺼풀이 빨갛게 붓고 입은 일자로 굳게 다물어져 있었다. 앨런은 그녀의 얼굴에서 오래된 옛 사진에 있던 아름다운 모습을 찾으려 했으나 끝내 발견할 수 없었다.

콜린이 그녀 쪽으로 손을 내밀면서 말했다.

"엘스패트! 굉장한 뉴스, 멋진 이야기가 있소. 이 두 사람이 결혼하기로 했소."

엘스패트는 아무 말도 하지 않았다. 그녀는 앨런에게로 눈을 돌려 뚫어지게 쏘아보았다. 그리고는 캐서린에게로 눈을 돌려 오랫동안 그녀를 응시하더니, 이윽고 곁으로 다가가 볼에 소리 내어 입을 맞추었다. 놀랍게도 그녀의 눈에서 주르륵 눈물이 떨어졌다.

"이런!" 콜린이 어쩔 줄 몰라하며 엘스패트를 향해 성난 목소리로 불평했다. "집안의 전통이 또 나왔군! 결혼식을 한다고 하면 늘 눈물을 찔끔거린다니까. 이것은 경사스러운 일이니, 그만 눈물을 거둬요!"

엘스패트는 아직도 꼼짝하지 않았다. 얼굴만이 꿈틀꿈틀 경련하고 있었다.

"적당히 해두고 끝내지 않으면 뭐든 집어던지겠소!" 콜린이 고함쳤다. "축하한다든가 기쁘다든가…… 뭐라고 말할 수 없소? 그건 그렇고, 이 집에는 백파이프가 없소?"

"콜린, 그런 하찮은 장난감은 없어요."

엘스패트는 쥐어짠 듯한 목소리로 쌀쌀맞게 말했다.

그녀의 도전적인 말투에 앨런은 기분이 언짢았다.

"자, 너희들을 축하해주고 싶구나." 엘스패트는 먼저 캐서린에게, 그 다음에는 앨런을 향해 말했다. "이런 할멈의 축하라도 기뻐해준다면."

콜린이 볼멘소리를 냈다.

"됐소! 그럼, 이제 위스키나 마실까! 두 사람의 건강을 위해 건배쯤 해도 되겠지요?"

"그래요, 오늘 밤에는 마셔도 좋아요. 어쩐지 으슬으슬 한기가 드는군요." 그녀는 몸을 떨었다.

"이처럼 흥 깨지는 말만 하는 사람은 처음 본다니까." 콜린은 물어뜯을 듯이 말했으나 커스티가 글라스와 위스키를 가지고 오자 곧 기분이 좋아졌다. "글라스를 하나 더 가져오너라. 잠깐, 그리고 술이 한 병 더 필요할지도 모르겠다. 알겠지?"

"잠깐만 기다려주십시오!" 앨런은 말하며 주위를 둘러보았다. 그는 조금 기분이 언짢은 듯이 엽총을 보면서 조심스럽게 말했다. "오늘 밤 또 술에 흠뻑 취해 법석을 떨지는 않겠지요?"

"술에 취해 법석을 떤다고? 바보 같은 말은 그만둬!"

콜린은 자기 글라스에 위스키를 조금 따랐는데, 아무래도 다른 사람들에게 듬뿍 따라주기 위한 것인 듯했다. 그는 그것을 단숨에 들이켰다.

"누가 술에 취해 법석을 떤다는 말을 했지? 우리는 신부의 건강과 행복을 빌면서 건배를 할 뿐이야. 불평이 있나?"

"아니오, 없어요!" 캐서린이 활짝 웃으며 말했다.

"나도 그렇습니다." 스완이 끼어들었다. "아주 좋은 일이라고 생각합니다. 아무튼 나는 지금 누구의 일이든 다 용서할 것 같은 기분입니다. 캠벨 부인께서……." 그는 아무래도 엘스패트가 두려운지 우물쭈물했다. "나의 10기니나 하는 신사복을 못 쓰게 만든 것도 없었던 일로 하겠습니다."

콜린이 타이르는 듯 차분한 목소리로 말했다.

"엘스패트, 나도 앵거스가 가엾게 되었다고 생각하오. 그러나 일이 이렇게 되어버렸소. 모든 것이 잘되어가고 있소. 만일 그가 세상을

제18장 231

떠나지 않았다면, 솔직히 말하지만 나는 빚 때문에 옴짝달싹 못할 뻔했소.

내가 이제부터 어떻게 할 생각인지 아시오? 당분간은 맨체스터의 의사 노릇을 그만 두려하오. 돛단배를 한 척 사서 남쪽바다를 돌고 오는 거요. 그리고 엘스패트, 당신은 앵거스의 큼직한 초상화를 한 다스라도 그리게 해서 날마다 그것을 바라보며 지낼 수 있겠지요. 아니면 런던으로 지르박을 추러 가든지. 이제는 아무 걱정도 없소."

엘스패트의 얼굴이 파랗게 질렸다. 그녀는 콜린에게 덤벼들었다.
"그것이 모두 누구 덕분인지 아세요?"
"자, 진정하십시오!" 앨런이 사이에 끼어들었다.

남을 생각하는 마음과 명랑함으로 멍한 기분이었으나 앨런은 곧 어떤 일이 벌어질 것인지 짐작되었다. 캐서린도 알고 있었다. 두 사람이 얼른 엘스패트 쪽으로 갔으나 그녀는 아랑곳하지 않았다.

"내게는 양심이라는 것이 있어요. 이제 더 이상 참고 있을 수가 없어요. 염려없다고…… 그게 다 누구 덕분인지 알기나 해요?"

엘스패트는 스완 쪽으로 빙글 돌아섰다. 그녀는 기자를 향해 앵거스는 자살한 것이라고 조용히 말한 다음 그 사실을 믿기에 충분한 이유를 자기 나름대로 설명하며 모든 이야기를 털어놓았다. 그녀의 말은 한 마디 한 마디가 모두 진실된 것이었다.

위스키 잔을 들고 있던 스완은 순간 글라스를 든 손을 허공에서 멈추었다. 아무튼 그녀가 말을 걸어주어 기분이 좋은 모양이었다.
"이야기로서는 아주 재미있군요. 그럼, 이제 나에 대해 화내시지 않겠지요?"

엘스패트는 눈을 동그랗게 뜨고 그를 보았다.
"화를 냈다고요? 무슨 말이지요! 내가 하는 말이 들리지 않나요?"

"네, 잘 듣고 있습니다." 스완은 달래듯이 말했다. "그리고 이번 일로 부인께서 이성을 잃은 심정도 잘 이해합니다."

"그럼, 내 이야기를 믿지 않겠다는 건가요?"

스완은 천장을 올려다보며 웃었다.

"말씀을 반박해서 안됐습니다만, 그 이야기를 경찰이나 펠 박사, 여기 있는 누군가에게 말해 보십시오. 누군가가 당신을 속이고 있든가, 아니면 당신이 자신을 속이고 있든가 둘 중 하나임을 알 수 있을 겁니다. 나는 알고 있습니다. 앨릭 포브스가 자살하고, 자신이 캠벨 씨를 죽였다고 쓴 유서가 발견된 사실을 당신은 아직 아무에게도 듣지 못했습니까?"

엘스패트는 숨을 삼켰다. 주름투성이 얼굴에 더욱 주름이 잡혔다. 그녀가 콜린을 돌아보자 그는 고개를 끄덕여 보였다.

"정말이오, 엘스패트, 사건의 정황에 어둡군요! 오늘 종일 어디에 갔었소?"

그녀를 보며 앨런은 가슴이 쑤시는 듯한 기분을 느꼈다.

그녀는 손으로 더듬어 의자가 놓인 곳으로 가더니 힘없이 주저앉았다. 늘 성을 내고 있는 듯한 앨스패트에게서 정이 있고 생명을 지닌 인간, 상처 입은 인간의 모습이 나타났다.

"나를 속이는 것은 아니겠지요? 정말 맹세코 그렇게 말할 수 있나요?" 엘스패트는 앉아 있는 흔들의자를 앞뒤로 흔들기 시작했다. 깨끗한 이를 드러내 보이며 커다랗게 입을 벌려 웃기 시작했다. 웃음이 그녀의 얼굴에 불을 켠 것 같았다. 온몸이 감사의 기도를 중얼거리고 있는 듯했다.

앵거스는 자살이라는 큰 죄를 범하지 않은 것이다! 그는 지옥에 떨어지지 않을 것이다. 엘스패트는——그녀의 진짜 이름은 아무도

제18장 233

모르지만──흔들의자를 앞뒤로 흔들면서 소리높이 웃으며 행복한 미소를 지었다.
 콜린 캠벨은 시치미를 떼고 태연히 그런 일에는 전혀 아랑곳하지 않는다는 듯 열심히 바텐더 노릇을 하고 있었다.
 "펠도 나도 그의 죽음이 자살이라고 생각한 적은 한 번도 없었소." 콜린은 미소 띤 얼굴로 말했다. "아무튼 모든 일이 잘 처리되어 무엇보다도 다행스럽군요. 당신이 이 이야기를 모르리라고는 꿈에도 생각지 못했소. 그런 줄 알았다면 기어서라도 가르쳐주러 갔을 거요. 자, 기분을 바꾸시오. 물론 이 집이 초상집이라는 것은 알고 있소. 그러나 경우가 경우이니만큼…… 백파이프를 가져오는 게 어떻겠소?"
 엘스패트가 일어나 방에서 나갔다.
 "잘됐어. 엘스패트가 백파이프를 가지러 갔군! 아니, 캐서린, 왜 그렇게 걱정스러운 얼굴을 하고 있지?" 콜린이 말했다.
 캐서린은 묘하게 반짝이는 눈을 막연히 문 쪽으로 돌리더니 입술을 꼭 깨물었다. 그 눈길이 앨런에게로 향해졌다.
 "모르겠어요. 나는 행복해요." 그녀는 앨런에게 말했다. "어쩐지 좀 혼란스럽지만요……"
 "문법적으로 우스운 말이지만, 그 심정은 틀림없이 그럴 거요." 앨런이 말했다. "캐서린은 지금 그런 기분일 겁니다. 그 이야기를 믿고 싶은 심정이 되려는 것이 아닐까요? 물론 그것은 사실이었으니까……"
 "물론이에요." 캐서린이 재빨리 맞장구쳤다. "콜린 아저씨, 부탁이 있어요."
 "뭐든지 말해 보렴!"
 "많이는 못 마시지만 위스키를 조금 더 따라주시지 않겠어요?"
 캐서린은 겁먹은 태도로 글라스를 내밀었다.

"역시 캐서린이야!" 콜린이 소리쳤다. "자, 이 정도면 되겠니?"
"조금 더."
"조금 더?"
"네."
"흐음!"
'캠벨 집안의 숙명'을 한 모금 마시고 흥분한 나머지 말이 빨라진 스완이 중얼거리듯 말했다.
"당신들 두 분은 아주 잘 어울리는 한 쌍입니다. 어떻게 이처럼 잘 만났는지 모르겠군요. 그런데 누구 노래 한 곡 불러주지 않겠습니까?"
콜린이 기쁜 듯이 베개 사이에서 머리를 들고는, 먼저 노래를 불러 가락을 맞추고 오케스트라의 지휘자처럼 엽총을 들어 허공에 흔들어 댔다. 그의 낮은 목소리가 창유리에 부딪쳐 울렸다.

사랑스러운 소녀는 가녀린 아가씨

스완은 칼라에 턱을 파묻듯이 하고 조용히 귀를 기울이고 있더니 헛기침을 두어 번 하고 나서 기회를 잡아 천천히 글라스로 박자를 맞추며 함께 노래하기 시작했다.

산골짜기 백합같이 순진한 아가씨

캐서린을 향해 글라스를 들고 있던 앨런은 아주 만족스러워 오늘은 이것으로써 좋다, 내일은 또 내일의 바람이 불겠지 하는 심정이 되어 있었다. 사랑에 빠진 그는 캐서린이 눈앞에 있다는 것만으로도 흥분하여 떠들고 싶어졌으며, 그것이 손에 들고 있는 강한 흥분의 묘약과 서로 어울려 캐서린에게 미소 띤 얼굴을 돌리게 했다. 캐서린도 미소로 대답했다. 두 사람은 노래에 끼어들었다.

다정한 그 소녀는 히스 꽃
빨갛고 작은 히스 꽃이라네.

앨런의 목소리는 잘 울려 듣기 좋은 바리톤이었고, 캐서린은 희미하게 알아들을 수 있는 소프라노였다. 방 안에서 4중창이 울렸다. 백파이프를 갖고 돌아온 엘스패트——그녀는 엄격한 얼굴로 그것을 콜린에게 건네주었고 콜린은 노래를 도중에서 끊지 않으려 열심히 마음을 쓰며 백파이프를 받았다——에게는 마치 자신의 젊은 시절이 되돌아온 것 같이 느껴졌다.
"원, 저런!" 엘스패트는 단념한 듯이 중얼거렸다.

제19장

앨런 캠벨은 한쪽 눈만 살그머니 떠보았다.

모습도 보이지 않고 목소리도 들리지 않는 아득히 먼 곳에서부터 땅 밑 터널 속을 기어오듯 악전고투하며 그의 영혼이 다시 육체로 돌아왔다. 마침내 그것은 가족 앨범을 바라보는 듯한 기분이 되었다. 앨범 속 어디선가 본 남자의 얼굴이 그를 노려보고 있었다. 오늘 처음 만난 얼굴인데…….

조금 뒤 앨런은 잠에서 깨어났다.

처음에 한쪽 눈을 떴을 때도 지독했지만, 한쪽 눈을 마저 뜨자 굉장한 아픔이 머릿속을 뚫고 지나갔다. 순간 아차, 또 해버렸구나 하고 똑똑히 깨달았다.

그는 큰댓자로 벌렁 누워 천장의 갈라진 틈을 지켜보았다. 방에 햇살이 비쳐들었다. 머리가 깨질 듯 아프고 갈증이 심했다. 그러나 처음만큼 심하지 않은 것을 문득 깨닫고 이상하게 생각하였다. 그러자 조금 불안한 마음이 언뜻 스쳐 지나갔다. 그 지독한 물건에 중독작용이 있는 것은 아닐까? 금주연맹의 팸플릿에 있는 것처럼 술은 날이

갈수록 효력이 약해지는, 방심할 수 없는 독일까?

그러나 이윽고 다른 기분이 덮쳐왔다. 그로 인해 기운이 나는지 맥이 빠지는지는 사람에 따라 다르지만, 틀림없는 숙취였다.

기억 속을 아무리 더듬어보아도 백파이프 소리가 요란한 방 한복판에서 엘스패트가 황홀한 듯 흔들의자를 앞뒤로 흔들고 있는 흐릿한 광경이 떠오를 뿐이었다.

그러나 뭔가 떳떳지 못한 짓을 한 듯한 느낌은 없었다. 나쁜 짓을 했다든가 터무니없는 짓을 한 기억은 없었다. 기껏해야 기분이 좋아진 신사 같은 태도를 취했다는 것을 그는 알고 있었다. 묘한 자신감이었지만, 사실 그러했다. 그리하여 캐서린이 문을 열었을 때도 그다지 놀라지 않았다.

반대로 이날 아침에는 캐서린 쪽이 약점을 갖고 있는 듯 겁먹은 태도를 보였다. 오늘 아침에는 쟁반에 블랙커피를 한 사람 몫이 아니라 두 사람 몫을 가져왔다. 쟁반을 침대 곁 테이블에 놓더니 그녀는 앨런의 얼굴을 쳐다보았다. 그녀는 헛기침을 하고 나서 말했다.

"오늘 아침에는 당신이 커피를 가져다주셔도 좋았을 텐데…… 하지만 당신도 많이 취했으니까 점심때가 지날 때까지 누워 있을 거라고 생각했어요. 어젯밤의 일도 역시 기억하지 못하겠지요?"

앨런은 일어나려고 했다. 머리가 윙윙거리고 조금 어지러웠다.

"으음, 그렇소. 설마 어젯밤에는……."

"네, 당신은 아무렇지도 않았어요. 앨런, 어젯밤의 당신처럼 무능하면서도 잘난 체하는 사람은 처음 보았어요. 의자에 앉아 마치 온 세상을 다 차지한 것처럼 싱글벙글 웃기만 했지요. 그래도 시를 암송하려고 하더군요. 당신이 테니슨의 시를 읊기 시작했을 때 나는 정말 조마조마했어요. '프린세스'를 다 외고 나서 '모드'도 거의 읊었어요. '그대의 다정한 손을 나에게 맡기고, 나의 진실을 믿어주오' 라는 대목에서는 내 손을 마구 두드려대기도 했으니까요. 정말이에요!"

앨런은 눈길을 다른 데로 돌리고 커피에 손을 뻗쳤다.

"테니슨의 시를 그처럼 잘 기억하고 있을 줄은 나 자신도 몰랐는걸."

"그럴 거예요. 하지만 기억이 잘 나지 않는 부분에서는 조금 생각하다가 곧 '흐음…… 흐음…… ' 하면서 슬쩍 넘겨버리더군요."

"뭐, 괜찮소. 아무튼 둘 다 무사했으니까."

캐서린은 입으로 가져가던 찻잔을 내려놓았다. 찻잔이 접시에 부딪쳐 달그락 소리를 냈다.

"무사하다고요?" 그녀는 눈을 동그랗게 뜨고 말꼬리를 잡았다. "스완 씨가 지금쯤 병원에 들어가 있을지도 모르는데요?"

앨런의 머리가 욱신거렸다.

"설마 우리가……."

"네, 당신은 아니에요. 콜린 아저씨예요."

"또 그가 스완을 골탕먹였나? 어제 두 사람은 제법 배짱이 맞았었는데! 또 스완 씨를 공격하다니, 생각할 수 없소! 대체 어떻게 된 거요?"

"콜린 아저씨는 열다섯 잔째의 '숙명'을 마실 때까지는 아무렇지도 않았어요. 스완 씨가 취해서 좀 지나치게 우쭐댔지요. 그래서 어제 쓴 기사를 꺼내보였어요. 그때까지는 우리가 화내서는 안 된다고 생각하여 몰래 감추어 두었던 거예요."

"그래서?"

"그다지 심한 것은 아니었어요. 나도 그 점은 인정해요. 콜린 아저씨가 어떻게 하여 탑의 방에서 머물게 되었는가 하는 것을 그가 읽을 때까지는 아무렇지도 않았어요."

"그런데?"
"그 대목은 이렇게 되어 있었어요. 그때 스완 씨가 거실 창문께에서 어정거리고 있었던 것을 기억하시겠지요? 자, 들어보세요.

 '신앙심 두터운 닥터 콜린 캠벨은 성경에 손을 얹고 이 쓸쓸한 샤이러 성의 캠벨 집안에 전해져오는 유령 이야기가 꼬리를 감추지 않는 한, 두 번 다시 교회문을 들어서지 않겠노라고 엄숙하게 맹세했다.'

10초쯤 콜린 아저씨는 스완 씨의 얼굴을 뚫어지게 쳐다보고 있었어요. 그러더니 불쑥 문을 가리키면서 '나가!' 하고 소리친 거예요. 콜린 아저씨가 얼굴이 시뻘개져서 '다시는 이 집 문턱을 넘지 말아!' 하고 고함칠 때까지 스완 씨는 까닭을 모르는 것 같았어요. 그러자 콜린 아저씨가 엽총을 집어 들고……."
"쏘았소?"
"그때는 쏘지 않았어요. 그러나 스완 씨가 아래로 뛰어 내려가자 콜린 아저씨는 말했어요. '불을 끄고 창문 가리개를 떼어버려. 거리로 나가는 것을 창문에서 쏘아주고 싶으니까'라고요. 침대는 창문 바로 옆에 있었잖아요."
"설마, 콜린 아저씨가 인베라레이로 달아나는 신문기자의 꽁무니를 쏜 건 아니겠지?"
"네, 콜린 아저씨는 쏘지 않았어요. 내가 쏘았어요." 그녀의 목소리는 금방이라도 와락 울음을 터뜨릴 것 같았다. "앨런, 빨리 이 소란스러운 나라에서 달아나야 해요! 처음에는 당신이, 그리고 이번에는 내가…… 이제 또 어떤 꼴을 당하게 될지 알 수 없어요. 정말이에요!"

앨런의 두통이 점점 더 심해졌다.
"하지만 잠깐만 기다려보오. 나는 어디에 있었지? 말리려고도 하지 않았소?"
"당신은 알아차리지도 못했어요. 당신은 '원탁의 기사 갤러해드'를 엘스패트 아주머니에게 암송해주고 있었거든요. 비가 멎었고, 새벽 4시쯤이었어요. 달이 나와 있었지요. 나는 그 신문기자한테 머리끝까지 화가 나 있었어요. 그때 그의 모습이 길에 나타났어요.

창문 열리는 소리가 들렸던 모양이에요. 그리고 틀림없이 엽총에 비친 달빛도 보았을 거예요. 그는 흘끗 뒤돌아보더니 지난 월요일 밤보다도 더 재빨리 달아났어요. 내가 '콜린 아저씨, 내가 쏘게 해주세요'라고 하자 그는 '그래, 좋지. 하지만 좀더 멀리 달아난 뒤에 쏘아라. 다치게 하고 싶지는 않으니까' 하고 말했어요.

여느 때의 나였다면 총 같은 것은 무서워서 조준이 서툴렀을 텐데, 그 독한 술 덕분에 완전히 달라져버렸어요. 마구 쏘아대다가 두 발째에 맞혔어요. 앨런, 경찰이 나를 체포할까요? 그렇게 웃지 마세요!"
"폼필리아, 그대는 나를 웃다가 죽게 하려는가?"
앨런이 중얼거렸다.
커피를 다 마시자 그는 일어나서 눈을 돌렸다.
"걱정 마오. 내가 가서 해결할 테니까."
"하지만, 만일 내가……."
앨런은 풀이 죽어 있는 그녀를 물끄러미 지켜보았다.
"크게 다치지는 않았을 거요. 그만큼 떨어진 거리에서 20구경 엽총으로……. 그는 쓰러지지 않았겠지?"
"네, 점점 더 필사적으로 달아났어요."
"그럼, 염려 없소."
"하지만 어떻게 하면 좋지요?"
"'그대의 다정한 손을 나에게 맡기고, 나의 진실을 믿어주오!'"

"앨런, 웃을 일이 아니에요!"

"그러나 사실이 그렇지 않소?"

캐서린은 한숨을 쉬었다. 그녀는 창문 옆으로 다가가서 만을 내려다보았다. 물이 거울처럼 햇빛에 반짝이고 있었다. 잠시 사이를 두었다가 그녀가 말했다.

"게다가 그뿐만이 아니에요."

"또 무슨 일이 있었소?"

"아니에요. 아무튼 그런 사건은 그것뿐이에요. 그런데 아침에 나에게 편지가 왔어요. 앨런, 곧 돌아오라는 거예요."

"돌아오라고?"

"대학에서 휴가를 중지하고 돌아오라는 경계경보를 내린 거예요. 그리고 오늘 아침 〈데일리 익스프레스〉의 스코틀랜드 판을 보았는데, 본격적인 공습이 시작된 모양이에요."

태양은 밝고, 산들도 변함없이 황금빛과 붉은빛으로 반짝였다. 앨런은 침대 옆 테이블 위에 놓인 담배를 집어 불을 붙여 물었다. 머릿속이 빙글빙글 돌았으나 그는 가만히 만을 지켜보면서 계속 담배를 피웠다.

"그럼, 우리의 휴가도 이것으로 끝난 셈이군." 앨런이 말했다.

"그래요." 캐서린은 뒤돌아보지도 않고 말했다. "앨런, 나를 사랑해요?"

"그건 당신도 알잖소."

"그럼, 걱정하지 않아도 될까요?"

"물론 당연하지."

순간 침묵이 흘렀다.

"언제 떠날 예정이오?" 조금 뒤 앨런이 물었다.

"바로 오늘 밤에요. 편지에 그렇게 씌어 있어요."

"그럼, 한가하게 있을 수 없겠군." 앨런이 또렷하고 활기 있게 말했다. "나도 빨리 짐을 꾸리는 편이 좋을 것 같소. 기차에서 서로 이어진 컴파트먼트를 잡을 수 있다면 다행이겠는데. 아무튼 우리는 여기서 할 수 있는 일은 모두 했소. 물론 처음부터 대단한 일을 할 수 있었던 건 아니지만. 아무튼 겉으로 보기에는 사건도 처리되었소. 하기야 진짜 결말도 가능하면 보고 싶지만……."

"볼 수 있을 것 같기도 해요" 하며 캐서린이 뒤돌아보았다.

"무슨 말이오?"

그녀는 이마에 주름을 잡아보였다. 이제까지의 그 불안한 태도는 꼭 어젯밤 일이 걱정되었기 때문만은 아닌 듯했다.

"저어, 펠 박사가 와 계세요. 내가 오늘 밤 돌아가야겠다고 말하자 자기도 역시 돌아가선 안 될 이유가 없어졌다고 말했어요. 내가 어떤 사실을 알게 되었느냐고 묻자 '알게 된 사실은 자연히 처리되겠지요'라고 말씀하셨어요. 그런데 그분의 말투가 너무 이상해서 이제부터 뭔가 일어날 것 같은 생각이 들어요. 뭔가…… 무척 무서운 일일 거예요. 오늘 아침에도 거의 새벽이 되어서야 돌아왔어요. 참, 펠 박사님은 당신을 만나고 싶어했어요."

"곧 옷을 입어야겠군. 다른 사람들은 어떻소?"

"콜린 아저씨는 아직 주무시고, 엘스패트 아주머니와 커스티는 외출했어요. 이 집에는 지금 당신과 나, 그리고 펠 박사밖에 없어요. 저, 앨런, 이건 어젯밤의 술기운이 깨지 않은 탓도 아니고, 스완 씨 일 때문도 아니고, 단순한 기분 탓도 아니에요. 아무튼 나는 무서워요. 될 수 있는 대로 빨리 아래로 내려오세요."

수염을 깎다 얼굴을 베자 그는 어젯밤 술 탓이라고 중얼거렸다. 그는 자신에게 있는 불안한 기분의 정체를 숙취로 좋지 않은 위장과 스완의 불행에 돌렸다.

샤이러 성은 유난히 조용했다. 햇빛만이 강하게 내리쬐었다. 수도꼭지를 조금 틀었다 잠갔다 하는 것만으로도 무시무시한 소리가 온 저택에 울려 퍼졌다. 앨런이 아침식사를 하러 아래층으로 내려가자 거실에 앉아 있는 펠 박사의 모습이 보였다.

구식 검정 알파카 양복에 스트링 타이를 맨 펠 박사는 소파에 파묻혀 있었다. 따뜻한 금빛 햇살을 받으며 해포석 파이프를 입에 물고 멍하니 앉아 있었다. 위험한 일을 기획하기는 했으나 아직 방법에 자신이 없는 사람 같은 표정이었다. 천천히 그르렁거리는 숨소리에 따라서 조끼 가슴 위쪽이 오르내렸다. 희끗희끗해진 앞머리카락이 한쪽 눈을 내리덮고 있었다.

앨런과 캐서린은 버터 토스트와 커피로 아침식사를 했다. 둘 다 별로 말이 없었다. 이제부터 어떻게 해야 좋을지 그들로서도 잘 알 수 없었던 것이다. 마치 자신들이 교장선생에게 불려온 것인지 어떤지 똑똑히 알지 못한 때의 기분과 비슷했다.

그러나 두 사람의 이 의문은 저절로 풀렸다.

"안녕하십니까?" 목소리가 들렸다.

두 사람은 급히 복도로 나갔다.

앨리스테어 덩컨 변호사가 환한 갈색 여름 양복을 입고 현관 옆에 서 있었다. 소프트 모자를 쓰고 서류가방을 들고 있었다. 거드름을 피우려는 듯 열려진 문의 노커에 손을 대어 보였다.

"아무도 안 계신 줄 알았습니다." 변호사는 밝은 목소리로 말했으나, 조금 성이 나 있는 듯했다.

앨런은 오른쪽을 보았다. 열려진 거실 문으로 펠 박사가 보였다. 그는 잠에서 깨어난 듯 꾸물꾸물 움직이다 신음 소리를 내며 머리를 일으켰다. 앨런은 돌아서서 문 밖의 번쩍이는 만을 배경으로 서 있는 키가 후리후리하고 등이 구부정한 변호사의 모습을 보았다.

"실례해도 괜찮을까요?" 덩컨이 정중하게 물었다.

"어서 들어오세요." 캐서린이 나직한 목소리로 우물거렸다.

"그럼, 실례……."

변호사는 모자를 벗으면서 조심스럽게 들어왔다. 거실 입구로 가자 흘끗 안을 들여다보고 만족의 소리인지 당혹의 소리인지 알 수 없는 외침 소리를 냈다.

"어서 들어오십시오!" 펠 박사가 큰 소리로 말했다. "괜찮다면 모두들 들어오시오. 뒤의 문을 닫고."

습기 찬 유포와 오래된 나무, 돌 냄새가 통풍이 잘 안된 방에 햇살이 들어오면서 숨을 막히게 했다. 앵거스의 사진이 아직도 검은 리본을 두른 채 난로 위 선반에서 그들을 내려다보고 있었다. 햇살이 금테가 번쩍거리는 액자 속의 거무칙칙하고 서투른 그림을 값싸보이게 했으며, 카펫의 해진 곳을 드러내 보여주었다.

덩컨 변호사가 모자와 서류가방을 성경책이 놓여 있는 책상에 얹어 놓으며 말했다. 마치 편지를 쓰기 시작할 때와 같은 분명한 말투였다.

"펠 박사님……."

"자, 우선 앉으시오." 펠 박사가 말했다.

정수리까지 벗어진 덩컨의 이마에 살짝 주름이 잡혔다.

"전화를 받고 왔습니다." 변호사는 얼빠진 몸짓을 하며 말했다. "이렇게 말씀드리기는 뭣합니다만, 나는 바쁜 사람입니다. 지난 1주일 내내 이런저런 일 때문에 날마다 이곳에 와야 했습니다. 틀림없이 중대한 사건이었습니다만, 이미 처리가 되어버린 지금에……."

"아직 결말이 나지 않았습니다." 펠 박사가 말했다.

"그러나……."

"자, 모두 앉으시오."

제19장 245

박사는 파이프의 재를 털어버리고 나서 다시 입에 물고 의자등받이에 몸을 젖히며 뻑뻑 빨았다. 담뱃재가 조끼 앞가슴에 쏟아졌으나 그는 털어내려고도 하지 않았다. 박사는 세 사람을 언제까지나 지켜보고 있었다. 앨런은 어쩐지 마음이 가라앉지 않았으며, 그 기분이 불안한 숨결처럼 높아지는 것을 스스로 느꼈다.

"여러분, 그리고 캠벨 양."

펠 박사는 코로 숨을 들이마시고 말을 이었다. "기억할는지 모르지만 어제 오후 나는 100만에 하나 있을까 말까한 우연에 대해서 말했었소. 그다지 기대했던 것은 아니지만, 앵거스 캠벨 씨의 경우 그런 우연이 있었기 때문에 이번 포브스 사건에도 일어났을지 모른다고 생각한 것이오. 그런데 그 우연은 틀림없이 일어났소."

박사는 한 번 숨을 내쉬었다. 그는 여느 때의 말투로 설명을 이었다.

"나는 앨릭 포브스를 살해할 때 사용한 도구를 손에 넣었소."

담배 연기가 풀을 빳빳이 먹인 레이스 커튼을 살짝 스치고 햇살 속으로 사라질 때까지 몇 초 동안 방 안은 죽음과 같은 정적에 휩싸였다.

"살해되었다고요?" 변호사가 소리쳤다.

"그렇소."

"실례지만 나로서는······."

"물론······." 펠 박사는 파이프를 입에서 떼어내며 변호사의 말을 가로막았다. "당신도 마음속으로는 앨릭 포브스가 살해되었다는 것, 앵거스 캠벨이 자살했다는 것을 잘 알 것이오. 어떻소, 내 말이 틀리오?"

덩컨은 재빨리 주위를 살폈다.

"아니, 걱정할 건 없소." 박사는 힘을 북돋아주듯이 말했다. "이곳에는 우리 네 사람뿐이오. 지금은 자유롭게 말해도 걱정할 것 없소."

"나는 아무것도 말할 생각이 없습니다!" 덩컨의 말투는 아주 냉정했다. "그런 이야기를 들려주기 위해서 나를 일부러 불렀습니까? 당신 이야기는 터무니없는 것입니다!"

펠 박사는 한숨을 쉬었다.

"내가 이제부터 꺼내는 제안을 듣고도, 당신이 이 이야기를 터무니없다고 할지 어떨지 모르겠군요."

"제안이라고요?"

"거래죠. 교환조건이라고 해도 좋겠지요."

"어떤 것도 흥정할 만한 일은 없을 겁니다. 당신도 이 사건은 아주 간단한 것이라고 말하지 않았습니까? 경찰도 그렇게 믿고 있습니다. 오늘 아침에 지방검사 매킨타이어 씨를 만나고 왔습니다."

"그렇소. 그것도 내가 내놓는 조건 가운데 하나요."

덩컨은 금방이라도 울화통을 터뜨릴 것 같았다.

"펠 박사님, 내가 어떻게 해주었으면 좋겠다고 똑똑히 말해 주실 수 없겠습니까? 그리고 앨릭 포브스가 살해되었다는 당치도 않은 위험한 이야기는 어디서 나온 것입니까?"

펠 박사의 표정은 도무지 헤아릴 길이 없었다.

"처음에는 창문 가리개 때문에 깨달았지요." 박사는 볼을 부풀리며 말했다. "포브스의 오두막 창문에 걸려 있었을, 타르 지를 바른 나무 판자 말이오. 우리가 갔을 때는 그 가리개가 걸려 있지 않았소.

밤 동안에는 아마 걸려 있었을 거요. 그렇지 않다면 램프 불빛이 치안대원의 눈에 띄었을 테지요. 사건현장을 생각해 보면 알겠지만, 램프는 분명히 타고 있었소. 그런데 어떤 이유로 말미암아 램프 불을 끄고 창문 가리개를 떼어내지 않으면 안 되게 되었소.

그 이유가 무엇이었을까? 그것이 문제요. 나도 그때 깨달았지만,

범인은 어째서 달아날 때 램프를 켜두고 차폐막도 그대로 내버려둔 채 돌아가지 않았을까? 얼른 보았을 때는 매우 까다로운 문제처럼 여겨졌소.

누구나 곧 생각할 수 있는 것은 범인이 달아나기 위해 창문 가리개를 떼어냈다는 해석이오. 한 번 달아나버리면 다시 창문 가리개를 끼울 수 없소. 알겠소? 이것은 매우 의미 깊은 암시요. 만일 그 사나이가 어떻게든 철망을 빠져나간 뒤 그것을 다시 고쳤다면 어떻겠소?"

"철망은 안쪽에서 못질이 되어 있었지요." 덩컨이 콧방귀를 뀌었다.

펠 박사는 특별히 무겁게 고개를 끄덕였다.

"그렇소, 못질이 되어 있었소. 따라서 범인은 그리 쉽게 빠져나갈 수가 없었소. 그렇지요?"

덩컨 변호사는 벌떡 일어섰다.

"실례입니다만, 더 이상 이런 터무니없는 이야기를 듣고 있을 수는 없습니다. 펠 박사님, 당신이라는 분에 대해서는 기가 막혀 말도 안 나옵니다. 포브스가 살해되었다느니 하는 사고방식은······."

"나의 제안을 듣고 싶지 않다는 말씀이오?" 펠 박사는 말하고 나서 입을 다물었다. "당신 자신에 대해서도 크게 이득이 되는 일이오." 그는 다시 입을 다물었다. "당신을 위해서도 좋은 일이오만······."

작은 테이블 위에 놓아둔 모자와 가방을 집어 들려다 말고 덩컨 변호사가 슬그머니 두 손을 내리며 태도가 굳어졌다. 펠 박사를 돌아보는 변호사의 얼굴은 창백했다.

"무슨 말씀을 하는 거요!" 변호사는 목소리를 죽였다. "당신은 설마······ 내가 범인이라고 말하는 건 아닐 테지요?"

"아니, 천만의 말씀입니다!" 펠 박사가 대답했다. "그런 말이 아닙니다."

앨런은 마음이 놓였다.

그도 그 가능성을 생각하고 있었으며, 펠 박사의 목소리 덕분에 한층 더 기분 나쁘게 느꼈던 것이다. 덩컨은 헐렁한 칼라 안쪽을 손끝으로 문질렀다.

"다행이군요." 딱딱한 유머를 보여주려는 듯이 변호사가 말했다. "적어도 그런 말씀을 들어서 참으로 다행입니다. 그럼, 듣기로 하겠습니다. 말씀하십시오. 나에게 이득이 될 만한 제안이라는 것이 무엇입니까?"

"당신이 고문변호사로 있는 한 집안의 번영과 쇠퇴에 관계되는 일이오. 다시 말해서 캠벨 집안에 대한 일이지요." 펠 박사는 또 태연하게 파이프에 찬 재를 불어서 털었다. 그는 말을 이었다. "앨릭 포브스의 죽음이 타살이라는 것을 나는 증명할 수 있소."

덩컨은 모자와 가방을 마치 뜨거운 것이라도 들고 있는 듯 허둥지둥 테이블 위에 내려놓았다.

"증명할 수 있다고요? 어떻게 말입니까?"

"어떤 의미에서 보아 살인도구로 사용된 것을 손에 넣었기 때문이오."

"포브스는 실내복 끈으로 목을 매달았습니다!"

"덩컨 씨, 최고로 권위 있는 범죄학 연구를 여러 가지로 살펴보면 어떤 점에서 모두 일치되고 있음을 깨달을 것이오. 자신이 직접 목을 매었는지, 먼저 목 졸라 죽인 시체를 목을 맨 것처럼 누군가 매달아놓은 것인지 판단하는 일처럼 어려운 문제는 없소. 포브스의 경우도 그렇소.

누군가가 포브스의 등 뒤에서 덮쳐 목을 죄어 죽인 것이오. 무엇으로 죄었는지는 알 수 없지만, 넥타이나 스카프일지도 모르오. 나머지는 모든 일을 떠맡은 살인범이 교묘하게 꾸며놓았을 것이오. 이런 일은 조심해서 하기만 하면 진짜 자살과 구별하기가 어렵지요. 그런데 이 범인은 어쩔 수 없이 꼭 한 가지 실수를 했소. 그것이 치명적이었던 거요. 그 창문의 철망을 머릿속에 그리며 다시 한번 잘 생각해 보시오."

덩컨이 기도하는 듯한 모습으로 손을 뻗쳤다.

"그 수수께끼의 증거란 무엇입니까? 수수께끼의 범인은 누구입니까? 당신은 알고 있지요?"

변호사의 눈이 날카롭게 번쩍거렸다.

"물론 알고 있소." 펠 박사가 대답했다.

"그러나 앵거스 캠벨이 자살했다는 증거를 댈 수는 없겠지요?"

변호사는 주먹으로 테이블을 쾅쾅 두드리면서 말했다.

"그렇소. 그러나 포브스의 죽음이 살인이라고 증명되면, 그 유서는 가짜로서 무효가 되겠지요? 가까이 있는 타이프라이터를 쳐서 만든 유서라면 누구나 쓸 수 있을 거요. 사실 그것은 범인이 쓴 유서요. 이렇게 되면 경찰은 어떻게 생각할까요?"

"그러니까 분명히 말하자면 어떻게 된다는 겁니까?"

"그럼, 내 제안에 귀를 기울여주겠소?"

"무엇이든지 듣겠습니다."

변호사는 의자가 있는 곳으로 가서 큼직한 주먹을 꽉 움켜쥐고 자리에 앉았다.

"그러나 좀더 확실한 사실을 가르쳐주십시오. 범인은 누굽니까?"

펠 박사는 그에게로 눈길을 돌렸다.

"모두 알고 있지 않습니까?"

"모르겠습니다! 게다가…… 그렇지, 당신의 말씀을 전적으로 믿겠다고 말할 수는 없습니다. 범인은 누구지요?"

"아무래도 범인이 지금 이 집에 들어와 있을 것 같군." 펠 박사가 대답했다. "이제 곧 이곳에 나타날 것이오."

캐서린이 흥분한 눈길을 앨런에게로 돌렸다.

방 안은 아주 따뜻했다. 풀을 빳빳이 먹인 커튼 그늘에서 계절에 뒤늦게 살아남은 파리 한 마리가 밝은 창유리에서 날아다니고 있었다. 쥐죽은 듯 조용한 가운데 누군가 복도를 안쪽으로 갔다가 바깥쪽으로 되돌아오는 발소리가 똑똑히 들렸다.

"우리가 기다리는 인물일 것이오." 펠 박사는 여전히 담담한 말투로 말하더니 곧 커다란 목소리로 외쳤다.

"우리는 거실에 있소, 들어오시오!"

발소리가 잠깐 멎더니 방향을 바꾸어 거실 문을 향해 왔다.

덩컨은 발작적으로 일어나고 말았다. 두 손을 꽉 움켜쥔 채 손에 힘을 주어 손가락마디가 딱딱 소리를 내는 것이 앨런의 귀에도 들렸다.

맨 처음 발소리가 들렸을 때부터 손잡이가 돌아가고 문이 열릴 때까지 아마 5, 6초밖에 지나지 않았을 것이다. 그러나 앨런에게 이렇게 시간이 길게 느껴진 것은 처음이었다. 방 안의 마룻바닥이 저마다 멋대로 끽끽 울리고, 방 안의 갖가지 물건들이 창유리를 향해 날개를 퍼덕이는 파리처럼 생명과 의식을 가지고 끈질기게 울리는 것처럼 여겨졌다.

문이 열리고 한 사람이 들어왔다.

"저 사람이 살인범이오!" 펠 박사가 말했다.

박사가 가리킨 것은 허큘즈 보험회사 직원 월터 채프먼이었다.

제20장

 채프먼의 모습이 햇볕에 완전히 드러났다. 진한 감색 양복을 입고 있었다. 어깨가 떡 벌어진 당당한 체격. 밝은 색 머리카락. 젊고 발랄한 얼굴. 묘하게 엷은 색 눈동자. 한 손에 운두 높은 모자를 들고, 다른 한 손으로 넥타이를 잡아 비틀어 돌리고 있었다. 그는 멍한 표정으로 살짝 머리를 갸웃해보였다.
 "뭐라고 하셨습니까?"
 그는 얼마쯤 가늘고 높으며 날카롭게 울리는 목소리로 물었다.
 "채프먼 씨, 어서 들어오시라고 말했소." 펠 박사가 대답했다. "아니, 캠벨 씨라고 해야 할까요? 당신의 본디 이름은 캠벨이니까요, 그렇지 않소?"
 "대체 무슨 말씀을 하는 겁니까? 도무지 까닭을 모르겠군요!"
 펠 박사가 설명했다.
 "이틀 전 일이었소. 내가 처음 당신을 보았을 때, 당신은 지금과 마찬가지로 그곳에 서 있었소. 나는 창문께에 서 있었는데, 기억하오? 앵거스 캠벨의 사진을 자세히 들여다보고 있었지요. 서로 소개를 받지도 않았을 때였소. 문득 사진에서 눈을 들어 보니 눈앞에 서 있는 당신에게 너무나도 이 집안의 얼굴 특징이 잘 나타나 있어 어느 분이 캠벨 씨냐고 물었을 정도였지요."

앨런은 그때의 일을 돌이켜 생각했다.

머릿속에서 어깨가 떡 벌어진 그의 우람한 몸이 콜린과 앵거스의 어깨가 떡 벌어진 당당한 체격과 겹쳐서 떠올랐다. 밝은 색깔의 머리카락, 건강해 보이는 눈동자, 앨범 속의 로버트 캠벨과 똑같았다! 이런 모습이 물에 비친 형상처럼 흔들흔들하다가는 허물어져 없어졌으나, 특히 두드러진 특징만은 눈앞에 묵직하게 버티고 있는 사나이의 몸에 똑똑히 남아 있었다.

"어떻소, 덩컨 씨, 이 사람을 보면 누군가가 생각나지 않소?"

펠 박사가 물었다.

변호사는 기운을 잃고 의자에 털썩 주저앉아버렸다. 여위고 키가 큰 몸이 의자팔걸이를 찾아 매달린 모습은 헝겊으로 만든 말이 무대에서 맥없이 쓰러지는 것 같다는 표현이 더 어울릴 듯싶었다.

"로버트 캠벨……." 변호사가 말했다. 그것은 놀라움에 찬 소리도 아니었고, 묻는 듯한 소리도 아니었다. 아무 감정도 섞이지 않은 사실을 말하고 있는 말투였다. "로버트 캠벨의 아들이오."

"무슨 말씀인지 모르겠습니다만, 나는……."

스스로 채프먼이라고 일컫는 사나이가 입을 열자 펠 박사가 얼른 그를 가로막았다.

"앵거스 캠벨 씨의 사진과 이 사나이의 얼굴을 별안간 눈앞에 나란히 놓으면 당신들이 미처 알아보지 못했던 점을 깨닫게 될 것이오."

펠 박사는 잠시 이야기를 멈추었다. "또 한 가지 상기해 주어야 할 일이 있소."

펠 박사는 앨런과 캐서린에게로 눈을 돌렸다.

"엘스패트 캠벨 부인의 말에 의하면, 앵거스 캠벨 씨는 친척들의 닮은 점을 참으로 잘 찾아냈다고 하오. 그는 얼굴을 새카맣게 칠하고 묘한 말을 쓰고 있어도 피가 통하는 친척이라면 곧 알아볼 수 있었다는 것이오. 그런데, 정도는 다르지만 엘스패트 부인도 꽤 보는 눈이 날카롭지요."

박사는 다시 덩컨에게로 얼굴을 돌렸다.

"당신도 들었으리라고 생각하는데, 이 채프먼 씨가 늘 엘스패트 캠벨 부인을 피하고 어떤 경우에도 곁에 가까이 가지 않는다는 말을 듣고 몹시 기묘하고 재미있는 일이라고 생각했소. 이것은 조사해 볼 만한 일이라고 생각한 것이오.

스코틀랜드 경찰에서는 런던 경시청을 이용할 수 없지만, 나는 내 친구 해들리 경감에게 부탁하면 어떻게든 조사할 수 있으리라고 생각했소. 월터 채프먼 씨의 정체를 알아내는 데는 겨우 몇 시간밖에 걸리지 않았소. 더욱이 그 뒤 해들리 경감이 걸었던 해외전화에 대한 회답이 오늘 아침 일찍 도착했소."

박사는 거친 글씨로 수신인의 이름이 씌어 있는 봉투를 주머니에서 꺼내어 흘끗 보더니 안경을 고쳐 쓰고 채프먼을 노려보았다.

"본명은 월터 채프먼 캠벨, 지금은 어떻지 모르지만 남아프리카 연방공화국 여권을 가지고 있었소. 여권 번호는 609348이오. 그는 8년 전 아버지가 있는 포트 엘리자베스에서 영국으로 건너왔소. 아버지 로버트 캠벨 씨는 지금도 거기에 살고 있소. 병을 앓고 있다는 보고요. 지금 근무하는 허큘즈 보험회사에서는 아버지의 이름이 알려지면 좋지 않은 일이 있기 때문에 캠벨이라는 이름을 쓰지 않았소.

두 달 전 당신은 자신이 말한 바와 같이 잉글랜드를 떠나 글래스고 지점의 한 출장소 책임자로 옮겨왔소. 그리고 당신은 여기서 앵거스 캠벨 씨를 발견한 것이오."

월터 채프먼은 입술을 핥았다. 그의 얼굴에 회의적인 미소가 얼어붙어 있었다. 그러나 그 눈동자는 덩컨 변호사가 이 이야기를 어떻게 받아들일까 얼굴빛을 살피고 나서 다시 제자리로 돌아갔다.

"어이없는 말 하지 마시오!" 그는 소리쳤다.

"이런 사실을 부정하려는 거요?"

"그것은……."

채프먼은 우물쭈물했다. 칼라가 꼭 죄어 답답해보였다.

"개인적인 이유로 이름을 일부 잘라버린 것은 사실입니다. 그러나 그것이 대체 어쨌다는 겁니까?"

그는 팔을 조금 휘두르는 듯한 시늉을 해보였다. 이 몸짓은 보는 이로 하여금 콜린의 버릇을 생각나게 했다.

"펠 박사, 당신이 어제 치안대원 두 사람을 데리고 보험에 대해 쓸데없는 질문을 하기 위해 한밤중에 더눈에 있는 내 호텔에 와서 나를 깨웠던 이유를 물어봐도 좋겠지요? 그러나 그런 것은 어떻든 다시 한 번 묻겠는데, 내가 뭘 어떻게 했다는 겁니까?"

"앵거스 캠벨 씨의 자살계획을 도와주었소," 펠 박사가 대답했다. "콜린 캠벨을 죽이려고 했고, 앨릭 포브스를 살해했소."

채프먼의 얼굴에서 핏기가 사라졌다.

"어이가 없군!"

"앨릭 포브스를 모른단 말이오?"

"모릅니다!"

"글렌코 옆에 있는 그의 오두막 가까이에 간 일도 없소?"

"없습니다!"

펠 박사는 눈을 감았다. 조금 뒤 그는 차분한 목소리로 말하기 시작했다.

"그럼, 당신이 했다고 생각되는 행동을 내가 말해도 되겠소? 당신도 말했듯이 앵거스 캠벨 씨는 맨 마지막 보험을 계약할 때 글래스고에 있는 당신 사무실을 찾아갔소. 그 이전에도 그는 당신을 만난 일이 있다고 나는 생각하오. 그가 당신에게 자기 동생의 아들이라고 말하자, 당신은 처음에는 부정했으나 결국 털어놓고 말았소.

이것은 앵거스 캠벨 씨의 계획이 안전하다는, 결정적 근거가 돼 준 셈이오. 그는 우연으로 돌릴 만한 것은 한 가지도 남겨놓지 않았소. 그는 당신 아버지가 참으로 속이 검은 사나이라는 것을 알고 있었고, 당신 역시 뱃속 검은 사람이라는 것을 알아볼 정도의 안목을 갖추고 있었소. 그리하여 필요하지도 않은 보험을 계약하며 당신에게 접근할 구실을 만들어 그는 자기의 계획을 분명히 당신에게 털어놓았소. 이윽고 그가 변사하고 당신이 조사하러 오게 되었소. 만일 뭔가 잘못하여 실수라도 있게 되면 당신이 그것을 옹호하여 살인에 의해 죽은 것이라고 말하면 되는 거였소. 진상은 당신이 다 알고 있으니까.

당신이 앵거스 캠벨 씨의 일을 도운 이유는 얼마든지 있소. 그는 당신에게 캠벨 집안을 위한 것이라고 말했을 거요. 다시 말해서 그가 죽고 1만 8천 파운드 가까운 유산이 당신 아버지 손에 넘어가기까지 사이에는 65살이나 되는, 늙어서 앞날이 얼마 남지 않은 콜린밖에 없는 거요. 따라서 그 돈은 결국 당신 것이 된다고 말했을 것이오. 그는 당신의 육친애에 호소했소. 그가 맹목적으로 믿고 있는 유일한 애정이지요.

그런데 채프먼 캠벨 씨, 당신은 그런 애정을 갖고 있지 않소. 그리하여 그것을 거꾸로 이용할 방법을 생각해 낸 것이오. 앵거스 캠벨 노인이 죽고 콜린도 죽으면……."

펠 박사는 입을 다물었다. 곧이어 그는 다른 세 사람을 보며 말했다.

"콜린 살인 미수 사건에서는 이 사람이 범인이라는 것이 확실해졌을 거요. 콜린을 탑의 방에서 자도록 만든 사람이 바로 이 사나이였던 게 생각나지 않소?"

앨리스테어 덩컨이 의자에서 벌떡 일어났으나 다시 앉아버렸다.

방은 더웠고, 채프먼의 이마에는 작은 땀방울이 송글송글 솟아 있었다.

"괜찮다면, 그때의 두 대화를 생각해 봅시다. 하나는 월요일 밤 이 방에서 주고받은 것으로서 나는 나중에 들었지요. 또 하나는 화요일 오후 여기서 나누었는데, 그때는 나도 그 자리에 있었소.

이번 사건에서 맨 처음 '유령'이라는 말을 꺼낸 사람은 누구였소? 이 말은 콜린에게 마치 투우사의 케이프를 황소에게 보여주는 것과 같은 효과를 주었소. 생각해 보니 그 말을 꺼낸 것은 바로 이 채프먼 씨였소. 그는 월요일 밤 탑의 방에서 그때까지 아무도 하지 않았던 유령이라는 말을 일부러, 그것도 잘못 짐작해 가면서까지 무리하게 이야기 속에 끌어들였던 것이오.

콜린은 이 집에 유령 같은 것은 없다고 분명하게 단언했소. 그리하여 이 재간 있는 사나이는 유령을 보여주어야만 하게 되었소. 전에도 한 번 물어보았었지요? 월요일 밤 탑의 방에 나타난 얼굴에 구멍이 뚫린 하이랜드 사람의 무언극은 어째서 일어났을까 하고 말이오. 대답은 간단하오. 황소처럼 난폭한 콜린 캠벨을 충동질해서 마지막 행동으로 옮기게 하는 역할을 하기 위한 것이었소.

이 연극은 어렵지 않았소. 이곳의 탑은 저택과 따로 떨어져 있소. 밖의 가운데뜰에 1층 입구가 있으므로 외부 사람도 출입이 자유로웠소. 문은 언제나 열어두었으며, 닫았다 하더라도 흔해빠진 맹꽁이자물쇠였으니 어떻게든 열 수 있었겠지요. 케이프와 모자와 기름과 그림물감으로 조크 플레밍의 눈에 유령으로 비친 것이 나타난 셈이오. 만일 그 운전기사가 없었다 하더라도 누군가가 역시 보았을 거요."
"그래서요?"
"화요일 아침 일찍 채프먼 씨는 준비를 갖추었소. 유령이야기는 이미 퍼졌소. 그리하여 그는 여기 와서 유령이야기를 꺼내 가엾은 콜린을 물러설 수 없게 몰아넣었던 거요. 생각나지 않소?

콜린을 그렇게까지 격분하게 한 말이 뭐였지요? 콜린으로 하여금 이젠 더 참을 수 없다고 고함치도록 하고, 탑에서 자겠다고 크게 뽐내며 남의 눈에 띄는 행동을 하게 만든 것은 어떤 말이었지요? 이것이야말로 채프먼 씨의 꼼꼼하고 음험한 일련의 말이었소. 그는 마지막으로 '그러나 이 이상한 나라의 무시무시하고 기분 나쁜 집에 와 보니…… 나라면 단 하룻밤이라도 그런 방에서 자고 싶지 않을 것입니다'라고 말했소."
앨런의 기억 속에 그때의 광경이 다시 떠올랐다.
채프먼의 표정도 그럭저럭 그전대로 돌아왔으나 자포자기한 듯한 빛이 엿보이고 있었다.
"어떻게 해서든 콜린을 탑의 방에서 자게 해야 했던 것이오." 펠 박사의 추궁은 엄격했다. "물론 드라이아이스의 트릭은 다른 방에서도 효과가 있겠지만, 다른 곳이라면 채프먼의 손이 미치지 않지요. 그가 다른 방을 어슬렁거리고 다닐 수는 없으니까요. 자유로이 드나들 수 있도록 입구가 앞으로 나 있는 외딴 탑이야말로 적격의 장소였소. 콜린이 잘 자라고 소리치며 비틀비틀 층계를 올라가기 직전, 이 사나이는 드라이아이스를 넣은 케이스를 남겨두고 몰래 빠져나올 수가 있었소.

요점만 말하기로 하겠소. 물론 그때까지 채프먼 씨는 앵거스 캠벨 노인이 어떻게 죽었는지 알고 있는 듯한 기색을 전혀 보이지 않았소. 다른 사람과 마찬가지로 도무지 알 수 없는 듯한 얼굴을 하고 있었지요. 자기 입장에서는 자살이 아닌가 생각한다고 계속 주장해야 했으며, 또 사실 그 연극을 꽤 잘 해냈소.

당연한 이야기지만, 드라이아이스에 대한 일은 전혀 모르는 척하고 있었소. 아직 말할 수가 없었던 것이겠지요. 그런 말을 하면 괴담이야기로 콜린을 탑의 방에서 자게 할 수 없을 테니까. 그리하여 그는 앵거스 캠벨 노인은 아무런 까닭도 없이 창문으로 몸을 던져 자살한 것이라고 주장했소. 몇 번이나 세세한 점을 들면서, 그 자살에 어떤 까닭이 있다면 뭔가 요괴스러운 것에 겁을 먹었기 때문일 것이라고 말했던 것이오.

콜린을 처치할 때까지는 그 방법으로 밀고나갈 생각이었겠지요. 그 다음에는 모든 일이 완전히 달라질 테니까.

그때는 진상이 뚜렷하게 밝혀질 것이었소. 콜린은 탄산가스 중독으로 시체가 되어 나타나겠지요. 그러면 드라이아이스가 떠오를 것이오. 만일 드라이아이스 이야기가 나오지 않는다면, 이 사나이는 머리가 좋으니까 자신이 먼저 그 얘기를 꺼낼 생각이었을 거요. 이마를 톡톡 두드려 보이면서 물론 이것은 타살이라고 말하겠지요. 보험금은 지불하겠지만, 틀림없이 범인으로 여겨지는 흉악한 앨릭 포브스는 어디에 갔느냐는 둥 하고 말이오. 그리하여 콜린을 처치한 그날 밤 안에 앨릭 포브스도 곧 없애버려야 했던 것이오."

펠 박사의 파이프에 남아 있던 불씨는 어느 틈에 꺼져버렸다. 그는 파이프를 주머니에 넣고 엄지손가락을 조끼 호주머니에 걸치고 채프먼을 평가하는 듯이 싸늘한 눈초리로 바라보았다.

앨리스테어 덩컨은 한두 번 마른침을 삼켰다. 기다란 목에 결후가 올라갔다 내려왔다 했다. 이윽고 그가 가느다란 목소리로 물었다.
"그것을 입증할 수 있습니까?"
변호사가 가는 목소리로 물었다.
"입증해 보일 필요는 없지요." 펠 박사가 말했다. "포브스를 살해한 사실을 입증할 수 있으니까요. 안된 일이지만 교수대에 목이 달리게 되는 것은 한 사람을 죽였든 두 사람을 죽였든 마찬가지요. 채프먼 씨, 그렇지 않소?"
채프먼은 뒷걸음질쳤다.
"한 번이나 두 번쯤 포브스 씨와 만난 일이 있을지도 모르지만, 나는……." 채프먼은 쉬어터진 목소리로 정신없이 말하기 시작했다.
펠 박사가 말했다.
"만난 일이 있다고요! 그 사나이와는 잘 아는 사이였을걸요. 방해하지 말라고 위협한 적도 있었소. 나중엔 너무 뒤늦은 일이 되어버렸지만 말이오.

거기까지는 당신의 계획도 이중삼중으로 더없이 안전한 것이었소. 앵거스 캠벨 씨는 정말 자살했으니까요. 누가 범인으로 의심을 받는다 하더라도 당신이 의심받을 염려는 없었소. 실제로 손을 댄 건 아니었으니까. 나는 내기를 해도 좋소만, 그 노인이 죽은 날 밤에 당신은 누가 보아도 의심할 나위 없는 훌륭한 알리바이를 갖고 있었을 거요.

그러나 화요일 밤 콜린이 탑의 창문에서 떨어졌을 때 정말 죽었는지 어떤지 확인하지 않았던 것은 큰 실수였소. 그리고 그 뒤 자동차를 타고 앨릭 포브스와 마지막 모의를 하기 위해 글렌코에 갔을 때 좀더 큰 실수를 저질렀소. 채프먼 씨, 당신의 자동차 번호가 몇 번이지요?"
채프먼은 펠 박사를 향해 얼떨떨한 듯 눈만 껌벅거리고 있었다. 그의 얼굴에서 가장 침착하지 못한 부분은 묘한 빛을 띠고 있는 그 눈이었다.

"네?"

"자동차번호가 몇 번이냐고 물었소." 박사는 봉투 뒤를 보았다. "MGM 1911이지요?"

"글쎄요, 모르겠습니다. 네, 그럴 겁니다."

"새벽 2시와 3시 사이에 MGM 1911번 자동차가 포브스의 오두막 앞길 반대쪽에 멈춰서 있는 것을 본 사람이 있소. 그는 치안대원으로 기꺼이 증언대에 서겠다고 말했소. 그 인적이 드문 길도 요즈음에는 그다지 한적하지 않다는 것을 생각했어야 했소. 밤늦게 치안대원들이 순찰한다는 것을 잊지 않았더라면 좋았을 텐데……."

앨리스테어 덩컨 변호사의 얼굴이 더욱 창백해졌다.

"증거는 그것뿐입니까?" 그가 물었다.

"아니오, 이것은 시작에 지나지 않소." 펠 박사가 대답했다.

펠 박사는 콧잔등에 주름을 잡고 천장 한 귀퉁이를 노려보았다.

"드디어 포브스를 살해한 문제로 들어갈 참이오. 범인이 어떻게 안으로 잠겨진 방에서 빠져나왔는지 설명하겠소. 덩컨 씨, 당신은 기하학을 아시오?"

"기하학요?"

"예전에 억지로 시켜서 뭘 생각도 없어 나는 전혀 모르오만, 대수니 경제학이니 하는 전혀 재미도 없는 학교시절의 고민거리인 기하학 말이오. 직각 삼각형의 빗변의 제곱은 다른 두 변의 제곱의 합과 같다는 따위의 공식이 머리에 남아 있지요. 그런 쓸모없는 일에 머리를 쓰지 않아도 되어서 마음을 놓았는데, 동시에 그런 것이 일생에 한두 번쯤 도움이 되는 수도 있더군요. 포브스의 오두막을 기하의 도형으로 생각해 보시오."

박사는 주머니에서 연필을 꺼내 허공에 그림을 그려서 보여주었다.
"오두막은 12피트 정사각형이오, 아시겠소? 정면 한가운데에 문이 있소. 오른편 벽 한 가운데에 창문이 있고.

나는 어제 오두막 안에서 도무지 화가 치밀어 올라 견딜 수 없는 기분으로 그 창문을 노려보며 머리를 쥐어짜고 있었소.

어째서 창문 가리개를 떼어야 했을까? 아까도 말했지만, 범인이 철망 사이로 빠져나가기 위해서 라고는 생각할 수 없었소. 그것은 기하에서 흔히 말하는 앱서드(불능문제)요. 나는 옛날부터 이 앱서드(바보스럽다)라는 말을 깊이 생각했었지요.

이밖에 생각할 수 있는 유일한 설명은, 창문이 다른 어떤 방법으로 이용되었다고 생각하는 것이오. 창문의 철망을 내가 자세히 살펴본 일을 기억하겠지요?"
펠 박사는 앨런 쪽을 돌아보았다.
"네, 기억합니다."
"얼마나 튼튼한가 보려고 철망 사이로 손가락을 넣고 흔들어보았소. 그때도 아직 내 머리를 덮은 안개에 아무 빛도 비치지 않았소. 내가 그 늪에 빠져 허우적거리고 있을 때……."
펠 박사는 캐서린에게로 얼굴을 돌렸다.
"당신이 나같이 얼빠진 머리를 반짝 빛나게 하는 말을 해주었소."
"그런 일이 있었나요?" 캐서린이 물었다.
"물론이오. 글렌코 호텔의 여주인이 포브스가 곧잘 낚시질을 간다는 이야기를 했다고 말했잖소."
펠 박사는 두 손을 벌려보였다. 우레 같은 박사의 목소리가 변명하는 듯한 말투가 되었다.
"확실히 증거는 모두 갖추어졌소. 오두막에는 고기 비린내가 가득 차 있었소. 포브스가 잡은 물고기를 담는 종다래끼도 있었고 낚싯

줄도 있었소. 고무장화도 있었지요. 그제야 겨우 온 오두막을 살펴도 낚싯대가 보이지 않는다는 사실을 알아차렸소. 낚싯대가 없었소. 바로 이런 것인데……."

펠 박사는 스틱의 힘을 빌어 일어서더니 소파 뒤로 손을 뻗쳤다. 그는 커다란 슈트케이스를 꺼내어 뚜껑을 열었다. 그 속에 하나하나 떼어놓은 조립식 낚싯대가 있었다. 니켈과 코르크 손잡이가 달린 검은 금속 부분에 'A.M.F'라는 머릿글자가 새겨져 있었다. 그러나 릴에는 낚싯줄이 감겨져 있지 않았다. 대신 조립식 낚싯대의 밑동인지 끝인지에 난 동그란 구멍에 작은 낚싯바늘이 철사로 단단히 매어져 있었다. 펠 박사는 설명하기 시작했다.

"아주 좋은 도구요. 범인은 등 뒤에서 덤벼들어 목을 죄어 죽였소. 그런 다음 죽은 사나이를 매달아 자살한 것처럼 꾸며놓았소. 램프를 끄고 저절로 다 타버린 것처럼 남은 기름을 쏟아버리고는 창문 가리개를 떼어냈소.

그런 다음 범인은 낚싯대를 가지고 문으로 해서 오두막을 나왔소. 문을 닫고 그는 빗장을 위로 향하게 해두었소. 창문 있는 데로 가서 철망 사이로 낚싯대를 집어넣어——철망의 코는 나의 집게손가락이 들어갈 정도니까 낚싯대쯤은 쉽게 들어가지요——창문에서 문까지 비스듬히 뻗친 것이오.

낚싯대 끝에 맨 이 낚싯바늘로 빗장 손잡이를 걸어 앞으로 당겼소. 번쩍번쩍 빛나는 새 빗장이었던 것을 기억하겠지요? 아마 달빛을 받아 잘 보였을 것이오. 이리하여 전혀 힘들이지 않고 간단히 빗장이 앞으로 당겨지고 문이 잠겼소."

펠 박사는 슈트케이스를 가만히 소파 위에 내려놓았다.

"물론 창문 가리개를 떼어내야 했는데, 밖에서는 도저히 전처럼 해놓을 수가 없었지요. 그리고 낚싯대도 틀림없이 가져가야 했소. 손잡이와 릴은 아무리 애써도 철망으로 들어가지 않을 테고, 대만 던져 넣고 가면 현장을 한번 보기만 해도 곧 이 책략이 드러날 것이니까. 이리하여 그는 오두막에서 떠났소. 자동차로 돌아가는 길에 그를 본 사람이 있는데, 생김새까지 똑똑히 기억하고 있었지요."

채프먼은 목이 죄어 숨넘어가는 듯한 소리를 냈다.

"……맨 처음 자동차를 보고 이상하게 생각했던 바로 그 치안대원이었소. 범인은 돌아가면서 낚싯대를 하나하나 떼어서 여기저기 양치류 덤불에 하나씩 던져버리고 갔다더군요. 낚싯대를 찾아내기는 어려우리라고 생각했는데, 애거일셔 주 경찰 도널드슨 경감의 요청으로 이 지구 치안대에서 수사해 주었소."

펠 박사는 채프먼의 얼굴을 쳐다보았다.

"여기에는 당신 지문이 잔뜩 묻어 있소. 기억나겠지요? 밤중에 호텔로 당신을 찾아간 것은 담배 케이스의 지문을 채취하기 위해서였소. 동시에 포브스를 살해한 직후 그의 오두막 근처에서 자동차로 떠난 사나이가 당신이었는지 확인하기 위해서였소. 이제 어떻게 될 것인지 알겠지요? 교수형이오."

월터 채프먼 캠벨은 손끝으로 넥타이를 비틀고 있었다. 그의 표정은 잼을 넣어둔 벽장에 머리를 들이밀고 있다가 들킨 어린아이 같았다.

채프먼의 손가락이 위로 올라가 목을 만지다가 흠칫하며 목을 움츠렸다. 방이 더워서인지 뺨에 구레나룻처럼 땀이 흘러내렸다.

"서투른 수단으로 사람을 위협하지 마시오." 채프먼이 헛기침을 하고 간신히 목소리를 내어 말했으나 그다지 믿음직스러운 것은 못되었다. "거짓말이오! 모두 다 거짓말이오! 서투른 수작으로 나를 위협하고 있소!"

"이것이 서투른 위협이 아니라는 것은 당신이 더 잘 알고 있을 거요. 분명 세 형제 가운데 가장 영리한 사나이의 아들이 저지를 법한 범죄요. 앵거스와 콜린 형제가 죽고, 포브스가 범인 누명을 쓰고 사건이 종결되면 당신은 살그머니 포트 엘리자베스로 돌아갈 생각이었겠지요. 당신 아버지는 병으로 이미 아주 약해졌소. 1만 8천 파운드의 유산을 물려받는다 해도 아버지는 오래지 않아 죽을 것이오. 그렇게 되면 스코틀랜드에 오지 않고도, 아무에게도 얼굴을 보이지 않고도 돈을 받을 수 있다는 계획이었소.

그러나 이제는 돈도 탐나지 않을 거요. 교수형을 면할 기회가 있는데, 어떻소?"

월터 채프먼 캠벨은 두 손으로 얼굴을 가리고 말았다. 그는 자꾸만 목소리가 끊어져 띄엄띄엄 말했다.

"나쁜 생각은 없었습니다! 아아, 그럴 생각은 없었습니다! 경찰에 넘기진 않겠지요?"

펠 박사가 조용히 말했다.

"그렇게 하지는 않겠소. 만일 내가 시키는 대로 문서를 만들어 서명한다면 말이오."

채프먼은 얼른 얼굴에서 손을 떼더니 희미한 희망으로 눈을 빛냈다. 앨리스테어 덩컨이 쉬어터진 목소리로 말참견을 하고 나섰다.

"그게 대체 무슨 뜻입니까?"

펠 박사는 소파의 팔걸이를 손바닥으로 두드리고 있었다.

"이렇게 하는 목적은 엘스패트 캠벨 부인이 앵거스 캠벨 씨의 영혼이 지옥에서 불타고 있다고 걱정하는 일 없이 여생을 행복하게 보낼 수 있도록 돕는 데 있소. 아울러 엘스패트 부인과 콜린에게 고인이 바란 대로 안락한 생활을 하게 해주려는 목적도 있소. 그것뿐이오. 여기 써 있는 대로 쓰든가……."

펠 박사는 몇 장의 종이를 주머니에서 꺼냈다.

제20장 265

"아니면 내가 불러주는 대로 받아쓰는 거요. 이렇게 말이오…… 앵거스 캠벨을 모살하고……."
"뭐라고요?"
"콜린 캠벨을 죽이려고 했으며, 앨릭 포브스를 살해했다고. 다시 말해서 보험회사가 사실을 납득하여 돈을 지불하도록 증거서류를 작성하는 거요. 물론 앵거스 캠벨 씨를 살해한 것이 당신이 아니라는 건 잘 알고 있소. 그렇지만 죽였다고 쓰는 것이오. 그렇게 할 만한 동기는 충분히 있으니까.

자술서를 쓰고 나면 당신을 도우려고 해도 나로서는 힘든 일이오. 게다가 돕고 싶은 생각도 없소. 그러나 이런 일 정도는 할 수 있소. 나는 이 자술서를 48시간만 경찰의 눈에 띄지 않도록 감추어 두겠소. 그 동안에 달아나시오. 출국허가증을 받아야겠지만, 그것도 쉽지는 않겠지. 하지만 모르긴 해도 당신을 외국으로 실어다줄 친절한 선장 정도는 찾을 수 있을 거요. 그렇게 되면 요즈음 같은 세상에 당신을 다시 데려올 수는 없을 테니까 마음 놓고 살 수 있겠지요.

자술서를 쓰면 내가 그것을 갖고 시간을 벌어주는 것이오. 만일 거절한다면 지금까지 얻은 증거를 30분 안에 경찰에 넘기겠소. 어떻게 하겠소?"
채프먼이 박사를 노려보았다. 공포와 당혹과 불안이 깊은 증오가 되었다. 그는 쇳소리를 질렀다.
"믿을 수 없소! 당신이 자술서를 받고 곧 경찰에 내주지 않는다는 걸 어떻게 믿지요?"
"내가 그런 바보짓을 하면 당신은 앵거스 캠벨 씨의 자살에 대한 진상을 털어놓아 모든 것을 망쳐놓을 수 있겠지요. 그 두 사람에게 돈이 가지 않도록 하고, 엘스패트 캠벨 부인에게 사랑하는 사람이 저지른 짓을 죄다 털어놓을 수도 있을 거요. 내가 바라는 대로 되지 않도록 방해할 수도 있소. 알겠소? 당신이 나를 믿으면 나도 당신을 믿겠소."

채프먼은 또 넥타이를 비틀기 시작했다. 펠 박사는 큰 금시계를 꺼내어 들여다보았다.

"이처럼 불법적이고 나쁜 일은……." 덩컨이 쉰 목소리로 말했다.

"그렇소!" 채프먼이 격한 기세로 덤벼들 듯이 말했다. "어찌되었든 당신은 나를 놓아주려 하지 않을 거요! 당신 말은 전부 거짓이오! 증거가 되는 자술서를 손에 넣고 그런 짓을 한다면 당신들도 사후종범이 되는 겁니다!"

"나는 그렇게 생각지 않소." 펠 박사가 서두르지 않고 점잖게 말했다. "여기 계시는 덩컨 씨에게 물어보구려. 스코틀랜드 법률에는 사후종범이 없음을 가르쳐 주실 것이오."

덩컨은 입을 크게 벌렸다가 얼른 다물었다.

"나는 모든 점을 다 검토해 보고 절대로 안전하다는 확신을 얻었소. 그리고 진상은 지금 이 방에 있는 우리들만 알고 있기로 하고, 다른 사람에게는 알리지 않는 게 어떻겠소? 다시 말해서 여기 있는 우리가 죽을 때까지 이 약속을 지킨다고 맹세하는 거요. 여러분, 어떻습니까?"

"좋아요." 캐서린이 말했다.

"나도 좋습니다." 앨런이 동의했다.

덩컨은 방 한가운데에 우뚝 선 채 손을 휘젓고 있었다. 투덜투덜하고 있었지만, 우습거나 장난스러운 일이 아니었다. 오히려 괴로워 금방이라도 죽을 것 같은 얼굴 표정이란 바로 이런 것이라고 앨런은 생각했다.

"제발 부탁이니 늦기 전에 그 제안을 집어치우고 다시 생각해 주실

제20장 267

수 없겠소? 너무나 앞뒤 분별없이 함부로 생각하고 있습니다. 책임 있는 변호사로서 나는 그런 이야기를 인정하기는커녕 듣는 것만도 곤란합니다."

펠 박사는 태연했다. 그는 차분하게 대답했다.

"나는 이렇게 된 것을 다행이라고 생각하는데요. 내가 예상한 대로였소. 여러분이——덩컨 씨도 그렇지만——이제까지 애써온 것을 수포로 돌아가게 하고 싶지 않은 것이오. 스코틀랜드 사람인 당신은 좀더 이야기를 알아들을 수 있을 텐데, 잉글랜드 사람으로부터 자세하게 설명을 들어야만 알겠다는 거요?"

덩컨은 목구멍 속에서 신음 소리를 냈다. 펠 박사가 말을 계속했다.

"그럼, 법의 정의를 지킨다는 그 로맨틱한 생각을 집어치우고 우리와 행동과 운명을 같이한다고 여기면 될 거요. 자, 죽느냐 사느냐 하는 문제는 이제 모두 월터 채프먼 캠벨 씨 당신에게 달려 있는 셈이오. 나는 이런 제안을 내놓고 하루 종일 기다릴 생각은 없소. 어떻소? 두 가지 살인을 자술하고 달아나겠소? 아니면 양쪽 다 부정하고 하나의 살인으로 교수대의 이슬로 사라지겠소?"

채프먼은 눈을 감았다가 다시 떴다.

그는 처음 보듯 방 안을 둘러보고, 창 밖으로 반짝이는 만의 물을 바라보았다. 그리고 이제는 그의 손에 들어오지 않게 되어버렸지만 깨끗하고 평화로운 이 저택을 한 바퀴 둘러보았다.

"쓰겠습니다." 그가 말했다.

글래스고에서 출발하여 9시 15분에 유스턴에 도착하는 열차는 겨우 4시간 늦게 유스턴 역에 닿았다. 금빛 햇살에 빛나는 아침이어서 그을음투성이의 굴속 같은 역 안에까지 희미한 빛이 새어 들어오고 있었다.

 열차는 덜컹덜컹 소리를 내며 수증기를 뿜는 한숨과 함께 멈춰 섰다. 문이 소리 내며 열렸다. 일등침대 컴파트먼트에 목을 쏙 들이민 짐꾼은 이제까지 본 적도 없을 만큼 거만스럽고 잘난 체하는——따라서 팁이 적을 것 같은——두 사람을 보고 마음속으로 몹시 실망했다.

 한 사람은 젊은 여자로 입을 굳게 다문 새침한 표정으로 자개세공테 안경을 쓰고 있었다. 또 한 사람은 좀더 거만해 보이는 학자 같은 타입의 사나이였다.

 "짐꾼입니다만……."

 젊은 여자는 아무 말없이 흘끗 짐꾼을 쳐다보았다.

 "좋아요." 그녀가 말했다. "캠벨 박사님, 던비 백작이 프랑스 왕에게 보낸 메모에 '짐도 이를 승낙하노라'라는 왕의 서명이 들어 있는 것이 당신들 토리당 지지자들이 해석하듯 애국심에서 나온 게 아니라는 것쯤은 똑똑히 알았겠지요?"

 "부인, 이 엽총은 당신 것입니까? 아니면 손님 것입니까?"

 신사는 멍하니 짐꾼을 쳐다보았다.

 "아아, 내 거요. 증거물이 당국의 손에 넘어가지 않도록 할 작정이오."

 "뭐라고요?"

 그러나 신사는 이미 짐꾼의 말을 듣고 있지 않았다.

 "그러나 1689년 12월 하원에서 행한 던비 백작의 연설을 조금이라도 생각해 본다면, 아무리 편견 때문에 멍청해진 당신이라도 거기에 상당히 조리 있는 사고방식이 숨겨져 있다는 것을 알 수 있으리라고 생각하오. 이를테면……."

 짐을 짊어진 짐꾼은 터덜터덜 플랫폼을 걸어 힘없이 두 사람의 뒤를 따랐다.
 학문의 꽃이여!
 열차 바퀴는 다시 구르기 시작했다.

THE DANCING DETECTIVE
죽음의 무도
코넬 울리치

죽음의 무도

 내가 문을 확 밀치고 들어섰을 때 팻시 마리노는 평소처럼 사람들의 출근 시간을 점검하고 있었다. 그는 지금 들어오는 댄서가 나라는 것을 알자 자신이 본 시간이 정확한지를 확인하기 위해 시계를 다시 한 번 들여다보았다. 아니면 괜히 그러는 척하는지도 모른다. 내가 그나마 조금 여유있게 출근해서 홀의 플로어로 나가기 전에 이브닝 드레스라도 갖춰 입고 또 얼굴에 분이라도 찍어 바를 수 있었던 것은 몇 달 만에 처음 있는 일이었다.

 그래서인지 마리노가 비아냥거렸다. "이게 웬일이야? 어디 아픈가?"

 "여기서 벌어먹고 살려면 건강 진단서라도 받아와야 하나요?"

 나는 톡 쏘듯이 말을 받았다. 그러고는 어깨에 걸친 낡은 고양이털 숄 너머로 그에게 경멸의 눈길을 보냈다.

 "시간 맞춰 왔기에 웬일인가 싶어 물어본 거라구. 정말 별일 없는 거야?"

 그가 계속 빈정대는 투로 말했다.

"계속 지껄여대면 당신이야말로 괜찮지 않을 거예요."

내가 위협이라도 하듯이 말했는데, 목소리를 낮춘 탓에 그는 무슨 말인지 제대로 알아듣지 못한 것 같았다. 어쨌거나 그는 내 밥줄이었다.

홀 안은 시체보관소처럼 을씨년스러웠다. 8시 이전에는 늘상 그렇게 썰렁했다. 아니, 사실은 그렇다고 들었을 뿐이다. 주위 벽에서 희부옇고 불그스레한 빛을 비춰 홀 안의 분위기를 돋우는 사이키 조명등은 하나도 켜 있지 않았다. 연주석에는 빈 금박 의자 5개와 관 같은 단이 놓여 있을 뿐, 고양이 한 마리도 보이지 않았다. 큰길이 내다보이는 홀의 큰 창문들은 환기를 시키느라 모두 활짝 열어놓았다. 홀이 전과는 전혀 다르게 느껴졌다. 바깥 바람이 홀 안으로 들어와 신선한 공기를 마실 수 있다니!

분장실로 돌아가는 내 하이힐 소리가 빈 홀 안에 또각또각 울려퍼지면서 왁스칠을 한 플로어에 거꾸로 비친 내 모습이 저편에서 유령처럼 나를 쫓아왔다. 왠지 무시무시한 느낌이 들었다. 오늘밤이 불운한 밤이 될 것 같은 그런 느낌이었다. 그런 오싹한 느낌이 들 때면 영낙없이 불운이 현실로 나타나곤 했다.

나는 분장실 문을 열어 젖히고 들어서면서 큰 소리로 말했다.

"줄리, 왜 날 안 기다렸어? 그렇게 잘난 체할 거야?"

나는 더 이상 입을 다물 수밖에 없었다. 그녀는 여기서도 보이지 않았다. 집에도, 여기도 없다면 도대체 어디로 가버린 걸까?

분장실 안에는 헨더슨 할머니만이 내일자 타블로이드판 조간신문을 들고 앉아 있었다. 벌써 시간이 그렇게 됐나? 그 할머니는 나를 본 시간을 알고 싶어했다.

"아, 그만 들볶아요. 빈 속으로 일해야 하는 것만으로도 지겨워 죽겠어요." 내가 쏘아붙였다.

나는 고양이털 솔을 옷걸이에 걸었다. 그러고는 의자에 앉아 무도화를 벗어 그 안에 파우더를 약간 뿌린 다음 다시 신었다.

"이리로 오기 전에 줄리에게 들려 방문을 두드려 보았는데 아무런 대답이 없었어요. 우린 일하러 나오기 전에 언제나 만나서 자바 커피를 함께 한잔씩 했는데 말이에요. 플로어 출장 15회를 어떻게 꼬박 다 감당해야 할지 모르겠네……." 내가 말했다.

그때 쓸데없는 의심이 내 머릿속을 순간적으로 스쳐 지나갔다. 줄리가 일부러 나를 피한 것은 아닐까? 밤마다 항상 하던 대로 나에게 끌려 나와 커피 한잔 마시는 걸 피하기 위해서 말이다. 줄리의 하숙집에는 비상 계단이 있어서 그녀는 그리로 살짝 빠져나와 커피를 마실 수 있다. 그러나 우리 하숙집에서는 그렇지가 못했다. 나는 그것을 불공평한 일로 생각했다. 그렇지만 줄리는 그런 여자가 아니다. 줄리는 다른 사람에게 자기가 입고 있는 셔츠라도 벗어줄 여자였다. 사실은 셔츠를 안 입고 브래지어만 걸치고 있어서 못 벗어주는 거지만.

"그게 무슨 상관이야? 넌 네 커피 한잔 사 마실 동전 한 푼 가져본 적이 없잖아?" 할머니가 빈정거렸다.

그 말은 맞았다. 그렇지만 습관이란 참 묘한 것이다. 친한 동료와 어떤 일을 가지고 상의하는 데 익숙해지다 보니 지저분한 할머니와 이러쿵저러쿵 하는 것도 마다하지 않게 되었다.

"오늘 밤에 무슨 일이 일어날 것 같은 느낌이 들었어요." 내가 어깨를 움츠리며 말했다.

"맞아." 할머니가 맞장구를 쳤다. "아마 네가 쫓겨나는 일이 벌어질 거야."

나는 '좋아하시네' 하는 코웃음의 표시로 엄지손가락을 코에 대고 다른 손가락들을 흔들어 보이면서 몸을 반대편으로 돌려 의자에 앉았다. 할머니는 다시 조간신문으로 눈길을 돌렸다.
"요즘엔 근사한 살인사건이 통 일어나질 않는구나. 제기랄, 난 근사하고 흥미진진한 살인을 좋아하는데 한동안 소식이 없단 말이야."
할머니가 아쉽다는 표정을 지었다.
"바로 여기서 직접 사건 하나를 만들어보시지 그래요?"
나는 거울로 할머니를 쏘아보면서 말했다.
할머니는 그런 말에 별로 개의치 않았다. 할머니에겐 어쨌거나 그런 일이 당치도 않았으니 말이다.
"그 샐리인가 하는 남부 처녀에게 그 사건이 벌어졌을 때 너도 여기 있었던가?"
"아뇨! 내가 할머니처럼 늙은 줄 아슈? 내가 평생 여기서 춤이나 추고 있는 줄 아시냐고요?" 내가 큰 소리로 부인했다.
"어느 날 밤 그 처녀가 일하러 나오질 않았지. 그래서 가보니 그 꼴이…… 그것이 어떻게 되나? 그 사건이 불과……." 할머니는 손가락을 꼽아 보았다. "맞아, 3년 전이군."
"시끄러워요! 사실 그렇지 않아도 기분이 울적한 판인데." 나는 빽하고 소리를 질렀다.
할머니도 이제는 좀 열이 오르는 모양이었다.
"그래, 그 사건은 그렇다 치고, 프레더릭네 집 아이 때는 어땠지? 네가 여기 오기 얼마 전에 생긴 일이잖아?"
"알아요." 내가 말을 잘랐다. "그 사건에 대해서는 이야기를 모두 들은 기억이 나요. 그 이야긴 제발 그만 좀 해두세요."
할머니가 '쉿' 하는 시늉으로 손가락을 입에 댔다.
"이거 알아?" 할머니가 목소리를 낮추고 은밀한 표정을 지으면서 속삭였다. "그동안 난 늘 이상하게도 그 두 사건이 한 놈의 짓이라는 느낌이 들었어."

"한 놈이 한 짓이라면, 그놈의 세 번째 범행 대상이 되었으면 하고 내가 바라는 사람이 누군지는 알아요?" 내가 할머니를 노려보면서 말했다. 그때 다행히도 동료 댄서들이 우루루 나타나는 바람에 범행 대상자 얘기는 중간에서 끊겼다. 금발머리 댄서가 들어서고 레이먼드가 쿵쾅거리며 들어왔으며, 이탈리아 여자애와 다른 댄서들이 모두 나타났지만 줄리만은 보이지 않았다.

"그 애가 전에는 이렇게 늦은 적이 한 번도 없었는데!" 내가 이렇게 말했으나 다른 사람들은 내가 누구에 대해서, 또 무슨 얘기를 하는지도 몰랐다. 아니 누가 관심이라도 가지겠는가, 댄서들이 적지도 않은데.

바깥 홀에서는 트롬본이 음조를 맞춰보기 시작했다. 아마 이미 놀러온 손님들이 들어와 있는 모양이었다.

"난 흰 타일이나 닦고 물이나 뿌려야겠군." 헨더슨 할머니가 일어나 한숨을 쉬면서 중얼거렸다. 그러고는 작업실 쪽으로 비척비척 걸어갔다.

나는 분장실 문을 살짝 열고 홀 쪽을 내다보면서 줄리를 찾았다. 분위기를 돋우는 사이키 조명은 이제 불이 들어왔고, 매표 창구에서 표를 사는 손님들로 북적거렸다. 다른 댄서들은 모두 줄지어 서 있었으나 줄리의 모습만은 보이지 않았다.

"문 닫아! 우리가 여기서 공짜 쇼를 보여주는 줄 아니?" 누군가가 뒤에서 소리쳤다.

"너같이 쪼글쪼글한 낯가죽으로는 요리 한 상을 곁들여 준다고 하더라도 아무도 관심을 기울이지 않아!" 나는 소리지른 여자가 누구인지 돌아보지도 않고 불쑥 이런 말로 그녀의 입을 틀어막아 버렸다. 그러나 어쨌든 문을 닫긴 닫았다.

그때 마리노가 쫓아와서 문을 꽝 치면서 소리를 질렀다.

"밖으로 안 나가고 여기들 그대로 있으면 어떻게 해! 내가 도대체 무엇 때문에 너희들한테 돈을 지불해야 하는지 모르겠다!"
그러자 누군가가 되받았다.
"나도 가끔씩 그게 궁금하다구요."
놈팽이들이 떠들썩한 홀 안으로 우루루 몰려 들어왔다. 그때쯤되면 악단의 저음의 춤곡 연주 소리가 그곳에서 여섯 블록쯤 떨어진 골목까지 들릴 정도로 요란하게 울리기 시작하기 때문에 길거리를 지나가던 사람들도 그 소리에 이끌려 들어오곤 했다. 손님들이 들어왔으니 우리가 나설 차례였다. 우리는 죽기보다도 싫은, 피할 수 없는 일터로 줄지어 나갔다. 나는 맨 뒤에 나갔다. 플로어 가에 줄이 쳐지고 반사유리가 다닥다닥 붙은 조명등이 천장에서 빙글빙글 돌아가기 시작하면서 마치 은색 비를 뿌리듯 홀 안에 번쩍이는 불빛들을 흩뿌렸다.

"진저, 어디 가지?" 마리노가 물었다. 그가 이런 식으로 이름을 부를 때는 장난을 거는 게 아니란 것을 알 수 있었다.

"줄리한테 전화 좀 하려구요. 그 애한테 무슨 일이 생겼는지 좀 알아봐야겠어요." 내가 대답했다.

"거기 나가서 손님들하고 시시덕거리려는 거 아냐? 줄리도 여기 일이 몇 시에 시작되는지는 잘 알고 있다구! 걔가 여기서 얼마나 오랫동안 일한 줄이나 알아?" 그가 퉁명스럽게 말했다.

"하지만 걔가 계속 안 오면 걘 일자리를 잃을 거 아니에요? 당신이 잘라 버릴 테니까." 내가 애처로운 소리로 말했다.

"줄리는 이미 해고된 거야." 그는 시계를 들여다보더니 냉정하게 말했다.

나는 줄리에게 이 일자리가 얼마나 절실하게 필요한가를 잘 알고 있었다. 그래서 나는 그녀를 위해 해야 한다고 생각하는 일은 어떻게

든 할 생각이었다. 마침 그때 우쭐대기 좋아하는 예술가가 내 앞으로 오고 있었다. 그는 한번 달라붙으면 찰거머리처럼 떨궈 버리기 힘든 사람이었다. 그는 표를 살 때 한 1주일분을 한꺼번에 사기 때문에 나는 그가 우쭐대기 좋아하는 손님이라는 사실을 잘 알고 있었다. 사실 진짜 현명한 손님들은 그날 치만을 산다. 그 다음날은 홀에 불이라도 나서 홀랑 타버릴지도 모를 일이기 때문이다.

나는 그가 쥐고 있는 표의 한쪽을 잽싸게 떼어냈다. 그러자 이를 본 마리노가 몸을 돌려 가버렸다. 마리노가 돌아가는 것을 보고 나는 그 단골 손님에게 사정을 했다.

"이봐요, 잠시만 기다려줄래요? 먼저 전화 한 통화만 할게요. 1초도 안 걸릴 거예요."

"난 여기 춤추러 왔다구." 그가 투덜댔다.

"여자 친구한테 전화하는 거예요." 나는 그에게 다시 사정하듯이 이야기했다. "전화 끝내고 내내 애교있게 대해 줄게요." 나는 동전을 넣고 번호를 돌렸다. "내가 나중에 꼭 보상해 드릴게요. 자, 약속해요." 나는 잽싸게 그의 소매를 붙잡았다. "가지 말아요, 여기 서 계세요!"

줄리의 하숙집 여주인이 전화를 받았다.

"줄리 베넷은 아직 안 돌아왔나요?" 내가 물었다.

"모르겠는데, 어제부터 쭉 못 봤어." 그녀가 대답했다.

"좀 찾아봐 주실래요? 이미 출근시간이 늦은 데다 자칫하면 여기 일자리를 잃게 돼요." 내가 사정하듯이 말했다.

마리노가 나를 보고는 다시 쫓아와 고함을 질렀다. "내가 너한테 이야기……"

나는 그의 얼굴에 티켓 반쪽을 흔들어 보였다.

"난 지금 일하고 있는 거예요. 난 지금 이 신사의 시간을 쓰고 있다구요." 내가 쏘아붙이듯이 말했다. 그러고는 한 손으로 그 잘난 체하는 손님의 팔짱을 끼고 그에게 눈웃음을 쳤다.

화롯불에 아이스크림이 녹듯 그의 얼굴이 이내 확 펴졌다. 그는 "좋아, 맥" 하면서 자신이 짐짓 관대하고 예의바른 사람인 양 스스로 으스댔다.

이제 표 한장 값인 10센트 중에서 7센트 정도는 이미 지나간 셈이었다.

마리노가 다시 돌아가고, 전화에서는 하숙집 2층에 올라갔다 온 여주인의 목소리가 들려왔다.

"방문을 두드려도 대답이 없는 것을 보니 나간 모양이야."

"줄리에게 무슨 일이 생긴 게 아닐까? 나한테 아무 말도 안하고 그렇게 불쑥 일자리를 내버릴 애가 아니거든." 나는 전화를 끊고 중얼거렸다.

옆에서 떠들썩한 판이 계속 이어지다 보니, 그때쯤에는 단골손님도 좀이 쑤시기 시작하는 모양이었다. 그가 안절부절못하는 표정을 짓더니 마침내 입을 뗐다. "한판 돌아갈 거야? 아니면 그렇게 우거지상을 한 채 거기에 계속 서 있을 거야?"

"자, 제 몸을 감싸안아 봐요." 나는 두 팔꿈치를 앞으로 뻗으면서 초조한 표정으로 소리쳤다. 바로 그때 한판이 끝나고 휴식시간이 시작되었다.

"10센트만 날려버렸군." 그는 나를 불쾌한 표정으로 노려보더니 다른 댄서를 물색하기 위해 가버렸다.

나는 무슨 일이건 일단 벌어진 일에 대해서는 절대로 걱정하지 않는다. 더욱이 내게 유리한 국면으로 접어드는 상황에서라면 말이다. 아무런 소득이 없더라도 일단 전화를 걸었다면 알고 싶은 것은 모두 알아보고 끊어야 하는 것이다. 나는 플로어 밖으로 돌아갔다. 그러고는 마늘 먹는 손님은 상대할 수 없다는 표시로 손가락을 깍지끼었다.

다음 판이 시작될 무렵, 나는 오늘 밤에는 더 이상 그녀를 기다려 보았자 소용이 없다는 걸 알게 되었다. 그쯤에서 나타난다고 하더라도 마리노가 내쫓을 게 분명했다. 그런 지경에서는 나라고 해도 그녀에게 아무런 도움이 될 수 없을 것이다. 나는 그녀에게 무슨 일이 생긴 것일까 하고 생각하면서 계속 이런 저런 걱정에 휩싸였고, 오늘 밤이 불길한 밤이 되리라는 소름끼치는 느낌은 점점 더 강하게 엄습해왔다. 시시덕거리는 분위기 속에서 떨쳐버리려 해도 그런 오싹한 느낌은 좀처럼 사라지지 않았다.

춤판이 이어지는 가운데 손님들이 오렌지에이드를 계속 사주었지만 그런 음료들로도 나는 활기를 되찾을 수 없었다. 나는 먹고 싶지 않아도 그런 음료를 거절할 형편이 못 되었다. 댄스홀 매점 수익 중 일정액을 마리노가 챙기기 때문이었다.

줄리 때문에 신경이 쓰여 걱정이 되는 것을 제외하면 오늘밤도 여느때와 다를 바 없었다. 나는 다른 동료 댄서들보다 그녀와 특히 친했다. 줄리가 정직했기 때문이다. 나는 언제나 그렇듯이 종잡을 수 없는 생각에 빠져 있었다.

"두 다리로 즐겨요, 두 다리로. 혁대 버클을 밀착시키려는 짓은 그만 둬요." 내가 짜증스런 표정으로 상대방에게 말했다.

"내가 어떻게 해야 한다는 거야? 우리 사이에 옹벽이라도 치란 말이야?"

"3마일 접근 금지구역 바깥에만 머물러 있으면 돼요. 그리고 플로어 한복판에서 무슨 등산하듯이 하지 말아요. 내가 알프스산처럼 보여요?" 내가 발끈한 표정으로 쏘아붙였다. 그리고 나는 마리노가 나를 지켜보고 있는지 확인하기 위해 주위를 둘러보았다.

이제 상대방은 좀전처럼 함부로 몸을 비벼대는 짓은 하지 않았다.

이곳에 찾아오는 손님들은 대부분 이 사람처럼 따끔한 경고 한마디에 움찔한다. 그러나 댄서들이 너무 자주 앙탈을 부리면 지배인으로부터 말썽꾸러기로 찍히기 쉽다. 일단 그렇게 되면 벌이는 끊어진다.

그들이 나타난 것이 12시경이었다. 그때 나는 3시간 30분 동안 계속 플로어에서 춤추고 있었고, 마지막 한판이 남아 있던 때였다. 벌어먹고 사는 방법 가운데 이 짓보다 더 고약한 일들이 여럿 있을 것이다. 누구든지 그런 방법들을 꼽을 수 있다. 내가 시간이 얼추 밤 12시쯤 되었으리라고 짐작하는 것은 악단장인 듀크가 방금 〈그 부인은 매춘부라네〉라는 곡을 끝마쳤기 때문이었다. 그가 연주하는 곡목의 순서를 잘 알고 있었기 때문에, 상선에서 선원들이 시종 소리로 시간을 알듯, 나도 연주 곡목만을 듣고서도 시간이 얼마나 되었는지 알 수 있었다. 그런데 저 사람들, 이상한 손님들이네? 〈라임하우스 블루스〉도 반이나 연주했는데.

그들이 홀 안으로 들어섰을 때 나는 어떤 사람들인가 하고 흘끗 쳐다보았다. 이렇게 늦게 댄스홀을 찾아오는 손님은 거의 없다. 들어올 때 낸 입장료를 생각하면 본전을 뽑을 만한 시간이 별로 없기 때문이다.

일행은 두 명이었다. 하나는 살이 찌고 배가 불쑥 나온 자그마한 사람으로 흔히 말하는 배불뚝이 타입이었다. 다른 하나는 굉장히 매력적인 사람이었다. 그는 키가 크진 않았지만 가무잡잡한 미남형이었다. 보통 키에, 머리색깔이 엷고 미남이라기보다는 윤곽이 뚜렷하고 핸섬한 용모였다. 내게 무슨 꿈 같은 것이 남아 있다면 그런 꿈 속으로 나를 몰아갈 수 있을 법한 사람이었다.

그러나 나는 그런 꿈이 남아 있지 않기 때문에 마지막 댄스 판이 돌아가는 동안에 손님의 표에서 떼어내 보관하고 있던 부본을 헤아리기 위해서 분장실로 향했다. 내가 얼마나 벌었는가 보려는 것이다.

그것들을 넘겨주면 10센트짜리 표의 부본 1장당 2센트씩을 받을 수 있다.

이들은 선 채로 홀 안을 쓱 훑어보고는 마리노를 오라고 불렀다. 그러더니 세 사람은 주위를 둘러보다가 분장실로 막 들어가려는 나를 쳐다보았다. 마리노가 나에게 오라고 손짓을 했다. 나는 무슨 일인가 싶어서 그들 곁으로 다가갔다. 듀크의 다음 연주 곡목은 〈룸바〉(쿠바 원주민들의 춤이나
그것을 모방한 사교춤)여서 나는 혼자 중얼거렸다.

"내가 저 귀여운 잘생긴 남자를 사로잡는다면 가슴 두근거리면서 이 플로어를 누비고 돌 텐데."

"네 물건들을 챙겨, 진저." 마리노가 말했다. 나는 두 사람 중 하나가 나를 데리고 외출하려는 것으로 생각했다. 손님들은 댄서들을 데리고 나갈 수 있었다. 물론 그 시간 동안 일을 하지 못하는 데 대한 대가를 지배인에게 충분히 치뤄야만 가능했다. 외출은 얼핏 듣기보다는 그렇게 고약하지 않다. 같이 나가 싸구려 음식점 같은 곳에 앉아서 손님의 이런저런 넋두리 같은 이야기를 들어주며 밤시간을 보낼 수 있기 때문이다. 모든 것은 자신이 알아서 할 일이다.

"저 여자의 보석 보증인이 돼야 하나요?" 내가 검은 담비 모피옷을 걸치고 다시 나왔을 때 마침 마리노의 소리가 귀에 들렸다.

"아니, 아니, 필요없어요. 우린 그저 저 여자가 사건 배경이나 좀 알 수 있도록 도와주길 바랄 뿐입니다." 뚱뚱한 남자가 대답했다.

그때서야 나는 상황을 깨닫고 안절부절못하며 목소리를 높여 신경질적으로 물었다.

"무슨 일이죠? 날 체포하는 거예요? 내가 뭘 했기에? 날 어디로 데려가는 거예요?"

"진저, 저분들은 그저 같이 가 주었으면 하는 것뿐이야. 진저는 착하니까 저분들 원하는 대로 해야 하겠지." 마리노가 나서서 날 진정시키려 했다. 그리고 마리노가 그들에게 내가 알아들을 수 없는 이야기를 했다.

"여기서 말썽이 일어나지 않도록 애 좀 써주시겠죠, 그렇죠? 난 사실 지난 6개월 동안 줄곧 적자였어요."

나는 두 사람 사이에 끼인 채 그들을 번갈아 쳐다보면서 잔뜩 겁을 먹고 움츠러들어 있었다. 도살장으로 끌려가는 것 같은 느낌이었다.

"날 어디로 데려가는 거예요?" 내가 층계를 내려가면서 우는 소리로 물었다.

택시에 탄 뒤에야 그 대답을 들을 수 있었다.

"줄리 베넷에게 가는 거요, 진저."

이들은 마리노에게 들어 내 이름을 아는 것 같았다.

"줄리가 어떻게 됐나요?" 내가 반쯤 흐느끼는 목소리로 물었다.

"이제 이야기해주는 게 좋잖아, 닉? 그렇지 않으면 현장에 도착해서 난리를 칠 걸세." 뚱보가 말했다.

"당신 친구 줄리가 험한 꼴을 당했소, 아가씨."

닉이 될 수 있는 대로 차분하게 말했다.

그는 손가락을 세워 자신의 목을 가로로 베는 흉내를 냈다.

뚱보의 예상과는 달리 나는 바로 택시 안에서 난리를 쳤다. "오, 안 돼!" 나는 두 손으로 머리를 감싸면서 나직하게 외쳤다. "줄리는 어젯밤에도 나와 함께 플로어에서 일했어요! 어젯밤 바로 이 시간쯤에 우리는 분장실에서 담배를 한 대씩 피우면서 웃고 떠들었어요! 안 돼요! 줄리는 내 하나밖에 없는 친구예요!" 그리고 나는 화장한 얼굴도 아랑곳 않고 두 살짜리 어린애처럼 소리지르며 울기 시작했다.

몹시 당황한 기색으로 안절부절못하던 이 닉이란 친구가 보다 못해 호주머니에서 달콤한 포도주병을 꺼내들고 말했다.

"자, 이거 한잔 하며 마음을 진정시켜요, 예쁜 아가씨."

두 사람 사이에 끼어 하숙집 계단을 올라갈 때 나는 아직도 가슴을 진정시키는 중이었다. 나는 줄리의 방 앞에서 주춤했다.

"줄리가, 줄리가 아직도 안에 있나요?"

"없어요. 당신이 그녀를 볼 일은 없을 거요." 닉이 안심시켰다.

방 안에 줄리가 없어서 그녀의 모습을 보지 못했지만 정작 방 안을 살펴보니 그 안에 시신이 있느니만 못했다. 오, 맙소사, 저 시트에 닭을 잡은 듯한 저런 끔찍한 자국이 남다니! 나는 몸을 홱 돌려 앞에 보이는 것에 무조건 얼굴을 파묻었는데 알고 보니 바로 닉의 가슴이었다. 그는 싫지 않은 것처럼 잠시 그렇게 가만히 서서 "끔찍한걸. 어디 안 보이는 데로 치울 수 없나?" 하고 소리쳤다.

내가 마음이 어느 정도 진정되자 그들은 질문을 하기 시작했지만 다그치는 식은 아니었다. 그들의 말처럼 줄리의 주변 사정을 알아보겠다는 단순한 의도였다.

"당신이 그녀가 살아 있는 모습을 마지막으로 본 게 언제였소? 그 여자가 여기저기 많이 배회하지는 않았는지, 무슨 말인지 알겠소? 그녀에게 특별히 사귀던 애인이 있었소?"

"우리는 하숙집 아래층 문밖에서 오늘 새벽, 어젯밤이었던가, 아니 어느 쪽이었건 간에 한 시 반쯤 헤어졌어요. 우리는 일이 끝나면 곧바로 조이랜드에서 함께 걸어서 집으로 돌아왔어요. 그 애는 전혀 길거리를 배회하지 않았어요. 일을 끝낸 뒤엔 그 애도, 나도 전혀 남자들과 데이트하지 않았어요." 나는 그들의 질문에 대답했다.

테리어 개가 무엇을 듣고 귀를 쫑긋 세울 때처럼 닉의 왼쪽 눈썹 끝이 이 말을 듣는 순간 홱 치켜 올라갔다.

"누군가가 두 사람을 따라오는 것 못 봤소?"

"우리같이 이런 일을 하는 사람들에겐 그런 사람들이 항상 따라붙기 마련이죠. 그렇지만 대개 다섯 블록쯤 따라오다가 떨어져나가죠. 그리고 조이랜드에서 여기까진 열 블록이나 되거든요."
"플로어에서 밤새도록 다리품을 팔고 나서도 걸어다닌다?"
뚱보가 어이가 없다는 표정으로 물었다.
"택시를 타야겠지만 우리 수입으로는 어림없어요! 어젯밤엔 아무도 따라오는 사람이 없었다고 맹세할 수는 없어요. 뒤를 돌아보지 않았으니까요. 뒤를 돌아보는 것은 곧 따라오라고 유혹하는 신호가 되는 셈이죠."
"그 말은 꼭 기억해 두겠소." 닉이 무심결에 말했다.
"그 일······그 일이 바로 여기서 일어났나요?" 나는 용기를 내서 입을 열었지만 역시 더듬거리지 않을 수 없었다.
"그게 이렇게 된 거야. 그 여자가 처음에 당신을 보내고 난 뒤에 다시 밖으로 나갔는데······."
"내가 그 애를 더 잘 알아요! 그런 말 하지 말아요. 그렇지 않으면 이걸로 주둥이를 후려치겠어요!" 내가 날카로운 소리로 말했다. 나는 내 고양이털 숄을 휘둘렀다.

그가 조그만 통을 집어들고 내 눈앞에서 흔들어댔다. "이거, 이게 아스피린이야! 우리한테 엉뚱한 소리 할 생각 말아. 벌써 6번 애버뉴에 있는 심야영업하는 약방을 다 조사했단 말이야!" 그는 두어 차례 심호흡을 하며 가슴을 진정시킨 뒤에 다시 자리에 앉았다. "그녀는 집 바깥으로 나가면서 하숙집 문을 잠그지 않았다구. 게을렀거나 아니면 무심코 그랬을 거야. 대신 문 밑에 종이 뭉치를 끼워넣어 돌아올 때까지 약간 열린 상태로 놔두었던 거지. 5분이 채 될까말까한 그 시간에 길 건너편에서 지켜보고 있던 누군가가 이 문으로 살짝 들어와서 2층 복도, 바로 여기에서 숨어 기다리고 있었던 거요. 범인은 굉장히 약은 사람이어서 큰길처럼 고함을 지를 만한 곳은 피했던 거요."

"범인은 줄리가 돌아올 것이란 점을 어떻게 알았을까요?"

"문을 잠그지 않은 것을 보고 알았을 거야. 또 약국 점원 이야기로는 그녀가 옷은 제대로 입었지만 발을 식히려 했는지 맨발로 슬리퍼를 신고 나왔다는 거야. 살인범은 그런 차림도 보았음이 분명해요."

"그런데 왜 줄리가 여기 건물 안에서 비명을 지르지 못했을까요? 여기 앞뒤의 다른 방에서 사람들이 자고 있었을 텐데……."

나는 궁금한 나머지 큰소리로 물었다.

"범인은 그렇게 하기 전 눈깜짝할 사이에 그녀를 덮쳤지. 그것도 피해자가 방문을 여는 순간에 목을 꽉 움켜쥐고 방 안으로 끌고 들어가서, 문을 닫은 다음에 문 안쪽에서 손에 마지막 힘을 주어 그녀를 목졸라 죽였던 거지. 그러다가 범인은 나중에야 아스피린 생각이 나서 다시 나와 피해자가 떨어뜨려 여기저기 흩어져 있던 아스피린을 주워모았던 것이지. 그런데 그중 그가 보지 못했던 한 알을 우리가 찾아낸 거요. 당신 친구가 아스피린 한 알을 복용하려고 걸음을 멈추지는 않았을 거요. 이게 우리가 문 밖에서 파악한 사건의 전부요."

나는 지금은 가려놓은 시트를 다시 한번 바라보고 있었다. 알고 싶지는 않았지만, 그래도 알아야만 했다.

"그런데 범인이 줄리를 목졸라 죽였다면, 그렇다면, 저 피는 어디서……," 나는 말을 하다가 잠시 진저리를 쳤다. "흘러나온 것인가요?"

뚱보는 대답하지 않았다. 그는 나머지 이야기는 내게 해주고 싶지 않다는 듯이 입을 꽉 다물어 버렸다. 그 또한 얼마간 메스꺼운 기색이었다. 그는 방 안을 찬찬히 살펴보기 시작했다. 난 이제 탐정이나 된 것처럼 실내를 둘러보는 그의 눈길을 따라가며 그 뒤에 벌어진 상황을 꿰맞춰 판단해 보고자 했다. 그는 내가 자기의 눈을 살피고 있음을 모르고 있었다. 그렇지 않았다면 그는 자기 눈동자가 그런 식으로 움직이게 내버려 두지는 않았을 것이다.

우선 그의 눈은 줄리가 테이블에 놓아둔 조그만 휴대용 축음기에 쏠렸다. 줄리는 대나무 바늘을 이용해서 밤늦게 이 축음기를 틀었는데 소리가 워낙 작고 부드러운 탓에 이웃 사람들의 귀에는 들리지 않았다. 뚜껑이 열린 채 판이 한 장 걸려 있었으나 바늘은 반쯤 닳아 없어진 상태였다. 판을 계속 되풀이해서 틀었던 탓인지 바늘들은 모두 끝이 갈라져 있었다.

뒤이어 그의 시선이 펴놓은 종이 한 장에 쏠렸다. 그 종이 위에는 반짝이는 10센트짜리 새 주화가 8개에서 10개가량 놓여 있었다. 나는 이 주화들을 물증으로 삼기 위해 일부러 종이 위에 올려놓은 것으로 생각했다. 반짝거리는 주화 중 몇 개는 조그만 갈색 반점들이 묻어 있었다. 마지막으로 그의 시선은 카펫으로 쏠렸다. 카펫은 여기저기 주름지고 접혀 있었는데 특히 가장자리 부분들이 심했다. 무엇인가 무겁고 축 처진 물체가 그 위에서 앞뒤로 끌려다닌 듯했다.

그 순간 나는 두 손으로 머리를 감쌌다. 엄습하는 공포로 거의 미칠 것만 같았다. 나는 속으로 그가 아니라는 말을 해주길 바랐으나 아무 말이 없자 결국 숨을 헐떡이며 물었다.

"그렇다면 범인은 줄리가 숨이 끊어진 뒤에 줄리와 춤을 추었다는 이야기인가요? 춤을 출 때마다 매번 줄리의 시신에다 10센트짜리 주화를 하나씩 던져주고는 되풀이해서 칼로 그녀의 몸을 찔렀다는 건가요?"

칼이나 흉기 같은 것은 남아 있지 않았다. 이들이 지문을 뜨기 위해 이미 다른 곳으로 보냈거나 아니면 범인이 범행 후에 다시 가져갔을 것이다.
 여기 이 방에서 틀림없이 벌어졌던 일들, 죽음의 춤을 추었다는 것 ……. 내가 아는 것은 고작해야 이곳을 떠나 밖으로 나가고 싶다는 것과 더 이상 견딜 수가 없다는 사실이었다. 그러나 팔꿈치를 잡고 있는 닉의 부축을 받으면서 비틀거리며 밖으로 나오다가 나는 휴대용 축음기에 걸린 레코드판의 라벨을 보지 않을 수 없었다. 〈불쌍한 나비〉라는 곡이었다.
 나는 문 밖으로 비틀거리며 나와서 간신히 입을 뗐다.
 "저 판은 줄리가 걸지 않았어요. 줄리는 따분하다면서 저 곡을 아주 싫어했거든요. 언젠가 내가 여기에 와서 그 판을 틀려고 할 때 줄리는 그 판을 홱 나꿔채더니 도저히 못 듣겠다며 그 자리에서 부수어버리려고 해서 내가 간신히 말렸던 기억이 나요. 줄리는 사랑도, 남자 나부랭이도 완전히 외면하고 지냈는데 그 레코드판이 눈물이나 질질 짜내는 감상적인 것이어서 정말 싫다는 것이었죠. 그 판은 줄리가 산 것이 아니고 중고 축음기를 살 때 덤으로 받은 것이었어요."
 "그 말이 어떤 의미를 담고 있다면 우린 그의 애창곡을 알게 된 셈이군. 피해자가 그 곡을 몹시 싫어했다면 그건 쌓아놓은 레코드판의 위쪽 언저리가 아니라 맨 아래쪽에 있었을 거야. 그렇다면 범인은 자기가 좋아하는 곡을 찾기 위해 이 판들을 죽 훑어보는 수고를 했다는 얘기군."
 "이미 줄리의 시체를 한 팔로 안은 채 말이에요!"
 그렇잖아도 이런 저런 공포에 휩싸여 있는 판에 그런 생각까지 떠오르니 눈앞이 캄캄해졌다. 우리가 2층 계단을 내려오는데 갑자기 마룻바닥이 내 얼굴로 확 밀려오는 것 같았다. 그 순간 나는 닉의 팔이 버팀목처럼 내 상체를 받쳐 안는 것을 느낄 수 있었다. 그래서 나는 그의 팔에 턱 하니 걸린 형상이 되었다. 내 몸에 남자의 몸이 닿는 게 불쾌하지 않은 것은 이때가 처음이었다.

내가 다시 정신을 차렸을 때 그는 나를 부축해서 줄리의 하숙집에서 두어 집 아래쪽에 있는 간이식당으로 자리를 옮긴 다음이었다. 그는 나를 카운터 앞의 의자에 앉히고 내 입술에 커피를 한 잔 가져다 축이고 있었다.

"진저, 괜찮소?" 그가 부드러운 목소리로 물었다.

"괜찮아요." 나는 슬픔이 복받쳐 무릎 위로 눈물을 뚝뚝 흘렸다. "닉은 어떠세요?"

줄리 베넷이 피살된 밤의 상황은 일단 이 상태에서 모두 파악된 셈이다.

조이랜드 댄스홀은 다음날 밤 손님이 뜸했다. 나는 정향을 씹으면서 조금 늦게 나왔으나 어쩐 일인지 마리노는 별다른 잔소리를 하지 않았다. 아마 그에게도 인정이 조금은 남아 있는 모양이다. 그는 서둘러 지나가는 나에게 슬쩍 이런 말을 한 것이 고작이었다.

"이봐 진저, 플로어에서는 그 이야길 절대 하지 말라구, 알겠어? 누가 물어도 아무것도 모른다고 해. 자칫 잘못하면 장사가 거덜나겠어."

악단장인 듀크가 분장실로 가는 나를 불러 세웠다.

"어젯밤에 형사들이 당신을 데려갔다는 이야길 들었어."

"아무도 누구를 여기에서 어디로 데려간 적이 없었다구요, 슈말츠 씨(닭고기의 지방이라는 뜻)." 내가 그의 말을 낚아채듯이 대답했다. 그는 목이 덮일 정도로 머리를 길게 기르고 있어서 나는 그를 슈말츠라고 불렀다. 우리 직업 댄서들 사이에서는 장발의 악사들을 항상 그런 식으로 불렀다.

플로어에 나가 있을 때보다 분장실에 남아 있을 때 더 절실하게 줄리 생각이 났다. 플로어에는 주위에 손님들이 북적대고 또 떠들썩한 소리와 음악이라도 있었다. 그러나 이곳 분장실에 남아 있을 때는 줄리의 유령이 내 옆자리에 앉아서 거울을 들여다보며 코에 파우더를 바르고 있는 듯한 느낌이 들었다. 그녀가 옷가지를 걸어 놓았던 옷걸이 밑에는 아직도 연필로 써놓은 줄리의 이름이 남아 있었다.

헨더슨 할머니는 제 세상을 만난 듯 즐거워하며 다른 사람의 혼을 뺄 정도로 수다를 떨었다. 오늘 밤은 다른 날과는 달리 내일자 타블로이드판 조간신문을 두 가지나 들고 있었다. 그리고 살인사건 기사 내용을 훤히 꿰고 있었다. 할머니는 댄서들의 어깨쪽으로 상체를 숙이고는 그들의 목에 입김을 뿜으면서 거품을 물었다.

"그런데 그녀의 시체를 발견했을 때 두 눈꺼풀에 10센트짜리 주화가 각각 나란히 놓여 있었다더구먼. 그리고 입술에도 주화 하나가 있었고, 양쪽 손에도 은화를 하나씩 넣어 움켜쥐고 있는 것처럼 해놓았다더군. 거참, 대단해! 이것과 비슷한 얘길 들어본 적이 있는 지들 모르겠어? 야아, 범인은 틀림없이 너희 같은 직업댄서들을 몹시 싫어했음이 분명하……."

내가 분장실 문을 홱 열고 가장 위협적인 자세로 발길질을 해서 할머니를 홀 쪽으로 내몰았다. 지난 20년간 할머니가 그렇게 민첩하게 몸을 움직인 적은 없었을 것이다. 다른 댄서들은 그냥 구경만 하다가 서로 뭐라고 소곤거렸는데 "성질이 불 같지?" 하는 소리도 들렸다.

"그만들 하고 밖으로 나가라구. 내가 무엇 때문에 돈을 주는 줄 알아?" 마리노가 문 앞에서 고함을 질렀다.

구슬프게 연주하는 클라리넷 소리를 들으며 우리는 일렬로 촘촘하게 서서 끌려가는 포로들처럼 홀로 나갔다. 또 지겨운 밤이 시작된 것이다.

나는 열 번째 춤판이 돌아갈 때 다시 분장실로 돌아와 잠시 구두를 벗고 담배 한 대를 피워 물었다. 〈디나〉와 〈아가씨, 집이 있소?〉 등 두 곡이 연주되었다. 줄리의 유령이 다시 내 주위로 다가왔다. 그저께 밤에 줄리가 한 이야기가 아직도 귀에 쟁쟁했다.

"진저, 저런 상대는 피해야 돼. 플로어에서 히프를 스트립 댄서처럼 움직여대는데 그거 피하느라고 혼났어. 그리고 강펀치를 맞은 권투선수처럼 비틀거리면서 춤을 추더라구. 그러면서 마치 제자리에서 멀리뛰기라도 할 것처럼 오른쪽으로 가볍게 세 차례 스텝을 밟더니만, 맙소사, 점프를 하려고 하는데 비명이 터져나올 것처럼 아파서 혼났어!"

"무얼 잡고 있었기에 손이 그 모양이야? 물구나무라도 선 거야?" 그때 나는 이렇게 물었다.

"내가 아니라 그 사람이 내 손을 잡은 방식 때문이야. 내 손을 뒤로 젖혀서 거의 꺾일 정도로 만들었어. 이런 식으로 말이야. 난 손목이 거의 부러지는 줄 알았어. 그리고 그 사람 반지 때문에 내 손에 생긴 자국 좀 봐!"

줄리는 그때 나에게 딸기 크기만한 멍자국을 보여주었다.

지금 나는 어둠침침한 분장실에 혼자 앉아 이렇게 중얼거렸다. "그놈이 범인임에 틀림없어! 바로 그놈이야! 아, 내가 그놈을 한번 보기라도 했어야 하는 건데! 줄리가 그놈을 손가락으로 가리켰어야 하는 건데! 살아 있을 때에도 줄리를 그렇게 괴롭히면서 즐거워했다면 그놈은 줄리가 죽은 뒤에도 시체를 끌어안은 채 춤을 추며 좋아했을 거야."

담배가 다 탔는지 고약한 냄새가 났다. 나는 꽁초를 던져버리고 서둘러 분장실을 나와서 홀 안의 손님들 사이로 들어갔다.

그때 누군가가 표를 쑥 내밀어 나는 얼굴도 보지 않고 반쪽을 떼어냈다. 그러고는 상대를 리드하면서 뒤로 슬슬 빠져나가 홀의 반대편

쯤으로 돌아갔는데 그때 귓가에 상대의 목소리가 들렸다.

"진저, 어떻게 지내?"

나는 그때서야 고개를 들고 상대를 쳐다보았다.

"여기서 뭐하시는 거예요?"

"여기 잠복근무 나왔다구." 닉이 대답했다.

나는 음악에 맞춰 춤을 추면서 가벼운 흥분을 느꼈다.

"이미 범행을 저질렀는데 범인이 다시 나타나리라고 생각하세요?"

"그는 댄스홀 여자들만 살해하는 자요. 그놈은 샐리 아널드와 프레더릭 씨 딸을 살해했는데 두 여자가 다 이 댄스홀에서 일했더군. 그 자는 프레더릭 씨 딸을 죽이기 전에 시카고에서도 여자를 살해했어. 줄리 베넷의 축음기 판에 묻은 지문을 감식해 보니까 두 살인 사건에서 채취된 지문과 동일했고, 지문이 남아 있지 않았던 세 번째 사건에서는 피살된 여인이 손 안에 10센트짜리 주화를 쥐고 있었지. 범인은 조만간 다시 나타날 거요. 오늘 밤 이 도시 전체의 모든 댄스홀에 우리 경찰관들이 한 명씩 빠짐없이 배치되어 있는데 앞으로 범인이 나타날 때까지 잠복근무를 계속할 계획이요."

"범인이 어떻게 생겼는지 알고 있나요?" 내가 물었다.

그는 주위를 의식해서 대답하지 않다가 결국 "모르오" 하고 시인했다. "그게 고약하단 말이야. 사람들 속에 파묻혀 보이지도 않는 범인 이야기를 하고 있으니! 우리가 알고 있는 것이라고는 놈이 아직은 범죄에서 손을 털지 않았다는 점과 우리가 놈을 잡을 때까지 범행을 계속하리라는 게 고작이야!"

이번에는 내가 입을 뗐다. "범인은 그날 밤 여기에 왔어요. 그자가 그날 밤 범행을 저지르기 전에 바로 여기서 줄리와 함께 춤을 추었어요. 이건 분명한 사실이에요!"

나는 그에게 약간 몸을 밀착시켰다. 손님들이 너무 몸을 가까이 대려고 해서 늘상 신경이 쓰이고 귀찮아하던 내가 오히려 몸을 밀착시키고 있었다. 나는 그에게 그 별난 상대가 줄리의 손에 남긴 반지 자국과 손을 독특하게 잡는 것, 그리고 춤을 추는 방식 등을 알려주었다.

"쓸 만한 정보를 가지고 있었군." 닉은 이렇게 말하고는 나를 플로어에 그대로 남겨둔 채 전화가 있는 곳으로 갔다.

닉은 다음 번 춤판에서 다시 내 손을 잡았다.

그가 플로어를 돌면서 말했다. "피살자와 춤을 춘 그 사내가 바로 범인이었어. 첫 번째 반지 자국은 검사 당시에 거의 완전히 없어지다시피 했는데 그 자국에서 약간 벗어나서 새로 찍혀 있는 또렷한 자국을 발견했지. 두 번째 자국은 숨이 끊어진 뒤에 생겼음을 의미하는 것이지. 그래서 없어지지 않은 거라오. 죽은 사람의 피부에 생긴 바늘 구멍이 메워지지 않는 것과 똑같은 이치지. 담당 요원들이 그 자국을 석고로 떴다고 방금 경위가 알려주더군. 석고를 뜨고 거기다 왁스를 채운 다음 확대 렌즈를 사용해 사진을 찍은 결과, 범인이 끼고 있는 반지가 어떤 종류인지를 이제 알아냈다오. 인장이 박힌 방패 문양의 반지로 조그만 보석 알이 우측 상단과 좌측 하단에 각각 하나씩 박혀 있다는군."

"이름 머리글자 같은 것은 없던가요?"

내가 가슴을 졸이면서 물었다.

"없소. 하지만 그에 버금가는 중요한 사실이 하나 밝혀졌소. 그가 보석 세공인이나 자물쇠 제조업자를 불러 줄로 잘라내지 않는 한 그 반지를 도저히 뺄 수가 없다는 사실이오. 지금은 수사망이 좁혀지고 있기 때문에 그렇게 무리하게 빼기도 어려운 형편일 거요. 피살자의 손에 그렇게 깊은 자국을 냈을 정도라는 사실 자체가 반지를 뺄 수 없음을 뒷받침하고 있지. 반지 주위의 손가락 살이 부풀어 올라 있기 때문이야. 그렇지 않다면 압박하는 힘이 반지 머리를 약간 움직여서 피살자의 손에 얕은 자국을 만들어냈을 거요."

그는 내 발을 자꾸 밟으면서 지금까지의 이야기를 요약해서 들려주었다.

"그래서 우리는 범인이 어떤 식으로 춤을 추는지 알게 되었고, 그가 좋아하는 곡목이 〈불쌍한 나비〉라는 점도 알고 있으며, 또 그가 어떤 모양의 반지를 끼고 있는지도 파악하고 있소. 그리고 그가 조만간 다시 나타날 것이라는 점도 알고 있는 셈이지."

그런 것도 다 좋지만 나로서는 내 발 걱정도 하지 않으면 안 되었다. 한쪽 발이 계속 밟혀서 바들바들 떨리고 있었다. 그래서 나는 될 수 있는 대로 완곡하게 잠시 쉬자는 의사표시를 했다.

"이렇게 계속 춤만 춘다면 범인을 탐색할 시간은 별로 없는 것 아니에요?"

"그렇게 생각할 수도 있겠지. 하지만 내가 그냥 벽에 기대고 저기에 서 있기만 한다면 '내가 형사요'라고 밝히는 것과 마찬가지지. 범인이 1킬로미터 밖에서도 형사 냄새를 맡고 다시 숨어버리고 말 거요. 내가 여기서 잠복근무하고 있다는 말은 비밀에 부치고 주위에 퍼뜨리지 마시오. 당신 주인도 물론 알고야 있지만 그 사람이야 자기 잇속을 챙기기 위해서라도 나에게 협조할 거요. 이 사건의 범인 같은 괴짜는 자칫하면 주인의 수입을 엄청나게 축낼 수도 있다구."

"지금 당신 이야기를 듣고 있는 나야말로 진짜 스핑크스예요." 나는 비밀을 지키겠다는 말로 그를 안심시켰다. "어쨌거나 난 여기 있는 다른 여자애들과는 친하지 않아요. 줄리가 가깝게 지낸 유일한 애였죠."

영업이 끝나 댄스홀에서 길로 나서자 닉은 다른 형사들과 함께 주변을 맴돌고 있었다. 그가 나에게 다가와, 마치 함께 외출하기로 약속한 사람인 양 내 팔을 붙잡고 끌고 갔다.
"왜 그래요?" 내가 의아한 표정으로 물었다.
"이것도 잠복근무의 일부니까 진짜 연인들처럼 보이게 하라구."
"정말이에요?" 나는 중얼거리듯 말하고는 그가 쳐다보지도 않는데 신바람이 나서 혼자 윙크하는 시늉을 했다.

그 이후 이어진 매일 밤은 똑같은 일의 연속일 뿐이었다. 1주, 2주, 그리고 3주가 그렇게 지나고 줄리 베넷이 피살된 지 어느덧 한 달이 되었다. 그런데 범인이 누군지, 그가 어디에 숨어 있는지, 또 어떻게 생겼는지에 대한 아무런 단서도 잡히지 않았다. 굉장히 붐비긴 했지만 살인 사건이 일어난 그날 밤 조이랜드에서 줄리와 함께 춤을 춘 범인을 목격했다는 사람은 한 명도 나타나지 않았다. 이 사건에 앞서 발생한 살인사건 범인의 것과 동일한 지문을 감식해서 확보했다는 사실 자체만으로는 사건 해결에 별다른 도움이 되지 않았다.

줄리의 피살사건 기사는 이미 오래전에 신문에서 사라졌고, 분장실의 대화에 오르지도 않았다. 얼마 지나지 않아 줄리란 사람이 아예 이 세상에 살지도 않았던 양 까마득히 잊혀졌던 것이다. 가까운 친구였던 나 정도만이 줄리를 계속 기억할 뿐이었다. 그리고 닉 볼스티어가 사건 담당 형사로서 줄리를 기억하고 있었다. 아마 헨더슨 할머니도 줄리를 기억하고 있을 법했다. 원래 병적일 정도로 끔찍한 살인사건 따위에 집착해서 그 내용을 되뇌이며 즐기고 있었기 때문이다. 이 세 사람 정도를 제쳐놓는다면 그녀를 기억하는 사람은 아무도 없는 셈이었다.

경찰은 처음부터 사건을 엉뚱하게 다루고 있었다. 살인사건 담당부서의 닉의 상관들 말이다. 그렇다고 그런 생각을 닉에게 털어놓지도 못했다. 털어놓는다면 그는 냉소를 퍼부으면서 내게 이렇게 말할 게 분명했기 때문이다.

"그렇고말고! 댄스홀 여자가 경찰국을 지휘하고 운용하는 방법을 국장보다 더 많이 알고 있고말고! 경찰국에 쫓아 들어가서 한바탕 사건 처리 솜씨를 보이시지 그래?"

그렇지만 내 말은 처음부터 댄스홀에 잠복근무를 하는 것이 전혀 필요하지 않았다는 것이다. 적어도 사건이 일어난 뒤 처음 몇 주일간은 그런 대응이 불필요했다는 것이다. 미치광이건 아니건 간에 살인범이 그렇게 일찍이 모습을 다시 드러내지 않으리란 점은 누구라도 짐작할 법한 일이었다. 그런 만큼 첫 몇 주간 경찰이 잠복하면서 범인 색출에 열을 올린 것은 불필요한 수고였다. 그 시기에 범인은 납작 엎드려 있었을 것이다. 사실 사건이 발생한 지 한 달여쯤 뒤부터 경찰이 적극적인 범인 색출에 나서야 했던 것이다. 그런데 경찰은 오히려 일을 거꾸로 처리했다. 근 한 달 동안 닉은 하루도 빠짐없이 댄스홀로 잠복근무를 나왔다. 그러더니 한 달쯤 지나고 나니까 이틀에 한 번꼴로 띄엄띄엄 나타나기 시작했고 그나마 밤새도록 지키고 있지도 않았다.

그러던 중 나는 닉이 사건은 완전히 뒷전이고 그야말로 댄스홀의 분위기를 즐기기 위해 찾아온다는 것을 깨닫게 되었다. 어느 날 밤 나는 그 점에 대해 불쑥 이야기를 꺼냈다.

"여기 이런 식으로 와서 계속 어슬렁거릴 필요가 있을까요?"

그는 얼굴을 붉히면서 내 말에 수긍했다.

"그럴 필요가 없지. 줄리 사건과 관련된 잠복근무는 오래전에 끝났소, 에…… 그게 이젠 습관 비슷하게 돼서 계속 이렇게 나오게 되는군."

"아, 그래요?" 나는 의식적으로 혼잣말처럼 대꾸했다.

난 사실 그가 계속 나온다고 해서 별로 마음 쓸 일은 없었다. 다만 그의 춤솜씨가 도무지 나아지질 않아서 손을 잡아 리드해 주는 게 보통 고역이 아니었다. 그것은 도로 공사장에서 스팀 롤러를 이리저리 움직여 땅을 고르는 일만큼이나 힘이 들었다.

"닉," 하고 어느 날 밤 나는 어렵게 입을 뗐다. 그날도 그는 300밀리미터나 되는 큰 발로 내 발을 밟아 꼼짝 못하게 만들어 놓고는 내가 자기의 다른 발에 밟힐까봐 나를 밀어냈다.

"형사 노릇을 하려면 제대로 하세요. 그리고 나에게 더 이상 춤추자고 하지 마세요. 이젠 춤 상대를 해드릴 수 없어요."

그는 미처 생각지 못했는지 놀란 표정을 지으며 말했다.

"내가 그렇게 엉망인가?"

나는 그에게 미소를 짓는 것으로 얼버무렸다. 춤을 잘 못 춘다 하더라도 그는 내게 무척 매력있는 사람이었다.

다음날 밤 그가 전혀 모습을 보이지 않자 나는 내 말이 조금 지나쳐서 그의 기분을 상하게 한 것이 아닌가 하고 생각했다. 그렇지만 그 덩치 큰 사내는 춤솜씨 따위의 이야기를 예민하게 받아들일 그런 부류의 사람이 아니었다. 이때 나는 속으로 자신을 꾸짖었다. 도대체 무슨 생각을 하는 거야? 이렇게 나약해지다니, 이러지 않기로 단단히 결심했잖아!

나는 가장 가까이 있는 티켓에서 반쪽을 떼어낸 다음 붙잡고 돌아갔다. "이봐요, 한아름 가득히 꼭 잡아요. 당신이 즐길 수 있는 10센트짜리 주화니까 말이에요."

그날 밤은 그럭저럭 보냈으나 다음날은 줄리의 피살 소식을 알게 된 끔찍한 날 밤과 똑같은 으스스한 느낌이 들었다. 즉, 오늘밤에는 불행한 일이 일어나겠구나 하는 느낌을 갖게 되는 밤 말이다. 내가 이상하게도 그런 무시무시한 느낌을 가질 때마다 꼭 불운의 밤이 현실로 나타나곤 했다. 나는 닉이 안 보여서 그런 느낌이 드는 것이라고 스스로 마음을 달랬다. 나는 닉에게 꽤 친숙해져 있었다. 그게 다였다. 그리고 이제는 그가 오지 않는다. 제기랄, 그게 어쨌다는 거야. 어쨌든 그 불길한 느낌은 사라지지 않을 것 같았다. 밤이 새기 전에 무슨 일인가 일어날 것 같은 기분이 들었다. 그것도 고약한 일일 것 같았다.

헨더슨 할머니가 내일자 타블로이드판 조간신문을 읽으면서 분장실의 그 자리에 앉아 있었다.

"요즘엔 흥미진진한 살인사건이 일어나지 않는단 말이야. 빌어먹을, 모두가 한동안 푹 빠질 만한 근사한 살인사건이 일어났으면 좋겠는데!" 할머니가 신문을 들여다보면서 안타깝다는 듯이 말했다.

"입 다물어요, 송장 파먹는 귀신 할멈아!" 내가 소리를 꽥 질렀다. 그러고는 구두를 벗어서 안에 파우더를 뿌린 다음에 다시 신었다. 마리노가 들어와 문을 쾅쾅 두드리면서 소리쳤다.

"밖으로 안 나가고 뭐 해! 내가 도대체 무엇 때문에 너희들에게 돈을 지불해야 하는지 모르겠다!"

"나도 가끔씩 그게 궁금하다구요!" 누군가가 비아냥거렸다. 악단장인 듀크가 지휘대에 올라가 잽싸게 움직이면서 연주를 시작하자 우리는 모두 한 줄로 늘어서서 홀로 입장했다. 나는 일렬 종대의 맨 끝에서 죽는 것보다도 더 싫은 운명 속으로 들어갔다.

나는 첫 번째 손님의 얼굴을 올려다보지도 않았다. 그냥 내 눈높이와 같은 상대의 셔츠 앞가슴의 젖혀진 부분을 별 생각없이 바라보았다. 그렇게 한동안 계속되었다. 삼각형으로 옷깃이 젖혀진 똑같은 모습의 셔츠 가슴 부분만이 내 시야에 들어왔다. 대부분이 흰 셔츠였지만 푸른색 셔츠도 있었고 한번은 연한 자주색 셔츠도 보였다. 내가 리드해야만 하는 걸까 하고 생각했다. 셔츠에 맨 타이의 모양도 계속 바뀌었지만 그저 그뿐이었다.

>항구 도살자와 이발사와 쥐들은
>내 행운의 연인들이라네.

"예쁜 아가씨, 왜 그렇게 풀이 죽어 있을까?"
"당신이 내가 있는 자리에 서서 지금 당신이 있는 자리를 바라보면 당신도 나처럼 똑같이 풀이 죽어 있을 거예요."
이 소리에 말을 걸었던 사내가 입을 다물어 버렸다. 그리고 다음 판이 시작되었다.

듀크가 왈츠를 연주했는데, 처음 잠깐 동안 무언가 귀에 거슬렸다. 평상시 같으면 거칠고 선정적인 재즈곡이 나올 차례인데 그게 아니었다. 그가 연주 곡목을 바꾼 모양인데 그건 흔히 있는 일이었다. 누군가가 왈츠를 신청했던 모양이다. 왈츠곡이 나오면 이른바 사이키 조명을 끄고 대신 푸른색 회전 조명등을 켜서 홀 안을 약간 어둡고도 상쾌한 분위기로 만든다. 천장에 설치된 반사경이 달린 조명등이 얼룩얼룩한 은빛 광채들을 흩뿌려 주었다.

상대의 셔츠 가슴 부분이 마름모꼴인 이런 셔츠를 입은 손님은 전에도 상대한 적이 있다. 편물 넥타이 한쪽 끝이 풀린 모양도 예전에 한번 본 기억을 되살려 주었다. 나는 그의 얼굴을 쳐다볼 생각이 없었다. 귀찮았기 때문이다. 나는 아무 생각 없이 멍한 상태로 그냥 있을 수 없어 악단이 연주하는 곡을 따라 콧노래를 흥얼거렸다. 그러자 별로 애쓰지 않았는데도 그 멜로디에 노랫말이 따라붙는 듯하더니 저절로 곡조와 조화를 이루었다. 본래 그런 가사였던 모양이다.

'꽃이 피기를 기다리는 불쌍한 나비여.'
손이 아팠다. 상대방이 내 손을 매우 이상하게 틀어쥐고 있었다.

나는 손을 꼼지락거리며 손아귀 힘을 빼도록 해 보았지만 그는 오히려 손아귀에 힘을 더 주었다. 그는 내 손을 꺾어서 뒤로 젖혔다.
 '순간들이 흘러 몇시간이 되고…….'
 쳇, 내가 질색하는 게 딱 한 가지 있다면 반지 낀 사내가 손을 틀어쥐고서 꼼짝도 못하게 하는 것인데! 더욱이 그는 왈츠 댄스에 관한 기초도 모르고 있었다. 이상한 도약 스텝을 오른쪽으로만 가볍게 세 차례씩 되풀이해서 밟고 있었다. 그의 이런 행동 때문에 나는 점점 신경이 날카로워졌다. "점프를 하려면 제대로 하세요!" 줄리가 오래전에 나에게 했던 이야기가 떠올랐다. 줄리도 그때 비슷한 꼴을 겪었던 것이다…….
 '난 이제 죽어야 해요, 불쌍한 나비여!'
 그 순간 나는 약간 두려워지면서 크게 흥분하기 시작했다. '그를 쳐다봐선 안 돼, 내 속셈이 그대로 드러나고 말 거야'라고 나는 마음속으로 다짐했다. 나는 한쪽 끝의 실이 풀린 편물 넥타이에만 시선을 고정시키고 있었다. 불이 환하게 켜지고 다음 춤판으로 넘어갔다. 우리는 손을 풀고 서로 등을 돌린 채 걸어갔다. 우리는 헤어지면서 말 한마디도 하지 않았다. 손님들은 돈을 지불하고 댄서의 서비스를 사는 것이기 때문에 춤이 끝나도 고맙다는 인삿말은 하지 않는다.
 나는 다섯까지 센 다음에 그가 어떻게 생겼는지 보기 위해 어깨너머로 힐끔 돌아보았다. 그 순간 그도 거의 동시에 나를 쳐다보았고 그래서 우리는 서로 시선이 마주쳤다. 나는 억지웃음을 지어보였다. 그가 나에게 큰 호감을 보여주었기 때문에 돌아보았을 뿐이며 또 나와 다시 한 번 춤추어 주기를 바란다는 듯이 그렇게 미소를 지어보였던 것이다.
 언뜻 보기에 그의 용모는 별로 못생긴 것 같지는 않았다. 주위의 여느 사람과 별 차이가 없었다. 나이는 40세쯤, 어쩌면 45세쯤 돼 보였고 머리는 거의 세지 않았다. 나와 시선이 마주쳤을 때 그의 눈은 생각에 잠겨 있는 듯 별다른 점은 드러내지 않았다. 그러나 그는 내 억지 웃음에 아무런 반응도 보이지 않았다. 어쩌면 내 속셈을 꿰뚫어 보고 있을지도 모를 일이었다. 우리는 다시 고개를 돌리고 다른 사람들 속으로 들어갔다.

나는 도대체 어떤 것이 내 손을 그렇게 아프게 했는지 손에 난 자국을 가만히 내려다보았다. 그가 어디선가 나를 지켜볼 경우를 대비해서 손을 들어 올리거나 또는 고개를 숙이거나 하는 행동을 해서는 안 되었다. 그래서 눈만 내리깔고 손등을 살펴보았다. 내내 그의 반지가 짓누르고 있던 부위에 조그만 딸기 크기의 붉은 멍자국이 나 있었다. 나는 악단석으로 다가가는 것도 별로 좋지 않다는 걸 알았다. 그래서 나는 선 채로 듀크의 시선을 끈 뒤에 저쪽으로 나오라고 머리를 한쪽으로 까딱해 보였다. 우리는 한쪽 벽을 따라가다가 자연스럽게 만난 것처럼 꾸몄다.

"조금 전에 왜 〈불쌍한 나비〉란 곡을 연주했어요?"

"신청곡이야." 그가 대답했다.

"손가락질도 말고 돌아다 보지도 말고 이야기하세요. 누가 신청했죠?" 내가 다시 물었다.

그는 그럴 필요도 없었다.

"조금 전까지 두 판이나 당신과 함께 춤춘 그 친구야. 그런데 왜?"

내가 대꾸도 하지 않자 그는 "알았어" 하고 말했다. 그는 아무것도 몰랐다. "좋아, 깍쟁이 아가씨야." 그가 이렇게 말하면서 신청곡 연주를 요청한 사람이 찔러넣어준 5달러의 절반인 2달러 50센트를 건네주었다. 듀크는 내가 같이 나눠먹자고 수작을 부리는 줄 안 것이다.

나는 그 돈을 받아넣었다. 그에게 얘기해 보았자 별 도움이 안 될 것이다. 그가 무엇을 할 수 있을까? 얘기할 대상은 닉 볼스티어뿐이었다. 나는 오렌지에이드를 파는 구내매점에서 1달러 지폐를 5센트짜리 동전으로 바꾸었다. 그러고는 별일 없는 것처럼 천천히 공중전화 쪽으로 발걸음을 옮기기 시작했다. 내가 공중전화기 앞에 다가섰을 때 다시 춤판이 시작되었다!

그러자 그가 바로 내 옆에 불쑥 나타났다. 내 뒤를 내내 따라다녔음이 분명했다.

"어디로 가던 길이었소?" 그가 물었다.

그가 흘끗 전화기 쪽을 보는 것 같았지만 분명하지는 않았다. 한 가지 분명한 것은 그의 눈은 더 이상 생각하는 기미는 보이지 않았고 대신 무엇인가를 결심한 듯이 보인다는 점이었다.

"아니, 아무 데도 안 가요. 원하는 대로 하세요." 나는 온순한 표정으로 말했다. 나는 이 사람을 여기에 오랫동안 붙잡아 두다보면, 닉이 나타날지도 모른다고 생각했다.

우리가 플로어 쪽으로 갔을 때, 그가 입을 열었다. "춤은 그만 추지, 어디 밤에도 여는 식당에 가서 좀 앉아 쉽시다."

나는 겉으로는 아무렇지 않은 표정을 지어 보였으나 속으로는 당황해서 말했다.

"그렇지만 방금 손님 표에 반쪽을 떼어냈으니 최소한 이번 판은 춤을 다 추는 게 어떨까요?" 그리고 그의 비위를 맞춰보려고 갖은 아양을 다 떨었으나 아무 소용이 없었다. 그는 돌아서서 손짓으로 마리노를 불렀다. 그의 동의를 받기 위해서였다.

나를 향해 등지고 선 그의 어깨 너머로 나는 마리노에게 싫다는 표시로 고개를 계속해서 세차게 흔들었다. '싫어요, 싫어. 이 사람과 밖으로 나가고 싶지 않단 말이에요.' 마리노는 내 의사를 무시해 버렸다. 손님이 댄서와 함께 외출하게 되면 그의 수입은 늘어나기 때문이었다.

흥정이 진행되는 것을 보고 나는 잽싸게 전화기 쪽으로 달려가 동전을 넣었다. 마리노에게 이야기해 보았자 아무 소용이 없었다. 그는 우선 내 말을 믿지 않을 게 뻔했다. 내가 그 손님이 싫어서 함께 외출하는 것을 피하려고 그렇게 둘러댄다고 생각할 것이다. 내가 "살인범이야!" 하고 소리친다고 해도 그는 가장 빨리 층계 밑에 제 몸을 숨기고 사라져 버릴 그런 인간이었다. 알려야할 사람은 닉뿐이었다. 범인을 이곳에서 체포할 수 있는 방법을 아는 사람은 닉뿐이었다.

"경찰본부, 빨리! 빨리 대주세요!"

나는 고개를 돌려 플로어 건너편을 바라보았다. 그러나 그의 모습은 보이지 않고 마리노 혼자 서 있었다. 그 사내는 어디로 갔는지 알 수가 없었다. 손님들은 플로어 주위를 빙빙 돌면서 다음 춤판에서 즐겁게 어울릴 댄서들을 물색하고 있었다.

수화기에서 누군가의 목소리가 들리자 나는 재빨리 말했다. "닉 볼스티어 있나요? 빨리, 그 사람을 대주세요."

한편 듀크는 또다시 평소의 연주 순서를 깨뜨리기 시작했다. 이번 곡은 정말 진부한 것이었다. 현악기는 현도 제대로 누르지 않은 상태로 연주하고 있음이 분명했다. 내가 눈을 들어보니 내 어깨 뒤에서 다가오는 사람의 그림자가 내 앞쪽 벽에 비쳤다. 나는 가만히 서서 수화기로 들려오는 이야기를 가만히 듣고만 있었다.

"알았어, 페기. 난 네가 빌려간 5달러를 언제 갚을 것인지 그것이 알고 싶었을 뿐이야." 나는 이렇게 말하고 전화를 끊었다.

내 전화를 받은 사람이 닉에게 통화내용을 알려주면 그가 무슨 뜻인지 알 수 있을 것인가? 그 사람은 아마 이렇게 전할 것이다. '어떤 여자가 당신을 찾았어요. 음악소리가 들리는 곳에서 전화를 건 모양인데 그 여자가 무슨 얘기를 하는지 도무지 알 수가 없었어요. 그리고 그 여자가 기다리지도 않고 전화를 끊어 버렸어요.' 나는 한 오라기 실낱 같은 가능성에 모든 희망을 걸었다.

나는 돌아서기가 겁나서 그대로 서 있었다. 그의 싸늘한 목소리가 들렸다.

"당신 물건들을 챙겨, 나가자구. 당신은 오늘 밤엔 더 이상 5달러에 대해서 신경쓰지 않아도 될 것 같군······."

그의 말 속에는 경고라고도 볼 수 있는 숨은 뜻이 담겨 있었다.

분장실에는 창문이 없었다. 그렇다고 출입구 말고는 다른 문이 있는 것도 아니었다. 그리고 바로 입구에는 그가 버티고 서 있었다. 나는 분장실 안 이곳저곳을 계속 둘러보면서 '닉은 왜 안 오는 거지?' 하고 조바심쳤다. 무서웠다. 주위에 많은 사람들이 들끓고 있었지만 나를 제대로 도와줄 사람은 하나도 없었다. 그 사람은 이곳에 더 있으려 하지 않았다. 닉이 올 때까지 그 친구를 붙잡고 있을 방법은 그를 따라 나가서 요행을 비는 것뿐이었다. 나는 문틈으로 계속 그 사람의 기척을 살폈다. 나는 그가 나를 보지 못했다고 생각했는데 사실은 지켜보았던 모양이다. 그가 갑자기 문틈을 발뒤꿈치로 사정없이 비벼대는 바람에 나는 깜짝 놀라 뒤로 펄쩍 뛰었다.

"쓸데없는 장난 그만하라구. 내가 밖에서 기다리고 있잖아!"

그가 언짢은 목소리로 소리쳤다.

나는 헨더슨 할머니가 보던 신문에 립스틱으로 이렇게 휘갈겨 썼다. "닉 보세요. 그가 날 데리고 나가는데 어디로 가는지는 모르겠어요. 표 부본들을 찾아보세요. 진저."

나는 오늘 저녁 시간에 손님들의 티켓에서 떼어낸 반쪽짜리 부본을 모두 모아서 내 코트 호주머니에 살짝 찔러넣었다. 그러고는 문을 열고 그 사람에게 얌전히 다가갔다. 나는 벽 쪽에 있는 전화기에서 울리는 벨소리를 들은 것 같았지만 음악 소리가 너무 커서 확실하지 않았다. 우리는 아래층으로 내려가 거리로 나왔다.

한 구역쯤 지나서 내가 입을 열었다. "저기 음식점이 있어요. 우린 외출 나오면 모두 저 집으로 가요." 내가 '챈'이란 싸구려 식당을 손가락으로 가리켰다.

"시끄러워!" 그가 말했다. 나는 표의 부본 한장을 인도에 떨어뜨렸다. 그가 택시를 잡지 않은 게 그나마 다행이었다. 내 생각에는 우리 두 사람이 함께 있는 것을 아무도 기억하지 못하게 하기 위해 택시를 잡지 않은 것 같았다. 내가 다시 부탁했다.

"우리 이제 그만 걸어가요. 너무 피곤해요."

"거의 다 왔어. 저 앞이야." 그가 대답했다.

다음 번 모퉁이 건물에 걸린 간판이 나를 착각하게 만들었다. 그 모퉁이에는 중국 음식점이 하나 있는데 싸구려 음식점에 불과했다. 그래도 나는 그와 함께 가는 데가 그 음식점이려니 하고 생각했다.

그러나 우리가 지나가고 있는 자리에서 그곳까지의 한 구역은 황폐한 주택들과 공터가 여기저기 널려 있는 음산한 거리를 한참 동안 지나야 했다. 그런데 표의 부본은 이제 다 떨어졌다. 목숨을 부지하기 위한 수단이 이제 다 없어진 것이다. 그는 오래전에 모든 계획을 면밀하게 짜놓았음이 분명했다. 그래서 그는 내가 멀리 보이는 간판에 현혹되어서 그리로 가리라고 지레짐작할 것이란 점도 알고 있었다.

물론 나는 여기까지 오는 도중에 어디에서건 비명을 질러서 사람을 끌어모을 수는 있었다. 그러나 그것은 사정을 몰라서 하는 얘기다. 나는 그에게서 벗어나고 싶은 생각이 간절하지만, 사실 그보다 더 절실하게 원하는 한 가지가 있는데, 닉이 올 때까지 그 사람이 도망가지 못하도록 붙잡고 있는 것이다. 나는 그가 어둠 속으로 사라지게 하고 싶지 않았다. 그렇게 되면 얼마 뒤에 똑같은 과정을 되풀이해야 하기 때문이다. 내가 비명을 지르는 식의 소란을 피운다면 바로 내가 원치 않는 그런 일이 벌어질 게 분명했다. 몰려든 군중들은 내가 위기에 빠져 있다는 사실을 선뜻 믿으려 하지 않고 오히려 내 쪽에서 손님을 등쳐먹으려는 게 아닌가 하고 생각할 것이다. 그 사람도 또한 이런저런 변명으로 그 상황을 벗어나거나, 경찰관이 오기 전에 달아나 버릴 것이다.

나처럼 밤일을 해보지 않고는 거리의 행인들이 얼마나 무심한가를 제대로 알 수 없다. 그들은 좀처럼 남의 일에 끼어들어서 다른 사람을 돕기 위해 손가락 하나 까딱하려고 하지 않는다. 정복 경찰관도 별로 도움이 안 된다. 그는 틀림없이 내 얘기와 그의 얘기를 듣고 요모조모 헤아려 볼 뿐, 별다른 방책도 내놓지 않고 그냥 쫓아버리고 말 것이다.

아마 이런 생각이 든 것은 조금 전에 이쪽으로 어슬렁거리면서 걸어오는 경찰관을 보았기 때문일 것이다. 나는 주위가 너무 어두워서 그가 어떤 사람인지는 거의 몰랐지만 일정한 보폭으로 천천히 걷는 걸음걸이로 보아 그가 경찰관이라는 사실을 알았다. 그런데 나는 경찰관이 내 옆을 막 지나칠 때까지도 어떻게 해야 할 것인지 미처 생각하지 못했다.

세 사람은 사람이 살지 않아 폐허가 된 목조 가옥 앞을 지나치게 되었다. 그때 이것이 마지막 기회라는 생각이 들었다. 현재 내가 있는 곳이 마지막 표를 떨어뜨려 놓은 곳과 너무 멀리 떨어져 있어서 닉이 나를 도저히 찾을 수 없을 것이기 때문이다. 그래서 나는 딱 멈춰 섰다.

나는 낮으면서도 긴장된 목소리로 말을 꺼냈다.

"경찰관 아저씨, 여기 이 사람이······."

줄리를 살해한 범인은 무심결에 나보다 한 걸음 앞서 가고 있었다.

그래서 경찰관의 등 뒤에 서 있게 되었다. 그 이후의 상황은 눈 깜짝할 사이에 벌어졌다. 범인이 뽑아든 여러 자루의 칼 중 어느 하나에 찔린 게 분명했다. 경찰관의 눈알이 홱 돌아갔다. 나는 어둠 속에서도 눈알이 뒤집혀 흰자위만 남은 경찰관의 눈을 볼 수 있었다. 그는 바로 내 얼굴 앞에서 기침을 하면서 더운 입김을 내뿜더니 내 위로 맥없이 스르르 쓰러지기 시작했다. 내가 한쪽 옆으로 비켜서자 그 경관은 땅바닥에 털썩 쓰러지면서 넘어가는 힘에 두어 바퀴를 뒹군 다음 꼼짝도 하지 않았다.

그러나 칼은 그의 몸에서 벌써 빠져 나와서 그 끝이 내 옆구리에 닿아 있었다. 1초 전만 해도 경찰관이 섰던 자리에 이젠 그가 서 있었다. 다시 두 사람만 남게 되었다.

그가 조금도 흥분하지 않은 냉정한 목소리로 말했다.

"계속 걸어. 그리고 비명 한번 질러보시지. 그러면 바로 저 친구 위에 엎어지게 만들어 줄 테니까."

나는 비명은커녕 숨도 제대로 쉴 수가 없었다.

그가 "저 아래로 내려가" 하고 말하면서 경관을 해친 골목길에서 두어 계단 밑에 있는 목조 건물의 어두컴컴한 통로 쪽을 칼 끝으로 가리켰다. "거기 서 있어. 소리를 지르면 내가 어떻게 할지 알고 있겠지?" 그러고는 그가 발로 쓰러진 경찰관을 밀었는지 그 경관이 내 뒤의 통로 쪽으로 굴러 떨어졌다.

내가 몸을 움츠리며 뒷걸음질을 치자 이내 등이 이 폐가의 지하실 문에 부딪혔다. 그러자 내 뒤로 문이 삐걱 하면서 조금 열렸다. 나는 그가 날 데려가려던 곳이 여기였구나 하고 생각했다. 그렇다면 이 문은 열려 있을 것이다. 그 살인범이 버티고 있는 앞쪽으로 도망칠 수 없다면 반대로 이 안쪽으로 들어가서 도망칠 길을 찾아볼 수도 있을 법했다.

나는 돌아서서 핸들을 움켜쥐고 힘껏 밀었다. 그러자 그 나무문이 얼마간 열려 비집고 들어갈 정도는 됐다. 그는 지난 몇 주 동안 이곳을 드나들면서 바로 여기에 숨어 있었음이 분명했다. 그러니 경찰이 그를 찾아내지 못할 수밖에.

이 문 뒤쪽의 진짜 지하실 문은 뜯겨져 있었다. 그는 내가 어떻게 하려는지 알아챈 듯 이미 나를 쫓아 그 문틈으로 비집고 들어오고 있었다. 나는 칠흑 같은 어둠 속으로 통로를 따라가다가 넘어졌다.

위로 올라가는 계단 앞에서 털썩 엎어졌던 것이다. 나는 흐느껴 울면서 두 손으로 짚고 몇 계단을 기어 오르다가 일어섰다.

그가 성냥불을 켜기 위해 걸음을 멈추었다. 나는 불 같은 것이 전혀 없었지만 그가 성냥불을 켜자 내 눈에도 주위의 모습이 대충 들어왔다. 내가 있는 곳은 1층 홀이었다. 잠시 여러 가지 생각이 스쳐 지나갔다. 나는 너무 높이 올라가고 싶지 않았다. 위로 올라가면 그에게 몰려서 막다른 곳에 꼼짝없이 갇힐 뿐이니까. 그렇다고 이 자리에 가만히 서 있을 수도 없었다.

나는 마침 부서진 의자를 지나치다가 한쪽 다리를 긁히고 나서 돌아서서 그 의자를 번쩍 들고 지하실에서 올라오는 계단 쪽으로 가서 그의 머리를 향해 힘껏 내던졌다. 내던진 의자에 그가 상처를 입었는지 알 수 없었지만 그가 들고 있던 성냥불은 꺼져 버렸다.

그때 그가 이상한 말을 했다.

"뮤리엘, 당신은 항상 그렇게 성미가 급했었지."

나는 그의 얘기에 귀를 기울이고 서 있을 여유가 없었다. 살인범이 켠 성냥불이 꺼지기 전에 나는 멀찍이 떨어진 벽에 나 있는 구멍을 보아 두었다. 불이 꺼지자 완전히 칠흑 같았다. 나는 그 구멍으로 뛰어들어 수영하듯이 팔을 휘저으며 나아가다가 벽난로 위에 튀어나온 선반을 장식한 석판에 부딪혔다. 나는 몸을 웅크리고 그 속으로 들어가 앉았다. 커다란 구식 벽난로였다. 나는 머리 위를 이리저리 더듬다가 위로 뚫린 구멍이 있음을 알게 되었다. 벽돌을 얼기설기 쌓아놓은 그 구멍에는 거미줄이 쳐져 있었는데 폭이 좁아서 위로 빠져나갈 수는 없었다. 나는 난로 속 한쪽 구석에 몸을 바짝 붙이고 그가 나를 찾지 못하게 해달라고 기도했다.

그가 다시 성냥불을 켜자 그 불빛이 나를 쫓아 그 안으로 들어왔다. 그러나 벽난로 아궁이를 통해서 보이는 그의 모습은 허리 아래의 다리뿐이었다. 그가 내 모습을 볼 수 있는지는 알 수 없었다. 어쨌든 그는 내가 있는 쪽으로 가까이 오지 않았다.

불빛이 더 밝아졌다. 그가 양초 토막에 불을 붙인 모양이었다. 그러나 여전히 그의 다리는 내 쪽으로 다가오지도, 허리를 구부리거나 아니면 안쪽으로 얼굴을 디밀어 나를 찾아보지도 않았다. 그의 다리는 그냥 방 안을 왔다갔다할 뿐이었다. 그러나 정신없이 도망쳐 온 뒤에 계속 숨을 죽인 채 있기는 정말 힘들었다.

이윽고 그가 "여긴 으스으슬 춥구만" 하고 큰 소리로 말했다. 그가 신문지 조각을 구겨서 한데 모으는 소리가 들렸다. 나는 다음에 무슨 일이 벌어질지 잠시 동안 제대로 이해하지 못했다. 이런저런 생각을 해보았다. 그가 나라는 존재를 잊어버린 걸까? 그가 그럴 만큼 미쳐버린 걸까? 나는 빠져 나갈 수 있을까? 그러나 그의 말 속에는 음흉함이 숨어 있었다. 그는 여우만큼이나 영리했다.

갑자기 그의 두 다리가 내 쪽으로 곧장 다가왔다. 그는 허리를 굽혀 들여다 보지도 않은 채 내 옆으로 신문지들을 쑤셔넣었다. 나는 더 이상 바깥을 내다볼 수 없었다. 성냥 한 개비를 마룻바닥에 북 긋는 소리가 들렸다. 뒤이어 신문지에 소리없이 불이 옮겨 붙었다. 나는 메스꺼움을 느꼈다. 죽을 바에야 빨리 숨이 끊어졌으면 좋겠다고 생각했지만, 다른 한편으로 이런 식으로는 죽을 수 없다는 생각도 들었다. 불꽃이 훨훨 타오르고 내 앞이 환하게 밝아지면서 신문지들이 모두 황금색으로 변했다. 나는 속으로 외쳤다.

'오, 닉! 닉! 어디 있어요? 난 여기서 죽어요!'

나는 불티와 타는 신문지를 흐트러뜨리면서 벽난로 밖으로 튀어나왔다.

그는 기분이 좋다는 듯이 싱긋 웃으면서 예사로운 목소리로 말했다.

"여어, 뮤리엘. 당신에게 내가 더 이상 아무런 쓸모가 없다고 생각했는데. 그런데 당신은 내 집에서 뭘 하고 있는 거요?"

그는 손에 여전히 경관의 피가 묻어 있는 칼을 들고 있었다.

내가 애원하듯이 말했다.

"난 뮤리엘이 아니에요. 난 조이랜드에서 일하는 진저 알렌이에요. 오, 아저씨, 제발 날 여기서 나가게 해주세요! 날 내보내 달란 말이에요!" 난 공포에 질리고 힘이 쭉 빠져 스르르 무릎을 꿇고 말았다. "제발이요!" 나는 그를 올려다보며 울음을 터뜨렸다.

그러자 그가 여전히 예사로운 말투로 대꾸했다.

"아, 그래 당신이 뮤리엘이 아니라구? 당신은 내가 프랑스 전선으로 출정하기 전날 밤, 내가 전장에서 전사하게 되면 다시 만날 일도 없을 것이고 그 대신 내 연금을 차지할 수 있을 것이란 속셈으로 나와 결혼하지 않았단 말인가?" 그는 더욱 악의에 찬 목소리로 말을 이었다. "그렇지만 난 당신을 감쪽같이 속였지. 난 포격에 쇼크를 받기는 했지만 죽진 않았지. 비록 들것에 실려오긴 했지만 그래도 살아서 돌아왔다구. 그렇게 돌아온 내가 뭘 알게 되었지? 당신은 좀 기다리면서 확인할 생각조차 하지 않았어! 그새 다른 사내와 결혼해서 내 급여로 생활하고 있었단 말이야. 그런데 당신이 나에게 다시 환심을 사려고 하지 않았던가, 뮤리엘? 그렇고말고. 그래서 당신은 병원으로 날 찾아와서 젤리를 놓고 갔었지. 그런데 내 옆 침대에 있던 환자가 그 젤리를 먹고 죽어 버렸지. 뮤리엘, 그때부터 난 구석구석을 헤매며 당신을 찾아다니다가 이제야 마침내 찾아낸 거야."

그는 칼을 손에 든 채 뒷걸음질쳐서 나무상자 앞으로 갔다. 빈 나무상자 위에는 낡아빠진 고물 축음기가 놓여 있었다. 이 축음기에는 소리를 내는 나팔이 붙어 있었는데 크기가 터무니없을 정도로 컸다. 그가 어느 쓰레기 더미에서 주워 와서 직접 고쳤음이 분명했다. 그 살인범은 고리를 열고 크랭크를 여러 차례 돌린 다음 레코드판에 축음기 바늘을 올려놓았다.

"뮤리엘, 그날 밤처럼 우리 춤 한번 추기로 하지. 나는 카키색 군복을 입었고, 당신은 더없이 아름다웠어. 그렇지만 이번에는 결말이 달라질 거야."

그가 다시 나에게 다가왔다. 나는 그 자리에 그대로 웅크리고 앉은 채 몸을 떨고 있었다.

"아니에요! 내가 아니란 말이에요! 당신은 그 여자를 죽였어요. 몇 번이나 되풀이해서 죽였어요. 그것도 바로 지난 달에 말이에요. 기억나지 않으세요?"

내가 애처로운 목소리로 말했다.

그가 몹시 고통스럽다는 표정을 지으면서 측은할 정도로 순박하게 말했다.

"나는 죽였다고 생각하는데 그때마다 그녀가 되살아난단 말이야."

그는 나를 잡아 일으켜서 가까이 끌어당겼다. 칼을 든 팔이 내 허리를 감싸안으면서 칼끝이 내 옆구리를 지긋이 눌렀다.

한쪽에 있는 축음기에서는 끔찍한 멜로디가 텅빈 실내에 울려퍼지고 있었다. 소리가 너무 커서 집 바깥의 거리에까지 들릴 정도였다. 곡목은 바로 〈불쌍한 나비〉였다. 소름끼치도록 무시무시한 곡이었다.

 그리고 살인자와 나는 촛불이 던지는 창백한 불빛 속에서, 벽에 커다란 그림자를 드리운 채 두 명의 미치광이처럼 빙글빙글 돌기 시작했다. 나는 거의 머리를 가눌 수 없을 정도였다. 너무 익은 사과처럼 머리가 어깨 쪽으로 계속 늘어졌다. 머리카락은 흐트러져서 그가 나를 끌어당기거나 옆으로 돌리거나 또는 이리저리 끌고 다닐 때마다 머릿결이 제멋대로 휘날렸다……

 그는 한 손으로 내 허리를 휘감은 채 다른 한 손을 호주머니에 넣고 반짝반짝 빛나는 10센트짜리 주화를 한 움큼 꺼내서 내 얼굴에 던졌다.

 그때 집 앞쪽 바깥에서 한 발의 총성이 울렸다. 칼에 찔린 경관이 쓰러져 있던 바로 그 지하실 통로에서 들려온 소리였다. 뒤이어 다섯 발의 총소리가 짧은 간격으로 연속해서 들렸다. 울려 퍼진 축음기 소리에 칼에 찔린 경찰관이 의식을 되찾았음이 분명했다. 그가 구조를 요청하기 위해 권총을 쏘고 있음이 분명했다.

 그 사내는 창문 쪽으로 고개를 돌리고 귀를 기울였다. 나는 허리를 끌어안은 그의 팔을 밀쳐내고 뒤쪽으로 비틀거리며 물러났는데 그 바람에 내 허리를 지긋이 누르고 있던 칼 끝이 옆구리 근처로 기다란 반원형의 상처를 남겨놓았던 것 같다. 그는 내가 빠져나가는데도 곧바로 찌르지 않아 그런 상처 자국만 남게 되었다. 잡히지 않은 채 홀까지 뛰어나왔는데 그 이후의 상황은 항공기 추락사고의 악몽과 흡사했다. 나는 홀에서 지하실로 어떻게 내려갔는지 기억이 나지 않는다. 아마 술취한 사람처럼 그대로 굴러 떨어져 별다른 상처없이 그곳에 내려가 있었던 게 아닌가 싶다.

 그때 나는 터널 같은 통로에서 헤드라이트 불빛이 나에게 다가오고 있다는 느낌이 들었다. 그것은 손전등이었다. 불빛은 점점 커져서 내 옆을 빠른 속도로 휙 지나갔다. 그 뒤로 경찰복을 입은 사람들이 꼬리에 꼬리를 물고 내 옆을 스치며 지나갔다.

나는 지나가는 경관들마다 계속 붙잡고 물어보려 했다.

"닉은 어디 있어요? 당신이 닉인가요?"

잠시 뒤 위층에서 한 발의 총성이 울렸다. 그리고 단말마의 끔찍한 비명 소리가 울려 퍼졌다.

"뮤리엘!"

뒤이어 모든 것이 잠잠해졌다.

다음에 내 귀에 들려온 소리는 닉의 목소리였다. 닉은 두 팔로 나를 끌어안으며 거미줄과 눈물로 뒤범벅이 된 내 얼굴에 키스를 퍼부었다.

"진저, 괜찮아?"

"괜찮아요. 닉, 당신은 어때요?"

밀실 트릭의 독창성과 괴기 취미

제2차 세계대전이 시작된 것은 1939년 9월이었다. 다음 해에 이탈리아가 참전했으며, 독일군이 파리에 진군하자 프랑스는 무조건 항복했다.

1941년에 출간된 《연속살인사건》의 시간적 배경은 아직 본격적인 런던 대공습이 시작되기 전이며, 기껏해야 적의 비행기 한 대가 길을 잘못 들어 어쩌다 날아드는 정도여서 고사포의 탄막도 오르지 않았다. 그러나 등화관제용 창문 가리개가 수수께끼를 푸는 단서를 제공해 주고, 열차도 탐조등과 폭격기 밑을 달리며, 치안대가 배치되어 있는 등 전쟁 분위기가 짙은 작품이다.

전시에 이같이 유유히 범죄 미스터리소설을 책으로 만들어낼 수 있었던 영국이라는 나라를 높이 평가하지 않을 수 없으며, 또한 거의 30년에 이르는 저작활동에서 순수한 수수께끼풀이 기법을 굳게 지키고 있는 딕슨 카의 강직한 신념에 놀라지 않을 수 없다.

그 오랜 세월이 지나는 동안 작풍의 변화는 엿보이나, 그는 1958년에 간행된 《사자(死者)의 노크》에서도 여전히 밀실범죄를 다루어 뛰어난 솜씨를 유감없이 보여주었다. 딕슨 카만큼 '밀실'이라는 테마를 지치지 않고 다루어온 작가도 없으리라. 이 작품도 역시 두 개의 밀실사건을 해명하려 하고 있다.

'밀실'이라는 테마를 있는 그대로 다루려면 아무래도 답답하고 무미건조한 것이 되기 쉽다. 카의 특색인 괴기 취미 내지 신비주의는 단순히 현학적인 것이 아니라, 너무 지나치게 이치를 따지게 되는 수수께끼풀이의 완화제 역할을 하고 있다. 그가 펠 박사나 H.M 경 같은 희화화된 인물을 등장시키는 것도 유머와 여유를 주기 위한 것이 아닌가 생각된다.

《연속살인사건》에서도 그는 독자의 밝은 웃음을 유도하려고 애쓰고 있다. 한 예로 대학 교수가 예약한 침대차를 쓰려고 하자 자기 자리라며 절대 양보하지 않는 여성을 만난다. 참으로 말도 안 되는 억지라고 생각하면서도 잘 이야기해보니 성(姓)도 같고, 논쟁 상대였을 뿐 아니라 육촌 남매에, 초대받은 곳도 같았다. 여분의 침대칸이 없어서 두 사람은 같은 컴파트먼트에서 밤을 지내게 되었는데, 그것을 옆 컴파트먼트의 신문기자가 알게 되어 난처한 입장에 몰리게 된다. 이 두 사람의 냉전과 열전이 작품 전편을 통해 사건의 수수께끼와 얼기설기 얽혀서 살인 사건의 음울한 이야기에 명랑함을 곁들이고 있다.

무대는 스코틀랜드로, 신에게 버림받은 땅이라 해도 좋을 만큼 황량하고 쓸쓸한 곳이다.

첫 번째 사건은 샤이러 성 탑의 맨 위층 방에서 떨어져 죽은 성 주인의 수수께끼 같은 죽음을 둘러싸고 시작된다. 안쪽에서 잠근 문에는 빗장까지 걸려 있으며, 땅에서 약 60피트나 되는 창문에는 밧줄은 물론이고 어떤 도구를 쓴다 해도 오르내릴 수 없다. 물론 절대적으로 자살을 할 만한 증거도 없다. 더욱이 피해자가 잠자리에 들기 바로 전에는 보이지 않았던 동물 운반용 케이스가 있는가 하면, 반드시 있어야 할 일기장은 없어져버렸다.

여행안내서에 의하면 이 성에는 그 옛날 참혹한 학살사건이 벌어져 피투성이의 유령이 나타난다는 전설이 있다. 그리고 첫 번째 사건이 일어난 뒤 전설의 유령과 같은 것이 나타나 딕슨 카의 작품을 즐겨 읽는 이들에게 신비스러운 분위기를 제공하고 있다.

이어 같은 장소에서 제2의 사건이 일어났다. 그리고 제3의 사건도 밀실상태에서 일어났다. 제3의 사건 장소인 오두막 창문에는 철망이 쳐져 있으며, 문에는 단단히 빗장이 걸려 있어 아무도 드나들 수 없다는 것이다.

어느 사건에나 자살인가 하면 타살, 타살인가 하면 자살인 듯한 요소들이 있어 어떻게 판단해야 할지 알 수 없게 된다. 그러나 지은이의 능숙한 기법으로 펠 박사가 시원스레 수수께끼를 풀어 보일 뿐 아니라 박사 자신이 재판관처럼 사건의 결말을 처리해 나간다.

공포와 괴기와 모험과 사랑과 유머의 요소를 잔뜩 담았기 때문에 카 특유의 중후한 맛이 엷어진 느낌이 들지만, 지은이 자신이 수많은 작품 가운데 스스로 대표작으로 꼽고 있는 것은 살인의 수수께끼와 로맨틱한 정취가 적당히 배합된 분위기가 마음에 들기 때문일지도 모른다.

존 딕슨 카(John Dickson Carr, 1906~1977)는 미국 펜실베이니아 주에서 태어났다. 그러나 그 뒤 영국에 머문 기간이 길기 때문에 《인명사전》에서는 '미국-영국 작가'라고 기록되어 있다. 그가 미스터리소설에 손을 대기 시작한 것은 1930년 25살 때의 《밤에 걷다》부터이며, 이 작품이 성공하자 미스터리작가로서 창작에만 전념하게 되었다. 평균 1년에 2권 반 정도의 작품을 발표하여 현재까지 약 60여 권에 이르는데, 대부분이 장편이고 단편은 2권밖에 안 된다.

딕슨 카는 순수한 수수께끼 풀이 기법의 미스터리작가로서 수많은 트릭을 창안했는데, 특히 밀실 트릭의 독창성에 있어 질적으로나 양적으로 다른 사람이 따를 수 없을 정도로 뛰어나다. 그리고 밀실 트릭 못지않은 카의 특색은 괴기 취미이다.

딕슨 카는 소설의 배경에 이따금 마술과 괴담과 공포 등의 신비적인 소재를 사용하는데, 이러한 초자연적인 배경과 과학적 범죄의 결합이 낳는 이상한 효과가 카의 매력이라고 할 수 있다. 카는 본명 말고도 카터 딕슨이라는 별명을 쓰고 있으며, 작품 속의 명탐정도 카일 경우에는 기데온 펠 박사이고 딕슨일 경우에는 헨리 메일벨 경(HM)을 등장시키고 있다. 그러나 작풍이나 탐정의 성격에는 본질적인 차이가 없다. 이밖의 초기 작품에서는 파리의 탐정 방코랑이 활약한다. 대표작으로는 《황제의 코담뱃갑》《모자수집광사건》《화형법정》《해골성》 등이 있다.

다음에 이어지는 작품은 코넬 울리치(Cornell Woolrich, 1903~1968, 본명 William Irish)의 〈죽음의 무도(The Dancing Detective, 1946년 작)〉이다.

미국의 하드보일드 작가로 유명한 울리치를 전기작가 프랜시스 M. 네빈스 2세는 '20세기의 에드거 앨런 포' '어두운 세계의 시인'이라 불렀다. 울리치는 당대의 가장 탁월한 서스펜스 작가로 인정받고 있으며, 1948년 MWA 단편상을 수상했다. 그의 250여 편의 단편 가운데서 특히 이 작품 〈죽음의 무도〉가 유명하다.

그는 미국 뉴욕에서 태어나 컬럼비아 대학을 졸업하자마자 작품활동을 시작했는데, 처음에는 도회풍의 세련된 애정소설을 쓰다가 곧 미스터리소설로 방향을 바꾸어 1940년에 《검은 옷의 신부》라는 장편을 발표했다. 이 작품으로 미스터리작가로서의 그의 이름이 널리 알려지기 시작했다. 그리고 2년 후에는 〈환상의 여인〉이라는 작품을 발표하면서 본격적인 미스터리작가로 활동하게 된다. 그는 결혼도 하지 않고 어머니와 함께 뉴욕의 어느 호텔에서 조용히 살다가 1957년에 어머니가 세상을 떠나자 실의에 빠져 거의 작품을 쓰지 않게 되었다. 그리고 1968년에 오랫동안 살아온 호텔에서 혼자 쓸쓸히 숨을 거두었다.

코넬 울리치의 작품에는 몇 가지 특징이 있다.

첫째, 이야기의 줄거리가 다른 작가들의 작품에 비해 흥미진진하다. 즉, 마지막까지 독자를 조마조마하게 하고 손에 땀을 쥐게 하는 서스펜스 기법을 잘 쓴다. 그의 작품 〈어둠 속의 왈츠(Waltz into Darkness)〉는 〈오리지날 씬(Original Sin, 안젤리나 졸리와 안토니오 반데라스 출연)〉으로 영화화되기도 했다.

둘째, 남성작가인 그는 여성의 모습이나 심리묘사에 뛰어나다는 점을 들 수 있다. 이 작품에서도 여자 주인공의 시각으로 사건을 전개해나가고 있다.

셋째, 작품 속에 특별히 훌륭한 사람이라든가 명탐정이 활약하지 않는다.

넷째, 코넬 울리치는 값싼 호텔이나 싸구려 술집, 순회공연장과 같은 여흥무대를 주로 자신의 작품 무대로 설정하였다. 〈죽음의 무도〉의 배경도 사회로부터 천대받는 댄스홀이다.